취향의 문제 1

A Matter
of Taste

취향의 문제

최수현 장편소설

가하

취향의 문제 1

지은이 최수현
펴낸이 이형기
펴낸곳 도서출판 가하

초판인쇄 2016년 7월 20일
1판 2쇄 2017년 10월 27일
출판등록 2008년 10월 15일 제 318-2008-00100호

주소 서울 영등포구 양평로 67, 1209 (당산동5가, 한강포스빌)
전화 02-2631-2846 **팩스** 02-2631-1846

www.ixbook.co.kr

ISBN 979-11-300-0990-2 04810
　　　 979-11-300-0989-6 04810(set)

값 10,000원

01
괜찮은 아가씨

말 많은 여자를 좋아하는 편은 아니다. 대부분은 불평도 많으니까.

그래도 참고 들어주는 것은 그 나름대로 재미가 있기 때문이다. 특히 침대 위에서 나오는 이야기 중에는 꽤 쓸 만한 정보도 많이 있어, 머리가 아플 정도가 아니라면 굳이 제지하지 않는다. 사실 돈 주고 살 수 없는 정보가 들어 있는 경우도 종종 있고.

"……응? 듣고 있어요? 안 들었죠?"

"설마."

"오빠 표정 보니까 딱 안 들었는데 뭘. 흥."

토라진 척 하얀 어깨를 비틀어 몸을 돌리는 모습이 과장된 느낌이다. 연기자라 그런가?

"하여튼 유진이가 그러는데, 유진이 알아요? 왜, 얼마 전에 NBN 아침 드라마 주인공 맡은 애 있잖아요. 이거 비밀인데……. 에이, 아니다."

"그래, 비밀이면 이야기하면 안 되지."

"흐응……."

예상한 반응이 아닌지 실망한 기색이 역력했지만 여기서 더 궁

7

금해하는 티를 내기도 곤란했다. 흘리는 이야기에도 가치를 따질 만큼 약삭빠른 여자다.

"뭐 오빠야 어디 가서 말하고 다닐 사람은 아니니까, 내가 특별히 오빠한테만 이야기해줄게요."

"……글쎄, 너 편한 대로."

"걔가 그러는데, 사실 NS 그룹 부회장이 걔 스폰이거든요. 그 집안도 콩가루 집안이지, 참. 얼마 전에 계열사 하나 서자한테 준다고 했는데 그걸 큰집 자식들이 알고 난리를 쳐서 머리채까지 잡았다지 뭐예요? 있는 사람들이 더하다니까."

"그런가?"

"그럼요. 다들 오빠같이 쿨하지는 않으니까."

바로 안겨드는 모양새가 이제 슬슬 진짜 목적이 나오려는 모양이었다.

그로서도 손해 보는 일은 아니니 한 팔을 마저 뻗자 배시시 웃는 게 제법 유혹적이다.

"……난 그래서, 다른 애들 이야기 들을 때마다 오빠랑 만나 다행이라고."

"아, 내 칭찬이었던 거야?"

"그럼요. 난 행운이죠."

"가지고 싶은 게 있는 건 아니고?"

"음, 오빠가 굳이 사주겠다면 말리지야 않겠지만."

"……뭐든. 그런데 그 유진이라는 애는 제법 똑똑한가 보네. TV에서 볼 때에는 백치미 타입인가 했는데."

"네?"

8

다른 여자의 이야기가 나오는데 기분이 좋을 리 없다. 지나치게 코가 높고, 또 그럴 만한 여자다.

"아니, 보통은 그런 거 들어도 잘 잊어버리지 않나 싶어서. 계열사니 뭐니 그런 이야기를 할 줄은 몰랐지."

"하, 그 정도야 뭐. 저만 해도 걔한테서 들은 거 다 기억하는데 뭘요."

"……그래?"

"그럼요. 걔는 듣는 고대로 떠드는 것뿐인데요."

"그렇구나."

"당연하죠. 오빠 아무것도 모르면서 그래. 뭐, 걔한테 혹시 관심 있거나 그래요?"

여자의 목소리가 앙칼지게 높아지자 그는 더욱더 여유로워졌다. 흥분한 사람한테는 한 마디만 해도 열 마디씩 쏟아진다는 것을 잘 안다.

"너만 해도 벅차."

"흥, 안 믿어요."

"난 그냥 신기하다는 거였지. 너랑 비교될 애도 아니고."

"치이."

푹신한 베개에 묻었던 머리를 들었다. 이미 녹진하게 풀린 목소리에서 그의 다음 행동을 예상한 듯, 여자는 시트를 걷어냈다. 그가 알 바는 아니지만 이 여자는 침대에서도 화장은 안 지우는 모양이다. 그래도 화장품이 제 얼굴에 닿는 게 싫어 여자의 입술로 향하던 그가 마지막에 방향을 틀었다. 귓가에 닿는 그의 목소리가 그 어떤 노골적인 유혹보다 달콤했다.

"그래서…… 그 떼어준다는 계열사는 어디래?"

최대한 피한다고 했는데도 입안에 남는 인공향이 불쾌하다. 바로 씻고 싶었지만 여자가 먼저 일어섰을 때 순서를 따지지는 않았다. 샤워실에서 흘러나오는 흥겨운 콧노래가 여기까지 들리는 게, 저 문은 일부러 열어놓은 건지도 모른다는 생각이 든다.

"……여보세요."

— 경원아. 너 왜 이렇게 전화가 안 되니?

"이모."

— 내가 이 나이에 너 찾으러 클럽으로 갈까?

"오시면 그것도 재미있겠네요. 제가 특별히 이모는 VVIP룸으로 모실게요."

— 이 나쁜 놈, 말하는 거 봐.

"오랜만에 듣네요, 그 소리."

몸을 반쯤 일으킨 그가 이마를 짚었다. 전화 건너편까지 들릴 리야 없겠지만 아무래도 신경은 쓰여 샤워실 문부터 닫고 와 다시 누웠다.

— 너 이번 주 토요일에 시간 있지?

"있어도 없어야겠는데요?"

— 이번에는 절대 안 돼. 정말 괜찮은 아가씨래. 만나만 보라구.

"에이, 정말 괜찮으면 절 만나면 안 되죠."

— 이제 와서 웬 양심 찾고 있어? 너, 네 아버지 지금 무슨 일 벌이는지나 알아? 눈 뜨고 다 뺏길 작정이야? 내가 언니 생각하면 지금도 자다가 벌떡!

역시 목적은 따로 있다. 늘 같은 패턴이니 포기할 때도 됐는데, 이모는 나이 많은 양반치고는 끈기가 있었다.

— 무조건이야. 제이드 호텔 로비 라운지, 3시. 알겠어?

"으흠."

— 이번에 안 가면 나 정말 클럽으로 찾아가. 지난주에 관절염 수술 했으니 니네 클럽 물 흐리기 싫으면 꼭 나가.

"이야, 그건 좀 무서운데요."

— 밥만 먹으면 돼. 그것도 아니면 차 한 잔만이라도! 내가 너한테 결혼을 하라는 것도 아니잖아.

"결혼도 안 할 거면서 선은 왜 보라는 건데요?"

— 그럼 너 결혼할 거야?

설마요. 생각만 해도 재미없다.

— 난 그렇게 알고 끊어.

"그럼 그렇게 아세요. 저도 제 아는 대로 할 테니까."

— 나쁜 놈.

사랑한다는 조카한테 할 소리는 아니다. 이모도 딴에 목적이야 있겠지만 그가 못 되라고 하는 소리가 아닌 걸 알기에 경원은 다른 말을 삼켰다.

"오빠, 누구랑 통화했어요?"

"응? 아니야."

"……그건 그렇고, 나 정말 그 가방 사도 되는 거죠?"

"김 비서가 따라갈 거야. 가서 결제해달라고 해."

"에이, 왜 그래요? 카드만 줘도 되는데."

"내가 줘야 할 카드는 벌써 줬을 텐데?"

여자가 이렇게 나오면 재미가 없다. 이미 주기로 약속한 돈은 모두 주었으니 이번 거야 보너스라 치면 될 텐데, 과한 욕심을 부리는 건 그의 취향이 아니었다. 돈이야 차고 넘치니 그게 아깝다기보단 누군가에게 호구가 되는 것은 질색이었다.

"그래, 퇴직금 조로 생각하지 뭐."

"퇴직금이라니요?"

"오늘이 우리가 보는 마지막이지 않을까?"

"네에?"

몸에 수건만 두르고 나와 머리를 털던 여자의 얼굴이 황당함으로 물들었다. 그도 황당하기는 마찬가지다. 왜 샤워를 하고 나왔는데도 화장은 그대로일까.

"오빠, 어떻게 이럴 수가 있어요? 우리 사이가 이것밖에 안 된다는 거예요?"

"원래 돈이 오가는 사이가 그렇지 뭐."

"어쩜……. 말도 안 돼요! 제가 오빠한테 어떻게 했는데요?"

"줄 거 주고 받을 거 받고. 또 있나?"

아무리 생각해도 없는데.

그는 그런 쪽으로 철저했고 여자 쪽에서 먼저 약속을 깨지 않는 이상 웬만한 건 눈을 감아줬다. 그리고 안타깝게도 세림은 웬만한 수준을 넘어버렸다. 이 정도 일을 웬만하다 넘어가주면 통 크다 소리를 듣는 게 아니라 남자가 병신이라는 소리를 듣는다.

"이, 이 나쁜 놈! 쓰레기 같은 놈!"

"말은 바로 하자, 오세림. 우리 계약은 네가 먼저 깼어."

"그게 무슨 말이야!"

"사랑으로 만났다는 낯간지러운 소리는 차마 못 하겠고, 그래도 난 너 만나는 동안 의리는 지킨 것 같은데 유감스럽게도 너는 아니더라?"

그다지 유감은 아니었지만 상대가 거칠게 나오니 그도 살짝 거짓말을 섞었다. 그에게 지금 같은 상황은, 그저 디저트에 이물질이 섞여 성가신 딱 그 정도 수준이다.

"무, 무슨!"

"너도 알겠지만 이 바닥 좁잖아. 너 지난주에 홍콩 촬영 간댔을 때 누구랑 어디서, 몇 층에 투숙했는지까지 들었지. 더 얘기할까?"

흥분한 여자에 비해 그는 지나치게 평온하고 여유로웠다.

자리에서 일어나 단추를 채우는 그의 모습을 홀린 듯 보던 여자가 거친 숨을 내쉬며 얼굴을 붉혔다.

"아…… 오빠."

"괜찮아. 그래도 난 욕은 안 할게."

"그건 다 설명할 수 있어요. 아니, 네? 한 번만, 한 번만 이야기라도 들으면."

"김 비서 이 앞에 있으니 비싼 거 사달라고 그래. 퇴직금 받아야지."

재킷까지 걸친 그가 거울 앞에 서서 머리를 대충 쓸었다. 바로 클럽으로 가야 하니 너무 흐트러진 모습이면 곤란하다. 턱을 살짝 내리자 그의 천진한 눈과 여자의 표독스러운 눈빛이 거울 안에서 부딪쳤다. 그의 눈은 웃음을 띠었고 여자의 눈엔 분기가 돌았다.

"그럴 거면 오늘은 왜 만나자고 한 거예요? 다 알았다면 오늘은

13

왜!"

"오늘 날짜까지 이미 돈을 치렀으니까. 난 손해 보는 짓은 안 하거든."

"소, 손해요? 무슨, 그런 말을 해요?"

"왜. 난 너한테서 배운 건데."

"이이! 딴 여자 생긴 거 아니에요? 그걸 나한테 다 뒤집어씌우는 거면서!"

"에이, 아니야."

빙긋 웃는 그의 모습에 여자는 약이 오를 대로 올랐다. 깔끔하게 끝내주면 좋지만 보통은 저랬다. 한숨부터 쉰 그가 먼저 방을 나서려다가 순간적으로 즐거운 일을 떠올렸다.

생각만 해도 재미있는.

"……혹시 가방 한두 개로는 퇴직금이 부족할까?"

"네?"

"솔직하게 말하자구. 그게 유일한 네 장점이잖아."

여자의 표정에서 분기가 빠지는 걸 보니 분명 흥미는 있는 듯했다.

"내가 나름대로 성의 표시는 해줄 수 있는데."

"어, 얼마나?"

바로 걸리는구나 싶지만 그다지 유쾌하지는 않다. 이런 사이의 끝이라는 게 놀랄 만큼 뻔해 어쩐지 씁쓸해졌다.

"네가 저번 달에 긁은 만큼?"

"오빠."

"대신 공짜는 안 돼."

"그러면…… 저한테 어쩌라고……?"

"음……. 이번 주 토요일 제이드 호텔 로비 라운지. 3시야."

"네?"

"그날 와서 퇴직금 받아 가."

아무리 기다려도 여자가 먼저 나갈 생각은 없는 듯해서 그가 먼저 문을 열었다. 기다리고 있던 김 비서가 고개를 숙이자 그가 오른손으로 룸 안을 가리켰다. 알 만하다는 표정을 감추지 못하는 김 비서의 솔직한 반응에 그가 웃음을 터뜨렸다.

"아, 오는 길에 강재한테도 들르고. NS 물류에 들어간 주식 다 빼달라고 해."

02

돈 많은 미친놈

 늘 있는 야근이라도 매일매일 달랐다. 몸도 그렇고 마음도 그렇고.

 특히나 요새같이 큰일 하나 터지는 시기면 몇 날 며칠 밤을 새우는 것은 당연지사다. 설령 딱히 할 일이 없어도 예외는 없었다. 공직에서 보여주기란 그만큼 중요하니까.

 "술 한잔 하고 가지, 그냥 가?"

 "저도 여잔데 집에 가서 좀 씻어야죠."

 "저럴 때만 여자래."

 슬쩍 한번 웃고는 집으로 향했다. 운전할 힘마저 없어 차를 두고 택시를 탔다. 웬만해서는 그런 사치를 부리지 않지만 오늘따라 손 하나 까딱하기 힘든 게 체력의 한계가 분명히 느껴졌다.

 "아가씨가 힘들어 보이네."

 룸미러로 뒷좌석을 힐끔거리던 택시 기사가 걱정스레 말했다. 아니라 하려다가 거짓말해서 뭐하나 싶어 "네, 그러네요." 겨우 한마디 했다.

 "요새는 다들 먹고살기가 힘들어서. 젊은 사람들도 마찬가지일 거야."

"……차차 나아지겠죠."

"나도 그럴 줄 알고 이거 시작했는데 30년을 했는데도 못 벗어
나."

제나는 자신의 30년 후를 떠올려봤다. 당장 내일만 생각해도 앞
이 캄캄한데 30년 후는 또 어떨지. 그래도 이만큼 제 적성에 맞는
일을 계속 한다면 최소한 나쁠 것 같지는 않다. 솔직히 30년 동안
같은 일을 할 수 있다면 더 바랄 것도 없었다.

"감사합니다, 기사님. 수고하세요."

"인사성도 바르네. 요새는 이런 인사 해주는 사람도 드물거든."

잔돈을 거슬러주던 기사가 뒤를 돌아보며 웃었다. 왠지 거울을
통해 보는 것보다 얼굴 마주하며 웃는 것이 더 그럴듯한 기분이
다.

"아가씨도 집에 가면 푹 쉬어."

네, 하고 돌아서는 제나의 표정이 그다지 밝지 않다. 안 하던 짓
했더니 뒤끝이 좋지 않은 건지, 퇴근길에 택시 타는 호사 조금 누
렸다고 맞아주는 이까지 있을 줄은 몰랐다.

"일찍도 다니네."

걱정도 아니고 꾸중도 아니다. 단지 내가 너 때문에 이만큼 기
다렸다, 하는 제 수고로움만 강조되어 있었다. 그러니 그녀 역시
격식을 차리지는 않았다.

"어쩐 일이세요?"

"너라는 애는 어쩜, 어른 보고 인사하는 법도 몰라? 그렇게 배
웠어?"

화도 안 나고 웃음부터 나는 것을 보면, 나도 참 그저 그런 일에
는 면역이 되어 있구나 하는 뿌듯함이 들 지경이다.

"제가 좀 피곤해서요. 할 말만 하시죠."

"싸가지 없기는."

"알아요. 그런데 그 멀리서 겨우 그 말 하려고 오셨어요?"

오가는 사람 많은 오피스텔 앞에 우두커니 서 있는 것이 거추장
스럽다. 자질구레한 실랑이는 힘만 뺄 뿐이라 그녀가 말 대신 오
피스텔 1층에 있는 카페로 먼저 들어섰다. 잠시 황당하다는 듯 서
있던 중년의 여자가 따라 들어와 숨을 헐떡였다.

"내가 너라는 애한테 뭘 바라겠니?"

"바라는 게 있으니까 오셨겠죠. 서로 바쁜데 하실 말씀만 빨리
하셨으면 좋겠어요. 그렇게 거창하게 시작하지 않으셔도 저 싫어
하시는 거 충분히 알고 있으니까요."

정말이지 피곤하다. 창가에 머리를 기댈까 하다가 그러면 정말
잠이 들어버릴 것 같아 억지로 허리를 꼿꼿이 세웠다.

"좋아, 나도 너랑 길게 이야기하고 싶지 않으니까."

"네, 좋네요."

"이게 진짜……. 됐다."

덤덤한 제나의 태도에 다시금 숨소리가 거칠어지던 여자가 간
신히 분을 억누른 듯, 가방에서 사진 하나를 꺼내 그녀 쪽으로 밀
었다.

"이게 뭔데요?"

"너 선봐."

"……농담이시죠?"

아닌 거 알면서도 물어봤다. 그런 농담 주고받을 사이도 아니고, 이 여자가 그 멀리서부터 찾아와 대단한 성질 죽이며 농담을 할 리도 없다.

"네 아버지, 요새 사정 많이 안 좋아."

"아, 그래요?"

"은혜 갚는다 할 것도 없어. 너 따위는 꿈도 못 꾸는 남자니까 복인 줄 알면 돼."

그녀가 카페에 들어올 때부터 걱정스레 지켜보고 있던 수연이 다가와 조심스레 커피 두 잔을 내려놓고 갔다. 자야 하니 커피는 마시지 말자 했지만 이대로는 어차피 한숨도 자지 못할 게 뻔했다. 와드득, 얼음을 깨무니 그래도 머릿속이 조금은 맑아졌다.

"돌싱? 홀아비? 아니면 성적 취향이 남다른 사람인가요?"

"뭐? 이게 천박하게!"

"그렇잖아요. 멀쩡한 남자면 제유한테 짝지어주면 되지, 저한테 오셔서 이러실 리 없잖아요."

이를 갈면서도, 제나가 영 없는 소릴 한 건 아닌지 주먹 쥔 여자의 손이 테이블 위에서 바들거렸다. 원래 성격을 뻔히 아는 터라 억지로 참아보려는 그 노력이 꽤나 감명 깊었다.

"······그런 흠 없는 남자야."

"그걸 저한테 믿으라구요?"

"믿든 안 믿든 네가 나가서 확인해."

"그럴 시간 없어요."

제나가 자리에서 먼저 일어섰다. 더 듣고 있어줄 만한 이야기가 아니다. 다른 관계는 다 접고, 어른 두고 이 정도 들어줬으면 그녀도 할 만큼은 했다.

"어른 말씀하시는데!"

"말씀이 아니라 명령이죠."

"……네 아버지 요새 많이 힘들어. 자식이라는 게 힘든 부탁도 아니고 그거 하나를 못 해줘?"

"저만 자식인가요? 선보는 자리라니 제진 오빠는 안 되겠고 제유 내보내시죠."

"제유는…… 아직 어려!"

이를 악물고도 끝까지 떨어지지 않는 것을 보니 정말 다급하긴 한 모양이었다. 이 사람을 알아오면서 이런 적이 손에 꼽을 정도라, 그게 신기한 그녀가 가만히 그 표정을 뜯어보았다. 그다지 유쾌한 기분은 아니다.

"저도 도리를 모르는 사람은 아니니 웬만하면 도와드리고 싶지만 처음부터 갚을 도리가 없는 것 같은데요? 생활비 한 푼 받은 적 없고 학비도 제가 알아서 했구요. 이제 와서 이러시는 건 아니지 않나요."

"이 집은? 아니, 그래도 네 친아버진데 네가 하늘에서 떨어졌어? 모진 것 같으니."

"그런 말은 아버지라는 분이 오셔서 하셔야지요. 그리고 이 집은 저희 엄마 집이었죠. 유부남이 정체 숨기고 처녀를 속였으니 이 정도 위자료면 싸게 먹힌 거예요."

물이라도 끼얹지 않으려나 은근히 기대했는데 예상보다 더 다급한지 꼼짝을 하지 않는다. 이쯤 되니 도대체 선 상대가 누구기에 이러나, 순수한 궁금증마저 들었다.

"그래, 좋아. 너도 우리랑 얽히는 거 지긋지긋하지? 이번 일 잘 되면 다시는 볼 일 없어."

"무슨 소리죠?"

"호적 정리, 어떻게든 해줄게."

"서로 좋은 일을 두고 그렇게 인심 쓰듯 말씀하시니 우습네요."

그래도 듣던 중 가장 마음에 드는 제안이었다. 이미 호적제야 폐지됐으니 별 의미는 없겠지만 여자의 말뜻은 한 번에 알아들었다. 아마 다시 볼 일 없다는, 그런 것이겠지.

"두어 시간 버티는 정도가 최선이에요. 약속은 지키시겠죠?"

상대가 누군지는, 물어볼 필요도 없다.

자신에게까지 차례가 왔다면, 아니, 자신을 내몰듯 떠밀었다면 이미 어떤 남자일지 어느 정도는 짐작을 했다.

그러나 제아무리 노련한 그녀도 이런 상황은 예상하지 못했다.

"……죄송합니다. 제가 늦었습니다. 김경원 씨 되시죠?"

"네, 일 때문에 늦으셨다니 당연히 이해해드려야죠. 아……."

"이제나입니다."

이름도 모르고 나온 모양이구나.

아니, 그건 둘째치고 어지간히 이 자리에 나오기 싫었구나 싶어 웃으려다 말았다.

"제가 자리에는 앉아도 되는 거 맞나요?"

"물론이시죠. 세림아, 자리 좀 당겨줘. 아니, 조금 더 넓은 데로 옮겨야 하나?"

"그것도 좋겠네요."

여자가 셋이다. 그녀가 왔으니 이제 넷이고.

상황 파악이야 천천히 하더라도 확실히 자리가 좁다.

"으흠…… 이제 다 모인 것 같은데."

"김경원 씨, 이게 도대체 뭐 하는 상황인가요?"

제나가 입을 떼기도 전, 앉아 있던 여자 중 하나가 자리에서 일어나 불쾌한 기색을 드러냈다. 그럼에도 남자는 싱긋이 웃는 인상 그대로다.

저절로 눈이 갈 만큼 잘생긴 남자. 그리고 직업적인 감을 발휘해보자면 제법 위험한 남자. 그 조화가 묘하게 어울려 옆에 앉은 여자가 침을 삼키는 소리까지 바로 들렸다.

"음, 이게 무슨 상황인가 하면."

그녀도 사심 없이 귀를 기울였다. 차려입은 모양새나 분위기가 범상치 않은 것을 보니 그 여자의 말대로 한가닥 하는 사람은 맞는 모양인데 아직도 이게 어찌 된 일인지는 파악이 안 된다.

"선보는 거죠, 경제적으로."

"그게 무슨 말이에요?"

"선보라며 떠미는 사람이 너무 많아서요. 한 사람으로 통일해주면 나을 텐데 다들 입장이 다른지 그건 또 안 된다고 하더군요. 그래서 그냥 한꺼번에 자리 마련했습니다만…… 마땅치 않으시다면 댁까지 모셔다 드리라고 하지요."

말은 청산유수다. 도대체 저런 말은 누가 하나 싶어 얼굴을 보려다가 그와 눈이 마주쳤다. 경원이 '너는 어쩌겠냐?' 딱 그런 눈빛으로 쳐다보자 제나는 예의를 갖춰 살짝 웃었다. 생각보다 손쉽게 시간을 보낼 수 있을 것 같으니 그녀로서는 나쁘지 않다.

"저는 너무너무 어이가 없어서……. 이런 경우가 세상에 어디에!"

"그러게요. 그렇지 않아, 오세림?"

능청스레 맞장구치던 경원이 옆에 앉은 세림을 찔렀다. 세림 역시 황당하고 분하기는 마찬가지였지만 이 바닥에 한두 해도 아니고 이만한 남자가 없다는 것은 안다. 그는 돈에 인색하지 않고 사람에 집착하지도 않았다. 스폰서로는 최고의 조건이니 절대 놓칠 수 없어 그가 한 말을 되새겼다.

적당히 기죽이고 파투 놓으라고.

"아니요, 오빠. 저는 상관없는데……."

"그럼 하지영 씨는요? 음…… 둘째 고모 소개로 오신 거 맞죠? 고모부가 KP 화학에 계시니 그쪽 라인이신가? 혹시 뭐 받기로 하고 여기 나왔어요? 웬만한 거면 제 선에서 해드릴 테니 넘어가주시면 좋을 텐데."

그대로 고함이라도 치고 뺨이라도 날려주면 좋을 텐데, 하지영이라는 여자는 잠시 얼굴이 붉어지는 듯했다가 못 들은 체하는 것이 다였다. 처음에 파르르 떨었던, 그의 또 다른 친척 소개로 왔다는 여자 역시 같은 수순을 밟자 자연히 남은 것은 제나 하나다. 경원이 두 여자를 볼 때보다 조금 더 즐거운 빛을 띤 눈으로 자신을 떠보듯 바라보았지만 그녀는 시계나 한번 보는 것이 다였다. 그러다 처음 왔을 때처럼 한 치의 어긋남도 없는 태도로 세림을 바라보았다.

"신기하네요. 연예인을 이렇게 가까이에서 보는 건 처음이라……."

"네?"

"사람들이 왜 연예인 연예인 하는지 알겠네요. 그렇지 않아요?"

제나가 옆에 앉은 여자에게 동의를 구하듯 묻자 상대의 얼굴에는 황당함이 가득 찼다. 지금 이 여자가 뭘 하자는 건가, 제정신이 맞는가, 여러 생각이 섞인 건지 대답조차 없었다.

"제 주위 사람이 알면 부러워하겠어요. 이렇게 오세림 씨도 보고."

경원 역시 얼굴에서 살짝 웃음을 거두었다. 이모가 보낸 사람이 분명한데 이름을 들은 적이 없다. 뭐 하는 집 딸이고 그 아버지가 누구라는 것 정도는 기억하지만 이 상황에서 중요한 것은 아니라 입을 다물었다.

으흠.

오밀조밀한 생김새다. 다른 말로는 여성스럽다. 조용해 보이지만 실제로는 그럴 것 같지는 않음을 확인했고 다음에 궁금한 것은 아무래도.

"……지금 뭐 하시는 건지?"

제나가 가방에서 노트북을 꺼내 테이블에 올렸다. 아무리 그라도 이 상황에서 여자가 이런 행동을 하리라곤 예측하지 못했다.

"제가 어제까지 야근을 했더니 좀 피곤해서요."

"그럼 꼭 이 자리에 나오시지 않아도 되셨을 텐데."

"사정이 있었거든요. 여기 계신 다른 분들도 마찬가지겠지만, 음…… 각자 사정이라는 게 다양하니까요."

말꼬리에 달린 웃음은 세림을 향한 듯했다. 분한 표정의 세림이 당장에라도 일어설 듯 손을 바르르 떨자 그가 단호하게 고갯짓을

24

했다. 지금 세림이 나서면 재미가 없어진다. 숙련된 감이니 틀림없다.

"아직 해야 할 일도 남았구요. 저는 어떻게든 두 시간은 채워야 하는데 서로 머리채 잡고 하나가 남을 때까지 싸울 것도 아니고, 시간이야 각자 보내는 거죠. 먼저 가셔도 좋고……. 뭐, 싸우든 의논을 하시든 한 분 남으시면 그때 부르셔도 좋아요. 제가 지금 피곤해서 하나하나 싸울 여력이 없거든요."

"……뭐 이런 여자가 다 있어?"

기어이 세림이 나서자 다른 여자들도 은근히 세림의 편을 들었다. 제나의 말처럼 울며 겨자 먹기로 이곳에 나왔지만 경원보다는 혼자 태연한 제나가 더 얄미운가 보다.

"유감이네요, 오세림 씨. 저는 칭찬을 해드렸던 것 같은데."

"누가 해달래요?"

"아니요. 그런데 저도 저한테 함부로 해도 된다 한 적은 없는 것 같은데요?"

"이 여자가?"

"……찌라시가 영 없는 소린 아니구나."

노트북을 들여다보느라 세림에게는 시선도 주지 않았다. 분해서 자리에서 일어난 세림 때문에 주위의 시선이 그들 테이블로 몰리자 세림은 곤란한 듯 결국 자리를 박차고 나갔다. 남은 여자 둘도 잔을 세게 내려놓는 소심함 정도만 보이고는 연이어 자리를 떴고, 이내 그 커다란 테이블에는 제나가 두드리는 키보드 소리밖에는 남지 않았다.

"……."

여자 셋이 나갈 때까지 다리나 조금 들어 거치적거리지 않도록 비켜주던 경원은 그대로 소파에 앉아 제나를 바라보았다.

말 한마디 하지 않고 그렇게 두 시간이 지났다.

"……두 시간 지났는데?"

"그런가요? 그럼 저도 이만 일어나야겠네요."

"그런데 이것도 선이라면 선인데 통성명은 해야지 않을까요?"

"뭐하러요. 다시 볼 사이도 아닌데."

노트북을 접고 다시 가방에 집어넣는 그녀의 손길은 빠르지도 느리지도 않았다. 가만히 그 손을 지켜보던 경원이 먼저 자리에서 일어나 손을 내밀었다.

"정식으로 다시 인사드리죠. 클럽 더 베이 사장 김경원입니다."

상대가 이렇게 나오면 인사를 안 할 수가 없다. 그건 사회생활의 기본 원칙이라 제나도 그 손을 무시하지는 못했다.

"서울지방경찰청 마약수사대 이제나 경위입니다. 오늘 덕분에 즐거운 경험 했네요."

그녀의 소개를 듣던 경원의 미소가 한층 더 깊어졌다. 반면 제나는 조금 더 귀찮아졌다. 시간이야 때울 만큼 때웠고 나중에 이 이야기가 주선자들 귀까지 흘러간다 하더라도 자신이야 어긋나게 행동한 것이 없으니 당당했다.

이제 이 남자만 비켜주면 모든 게 잘 마무리될 텐데, 문제는 남자가 그럴 마음이 없어 보인다는 것이다.

"저한테 더 볼일이 있으신지?"

"……글쎄요. 지금 생각 중이라."

그가 고심하는 척하며 일부러 입구를 막았다. 몇 초 더 기다려보던 제나는 가방 안에서 진동을 느꼈다.

"비켜주지 않으셔서 그런데, 실례가 안 된다면 여기서 전화 좀 받아도 될까요?"

"얼마든지요."

나가는 것만 아니라면. 관대한 척하던 경원이 다시 앉아 다리를 꼬았다.

"네……. 저예요. 아직 여기 있어요."

누구랑 통화를 하는지는 감이 왔다. 그러면서 경원은 다시 생각했다.

이모가 다른 말은 하지 않았는지, 놓친 정보는 없는지 등등.

"아니요. 별일 없었어요. 나중에 물어보셔도 좋아요. 약속을 했으니 지켜야죠."

상대방이 뭐라고 하는지, 그녀의 입에서 나오는 소리가 곱지는 않다. 조금 얼굴을 찌푸린 채 시계를 다시 한 번 확인한 그녀가 그를 가늠하듯 미간을 좁히곤 천천히 입을 열었다.

"어떻긴요. 딱 말씀하셨던 그대로더라구요. 돈 많은 미친놈."

잠시 양해를 구하듯 살짝 목례를 마친 그녀가 얼어붙은 경원의 다리를 한 번에 건너뛰어 유유히 밖으로 빠져나갔다.

03

마약 해야 만나는 그녀

세상 살다 보면 별일이 다 있는 거야 만고불변의 법칙인데, 특히 제나는 그런 경험의 폭이 매우 넓었다. 타고난 환경이나 선택한 직업이나 어느 하나 빠지는 게 없다 보니 세상 험한 일은 두루두루 겪었다.

그러니 대낮부터 욕설을 듣는 것 정도는 주름 하나 만드는 수고도 아까웠다.

"……씨발, 내가 어쨌다고 이 시간에 사람을 불러놓고."

"그러게요. 저는 또 어쨌다고 이 시간에 쌍욕이나 듣고 있는지."

나 요새 일진 안 좋네.

조서를 꾸미던 그녀가 옆에 놓인 커피 잔을 바라보다가 손을 대 보았다. 적당히 식은 것을 확인하고는 가만히 들어 향을 음미했다. 아무리 경찰과 피의자라는 입장의 차이가 있다지만 책상 하나를 사이에 두고 그 분위기가 극과 극이다. 한 사람은 도서관에라도 온 것처럼 정숙하고 차분했으며 나머지 하나는 다 때려 부숴버릴 듯 열이 뻗쳐 있었다.

그래도 그녀와 같이 일하는 이들에게는 지극히 익숙한 상황이라 지나가다 한번 흘깃하는 것이 고작이다.

"말했잖아! 나는 죄 없다고!"

"저는 말씀드렸죠. 죄 있으시다고."

아직 생각보다 뜨겁구나, 제나가 들었던 커피 잔을 다시 내려놓았다. 아무래도 조금 더 기다려야 하나 보다.

"경위님, 제가 하죠. 오늘 검찰에도 가셔야 한다면서요."

"아, 그러고 보니 일이 좀 많네요. 부탁 좀 드려도 될까요?"

앞에 앉은 이에게 조금 더 집중했다. 끊임없는 욕설을 흘려들으며 대충 남은 시간을 추정해보았다. '씨발' 정도 나왔으니 아직 인신공격에 성적인 욕까지 갈 길이 멀다. 제대로 말 나오려면 30분은 더 기다려야 하는데, 오늘 제 일정을 생각하면 여유롭지는 않았다.

"아아! 좃같네. 어쩌다 재수 없게 이런 년한테 걸려서."

"너 뭐라고 했어? 이 새끼 진짜 안 되겠네?"

퉤엣, 피의자인 남자가 결국은 열이 뻗쳐 자리를 박차고 일어나 제나의 커피 잔에 침을 뱉었다. 그녀와 교대할 생각으로 다가오던 김 형사가 대뜸 크게 고함을 쳤지만 별 효과는 없었다.

"내가 뭐랬는데? 못 할 소리 했어? 경찰이면 다야?"

"뭐, 이 자식아? 넌 범죄자면 다야?"

제나가 살짝 웃으며 김 형사를 돌아보았다. 가만있으라, 차분하게 내려앉는 눈빛은 정적이었다.

"됐어요, 김 형사님. 손님 모셔놓고 무슨."

빠진 서류는 없다 싶어 탁탁 소리 내어 정리한 그녀가 커피 잔을 다시 집었다. 적당히 식은 것이 딱 제 취향이라 조금 아깝기는 하다.

"그러고 보니 커피 한 잔 못 드렸네요. 다행히 제가 입을 아직 안 댄 거라……."

"뭐라고?"

"원래 음식은 먼저 침 바른 사람이 임자라니 이거 드세요. 얼른요."

그녀의 성격을 익히 알고 있는 김 형사가 그럴 만하다는 표정을 지으며 제나의 자리에 앉았다. 황당하다는 표정의 피의자를 보면서도 어디 한번 당해봐라 휴대전화만 꺼내 만졌다.

"뭐, 뭐야? 너 간다며? 왜 안 가?"

예쁘장한 여자라 만만하게 보았는데, 제법 배짱이 두둑한 건지 얼굴 하나 붉히지 않아 더 화가 났다. 눈을 부라리며 째려보아도 여형사가 자리를 뜨지 않은 채 끝까지 남아 있자 무언가 불안해졌다.

왜 그럴까? 목소리마저 이렇게 상냥한데.

"말했죠? 마시라고. 내 앞에서. 끝까지, 쭉."

"……."

"얼른요. 사람 기다리잖아요."

아무리 생각해도 그런 놈에게 주기에는 제 커피가 아깝다. 빨리 마셨으면 좋았을 텐데, 뜨거운 것을 잘 못 마시다 보니 이런 일이 종종 생겼다. 앞으로 손해 보지 않으려면 약도 적당히 올려야지, 제나가 뻐근한 목을 돌리며 다짐했다.

"……이거 뭐, 앞으로 욕 들으면 적당히 분한 척이라도 해야 하나 봐요."

"웬일이래, 우리 엘사가."

복도에서 마주친 마약수사대 박 팀장이 웃으며 제나의 어깨를 두드렸다. 그녀에게는 아버지 같은 분이라 억지로 감출 것도 없이 시무룩 입술을 내밀었다.

"이제 나가?"

"네. 오늘은 가봐야죠."

"그래. 가서 바로 퇴근하고, 어떤 사람인지나 잘 봐."

"네. 그나저나 담당 검사는 왜 갑자기 바뀌었대요?"

"우리한테까지 소식이 오나 뭐. 하란 대로 하는 거지. 딸이 교통사고 나서 말이 좀 있던데 나도 잘 몰라. 이번 검사는 자원해서 온 거라던데 기껏해야 몇 달이니 적당히 안면만 좀 트고 와."

"그러려구요. 저도 이제 좀 편하게 살아야죠."

"……당신 진짜 누구세요?"

박 팀장이 놀란 척 너스레를 떨자 제나도 마음 비우고 서를 나섰다. 기특한 생각 했다며 들고 있던 캔 커피 하나를 건네주는데 온도가 그럭저럭 마음에 들었다. 날도 이만하면 따스한 봄날이고 기분 상해 있을 필요가 없다. 소리 내어 파이팅 외칠 성격은 아니지만 아쉬운 대로 어깨 한번 쭉 펴고 검찰청으로 향했다.

"안녕하세요, 계장님. 잘 지내셨죠?"

"우리 미녀 경위님 오셨네."

나이 지긋한 검사실의 계장이 환하게 웃으며 그녀를 맞았다. 마약수사대에 있으며 안면 튼 지 오래라 오랜만에 보아도 낯설 것은 전혀 없었다.

"안에 계세요?"

"잠깐 나가셨어. 금방 올 거라고 하셨으니 안에 들어가 기다려."

"여기 좀 있죠."

"나도 위에 갔다 와야 하는데, 그냥 편하게 앉아 있지 뭘."

제나 자신이야 크게 상관없었다. 그래도 새로 온 여직원 하나가 낯을 가리듯 어색해하기에 시키는 대로 검사실에 들어갔다. 오비이락이라고 주인 없는 방을 기웃대는 행동은 안 한다. 그저 조신하게 앉아 있으려는데 평정심을 깨는 전화가 벌써 여러 통째, 무시할 만한 수준을 넘어섰다.

"호적 정리 끝난 거 아닌가요?"

— 너 왜 이제 전화 받아? 사람 말이 우습게 들려?

"약속 안 지키는 사람 말은 우스운 게 당연하죠."

검사가 오기 전에 끊어주면 좋으련만 그럴 기미가 아니었다. 먼저 끊는 간편한 방법도 있지만 되도록 쓰지 않는 편이다. 그랬다가는 잔뜩 약이 올라 직접 달려오고도 남을 여자이기에 전화로 끝내는 게 최선이다.

"저 바쁘니까 이만 끊어주시면 좋겠는데요."

— 너 그날 선!

그날 일이라면 더 할 이야기가 없다. 그날 그 자리에서 영미와 통화를 해 약속을 지켰음을 증명했으니 분명 할 도리를 다 했다.

"말씀드렸잖아요. 저 그날 선, 무사히, 끝까지 잘 있다 나왔다구요."

— 너 지금 그걸 말이라고!

"두 시간이면 꽤 노력한 거 같은데요, 전."

애당초 돗자리 눌러놓는 누름돌처럼 시간만 채우면 된다고 했던 자리다. 그러니 그 개판의 상황에서 여자 넷 중 자신만큼 제 역할 잘한 사람도 없다 싶어 억울해졌다.

— 휴우, 그 남자가, 너 다시 한 번 만나고 싶대.

"장난해요?"

— 말조심 못 해? 버르장머리 없이.

"제정신 아닌 거 같다는 생각은 했지만 정말인가 보네요. 저는 제 할 도리 다 했으니 이제 이런 전화도 말아주시구요. 제가 이렇게까지 했는데 아버지 자리가 위태롭다느니 뭐니 하는 건 100퍼센트 본인 책임이라 전해주세요."

— 아무리 배운 게 없어도 그렇지 어른한테 그따위로…….

"당황스럽네요. 자식이라 할 만한 셋 중에 학력은 내가 제일 나은 거 같은데 배운 게 없다니."

— 너…… 하여튼 다시 한 번만 만나봐. 나도 이해가 안 간다, 너 같은 게 어디가 맘에 든다는 건지.

"그럼 직접 와서 이야기하라고 하세요. 이번에는 들러리 없이 혼자 와서 제가 어디가 맘에 드는지 이야기해보라구요."

그녀답지 않게 목소리가 높아졌다. 흥분을 했다기보다는, 상대 편에서 목소리를 키워야 제 말을 줄이는 사람이 있는데 이 여자도 그 과였다. 과연 씨근대는 숨소리 말고는 들리는 게 없자 제나도 그제야 전화를 끊었다.

"……너 선봤어?"

자신도 움직임이 빠른 편이다 생각했는데 들어온 사람은 더 민첩했다. 여기서 만날 거라 생각 못 했는데, 의외의 사람이 서 있었다.

"……제나야."

사람 만났을 때 인사를 하는 방식도 여러 가지겠지만 일단 장소부터 고려해야 한다. 거기다 팀장에게 이제 좀 편하게 살아보겠다는 말을 한 지 두 시간도 지나지 않았다.

"안녕하십니까, 이제나 경위입니다. 여기서 인사드리게 될 줄은 몰랐네요."

"……너 선봤냐고?"

"검사님께 드릴 말씀은 아닌 것 같습니다. 제가 오늘 여기 온 것은 초면에 인사도 드리고 자료도 직접 드려야 할 것 같아서죠. 여기 계장님이 어련히 알아서 잘 챙기셨겠냐마는 저희 입장도 있는지라."

제나가 챙겨 온 서류들을 그에게 내밀었다. 못마땅한 표정의 남자가 그것을 받아드는데 그 태도가 곱지는 않다. 밖에는 사람들이 꽤 있을 것이라 그녀가 한발 앞서 문을 활짝 열어버렸다. 제 기억에 이 남자는 남의 이목을 지나치게 중요시했다.

"그럼 검사님, 앞으로 잘 부탁드리겠습니다."

돌아서며 계장에게 다시 인사를 하고 얼른 사무실을 벗어났다. 찔리는 것이야 없어도 귀찮은 일이 싫어 걸음이 조금 빨라졌다. 그러나 차 문을 열기 직전에 달려온 남자에게 잡혔다.

"……놓으시죠."

"이제나, 우리 몇 년 만에 보는지는 알아?"

"건물 밖이고 공식적인 퇴근 시각도 지났으니 저도 이제 말 놓을게요. ……선배."

말이야 연습한 것처럼 차분하게 나왔지만 마음은 그렇지 않았
다. 일진이 사나운 정도가 아니라 전에 없이 혼란스러웠다. 왜 이
사람이 여기에 있는지, 거기다 왜 이렇게 나대는지 이해할 수가
없다.

"제나야, 그때에는…… 미안했어."

"뭘요?

"내가…… 뜻하지 않게 상처를 줘서."

"상처 주는데 뜻해서 주는 사람이 어딨겠어요? 그런 놈이 있으
면 제가 잡아들여야죠."

"……나는."

"사람이 다시 봐서 좋은 인연이 있고 아닌 경우가 있대요. 아무
래도 우리는 후자인 것 같아요. 저는 이 일 좋아하고 검사님 역시
마찬가지일 테니 괜한 말이 나오지 않았으면 좋겠네요."

남은 한 손으로 어린아이가 과자를 집어내듯 제 손목을 잡은 그
의 손을 떨어냈다. 그러나 차 문이 열리기도 전에 손이 다시 잡혔
다. 그사이에 주머니에 넣어두었던 캔 커피가 툭 떨어져 떼굴하니
도망을 갔다.

오늘 정말 날 잡았나.

"정도가 지나치시네요."

"나는 너 잊은 적 한 번도 없어."

"감사합니다. 안 그러셔도 되는데."

"……그런데 너는 선? 그런 걸 보고 다닌다는 거야? 내가 여기
지원한 것도 다 너 때문에!"

"선배, 우리, 누구 때문에 이런 말은 하지 말죠? 성인이잖아요."

요즘 들어 그녀의 앞을 가로막는 유치한 수를 쓰는 남자가 여럿이다. 그래도 첫 번째 놈팽이는 구질하게 굴지는 않았는데 2년 만에 만난 현수는 그새 구질구질해져 있었다.

이런 건 딱 질색이다.

"네가 상처받은 거 알아. 하지만 지금은 엄마도 생각이 많이 바뀌셔서……."

"방금 말하지 않았던가요? 남 핑계는 그만두세요. 우리 나이에 누구 때문에 헤어지고 말고 하는 거 선배 생각보다 부끄러운 일이에요."

"그럼 왜……?"

"왜냐면, 모든 사람은 그냥 헤어질 만하니까, 그래서 헤어지는 거예요. 다른 모든 건 결국 핑계예요."

힘이 없어 그에게 손을 잡혔던 것은 아니다. 이번에는 정말 딴 생각 못 하게 단호하게 손을 빼며 그에게 고개를 저어 보였다.

밖에서 보니 우왕좌왕하는 수연이 안돼 보였다. 방금 전까지 일진 사나운 결론 자신을 따를 이가 없다 했더니 누구 하나 쉽게 사는 사람이 없었다.

"사장님, 알바를 더 쓰라니까."

"요새 알바는 끈기가 없어. 제나 네가 하든가."

"나 지금 손 하나 갖다 대도 바스러질 사람이야."

그래도 그녀가 가장 좋아하는 소파석은 비어 있었다. 목만 기댔을 뿐인데 저절로 눈이 감기니 그냥 이 자리에서 며칠 내리 잘 수도 있을 것 같다. 아무래도 수사과에 너무 오래 있었나 보다.

"너 오늘따라 왜 그래? 무슨 일 있었어?"

"아, 있기야 했지⋯⋯."

수연이 걱정스레 바라보자 제나가 싱긋 웃었다. 웃을 기분이라 그런 것은 아니고 누가 자신을 걱정하는 것이 신기해 웃어봤다.

"현수 선배 만났어. 담당 검사 일 있어서 임시로 왔는데 그게 현수 선배래."

"세상에, 정말? 미치겠다. 왜? 그런 우연이 다 있어?"

"세상에 우연이 어딨어? 다 자기 듣기 좋게 가져다 붙이는 말이지."

"그럼 그 새끼가 널 찾아왔다고? 개새끼."

하얀 에이프런을 두르고 순진무구한 눈망울을 가진 여자가 할 말은 아니다. 그래도 이렇게 테이블 하나 사이에 두고 흥분하는 사람을 보니 여기가 직장인지, 카페인지 알 수가 없었다.

"⋯⋯야, 욕하지 마. 귀 울려."

"왜? 너 아직 그 새끼한테 미련 있어, 설마?"

"미련? 미련이야 있지."

이렇게 다시 찾아와 애절하게 굴 정도로 만만하게 보였다니.

이럴 줄 알았으면 다시는 헛생각 못 하게 그때 제대로 손봐줄 것을. 그래도 사귀는 동안엔 큰 실수 한 건 없으니, 그래, 갈 테면 안녕히 가십시오, 손 흔들며 인사까지 해주었다.

"⋯⋯나 아침부터 욕먹을 만큼 먹었으니까 오늘치는 다 채웠어. 커피나 한잔 줘. 알지?"

내가 좋아하는 온도, 그거 꼭 맞춰줘, 이런 부탁이었다. 뭐든 덤덤하니 관조적인 그녀가 까다롭게 구는 건 이것 하나이기에 수연도 바로 알아들었다. 그래서 오래된 친구가 좋은 것이다.

"자, 마셔. 케이크도 좀 갖다줘?"

"됐어. 나 오늘 일진이 사납긴 한가 봐. 이 시간 되도록 커피 한 잔 못 마시고 이게 오늘 첫 잔이야."

뜨겁지 않게 살짝 달아오른 온기가 딱 좋다.

"그나저나 너 그제 선, 그거 어떻게 됐어? 전화해도 말도 없고."

"아, 미안. 어제 정신이 없어서."

"그게 중요한 게 아니고, 그 남자 어땠어? 응?"

정작 본인은 까맣게 잊은 일을 두고, 오늘 그에 대해 말하는 사람이 참 많았다. 그래도 수연은 순수한 의도라는 것을 아는지라 말을 돌리지는 않았다.

"……오세림 예쁘더라."

"뭐? 웬 뚱딴지?"

"성격도 좀 있고."

그게 그날의 감상평의 전부다. 김경원이라는 남자야 그런 기행을 펼칠 정도라면 어지간히 나오기 싫었구나 했고, 그에게 들이밀어지는 여자가 그렇게 많다는 사실에 살짝 동정심이 들기도 했다. 그렇다고 그 방식을 이해한다는 뜻은 절대 아니다. 상상은 해도 행동으로 옮길 만한 일은 아니니, 자신이 당사자가 아니라면 적당히 웃으며 즐겼을 것이다. 하지만 제가 직접 겪은 이상, 그건 그냥 미친놈이다.

"아, 그게 다면 난 좀 아쉬운 것 같은데."

"……."

"혹시 제 이야기는 없어요?"

이렇게 다시 보니, 단순히 미친놈이라 하기에는 저 인물이 좀 아까운 듯싶기도 하고.

큰 키에 탄탄한 몸. 경험상 저 정도의 선이 나오려면 마른 듯 보여도 근육질임에 틀림없다. 하루아침에 저렇게 되지는 않으니 운동을 했다 친다면 나름대로 끈기는 있다는 뜻일 것이다.

아마 하루에 두어 시간은 족히 매달려야 저 비슷한 몸이 나오겠지. 끈기에 여유까지 더해야 할 듯하다.

"다시 봬도 반갑다 소리는 못 하겠네요, 김경원 씨."

"어쩌나? 저는 이렇게나 반가운데."

앉으라는 소리가 없는데도 자기 몸은 잘 챙겼다. 능글능글하게 웃는데 마냥 사람 좋아 짓는 그런 웃음은 아니다. 보통 사람들보다 한 톤 밝은 진갈색의 눈, 그 눈 때문에 가만히 있어도 이목을 사로잡는다. 제 버릇 남 못 준다고 제나가 마주 앉은 남자의 웃음 담긴 눈을 가만히 들여다보자 이내 그녀의 직업을 떠올린 경원이 눈을 가늘게 떴다.

"아, 이거 제가 방심한 거 맞죠?"

"알면 됐구요."

"조금 더 보셔도 되는데."

"어쩐 일이세요?"

"아, 저도 이런 거 좋아하는 편이죠. 본론으로 바로 들어가는 거."

전혀 당황한 기색이 없다. 과장된 반응이 거슬렸지만 지적할 정도는 아니고. 그사이 뒤에서 눈치만 보던 수연이 슬그머니 다가와 경원에게 영업용 미소를 던졌다.

"저기…… 이거라도 한잔 드시고……."

뜨거운 게 확연히 보이는 커피 잔 하나가 테이블에 놓였다. 왜 쓸데없는 짓을 하냐고 쳐다봐도 수연은 어깨만 으쓱하고는 뒤로 물러섰다. 남자는 갈 마음이 없어 보이니 귀찮게 됐다.

"아무래도 초면에 제가 예의가 아니었던지라, 두 번째는 선본 사람 정식 코스대로 따르려고 했던 건데."

"……."

"중매인 통해서 전했더니 싫다고 하셨다기에요."

"그럼 제가 좋다고 할 줄 아셨어요?"

"에이, 설마요. 그래도 또 몰라 기대는 했지만."

경원이 자신의 커피를 살짝 마시더니 살며시 고개를 끄덕였다. 제나가 자신의 커피 잔으로 눈을 내려 그사이 제 취향에서 벗어나 버린 커피를 확인했다. 운이 좋은 편은 아니라도 이 정도는 드물었는데.

"나가실까요?"

"어딜요?"

"말씀하신 대로 여자들 떼어놓고 혼자 왔잖아요. 그럼 다시 한 번 기회를 주셔야죠."

검사실에서 영미와 했던 통화를 떠올렸다. 그게 그사이 이 남자 귀까지 들어갔다니. 요새 그 집 사정이 어렵다더니 빈말이 아니구나 싶어 조소했다.

"여기서 말씀하시죠."

"제가 그날의 무례를 사죄하는 뜻에서 나름대로 신경을 써 예약도 했는데, 같이 가주시면 감사하겠습니다만."

"그럼 그 감사 안 받아도 될 것 같아요."

친구의 카페지만 선 볼 만한 장소가 아니라는 것은 안다. 하지만 일단은 이 남자를 다시 볼 이유가 없어 고개를 저었다.

"저야 뭐 상관없지만……."

쨍그랑, 커피 잔이 깨지며 커다란 소음을 만들었다. 뜨거운 커피를 피하듯 자리에서 일어선 그는 다시 한 번 사람들의 시선을 모았다. 산산조각 난 커피 잔보다 외모가 더 한몫했다 싶을 만큼 그림 같은 얼굴이었다.

"어머, 괜찮으세요? 세상에, 빨리 가서 걸레 좀 가져와. 아니, 빗자루."

"괜찮습니다."

수연이 어쩔 줄 몰라 하자 경원이 정중하게 손을 내저으며 눈을 빛냈다. 제게 몰린 시선에 그의 목소리가 미묘하게 커졌다.

"그럼 정말 여기서 이야기해도 될까요?"

"……."

"제가 서울지방경찰청 마약수사대 이제나 경위님의 어디가 마음에 드는지, 여기서 이야기하면 됩니까?"

제법 멀리서 수건을 들고 걸어오던 수연이 흠칫 멎었으니, 그 거리 안에 든 사람들은 이 남자의 말을 다 들었다. 커피 잔을 엎은 것치고는 거의 젖지 않은 바짓단이나 테이블 바로 아래 카펫을 넘어 반들한 대리석으로만 흩어진 잔의 조각에 그녀의 입가가 올라갔다.

단순한 미친놈은 아니다. 제법 위험한 취향일지도.

"김경원 씨?"

"네."

"여기 꽃병 있는데."

달라고 한 적은 없으니 무슨 뜻일까, 제나를 보는 그의 눈이 조금 진지해졌다. 그래도 남들 눈에는 여전히 능글대며 웃는 것이 마냥 즐거워만 보였다.

"여기 보시면, 커피 잔은 조각이 크죠?"

"아."

"파급력이 없다고 해야 하나, 날카롭지도 않고 소리도 둔탁하게 울리다 말고. 요새 커피 잔이 그래요, 아무래도 영업용이니까. 손님이 다치면 큰일이잖아요."

차분하게 설명을 하던 제나가 큰 조각 하나를 집어 경원에게 내밀며 조곤조곤 설명을 하자 그는 일단 고개를 끄덕였다. 수연 혼자만 이걸 지금 치워도 되는 건지 헷갈려 했다.

"······이왕 깨트리실 거면 화병이 더 좋을 뻔했다구요. 보시겠어요?"

가볍게 잡고 있던 화병이 스르르 미끄러지더니 더 큰 소리를 내며 흩어졌다. 확실히 그녀의 말이 옳았다. 가루처럼 부서지는 유리 조각이 조명 아래 반짝거리고 경원의 눈은 더 반짝거렸다. 아직까지 제나는 자신이 무얼 잘못하고 있는지 몰랐다.

"어차피 물이니 바지에 묻어봤자고, 그렇게 날렵하게 피하실 것도 없구요. 재질이 달라서 소리도 더 크고 깨진 조각도 날카로워 다치기도 쉽죠. 확인해보시겠어요?"

"아니, 뭐 그 정도까지는."

42

"뭐든 장단점이 있다고, 대신 청소하기가 조금 힘들겠죠."

아, 그렇구나. 경원이 턱을 살짝 매만졌다. 제나가 일을 조금 더 크게 만든 탓에 이제는 뒤에 앉은 사람까지 기웃거리며 그들을 살폈다.

"제가 왜 나가고 싶지 않은지, 아니, 왜 김경원 씨가 마음에 들지 않는지 이 자리에서 설명해드려도 괜찮을까요?"

"글쎄, 그럼 나 상처받을 거 같은데."

말과는 달리 그의 표정은 전혀 그렇지 않다. 입술에 손이 닿으면 금방이라도 웃음이 터질 듯 보여 그녀는 자신의 행동을 후회했다.

"……그럼 밖에서 이야기해요. 대신 여기는 구석구석, 깨끗하게 치워놓고 오시구요."

생각보다 오래 걸린다. 돌아보려다 괜한 착각이라도 할까, 그녀가 카페 앞 벤치에 앉아 머리를 들었다.

원래 같으면 지금 뭘 하고 있을 시간이더라?

커피 한잔 하고 간만에 집에 들어가 푹신한 침대에 누울 수 있었을 텐데, 박스 몇 개 붙여 간당간당 자는 게 아니라. 그 생각을 하니 저 남자가 더 곱게 보이지 않았다.

"……치우랬더니 도로 붙여놓고 나오나."

못해도 30분은 넘었다. 이만하면 충분히 기다렸지 싶어 나 이제 가련다, 휴대전화를 꺼냈지만 정작 그 남자의 번호도 몰랐다. 선본 남자 전화번호조차 모르다니, 확실히 정상은 아니다.

"……안 나오실 거면."

결국 돌아가 카페 문을 열던 그녀가 멈칫 굳어버렸다. 사람 끌어 모으는 데 일가견이 있는 줄은 알았는데 이런 화기애애한 분위기까지 연출할 줄이야.

"어머, 경원 씨 잘하시네요."

"그래요? 저도 나중에 카페 하나 차려야겠어요."

"지금은 뭐 하시는데요?"

"음…… 향락업종? 편의점도 하나 있어요."

"아하."

"아, 이렇게 하면 되나요?"

무릎 꿇고 유리 조각 모으는 거야 진작에 해치웠을 거고, 지금은 수연과 저렇게 담소를 나누며 전등을 갈고 있었다. 팔짱을 끼고 옆에 서자 경원이 의자에서 내려오며 밝게 웃었다.

"일 벌이면 확실히 책임지는 스타일 좋아하시는 거 같아서."

"그렇기는 한데."

"화병이랑 커피 잔 값 물어드리려고 해도 한사코 거절하시기에 몸으로 좀 때웠어요."

"그래, 제나야. 여기 전등도 다 갈아주시고 이것도 옮겨주시고. 바닥 청소까지 다 하셨어."

이런 데서 사심 채우는 것이 자신의 친구라 조금 슬펐다. 그래도 책임진다는 자세 자체는 좋게 보았기에 늦은 탓을 하고 싶지는 않다. 이제는 정말 모르겠다 싶어 다시 밖으로 나가자 이번에는 경원도 바로 따라 나왔다.

"……김경원 씨, 저 피곤해요."

"허락해주시면 어깨라도 주물러드릴까요?"

제나가 처음으로 웃었다. 픽, 짧게 스치고 사라진 웃음이었지만 경원은 똑똑히 보았다. 이 여자 예쁘네. 잘하면 허락해주지 않을까.

"꿈도 크시네요."

역시나.

"김경원 씨, 짧게 말할게요. 저는 그쪽한테 관심이 없어요."

그다지 정색하는 느낌은 아니었다. 피곤하니 짧게 끝내겠다, 이런 정도는 분명했지만 날카로운 것도, 무례한 말투도 아니다. 그래도 내용이 내용인지라 경원도 마냥 가볍게 굴 수는 없었다.

"바쁜 거야 맞지만 이렇게 찾아온 성의를 봐서라도, 조금 길게 말씀해주시면 안 될까요?"

"……네?"

"한 1년, 2년에 걸쳐서 이야기해주시면 좋겠는데. 길면 길수록 좋구요."

"지금 저한테 당신 싫다는 이야기를 몇 년에 걸쳐서 해달라구요?"

"보통 연인들이 그렇더라구요. 몇 년에 걸쳐 서서히 싫어지는 과정이 연애 아닌가?"

흥분하지 말자 싶어도 그게 꼭 마음대로 되는 것은 아니다. 이런 부류의 남자는 꽤 잘 안다고 생각했는데 어디서 문제가 발생한 걸까, 그녀가 살짝 제 기억을 되짚었다. 그래도 특별한 건 없다.

"……김경원 씨, 저는 그런 식으로 웃는 남자를 싫어합니다만."

경원의 얼굴에서 처음으로 웃음이 사라졌다. 애초에 눈은 웃지 않았기에 입꼬리만 내리면 간단한 일이었다.

"저는 웃어야 할 상황에서 진심으로 웃는 남자를 좋아해요. 그렇게 내일 죽을 사람처럼 자기중심적으로 위험하게 사는 사람은, 아무래도 가까이하기에 불안하네요. 이게 일반적인 취향이죠."

"……혹시 고쳐서 어떻게 해보실 생각은?"

"그러기에는 좀 바빠요. 그리고 직업이 직업인지라 연애할 때만큼은 마음 편하게 만날 수 있는 사람이 좋아요."

그럼 나는 안 된다는 건데. 왜 내 주변에는 이렇게 성격 확실한 사람만 있는 거지.

경원이 제 생각은 않고서 대뜸 인상을 썼다. 그래도 이때나마 진실된 표정을 짓는 것 같아 보던 제나는 만족했다. 때마침 주머니에서 벨소리가 울리자 바로 가져다 대는 손이 신속했다.

"아, 그럼 이만. 네, 여보세요? 김 형사님. 네? 정말요? ……네 명이나요? 검사님한테 연락해야겠는데. 아, 하필이면 왜 또……. 네, 바로 갈게요."

일이 꼬였다. 김 형사 번호가 뜰 때부터 직장인 특유의 불안이 솟았는데 예외는 없었다. 경원에게 인사를 할 상황도 아니고 대충 훑어봐도 그는 보이지도 않았다. 좋은 소리 들은 것도 아니고 그 사이에 갔겠거니, 일단 택시부터 잡으러 갔다.

'……잡힐 리가 없지.'

이 시간대 술집 많은 번화가에서 택시가 대기하고 있다면 그것도 이상했다. 차도 서에 두고 왔고 방법이 없으니 되는대로 지하철역으로 뛰었다.

자그마치 현행으로 넷이나 잡혔댄다. 검사도 검사지만 아직 약에 취해 횡설수설할 때 캐내야 하니 차가 없으면 달려라도 가야 했다.

"저 지금 차 태워주면 점수 좀 딸 수 있을까요?"

"……."

"아, 내 차 슈퍼칸데."

재빠르고 약삭빠른 남자였다. 초등학생도 안 할 재산 자랑은 지극히 유치했다. 이 상황엔 끌려서 문제였지만.

늘 그렇듯 마약으로 잡혀 오는 사람들은 제정신이 아니었다. 한 명은 비실대며 웃음을 흘렸고 두 놈은 욕설을 하고 있었으며 나머지 하나는 막 바지를 벗으려던 참이다.

"검사했어?"

"네. 룸살롱에서 잡았는데 여자들도 같이 데려왔어요. 작정을 하고 모였는지 지갑도 없고 이름도 모르고."

"지문은?"

"떴는데 안 나와요. 맛이 갔어요."

"저놈은 어떻게 좀 해야겠는데."

가만두면 팬티까지 벗을 참이라 손짓을 해 멀리 보내버렸다. 남자들도 그렇지만 같이 온 여자들도 다양했다. 이런 일에 익숙한 듯 팔짱을 끼며 짜증을 내는 여자도 있고 스마트폰을 들여다보며 자기 일 하는 여자도 있다. 몸담은 지 얼마 안 되는 티가 역력한 어린 아가씨가 흑흑대며 울고 있기에 그 옆에 먼저 갔다.

"이름 어떻게 돼요?"

"이, 이지연이요……."

"실명 말고."

"⋯⋯혜라."

저 듣기에는 본명이 더 예쁜 것 같은데, 그런 충고를 하기에는 그녀는 너무 깊게 발을 담갔다. 다시 주위를 둘러보다 그래도 욕하는 놈보다는 눈 감으며 실실대며 웃는 놈이 낫겠지 싶어 같이 웃으며 어깨를 잡았다.

"이름?"

"⋯⋯뭐라는 거야. 재수 없게 여자가 어디 반말로."

아, 이건 아니구나. 다시 전략을 바꿔 옆에 당겨 앉았다.

"오빠, 저 혜라예요. 이름 좀 가르쳐주시지. 너무해."

"아, 우리 혜라? 하하하. 말했잖아. 조석원."

"형식아. 일단 조석원 치고, 애부터 가자."

"네, 누님. 근데 이거 암페타민 맞죠? 저도 온 지 얼마 안 돼서."

"퍼플하트."

"돈도 많은 새끼들."

제나의 팀은 손발이 잘 맞았다. 척 하면 척이라고 한 사람이 캐내면 나머지는 조회하고 간간이 협박도 이어졌다. 이성을 잃은 사람들이라 함부로 유치장에 넣을 수도 없었다. 일반 범죄자와 섞이면 더 큰 문제가 발생할 수도 있기에, 어린아이 다루듯 불면 날아갈까 손에서 놓지 못했다.

"남 형사님, 와이프 생일이라면서 왜 또 나오셨어요? 점수 좀 따셔야지."

"이제 저한테 기대도 안 한다네요. 이 경위님도 바로 오셨죠?"

"네. 아, 그냥 아예 퇴근을 하지 말 걸 그랬나 봐요."

그러면 놈팽이는 안 만났을 텐데.

아침이 되어 보충 인력이 올 때까지 제나는 한숨도 못 자고 밤을 새웠다. 팀장이 오자마자 숙직실로 보내줬지만 한번 깨버린 잠이 다시 올 리는 없다. 그래서 그런지 처음 타본 슈퍼카의 문을 열어 주며 남자가 한 말이 잔상처럼 남아 맴돌았다.

「저도 마약 하면, 이 시간에 제나 씨 불러낼 수 있는 건가요?」

미친놈.
이 말을 해줬던가, 못 해줬던가. 가물가물 눈이 감겼다.

04

자고로 이제나 사건에……

「미친놈.」

소리의 정의로 따지자면 이 말은 경원의 귀에 닿지 않았다. 그러나 입 모양으로 분명히 읽었으니 들은 것과 다름없었다.

"경원 씨? 뭐 좋은 일 있어요? 오늘 정말 좋아 보이는데."

"……아, 그래 보여요?"

"당신은 저 자식이 진짜 좋은지, 가짜로 좋은지 구분이 돼?"

"눈이 웃고 있잖아요."

"그런 걸 다 구분한다는 거지?"

별걸로 다 질투야. 은서가 웃자 강재가 더욱더 못마땅해했다. 이 집안은 올 때마다 늘 같다. 은서는 태교랍시고 수학 문제를 풀고 있으며 강재는 노트북을 끌어안고 제 일 하느라 바쁘다. 거기다 하나 있는 처제는 주방에서 심부름을 하는 척 도망갈 기회만 노렸고.

"……유은우, 너 내가 다 보고 있어. 들어와."

"아이, 형부도 참……."

"셋 셀 동안. 하나, 둘."

"아, 정말. 왔잖아요!"

손으로는 자판을 두드리고 눈으로는 은서를 살피던 강재가 뒤통수 너머의 은우를 불러 세웠다. 그래도 형부가 무섭긴 한지 은우가 대번에 달려왔지만 은서는 절레절레 고개를 저었다.

"아……, 이게 왜 답이 바로 안 나오지? 그럴 리가 없는데. 그나저나 경원 씨, 얘기 안 할 거예요?"

"음, 그게요."

은서 옆에 붙어 앉으려니 강재의 눈초리가 무시무시했다. 그래도 둘이 하던 습관대로 목소리를 낮춰 소곤거리자 문제를 풀던 은서가 끄덕거리며 그의 이야기를 정리했다.

"선을 봤는데, 여자가 네 명, 그중 하나가 경찰인데, 그 여자가 그렇게 좋다구요? 아…… 답 나왔다. 역시."

마지막 문제의 답을 알아낸 은서가 꽤 기분이 좋아진 듯 목소리를 높였다. 그러고 나서야 보기만 해도 눈 돌아가는 책을 덮어두고 경원의 얼굴에 집중했다.

"그 여자가 왜 좋은데요?"

"잘 모르겠어요."

"모른다구요?"

홀가분하던 은서의 표정이 조금 심각해졌다. 가볍게 치부할 얘기는 아니라 보였다.

"경원 씨가 모르는 건 진심이라는 건데."

"그게 무슨 말이야?"

"경원 씨 대답은 늘 '재미있을 것 같아서', 이거 아니면 없었잖아요."

은서의 말이 맞다. 언제는 안 맞았겠냐만 오늘도 확실했다.

그 여자가 단순히 눈에 띄는 행동을 해서?

그건 아니다. 재수 없는 소리지만 제 시선을 잡아끌고자 하는 여자들 때문에 안 겪어본 일이 없는 그였다. 클럽 안에서 옷을 다 벗어 던지는 여자도 있었고 딴에는 더 세게 나간다며 멋모르고 조폭까지 대동한 여자도 있었다. 자살 소동을 펼치는 여자 앞에서도 턱을 괴고 웃었던 그다. 안 죽을 거 아니까.

그런데 그 여자 앞에서 그 웃음을 지적당했다. 호기심으로 시작했던 감정이 호감으로 변하는 것도 순간이었고. 물론 그를 강하게 끌어당기는 것은 그 이상의 무언가…….

"……당당함?"

"음, 경원 씨 그런 취향이구나."

뭔가 알겠다는 표정으로 은서가 강재에게 속삭이자 그가 그럴 리 없다며 고개를 내저었다.

"쟤 몰라? 원래 미친놈이야."

"그래도 모르잖아요, 마음잡았을지."

"……저기, 두 사람, 혹시 내 얘기 하는 거 맞아?"

그들만의 세계는 벽이 높았다. 은서가 멀뚱히 서 있는 은우에게 이불을 가져오라 시키자 강재가 그사이에도 추울까 은서의 어깨를 감쌌다.

"그래, 고마워. 참, 유은우 너 현관 쪽으로 가기만 해."

죽는다, 이불을 배에 덮어 꼼꼼하게 감싼 그녀가 그 못지않게 위험한 눈빛을 빛냈다.

"은서 씨, 몸도 힘들 텐데 추우면 이불 덮을 게 아니라 안에 들어가서.”

“아니, 춥긴요. 태교하려구요. 애들한테 들리면 안 되니까. 경원 씨가 진심이라면 짚고는 넘어가야죠.”

“뭘?”

“지금 선보는 데 여자들 다 불러놓고, 거기다 오세림까지 끼고 갔다는 거, 제가 잘못 들은 거 아니죠?”

“하하하.”

“경원 씨, 제가 친구로서 이야기하는데…… 그러다가 조만간 칼 맞아요.”

답지 않게 생글거리더니 이렇게 뒤끝이 강하다. 몰랐던 것도 아닌데 그 싸늘함에 절로 반성이 될 지경이다.

“……하하, 은서 씨도 참.”

“잘 풀리면 뺨이고. 전 내기해도 좋은데.”

“내가 천만 원 걸지.”

“강재 씨, 그럼 내기가 안 되잖아요. 나는 1억 걸 건데.”

“언니, 진짜 1억 있으면 나 5만 원만 주면 안 돼? 이번에는 진심 책 살 건데…….”

“…….”

최근 들어 그의 웃음을 멈추게 하는 여자가 많아졌다. 다시 이불을 배에서 걷어낸 은서가 수학책을 펴자 이 집은 다시 원래대로 평화롭게 돌아갔다. 질린 표정으로 돌아가려는 그에게 은서가 남편의 질투를 무시하고 직선적인 한마디를 더 건넸다.

“경원 씨, 당당함은 솔직하게 진심으로 사는 사람에게서만 나올 수 있는 거예요.”

"……명심할게요."

그 말인즉슨, 너는 아니라는 뜻이다.

남자친구라면, 그래도 꾸준히 있었다. 자신에게 호감을 표시하는 남자야 드물지 않았으니 상대에게서 특별한 결격 사유가 보이지 않으면 제나 자신도 마음을 열어보려 노력했다. 뜻대로 되는 경우가 있었고 아닌 경우도 있었고, 사람 일이라는 게 늘 합이 맞지는 않았으니까.

자신은 더 만나보아도 좋을 것 같은데 남자 쪽에서 너무 부담스럽다며 등을 돌린 적도 있었고 그 반대의 경우도 있었다. 대부분은 후자의 경우였지만 큰 의미는 두지 않았다. 나 싫다고 떠나는 남자 잡아볼까, 그런 미련한 행동은 질색이다. 감정을 죽이고 사는 데 익숙하기도 했지만 그렇게 미련을 떨다가 얼마나 구질구질한 취급을 받는지 너무나 잘 알았다. 다른 사람도 아니고 제 엄마가 그랬으니까.

엄마, 거기서는 그렇게 살지 마.

엄마의 기일마다 덩그러니 사진을 보며 효녀라고는 할 수 없는 생각을 했다. 법조인까지는 아니지만 경찰이 되고 나서 그녀의 생각은 더 굳어졌다. 모르고 한 일에도 미련이 붙으면 죄가 된다고.

"오, 제나. 퇴근하려고? 이것 좀 먹고 가."

"웬 거야?"

"남친 찬스."

"넌 또 뭐가 그렇게 스트레스를 주는데? 이걸 다 먹을 거야?"

"아, 몰라. 내가 지금 중고나라 벽돌사기 잡으러 다니게 생겼냐?"

휴게실에 잠시 들렀더니 떡볶이를 먹던 현미가 제나를 불러 세웠다. 경찰대 동기인 현미는 모든 스트레스를 먹는 걸로 푸는 타입인데 다행히 그 애인은 그런 그녀를 몹시 귀엽게 생각했다.

"아까 마약수사대 들렀는데 너네 이번 검사는 일 좀 하나 봐."

"……왜?"

"바로 구속 영장 청구했다네. 사람 봐가며 세월아 네월아 하던 게 언제라고."

일이야 같이 하는 건 처음이지만 현수는 원래 행동이 빠르긴 했다. 그런 모습을 꽤 괜찮다 생각한 적도 몇 번 있었다. 그리고 그 생각은 '빠른' 행동이 '약삭빠른' 행동으로 바뀔 때 그만두었다. 아직 그녀가 사람 보는 눈이 부족하던 시절의 일이다.

"……올라오다 봤는데, 밑에 무슨 일 있어? 애들만 바글거리던데."

"뭐긴 뭐야. 하도 쪼아대니까 클럽 몇 개 털었지. 머리에 피도 안 마른 것들이 바글바글, 어휴."

"미성년자?"

"어. 가출 신고 때문에 가출 팸 털다가 클럽까지 갔다네."

클럽 하면 떠오르는 사람이 있다. 그날 이후 더 이상 보이지 않았으니 제가 한 '미친놈' 소리를 들은 것이 아닐까 싶은데 그래도 별 상관은 없었다. 생각보다 끈기는 없는 사람이구나, 그런 의미 없는 생각 정도는 잠깐 해봤지만.

"……클럽이라면, 더 베이 이런 데?"

"그런 데야 아무나 치나. 대한민국 톱인데."

"그 정도였나? 들어는 봤었는데. 아아…….."

그래서 그렇게 안하무인이었구나, 무슨 사연이 있는 남자인가 했다.

"거기 말 나와서 말인데, 그 사장이 대단하대. 배경도 그렇고."

"대단할 것까지야."

"웃으면서 사람도 죽일 놈이래. 얼마나 독한데."

그런 느낌은 못 받았다. 무료해 보였고 따분해 보였다. 그렇게 버석한 사람들이 불붙이면 제일 먼저 타버리는 타입이라 위험하기도 했고, 제나는 그런 게 싫었다. 이래 봬도 꽤 안정적인 것을 추구하는 타입이다.

"그 집 아버지가 해피캐시 거기 사장이거든. 말이 대부업체지 그냥 사채 아냐? 집안 사정도 엄청나게 복잡하다나 봐."

돈줄이 될 만한 선 자리이니 그렇게 밀어붙였겠지만 뭐 하는 집인지는 지금 알았다. 그러고 보니 영미의 태도가 이해가 갈 만했다. 가까이 붙어 부스러기는 받아먹고 싶은데, 뿌리 깊은 명문가는 아니니 제 딸은 아깝고. 자신이 그런 이기주의의 희생양이 될 뻔했다는 것이, 뭐랄까.

"……기분 더럽네."

"응?"

"아냐. 그래서 뭘?"

"아, 하여튼 더 베이 사장이 거기 장남인데 일이 많았다나 봐. 하도 막 나가서 집에서 아예 내놨더니 자수성가한 거래."

"자수성가?"

자수성가라는 말이 이 정도로 가볍게 들리기는 또 처음이라 웃었다.

"응. 나도 잘은 몰라. 채원 씨한테서 얻어들은 거지. 강력계야 클럽이랑 떼려야 뗄 수가 없잖아."

"아아."

"한 푼도 못 받고 나왔다던데 설마 그렇게까지 했나 싶어. 싫다 싫다 해도 그 아버지 핏줄이면 돈 감각은 있겠지. 아주 부러워 죽겠네."

"돈 많아서?"

"아니, 최소한 나처럼 게임 아이템 훔쳐 간 놈 쫓아다니지야 않겠지."

제나가 깔깔대며 웃자 현미가 남은 떡볶이를 마저 입에 털어 넣으며 인상을 썼다. 지능범죄팀에 있다 보면 주 업무가 사이버 수사인지라 어쩔 수가 없다. 몇 달을 고생해 얻은 황금날개나 전령의 화살을 잃어버렸다고 현미를 잡고 울고불고 늘어지는 십 대들을 볼 때마다 차라리 약쟁이들을 상대하는 게 낫다 싶었다. 기본적으로 그녀는 울며 늘어지는 것을 몹시 싫어했다.

"아…… 저런 남자랑 만나는 여자는 얼마나 좋을까? 진짜 셀 거 같지 않아?"

"뭐가?"

"정력."

흐음, 헛웃음을 지으며 켜져 있는 TV로 눈을 돌렸다. 조각 같은 남자가 여자를 잡은 채 거칠게 키스를 하고 있었다. 그 와중에 여자 배우는 또 오세림이다. 저 여자도 참 여러 남자 둘러가며 열심히 사는구나.

"……."

"우리는 요새 권태긴가 봐. 채원 씨가 영…… 어휴."

먹는 걸로만 스트레스를 푸는 줄 알았더니 오산이었다. 현미는 이미 미각으로 느끼는 쾌감은 모두 섭렵하고 몸으로 넘어온 지 오래다.

"나 며칠 밤 새우고 듣는 이야기가 친구 남친 정력 이야기여야겠어?"

"야, 인생 별거 있어?"

원래 거침없는 성격의 현미다. 제나가 강력계의 에너자이저라 불리는 채원 선배를 생각하다가 머리를 저었다. 저 입은 막는 편이 여러모로 좋을 것이다.

"잘 먹었어. 나 먼저 갈게."

"아, 저 남자 진짜 잘생겼다……. 어우, 저 허벅지."

막는다고 막아질 입이 아니라 결국 제나가 먼저 문을 나섰다. 며칠간의 고된 철야가 끝났으니 피곤보다는 뿌듯함이 강했다. 내일 하루 쉬라는 가장 큰 보너스를 받았으니 오늘 같은 날엔 술이라도 마셔줘야 예의가 아닐까.

그런 마음으로 수연의 커피숍으로 향했다. 그래도 막 주차하고 차 밖으로 나오는 순간까지는 시원한 맥주가 그리웠다.

"우와, 씨이. 이거 뭐야? 무르시엘라고 맞지?"

"이딴 건 누가 타고 다니냐?"

"우와, 세상 진짜 불공평하다! 누구는 부모 잘 만나서."

왜 그 말만 듣고도 그 주인을 알아챘을까. 낮에 그 사람이 떠올라서? 아니면 이 동네에, 이 주차장에 대한민국에 몇 대 없을 차가 있는 것이 너무 뻔하니까?

"불공평하긴. 난 지금 이거 타려고 너네 나이에는 불평 대신 일했잖아."

"……."

"아, 사흘하고도 세 시간 만이네요, 제나 씨."

"……그날 차 태워주신 거, 정말 감사하게 생각합니다. 덕분에 경찰서에 늦지 않게 도착해서 일 무사히 마쳤어요."

내가 너한테 할 말은 그것뿐이니 이제 알아서 떨어져달라, 그렇게 들렸다. 역시 재미있는 여자다.

"그럼, 저 그날 점수 못 딴 건가요?"

"그럴 리가요. 시민이 그렇게 노력해주셨는데, 제가 모범 시민 추천이라도 해드리면 될까 싶네요."

"저도 양심은 있어서."

경원이 카드 키를 꺼내려는 제나의 앞을 막아섰다. 사흘을 고심하다가 왔는데도 결론을 못 내렸다. 그럴듯한 답을 얻을 때까지는 섣불리 움직이지 말자 했는데 그게 마음대로 안 되는 것도 처음이다.

"……제나 씨. 혹시 저한테 궁금한 것 없으세요?"

"제가 김경원 씨한테요?"

"남자로서 궁금한 거면 더 좋겠는데."

"왜요?"

"그래도 하나씩 알아가다 보면, 새로운 감정이 들 수도 있지 않을까 싶어서요."

그건 자신에게도 해당하는 것이었다. 그는 제나를 알고 싶었으니까. 어차피 머리 아프게 살아오지 않았으니 일단 이 여자의 말한 마디라도 더 들어보고 싶다.

"……그렇게 말씀하시니 말인데, 궁금한 게 하나 있기는 하네요. 조금 실례가 되지 않을까 해서 망설였는데……."

"얼마든지요."

"오세림 정도 되는 여자랑 한번 자려면, 얼마 줘야 돼요?"

"아아……."

경원의 표정이 볼 만했다. 언뜻 보면 숙련된 얼굴로 웃는 것 같았지만 제나의 위치에서는 말문이 막혀 헛웃음을 짓는 것이 바로 보였다.

이 남자, 꽤 귀엽네.

어디까지 능글능글 구는지 보려고 했던 시도에서 의외의 사실을 알았다.

"아니, 한 번이 아닌가? 뭐 일단 한 번이라고 치구요."

"……그게 왜 궁금하신지?"

"남녀 배우 차이야 있겠지만, 저도 돈 모으면 자보고 싶은 사람이 생겨서요."

정확히는 자신이 아니라 현미의 취향이지만, 뭐든 어떠랴.

마침 머릿속에 바로 떠오르는 게 직전에 보았던 허벅지 단단한 남자 주인공이었고, 최소한 이 남자에겐 못 할 말도 아니다. 자고로 이제나 사전에, 똥 묻은 개는 겨 묻은 개 나무라는 순간 혀가 뽑히는 법이었다.

"사장님, 오세림 씨가 오전부터 와서 기다리시는데…….."

자신만큼 요란한 차를 몰고 다니는 그녀다 보니 주차를 하면서 벌써 알아차린 사실이다. 한 대 세워놓을 때에는 몰라도 두 대 나란히 붙여놓으니 눈이 아프다. 패션을 모르는 벼락부자가 명품으로 칠갑을 했을 때 풍기는 느낌과 비슷해 입안이 까칠했다. 아무래도 차 바꿀 때가 됐다.

"김 비서. 전화 돌려서 좀 점잖은 걸로 가져오라고 해. 클래식한 걸로."

"네. 그건 그런데…….."

얼른 고개를 끄덕이면서도 노심초사하는 김 비서 때문에 보는 사람이 다 불안할 지경이다. 비싼 돈 주고 비서 고용해서 왜 내 마음이 불안해야 할까.

"뭐야, 죄지었어?"

"아니, 그게 아니라, 사장님이 이제 들이지 말라 하셨는데…….."

"그게 마음대로 되나."

내가 저 여자를 아는데.

창문 너머 서성이던 세림이 그가 들어서자 바로 고개를 축 늘어트렸다. 받아줄 기분도 아니지만 그럴 이유도 없다. 연기라면 TV로 보는 걸로도 족했으니까.

더 솔직히 말하면 그는 청승맞은 게 싫어 드라마는 쳐다도 안 봤다.

"오세림 씨, 실물로 뵈니 정말 아름다우시네요."

TV는 안 봐도 연기라면 그도 빠질 수 없다. 상대가 어찌 나올지

뻔히 아니 그는 한발 앞서 나갔다.

"오빠!"

그녀도 눈치가 백 단이라 경원이 저를 반기는 게 아니라는 것을 알았다. 저 말이라면 이전에도 한번 들은 적이 있다. 정말 처음 만났을 때.

"도대체 왜 전화를 안 받는 건데요? 몇 통이나 전화를 한 줄 알아요?"

"저랑 통화할 일이 있으셨던가?"

"……내가 그날 일은, 다 설명할 수 있다고 했잖아요!"

"그날이라면…… 주재희랑 홍콩 가서 진짜 홍콩 간 날? 아니면 낮에는 주재희랑 만나고 밤에는 김현민이랑 마카오 갔던 날?"

세림의 입이 떡 벌어져 받아칠 기회를 놓쳐버렸다.

"……오빠, 일단 제 말 좀……."

"오세림 씨."

경원의 얼굴이 제법 짜증스레 비치자 그녀의 입안이 바싹 말랐다. 밑바닥부터 시작해 여러 스폰 거치며 이 자리에 올랐으니 저도 눈치 하나는 빠르다고 생각했는데, 이제껏 만나온 남자 중 가장 어린 축에 속하는 경원의 표정은 이상할 만큼 읽기가 힘들었다.

"여배우 이미지 생각해 산뜻하게 처음 만난 걸로 대해주고 싶었는데, 저 같은 놈한테는 그런 신사적으로 행동할 기회마저 안 오나 보네요."

"……."

"우리가 처음 만났을 때 이미 이야기 된 줄 알았는데. 그쪽에서 필요한 건 돈뿐이라고 했고."

"……그건 그때 감정이고."

"난 그런 감정까지는 책임지지 못한다고 몇 번이나 말했고. 기억 안 나시나요?"

난다. 몇 번이나 같은 말을 반복하며 주의를 줬다. 그때에도 그는 친절했고 무례하지도 않았다. 정말 괜찮겠냐고, 그렇게 달콤하게 묻기에 허황된 상상도 했었다. 무엇보다 이 남자 성적 취향이 독특한 게 아닐까 싶게 사례도 후했고.

그렇게 때문에 한순간에 돌아선 남자의 태도에 황당함을 감출 수가 없는 그녀였다. 원래 사람은 제 잘못은 아주 가볍게 여기는 법이었지만 오세림은 그게 조금 심했다.

"나는 오빠가 너무 바쁘니까, 나한테 조금만 더 신경을 써줬어도!"

"그랬으면 안 그랬을 텐데, 떠나고 나니까 잘못을 깨달았고, 뭐 이런 레퍼토리신가? 혹시 서로 짜는 건가? 나 같으면 자존심 상해서 그런 말은 안 맞춰볼 텐데."

"……."

"오세림 씨, 앞으로 TV에서 보게 되면 지금 하는 광고처럼 맑고 순수하시길 바라겠습니다. 팬은 아니지만."

정중하게 웃었지만 눈은 더없이 싸늘해 오한이 들 정도다.

"……잘못했어요."

"그리고 하나 더, 나한테서 얼마 받고 잤다 이런 이야기 내 귀에까지 들리면…… 잘 모르겠네요, 앞으로 제가 어찌할지는."

그가 먼저 문을 열었다. 저렇게 웃는데도 숨이 가빠져 세림은 최면에 걸린 것처럼 문을 나섰다. 그리고 문이 닫히고야 힘이 풀려 주저앉았다.

"저, 오세림 씨?"

"……네?"

몇 번이나 본 적 있는 그의 비서다. 늘 백화점에 같이 다녔으니 어쩌면 경원보다 더 많이 만났을지도. 혹시나 싶은 세림이 보석이라 칭송받는 그 눈을 빛냈지만 비서는 사장만큼 무심했다.

"사장님이 여기 주저앉지 말게 하시라고, 문 여는 데 거치적거린다고 말씀하셨습니다."

"약속 좀 지키고 살면 좋은데……."

여자를 이런 식으로 만나는 건 꼭 재미로 그러는 게 아니다. 일단 혈기왕성한 남자이니 성적인 욕구 때문에 여자를 만난 것은 부인할 수 없었다. 예쁜 여자를 보면 자고 싶었고 몸매 좋은 여자를 보면 눈이 갔다. 이거야 보통의 남자들과 다를 바 없을 것이다. 다만 재력과 성품, 취향에 따라 그 꿈을 실현하느냐 마느냐의 차이가 있겠지.

「왜 그렇게 네 멋대로 살아? 이 자식! 그렇게 멋대로 살 거면 나가!」

「그러라면 그러죠.」

「뭐? 지금 이게 애비한테 할 소리야? 클럽? 기어이 그걸 한다고?」

「클럽이 어때서요. 적성에도 맞고, 사채보다는 나은 것 같은데.

케이블 광고 좀 한다고 해서 사채가 은행 되지는 않잖아요?」

남들과는 개념이 조금 다르겠지만 그가 사는 세상 기준으로 본
다면 경원은 바닥부터 시작했다. 그가 현재 위치까지 온 것에는
그의 사람 보는 눈이 탁월했음이 크게 작용했는데, 그는 몇 마디
만 나눠도, 빠를 때에는 눈빛 하나에 상대가 어떤 사람인지 대번
에 파악했다. 여자를 볼 때 역시 그 눈을 보고 판단했다. 가벼운
웃음이 늘 그의 눈가에 묻어 있으니 상대방이 눈치 챈 적은 한 번
도 없지만.

호사가들이야 그의 취향은 한결같이 예쁘고 잘나가는 여자들이
라 하겠지만 그의 기준에서는 단지 '꼭 내가 아니라도 상관없을 여
자들' 정도였다. 조금이라도 자신에게 진심으로 마음을 줄 것 같
은 여자가 있으면 죄스러운 마음에서라도 멀리했다. 그에게도 일
말의 양심이라는 게 존재는 하니까.

「계약은 이걸로 성립됐고. 서로 지킬 건 지키자고.」

뭐든 오가는 거 확실한 것을 추구하는 그로서는, 상대방이 원하
는 것을 돌려줄 수 없는 것 자체가 딱 질색이다. 그래서 경원은 확
실한 관계만 만들어왔다. 한순간 무 자르듯 잘라내도 미안해하지
않아도 될 관계. 미련이 처덕처덕 덧발리지 않을 그런 관계.

"……지금 내가 잘못 살았다는 거야?"

난 아닌 것 같은데. 그쯤 되는 위치에 있으면 여자가 없는 것도
문제다. 실제로 모든 게 귀찮아 몇 달 유유자적 혼자 지냈더니, 정

작 그는 불편한 게 없는데 주위에서 말이 많았다. 게이라느니 변태라느니, 이 정도 표현이 가장 점잖은 축에 속했다.

돈이 오간다지만 그는 나름대로의 예의는 지켰다. 마음을 달라 요구하지 않는 이상 그가 먼저 뿌리친 적도, 한 번에 여러 여자를 만난 적도 없다. 그렇다고 몸만을 탐하려 만나는 것도 아닌지라 아주 담백하게 굴 때가 더 많았다. 사실, 사람들에게 보이기 위한 목적도 만만치 않았다. 그는 게이도 변태도 아니었으니까.

그럼에도 문제는 끊이지 않아 때로는 그를 슬프게 했다.

보통은 오세림 같은 경우다. 해달란 대로 다 해주니까 착각하는 경우.

그래도 남자라고 그 여자가 어쨌니, 먼저 떠벌린 적은 한 번도 없었는데 순간 억울해졌다.

"네, 고모."

─ 너 정말 뭐 하고 다니는 애야? 선 자리에서 그러고 다니는 게 말이 돼? 너 내 체면은 생각 안 해?

그래도 핏줄이라고 체면 생각했으니까 그 성격에 그 정도만 했다. 가만 보면 생색도 필요한 순간이 있었다.

"고모, 짧게 할게요. 저 안 그래도 머리 복잡해서."

─ 뭐야? 이놈의 자식이.

"어차피 고모한테 필요한 거야 조신한 조카며느리가 아니라 고모부 자금이잖아요. 김 비서 보낼 테니까 혈압 올리지 마시라구요."

수화기 저편이 조용한 것을 보니 늘 그렇듯 그의 예상이 맞다. 떠듬대며 무슨 말을 그렇게 하냐는 둥 했지만 더 이상 여자 이야기는 없었다.

"어쨌든 아버지보다는 싸게 빌려드릴 테니 계약서나 꼼꼼히 읽어보세요."

– 뭐? 얘가 진짜! 너 왜 그렇게 살아?

"개인적으로 저한테 이러실 시간에 고모부한테 돈 버리는 짓 하지 말라고 하세요. 평판이 얼마나 안 좋으면 제 귀에까지 말이 다 들어올까."

벌써 이런 전화가 몇 통째인지 모른다. 전화를 빨리 끊고 싶어서 머리가 복잡하다 말했는데 이제는 진짜 머리가 복잡해졌다.

내가 왜 이렇게 사는지 정말 몰라 묻나?

싫든 좋든 자식이야 부모 영향 받고 사는 것 아닌가. 아버지 보면서 여자랑 얽히지 말자고 결심했고 어머니 보면서 삶에 공들이지 말자 생각했다. 그래도 이왕이면 재미있게 살고 싶은데, 돈이고 뭐고 즐겁지 않은 삶이 무슨 의미가 있을까.

그런데 제나를 생각하는 이 순간, 재미가 없어졌다.

있던 게 왜 없어졌을까, 아예 생각을 안 하면 되는데 그것도 마음대로 안 된다. 재미도 없을 바에 생각이나 나지 말든가.

아가씨, 이러면 반칙이지.

"사장님, 오후에 촬영 때문에 룸 두 개 비워줄 수 있느냐 하는데……. 거기 PD가 통화라도 하고 싶다고……. 어쩔까요?"

"나 지금 나가."

"아, 그럼 언제 오실 건지 여쭤봐도?"

"안 와."

그 여자 생각 정리되기 전까지는.

그때까지 경원은 머리가 어지러운 게 바닥까지 울리는 클럽의 음악 소리 때문이라고만 생각했다.

뭐 일단 만나보면 알겠지. 때로는 단순한 게 최고였다.

제나는 심기가 불편했다. 이쪽 일을 하다 보면 협박이나 욕설 정도는 평온한 축에 속했는데 지금은 전혀 평온하지가 않다. 그렇다고 테러 위협을 당하는 것도 아니고, 일개 남자 하나 때문에 마약수사대의 반기문이라 불리던 그녀의 심신이 흐트러졌다.

"제나야, 어떻게 좀 해봐."

"……네가 알아서 해. 그러기에 누가 받아주래?"

곤란한 척하는 수연이 그녀를 끌어다 웃음이 넘쳐흐르는 테이블로 떠밀었다. 마감 시각을 넘기고도 오순도순 종업원들을 모아 놓고 분위기를 주도하던 경원이 제나를 보고 반갑게 손을 흔들었다.

"그럼 정말 사장님은 연예인 매일 보세요?"

"보통은."

"우와, 아이돌 이런 애들도 막 와요?"

"와서 봐."

"진짜요? 진짜죠?"

"응, 나는 빈말은 안 해."

"그럼 사장님 보기에는 누가 제일 예뻐요?"

"글쎄, 오세림 아닐까?"

살포시 끼어든 제나의 말에 종업원들이 그녀를 보며 인사를 했다. 정작 진짜 사장인 수연은 무서워하지 않으면서 다들 제나를 보면 몸을 사렸다.

"제나 씨, 요새 왜 이렇게 늦게 다녀요? 걱정되게."

"들어오기 싫어서요."

"휴우, 왜 그럴까요?"

"말 안 해도 잘 아시면서."

그녀가 빙긋 웃자 경원은 더 즐겁게 웃었다. 확실히 웃는 게 예쁜데, 왜 안 웃지?

이것도 재능 낭비일 텐데.

"근데 사장님, 정말 오세림이 제일 예뻐요? 형사님 말처럼요?"

"음…… 오세림이 어떻게 생겼더라?"

하아, 비웃음인지 헛웃음인지 제나의 입에서 나오는 소리가 컸다. 눈치 없는 직원들이야 그가 농담으로 저러겠거니 더 난리가 났다.

"정말 몰라요, 그렇게 유명한 사람을?"

"그러게. 왜 기억이 안 날까?"

"너네들, 이제 빨리 집에 들어가지? 응?"

제나가 특유의 꿰뚫어 보는 듯한 눈길로 한 바퀴 돌아보자 모두들 군말 없이 자리에서 일어섰다. 처음부터 그녀가 카페에 집어넣은 아이들이다. 멋모르고 꾐에 넘어갔거나 조언해줄 어른이 없어 실수를 저질렀지만 충분히 개선이 가능한 수준이다. 그래도 낙인이라는 건 무서운지라, 받아주는 곳이 없으면 그들은 같은 실수를 반복했다.

그렇게 직원들이 시무룩하게 자리를 뜨고서야 제나가 경원을 마주 보았다. 경찰은 원래 시민의 프라이버시를 지켜줘야 했다.

그래, 저 남자는 시민이다. 선량하지 않아 그렇지.

"원래 불 끄면 얼굴은 잘 기억이 안 나나 봐요."

"……제나 씨도 참. 언제 적 일을 가지고."

손사래를 치는 모습이 어쩐지 얄밉다. 성질 살짝 부려볼까 하다가 그것도 말았다. 제 경험상 저런 남자는 상대가 성질부리면 놀라는 척 연기만 할 사람이다.

"저도 참 쑥스럽네요. 잘 보이고 싶은 여자한테서 못 듣는 소리가 없고."

"제가 못 하는 소리가 없다는 뜻인가요?"

바로 이런 표정. 성질 안 부리길 잘했다.

"……어쨌든 저는 이만 가볼게요. 여기서 즐거운 시간 보내세요."

"저도 가봐야죠. 얼굴 봤으니까."

치근대지 않고 한 발 떨어져 따라 나오는 사람을 말릴 도리야 없다. 그녀가 오피스텔 입구로 갈 때까지 말이 없던 경원은 출입문이 닫힐 때쯤에야 한마디 했다.

"내일 또 뵙겠습니다."

며칠째야. 아니, 나는 또 왜 그걸 세고 있을까?

들어오자마자 난데없는 갈증에 맥주부터 꺼내 목을 축였다. 집 앞에서 기다리는 것을 딱 잘라 거절했더니 그다음부터는 늘 저렇게 카페에 있었다. 수연이야 적성에 안 맞는다고 경찰대 다니다가 때려치운 아이였으니 타이를 것도 없다. 경원이 저러는 것 정도야 그저 즐거워하다 제나 앞에서만 곤란한 척하며 그녀를 끌어들였다. 그래도 그 누구도 받아주지 않을 아이들을 군말 없이 채용해 준 친구라 화도 못 내고 저만 난감해졌다.

"자수성가했다더니."

끈기 하나는 칭찬받아 마땅했다. 다른 일이었다면 분명 엄지를 세워 칭찬을 해주었을 것이다. 하지만 집에서라도 좀 쉬고 싶은 제나로서는 쉬운 일이 아니었다.

"……참아야 하느니라."

흥분해 들이받아봤자 자기 손해다. 제나가 접하는 세상에서 흥 분이나 화는 금물이었다. 겉보기에 그녀는 누구보다 여성스러운, 여자 그 자체다. 그런 여자가 범죄자들 데리고 화내봤자 만만히 보일 구실을 주는 것밖에는 안 됐다.

그렇다고 일부러 참고 다닐 성격도 아니고 환경이 좀 그랬다. 받아줄 사람도 없었지만 울면서 떼쓰는 것보다 왜 그러면 안 되는 지, 왜 자신이 화가 났는지 차근히 설명하는 게 더 효과적이라는 것을 너무 일찍부터 깨달았다.

"네. 김경원 씨."

– 전화 바로 받아주시리라고 예상하지 못했는데, 진작 전화 좀 해볼 걸 그랬네요. 이러니까 더 가깝게 느껴진다고 해야 하나?

"……용건은 그게 단가요?"

일단 오는 전화는 받는다. 습관 같은 거라 사람 봐가면서 치사 하게 전화를 피하지는 않았다. 중간에 끊어버리고 싶은 것과는 또 다르기도 하고.

– 첫 통환데 설마요.

"그럼 용건만 간단하게 말씀해주세요."

– 아무래도 제나 씨가 별로 심각하게 생각하지는 않는 것 같아서…… 고민해봤는데 앞으로는 조금 적극적으로 나가볼까 싶은데. 괜찮으시겠어요?

욕이나 한번 해볼까? 아니, 그래도 경찰인데.

"왜…… 그렇게까지 하시고 싶으신데요?"

이가 절로 악물리는 것까지는 그녀로서도 어쩔 수가 없다.

좋아하니까? 이런 1그램의 무게도 없는 대답이 나온다면 몇 년 만에 제대로 퍼부어볼까 생각도 했다.

– 음……. 이제는 클럽에도 좀 돌아가봐야 할 것 같아서?

05

금지옥엽 김경원

카페는 오늘도 북적거렸다. 사교계의 여왕 같은 김경원이 그 중심에 있는데, 그의 손에 놀아나는 멋모르는 아이들이 원을 그리며 둘러쌌다.

"에이, 이 경위 누나는 그런 거 안 좋아하세요."

"아, 그런가? 나는 좋아할 줄 알았지. 그럼 뭘 좋아하는데?"

"음…… 그거 알려주면 화내실 거 같은데. 우리한테 절대로 자기에 대해서 알려주지 말라고 했거든요."

"그래, 그럼 내가 맞히는 건 괜찮지? 달콤하게 생겼으니까 분명히 달달한 거 좋아할 거야. 여자들은 그런 거 좋아하잖아. 아, 맞아도 맞다고 안 해줘도 돼. 너네 같은 애송이들이야 여자를 모르는 게 당연하지."

"에이, 무슨 말이에요? 누나는 그런 거 딱 질색하거든요? 단거 먹으면 인상부터 써요!"

"음, 단건 안 되겠구나. 좋아, 접수!"

적어도 신용이 좋은 사람 같기는 했다. 자기가 한 말은 최선을 다해 지키는 모습을 보면 그가 성공한 이유를 알 것도 같다. 웃는 얼굴로 친화력은 또 어찌나 좋은지 주변 사람들에게 접근해 정보를 캐내는 능력도 대단했다.

"……김경원 씨. 혹시 경찰 해보실 생각은?"

"없습니다. 경찰 별로 안 좋아해서."

"……."

"물론 제나 씨 만나기 전까지는요."

눈까지 웃던 경원이 대뜸 과자 박스를 내밀었다. 한글을 읽을 줄 아니 무엇인지는 알았다.

"수연 씨 말로는 이거 꼭 드셔보고 싶다고 하셨다기에, 넉넉하게 준비해 왔습니다."

"그러지 말고 수연이랑 한번 만나보시죠. 죽이 잘 맞는 것 같은데."

"어쩌죠? 저는 친구랑은 안 사귀는데."

"……그럼 저도 경원 씨 친구나 해봐야겠어요."

"거절할게요."

참을 인 자를 세 번 쓰면 살인도 면한다지만 세 번 이상 쓰면 그런 생각도 들었다. 까짓것 살인, 하면 어떤가, 정당방위도 있는데. 그녀는 어디까지나 마음 곱게 먹고 시민을 대해보려 애썼다.

"……구하기 힘든 과자라는데, 경원 씨 능력이 좋기는 하네요."

"모르셨구나. 저 편의점도 하나 있어서."

별의별 남자가 다 있으니 그중 하나가 아닐까 했는데, 웬만한 남자는 다 접해봤다 싶은 제나도 이런 사람은 처음이다. 가만히 눈을 들여다보아도 보이는 게 없다. 알 만한 거라야 최소한 죄짓고 다니는 사람은 아니라는 것이 전부.

"김경원 씨. 그런 선 자리에서 만나지 않았다면 모를까, 저희는

74

처음부터 너무 어긋났네요."

"밑에서 이야기하다 들었는데, 죽기 전까지는 늦지 않았다고. 그런 감명 깊은 말을 하셨다고 하던데요."

세상 끝에 서서 이제 뭘 어떻게 해야 할지 모르겠다던 아이들이다. 대한민국에서 제일 잘나가는 클럽 사장인 김경원이 감명받을 줄 알았더라면 맹세코 그런 말은 안 했을 것이다.

"그쪽한테 해당하는 말은 아니에요."

"경찰이신데…… 차별은 안 하셨으면 좋겠습니다."

어깨를 늘어트리고 돌아서는 모습에 보통의 여자들이라면 다시 한 번 그의 이름을 부를 것이다. 그러나 제나는 저런 모습을 여러 번 봤다. 주로 마약쟁이들이 유치장 앞에서 급하게 뉘우칠 때.

"이렇게 받아주는 것도 마지막이에요. 그렇게 혼자 오셔서 더 이상 시간 낭비하지 않으셨으면 좋겠네요."

경원의 표정이 조금 묘해졌다. 그래서 제나도, 이제는 그가 알 아듣지 않았을까 헛된 기대를 했다. 또 다음 날 다른 누군가가 그녀의 앞을 가로막기 전까지는, 아니, 가로막혀서도 별생각은 안 했다.

최소한 김경원은 아니었으니까.

"이제나 씨?"

"……네, 그렇습니다만."

"저 경원이, 김경원 이모예요."

순간적으로 긴장했다. 그의 이모가 누군지는 몰라도 귀부인인 것은 한눈에 표가 났다. 영미도 자기 딴엔 꾸민다고 꾸미지만 이런 수준은 아니다. 아, 이게 꾸며서 되는 일은 아니구나.

"네, 안녕하세요? 이제나입니다. 저한테 무슨 볼일이 있으신
지……?"

"아니, 우리 애가……."

부인이 슬쩍 눈을 뒤로 돌렸다. 저 뒤에 떨어져 딴청을 피우던
경원이 눈이 마주치자마자 과장되게 인사를 했다.

"우리 애가 좀 수줍음이 많아서…… 혼자는 못 가보겠다고 하기
에……."

거짓말을 많이 해본 사람은 아니다. 어색한 미소 가득 내가 지
금 이게 뭐하는 짓인가 하는 허탈이 차 있다. 억누른 목소리가 안
타깝다는 생각까지 들었다.

"아하하. 아니, 애가 보기보다는 좀 상처를 잘 받는다고 해야 하
나? 나도 물론 처음 알게 된 거지만……. 뭐랄까, 하여튼 나쁜 애
는 아니거든요."

"네에."

"이모님, 이렇게까지 안 하셔도 된다니까. 제나 씨한테 왜 그렇
게 부담을 주세요?"

그가 달려와 부인의 팔을 잡고 웃음을 참았다. 하지만 제나가
깊게 숨을 내쉬자 얼른 부인의 귀에 대고 속삭였다. 부추겼다고
봐도 좋다.

"죄송합니다만 조카분께는 직접 이야기를 드렸는데 아무래도
제가 더 드릴 말씀은."

"나 지난주에 관절염 수술 했는데!"

"……."

"다리가 너무 아파서…… 경찰이시라 들었는데……."

도대체 참을 인(忍) 자는 왜 이토록 쉽게 만들었을까. 제나는 어느새 제 앞에 앉아 있는 이모와 조카를 보며 쓴웃음을 지었다.

"이모님, 얼른 들어가서 쉬세요. 무릎이 이래서는 제가 걱정이 돼서 앉아 있기도 힘드네요."

"응?"

"아까 약속 있다고 하시지 않으셨어요?"

"무슨……?"

"이모님도 참. 더블유 가서 노곤하게 스파랑 마사지 하시다 보면 기억나시겠죠. 제가 예약해놨거든요."

너무 빤한 수작에 웃음도 안 나와 가만히 두고 보았다. 그사이 조카를 황망하게 노려보던 부인이 자리를 비켰고 여기에는 또 둘이 남았다.

"제나 씨, 이해해줘요. 조카가 밥도 제대로 못 뜨고 있는 게 마음이 많이 쓰이셨나 봐요. 자기 몸도 마땅치 않으신 분이. 정말 고마운 일이죠."

"……하루 저녁 안 먹었다고 저 걱정을 하실 정도면 정말 금지옥엽으로 자라셨나 봐요. 그건 정말 내 취향이 아닌데."

"저랑 같네요. 저도 이왕 금지옥엽 할 거면 관심 있는 여자한테서 그런 대우 받고 싶은데."

제나가 잠시 눈을 감았다가 떴다. 인도에 배낭여행을 갔을 때 먼발치에서 바라보았던 갠지스 강의 화장(火葬) 광경을 떠올렸다. 사람의 삶이 그렇게 한 줌 재인 것을, 흥분하고 살 필요는 없다.

"······걷는 걸음 보니 정말 수술하셨던 분 같은데, 그래도 진짜 마약은 안 하셨으니 칭찬해드려야 할까요?"

"그 생각도 했는데······ 저희 집에서 하면 제나 씨 관할이 아니라."

커피를 건네는 그의 손에 살짝 떨림이 더해졌지만 미처 제나는 알아채지 못했다.

"김경원 씨, 경고는 이번이 마지막입니다."

"아우, 누님, 그만 마시세요."

"그래, 제나 너 오늘 왜 그렇게 달려? 이런 일이 한두 번이야?"

"그냥요. 기회 있을 때 마셔야지요."

술이 약한 것도 아닌데 주위에서 만류하는 것을 보니 이미 앞에 놓인 빈 병의 개수가 꽤 많았다. 허전하기도 하고 속상했다.

"잡으라는 소리를 말든가. 기껏 잡았더니."

"마음 비워라, 형식아. 우리는 우리 할 일만 하면 돼. 다른 거 신경 쓰면 이 일 못 해."

형식에게 술을 따라주는 박 팀장 혼자 초연했다. 이런 일을 수없이 겪은 연륜으로 웬만한 일에는 꿈쩍도 않아 부처라 불리는 사람이다.

"너무하긴 하네요. 몇 날 며칠 쫓아 잡아왔더니 기껏 한다는 소리가."

"제나 너까지 왜 그래? 아직 무죄 받은 것도 아니고, 우리는 우리대로 수사 계속 하면 돼. 영장만 안 나왔을 뿐이야."

"그런 놈들이 속으로 웃는 게 싫을 뿐이에요."

"맞아요. 사람을 잡아둬야 수사를 하지, 풀어놓고 무슨 수로? 이번엔 도대체 이유가 뭐예요?"

"뻔하지 뭐. 사회적 명망, 도주 우려 없음, 이런 거."

"하하."

"누님이 웃으면 정말 무서운데."

그래도 제나는 웃음이 나왔다. 그러다 뚝 그쳤을 때 보는 사람들은 흠칫 놀랐지만.

갖가지 이유를 붙여대도 이런 경우는 그저 돈 있고 힘 있는 라인인 경우가 많다. 세상이 아무리 달라졌다지만 있는 사람의 사회는 쉽게 변하지 않는다. 그런 놈들 쫓다가 길게 긁힌 팔등의 상처가 쓰라렸다.

"팀장님, 지금 바로 가야겠는데요?"

"왜? 또 뭐 터졌어?"

"제보 받고 나가서 미성년자 몇 명 잡았는데 아큐사인 검사했더니 양성이라네요. 일단은 다 들어옵니다."

제나가 제일 먼저 일어섰다. 집에 안 들어가기를 잘했다며 머리를 흔들어 취기를 털어냈다.

"제나 너는 집에 가. 별건 아닌 모양인데."

"아니요. 갔다가 그냥 숙직실에서 자려구요. 택시비 아껴야죠. 대신에 좀 천천히 갈게요."

"살림꾼이네. 시집가도 되겠어."

웃다 말았다. 계산을 마친 팀장이 앞서자 그 뒤를 따르는 마음이 갈수록 무거웠다. 상처에 옷깃이 스치자 다시 아프다. 꽤 깊게 긁혀 안 바르던 약까지 발랐는데 그걸로는 부족한 걸까.

여자라서 몸 사린다 듣기 싫어 남들의 두 배 세 배로 노력했다. 체력적으로 부족한 점은 쿨하게 인정했지만 그 외에는 안 자고 안 먹으며 매달렸다. 약을 하는 사람들은 일반인의 범주를 벗어났고 그 끝이 어떤지 잘 알았다. 대단한 사례나 보수를 바라는 것도 아니고, 단지 바뀐 세상을 확인하고 싶었던 것뿐인데, 현실에 적응하는 것이 한 번씩은 벅찰 때가 있다.

"여기로 오길 잘했네요. 제나 씨 얼굴도 보고."

경찰서 앞에서 빙그르르 웃는 사람을 보니 머리가 핑 돌았다. 저 사람이야말로 돈 있고 힘 있는 사람의 표본이 아닌가.

아니, 내 경고가 우습게 들렸을까? 내 어디가?

집 앞이나 카페는 일상의 공간이었지만 이곳은 다르다. 이분법으로 따지기는 어려워도 여길 드나드는 사람은 경찰 아니면 범죄자인 경우가 대부분이었다.

"……김경원 씨, 잠시만."

뜻밖의 말에 경원의 눈에 기대가 찼다. 제나가 한 발 다가가 그의 앞에 서자 그가 살짝 고개를 숙였다. 지금이구나, 그녀의 거침없는 손이 그의 옆머리를 한 움큼 쥐어뜯었다.

"아앗!"

"형식아."

"……네?"

"국과수 검사 보낼 때 이 머리카락도 같이 보내봐."

이 정도면 틀림없다. 마약이다. 그게 아니라면 이런 무모한 행동을 하는 사람이 있을 리 없다.

최근 6개월 안이면 분명히 뭔가 나올 것이라 그녀는 확신했다.

"제나 씨, 예고라도 좀 하시지……. 너무 터프하시군요."

"이 경위님 뭐해요, 안 들어오고."

밖으로 나오던 동료가 제나에게 손을 흔들다 얼른 고개를 숙였다. 허리 굽혀 인사할 사이는 아닌데 저 인사는 누구를 향한 걸까, 천천히 그 시선을 좇았다.

"아……."

"거기 제보자분도 같이 들어오시죠. 정말 감사드립니다."

뽑혀나간 머리께를 보란 듯 문지르던 경원이 한 눈을 살짝 찡그리며 웃음을 흘렸다. 돌아선 형식에게는 들리지 않을 조용한 목소리가 그녀의 귓가를 찾아들었다.

"제나 씨, 손부터 치료하셔야 할 것 같습니다만."

상대가 미성년자다 보니 마약수사대에서 끝낼 만한 사안이 아니었다. 보호자를 호출하고 수사과에서도 나서자 경찰서가 시장통으로 변하는 것은 한순간이었다.

"이 새끼들, 머리에 피도 안 마른 것들이."

"왜 욕을 하고 난리야, 짭새 주제에."

형식이 이를 갈았지만 무서워하는 척도 하지 않는다. 가장 멀쩡한 애부터 파악해보려던 제나도 일찌감치 미련을 버렸다. 경험상 약디약은 부류다. 하는 태도를 보니 야단친다고 무서워할 애들도 아니고, 제가 미성년자임을 이용하려는 기색만 역력했다. 약에 취해 있는 상태도 아니라 기선 제압에서 밀리면 곤란했다.

"소변 검사부터 해야지. 일어나."

"오줌 안 마려운데요?"

"혹시 모르죠. 누나가 딱 보고 있으면 오줌 나올지도 모르는데."

거들먹거리던 한 놈이 나서자 나머지가 키득대며 웃음을 흘렸다. 김 형사가 주먹을 살짝 쥐다가 제나의 미소부터 확인하고는 하던 일을 계속 했다.

"그럴까? 그러지 뭐."

"뭐라구요?"

"소변 검사 해보자고. 내가 나올 때까지 보고 있으면 돼?"

"에?"

"아니면 너네 나이에 맞게 기저귀 줄까? 음, 소형이면 너한테는 충분해 보이는데, 맞지?"

잔뜩 일그러진 아이들 사이로 제3자의 웃음이 흘러들었다. 이 시끌벅적한 곳에서 유유자적 신문을 뒤적이던 경원이다. 제나가 고개를 들자 그가 그녀에게 뜯긴 왼쪽 옆머리를 감싸며 엄살을 부렸다.

"……형식아, 제보자분 이제 돌아가도 된다고 말씀드려줄래?"

"어, 안 그래도 말씀드렸는데 안 가신다고……."

"왜? 도대체 왜?"

"그게……."

"제가 신고했는데 어떻게 되는지 꼭 보고 싶어서."

"왜 보고 싶으실까요?"

"대한민국이 법치 국가가 맞는지 확인해야죠."

제 이야기가 나온다 싶자 경원이 신문을 곱게 접어놓고 자리에서 일어섰다. 경찰은 둘째치고 소란을 피우며 낄낄대던 피의자들

의 눈초리도 사나워졌다. 자신들을 신고했다 이렇게 당당히 나서
는 사람을 두고 곱게 넘어갈 수 없다는 듯 이를 갈았다.

"왜? 나한테 할 말 있나?"

경찰 앞이니 차마 덤비지는 못해도 그의 빙글대는 모습에 꽤나
약이 오른 듯했다. 경원이 주머니에 손을 꽂고 눈썹을 올리자 아
이들은 짐승 새끼라도 되는 것처럼 이를 드러내고 으르렁댔다.

"아이구, 무서워라. 여기 증인 보호 프로그램 이런 거 혹시 안
될까요? 영화에는 꼭 있던데."

"……김경원 씨."

"그거 되면 개인적으로 꼭 지목하고 싶은 분이 있는데, 정말 안
됩니까?"

할퀴고 싶다.

물끄러미 손톱을 내려다보는 걸로 제 열망을 대신한 제나가 입
을 꾹 다물었다. 가증스럽게도 고개를 갸웃하며 웃어 보인 그가
제자리로 돌아갔지만 성에 안 찬다. 이왕이면 아예 사라져주면 좋
겠는데 흔치않게 좋은 일 한 사람에게 이래라저래라 할 수도 없어
신경을 껐다.

"아니, 우리 애가 뭘 어쨌다고 이러는 거예요? 당신들 제정신이
야?"

"일단 진정하시고 자리에 앉으시죠. 형식아, 의자 좀 더 가져와
야겠는데?"

"지금 우리가 진정하게 됐어? 분명 누가 꼬드겨서 그랬겠지. 속
은 거야, 이건! 우리 애가 그럴 애로 보이냐고!"

부모들이 와봤자 별 도움이 되지는 않았다. 그나마 그런 자식

안 키운다고 잡아떼지 않는 것은 다행이지만 이렇게 싸고도는 경우도 수사에 도움이 되지는 않는다. 솔직히 말하면 매우 귀찮아질 뿐이다.

"너 말해봐. 너 진짜 그랬어? 빨리 아니라고 못 해?"

"이러신다고 될 일이 아니죠. 분명 간이 시약 검사도 했고."

"우리 애가 샀다는 증거 있어요? 누가 나쁜 맘 먹고 접근해서 애들 몰래……."

"아, 역시 부잣집 자식들은 다르네. 부모가 귀티가 줄줄 흐르니 애들도 돈이 많아 그런 걸 사고 다니는 건가?"

"뭐야? 당신 누구야?"

뒤에서 느긋이 제나의 모습을 관람하던 경원이 난입한 보호자들로 인해 시야가 가려지자 심기가 불편해졌다. 꼬고 있던 다리를 풀어 자리에서 일어서니 그의 커다란 키가 다시 한 번 돋보였다.

"아, 늦게 와서 못 들으셨구나. 저 제보잡니다."

"뭐야? 지금 이게 장난인 줄 아나!"

"장난 아니니까 이 바쁜 와중에 여기까지 왔죠. 저도 밤에 장사하는 사람이라 원래 이 시간에 일해야 하거든요. 손해가 막심한데."

여전히 제나가 보이지 않아 성큼 한달음에 그녀 앞에 섰다. 웃음이 사라진 경원의 표정은 따분해 보였다. 그에게서 접근조차 힘들 만큼 어두운 기운이 새어나오자 가장 가까이 서 있던 남자가 저도 모르게 한 걸음 물러섰다.

"네 명이서 필로폰이면 한 0.2그램? 한 사람당 소매가로 7~8만 원은 썼겠네. 10원 한 장 지 손으로 못 버는 것들이 간도 커, 정말.

이래서 애들 용돈 줄 때에는 어디에 썼는지 확인부터 하셨어야지."

"다, 당신 뭐야?"

"말했는데. 나 장사한다고."

그가 주머니에 넣고 있던 손을 빼며 으쓱거리자 그를 둘러싼 이들의 표정이 구겨졌다. 그러거나 말거나 틈틈이 제나 쪽을 확인하며 묻는 말에 대꾸만 하던 그는 어느 순간 모든 것이 귀찮아졌다. 잘못을 모르는 속물적인 인간들을 앞에 두고 말조차 섞기 싫을 만큼 재미가 없어졌다.

"아, 진짜 경찰이랍시고 새파란 여자가 나설 때부터 못 미덥더니 이건 뭐 별게 다."

무심히 시각을 확인하던 그가 시선을 돌렸다. 바로 앞에 앉아 있던 제나가 그 날 선 눈빛을 보고 키보드에서 손을 뗐지만 경원이 조금 더 빨랐다. 매끄럽지 못한 분위기에 그가 일을 더 크게 만들까 싶어 제나가 경계하는데 의외로 그의 태도는 정중했다. 경원은 방금 말을 내뱉었던 남자를 내려다보며 또박또박 말했다.

"청담동 더블유 빌딩 1층 오른쪽 입구 세 번째 CCTV 보면 돈 주고 약 산 장면도 선명할 거고 계단 손잡이에 지문도 있겠죠. 청소 시간이 아침 6시 반이니 지금 가서 계단 쓰레기통 뒤지면 더 그럴 듯한 것들도 많을 텐데."

"……."

"이 이야기를 여자가 한다고 내용이 달라지나?"

"아니, 나는……."

"그리고 나는, 너 같은 새끼한테서 반말 들을 만한 사람은 아닌데. 어쩌지?"

더없이 친절해 보이던 남자의 음산한 목소리에 흥분하던 이들이 그대로 굳었다. 몇몇 경찰마저 자리에서 일어나 서로 눈치를 보자 그가 다시 빙그레 웃으며 전화를 받으러 나갔다.

"저 자식 뭐야?

뒤에서 조서를 작성하던 박 팀장이 드르륵 의자를 끌고 제나에게 다가왔다. 뭐긴 뭘까, 미친놈이지. 대답하려다 그래도 팀장이 제 상사임을 떠올렸다.

"……범죄자는 아니에요."

"……확실해?"

"아직은요."

바로 전화해 쓰레기통과 CCTV를 확인하라 사람을 보내고는 눈을 내리깔았다. 이미 술은 다 깼지만 아직 덥다. 당장에 더는 할 일이 없다는 것부터 확인하고 자리에서 일어나 밖으로 향했다.

"하아."

화장실부터 들러 찬물로 흠뻑 적셨다. 세수를 할 생각까지는 아니었지만 차가운 느낌이 좋아 몇 번 더 얼굴에 찬물을 끼얹고 거울을 들여다보았다. 붉은 기가 살짝 돌지만 창백하다. 하얀 얼굴이 매력적이라고 말했던 남자는 있었지만 톱스타와 어울리던 남자가 넘어올 만큼은 아닌데……. 그만큼 자신의 외모에마저도 객관적인 제나였다.

"우와, 정말 화장 안 한 거였구나."

"……."

"물기부터 닦아요. 제나 씨 지금 그 모습."

뒷말이 나오기 전에 제나가 먼저 그의 손수건을 낚아챘다. "나만 보고 싶은데." 살짝 들린 경원의 뒷말은 못 들은 체 무시했다.

"여자들은 화장 지워질까 봐 밥도 적게 먹는 줄 알았는데."

"경찰서에서 화장 지워질까 봐 겁내는 사람은 꽃뱀밖에 없죠."

"아하."

"김경원 씨, 저한테 아까 같은 상황은 아주 흔한 일이에요."

제나가 그에게 수건을 돌려주며 똑바로 마주 섰다. 상대가 동료 경찰도 아니고, 저도 겨우 그 정도 제압할 힘이 없어 참는 것은 아니다.

그래도 도와주려 나선 이가 다른 사람이었다면, 그 마음을 살펴 감사하다는 말부터 했을 것이다.

하지만 그녀가 경원의 눈에서 본 것은 일반적인 도덕심이나 정의감은 아니었다. 안 되는 관계에 그가 그런 감정을 지속하게 두는 것은 옳지 않다.

경찰로서나, 여자로서나.

"아, 그럼 저로서는 속상한 일이네요."

한 번 더 못 들은 척, 제나가 태연하게 말을 이었다.

"경원 씨, 왜 말 안 했어요?"

목적어를 안 붙여도 못 알아들을 경원은 아니라 창에 살짝 기대어 그녀의 걸음을 잡았다.

"안 물어보니까?"

"증거품은 장난이 아니에요."

"알죠. 다만 제나 씨랑 둘이서 이야기할 기회가 있을 줄 알았어요. 증거품이 당장에 어딜 가지는 않으니까."

"둘이서 무슨 이야기를 할까요?"

"그거야…… 내가 하고 싶은 이야기?"

그가 웃음을 거두면 여자들은 어쩔 줄 몰라 했다. 그래서 일부러 한 번씩 그 모습을 드러내 사람을 쫓을 때도 있었지만 지금은 순수한 호기심에 그 본연의 맨 굴로 제나 앞에 섰다.

"……."

예상한 대로 제나는 한 발도 물러서지 않았고, 예상치 못하게 그녀의 미소를 보았다.

분명 호감은 아니다. 그 정도는 알아본다.

그렇게 시선이 오가며 말없는 그 자리를 긴장감이 가득 채웠다.

"……김경원 씨."

"알아요, 저한테 관심 없으신 거."

"그걸 알면서 왜 그렇게."

"저는 자존심보다 더 중요한 게 있거든요."

"보통 남자라면 자존심이 가장 중요할 텐데요."

"음, 보통 남자가 아닌가 보죠."

자신의 대답에 만족스러워하는 저 미소가 얄밉다. 할퀴어 피를 내놓고 일그러트리고도 싶다.

그러기에는 자신의 자제심이 너무 강한 것이 문제였고.

이제 그만 돌아가려는 기척을 보이자 코앞에 서서 그녀를 막고 있던 그가 입구를 향해 긴 팔을 뻗었다.

"참고로 제 머리카락은 따로 검사 안 해보셔도 될 것 같습니다."

"……."

"아니, 미리 말 안 하면 꼭 하실 것 같아서."

피식, 제나의 미소가 방금 전보다 더 깊어지자 경원은 그것만으로도 오늘 하루의 수고가 뿌듯해졌다.

경원이 흥얼거리며 휘파람을 불자 은우와 조 실장이 더욱더 불안해하며 그를 쳐다보았다. 요새 들어 안 온다 싶어 얼굴 좀 펴고 살았는데 도무지 종잡을 수가 없었다. 형부인 강재가 표정을 찌푸리면 몸이 움츠러들었지만, 경원은 환하게 웃을수록 몸이 떨린다.

"……사장님, 자꾸 여기 오셔도 되는 거예요?"

"응? 왜? 우리 처제 불편해?"

편의점에서 잘나간다 싶은 품목들을 모조리 쓸어 담고 있던 경원이 빙그레 웃었다. 이를 앙다문 은우가 노려봤지만 그러거나 말거나 그의 휘파람 소리는 더 경쾌해졌다.

"열심히 해. 세상엔 열심히 사는 사람이 참 많거든."

"……사장님이 그런 말씀 하시기에는."

"많이 컸네, 우리 처제?"

살짝 머리를 쓰다듬자 은우가 진저리를 치며 어깨를 움츠렸다. 하나 있는 언니는 재벌 집 마나님이 되었는데 자신의 신세는 전혀 변한 것이 없다. 이제는 누구 덕 보고 살고 싶단 마음 자체도 없었지만 최소한 경원의 편의점에선 벗어날 줄 알았는데. 영원히 이러고 살아야 하면 어쩌나, 자신만큼 재수 없는 사람이 또 있을까 싶자 절로 입이 나왔다.

"어깨가 그게 뭐야? 쭉 펴고 힘 좀 내봐. 그래야 쌍둥이들 태어나면 하나는 업고 하나는 안고 다니지."

"……."

"어때? 힘이 막 나지?"

계란을 진열하던 은우가 두 주먹을 꼭 쥐었다가 꿀꺽 침을 삼켰다. 안 그래도 벌써부터 일 얘기가 나오면 눈을 반짝이는 은서와 남의 손에 아이를 맡길 수 없다는 강재를 보며, 다가올 자신의 암담한 미래를 애써 부인하던 중이었다. 그래도 거부할 수 없는 삶이기에 최소한 아이들이 엄마 아빠를 닮지 않기를 간절히 바라고 또 바랐다.

"사장님!"

"응, 김 비서 왔어?"

"네, 지금 안 실장한테서 연락 받았는데 홍대 앞에서 하나 잡아냈답니다."

"그래? 뭔데?"

"메스암페타민이요."

"음…… 괜찮네. 오늘도 출근해야지!"

경원이 느슨해진 넥타이를 다시 졸라매며 몸을 일으켰다. 바로 앞에 클럽을 두고 이렇게 몸단장을 다시 할 리는 없었다.

"김 비서, 좋아해주겠지?"

"아…… 예?"

무슨 대답을 듣고자 되묻는 것이 아니었다. 남성지에서 막 튀어나온 듯한 경원과는 극명하게 대조될 정도로 김 비서의 몰골은 처참했다. 지난 며칠간 클럽의 한 덩치 하는 인물들을 끌고 강남 바닥의 후미진 곳은 모조리 휩쓸고 다녔으니 그럴 수밖에. 한주먹거리도 안 되는 아이들에게서 쌍욕도 먹고, 힘겹게 상대를 제압하느라 예기치 못한 몸싸움도 벌였다.

"그래, 제나 씨라면 분명 좋아해줄 거야."

확신과 기대에 찬 경원을 보니 최소 3캐럿은 넘어서는 다이아몬드 반지라도 준비한 남자 같았다. 기가 찰 일이다. 다이아는커녕 마약에 찌들어 뒷골목에 박힌 쓰레기들을 주우러 가는 참인데.

그 여자나 자신이나 어떻게 이런 처지가 다 있을까.

그나마 나라에 보탬이 된다는 애국심이라도 없었으면 진작 그만두었을지도 모르겠다. 경원의 씀씀이가 아무리 후해도 이번 경우만은 김 비서의 한계를 넘어서버렸다.

"왜? 불만 있어?"

"불만은요! 자리 뜨기 전에 얼른 가시죠!"

그러기에는 너무나 후한 경원이었고, 그는 한 가정의 가장이다. 삶이란 이런 것이다.

"나 갈게! 참, 은우 너 어제 2분 지각했더라? 언니가 알면 재밌어지겠네?"

대강 사정을 알고 있는 은우는 경원과 김 비서가 나가자마자 혀를 내둘렀다. 세상에서 가장 불쌍한 사람들은 따로 있었는데 자신이 너무 분에 넘치는 고민을 하고 있었다.

"조 실장님, 우리 빨리 일해요."

06

지켜 주세요, 남자답게!

　서울지방경찰청 마약수사대에서 일하는 사람이라면 지위고하를 막론하고 이제나 경위의 기분이나 표정을 살피는 편이다. 그녀가 그 팀의 유일한 여자라는 것이 이유는 아니다. 수사과처럼 몸도 써야 하는 파트에서는 여자라는 성별은 오히려 흠에 가까웠으니까.

　그러나 여자가 아닌 형사 이제나는 감이 뛰어나고 사리에 밝았다. 흥분하는 일도 거의 없고 그 어떤 상황에서도 뒷일을 먼저 생각하며 행동했다. 그래서 위급 상황에서 당장 어떻게 해야 할지 의견이 갈리면 제나의 의견을 따르는 적이 절대적으로 많았고, 그 결과는 항상 옳았다.

　그리고 최근 들어서는 그 눈치를 보는 강도가 더욱더 거세졌다.

　"제나야. 나도 이거 참, 퇴직 전에 승진하면 좋기는 하지만……."

　"네, 말씀 안 하셔도 알아요."

　와글와글한 마약 사범들을 지켜보던 제나가 몇 번 주먹을 그러쥐다가 손목을 가볍게 털었다. 오늘도 갈 길이 멀다. 이곳에 몸담은 이래로 이렇게 많은 마약쟁이들을 다양하게 접한 것은 처음이

다.

"형씨는 뭐 했어? 엑스터시?"

"빠르기는 코카나 크랙이 짱인데."

"그거야 누가 몰라? 돈 들인 거에 비해 시간이 짧잖아."

"시간 하면 LSD지. 이게 구하기가 어려워서 그렇지……."

"이 새끼들! 누가 여기서 정보 교환하래!"

참다못한 김 형사가 고함을 지르자 몇 초간 정적이 흘렀다. 하지만 그 방법은 이성이 있는 사람에게만 통하는 법이었다. 아직 정신이 나간 사람들은 그에 자극받아 고함을 지르거나 더 크게 웃어댔다. 그야말로 개판이다.

"……팀장님, 안 되겠어요. 종류별로 나누거나 인원 충원 좀 해야지."

"유치장은?"

"어제 애들도 영장 안 나와서 아직 꽉 차 있어요. 그냥 나눠서 이관 좀 시킬까요?"

"으음, 곤란한데. 저는 여기서 오래 보고 싶었는데 조금 아쉽네요."

잔뜩 시무룩한 경원이 고개를 기울였다. 당당하고 떳떳하게 제 나를 보고 싶어 노력을 해봤는데 생각보다 좋아하는 기색이 아니다. 그러면서도 눈을 뗄 수가 없어 억지로 웃음을 접었다. 미녀가 화를 내는 것은 그 나름대로 짜릿함이 넘쳐났다.

"누님. 저 사람도 약 한 거 같은데요?"

"아니야."

"아, 이거 백편데."

속닥거리는 형식의 말에 그녀가 날카롭게 경원을 보았다. 사람하는 생각은 다 거기서 거기구나. 이제나저제나 언제 제나가 저를 봐줄까 기다리던 그가 나른하게 머리를 쓸었다. 제나가 그를 노려보는 중에도 그가 잡아 온 이십 대 초반의 여자 몇이 비명까지 질러가며 넋을 놓았다.

"아! 뭐야, 진짜 연예인이야?"

"장난 아니다. 저 눈 봐! 아우, 야. 만져보고 싶어."

형식과 김 형사가 저걸 어찌 말리냐는 표정으로 설레설레 고개를 내저었다. 조금 전에도 그 여자들을 말려보다가 난데없이 "오징어는 꺼져."라는 봉변까지 당했다.

"떨어져줄래요?"

싸늘한 경원의 말 한마디에 슬그머니 그에게 다가가던 여자들이 주춤했다. 몽롱한 기운이 아직 남아 있는지 목을 제대로 가누지 못한다.

"뭐라구요?"

"나 임자 있어요."

"네?"

"음, 있을 예정이라는 게 정확하겠지."

어디서 눈을 피해본 적 없던 그녀지만, 보란 듯 저를 쳐다보는 경원의 시선만은 피하고 싶어졌다. 그래도 더 당당하게 쏘아보자 그도 웃음기를 거뒀다. 나름대로는 진심이란 뜻인 것 같은데 받아줄 마음은 없다.

"누님, 지금이라도 검사 해볼까요?"

"아니라니까."

"혹시나 싶어서……."

"저렇게 약은 사람은 절대 그딴 짓 안 하지."

처음에는 감사하던 마약수사대 식구들 모두 그를 보는 눈빛이 곱지 않았다. 오직 제나만이 무념무상의 표정으로 돌아와 손을 놀리고 증거를 모아 정리했다.

"제나 씨, 저 때문에 피곤해 보이는데 커피 한잔 사드려도 될까요?"

"괜찮습니다."

"그래도 그게 아니죠. 괜히 죄책감이 든다고 해야 하나?"

그럴 거면 처음부터 일을 벌이지 말든가, 차마 이 말을 할 수는 없다. 어디까지나 자신은 형사였으니. 제보자 겸 인솔자가 김경원이라는 것을 제외한다면, 세상에 이런 사람은 또 없다.

"아니요. 이 정도로 무슨요."

애써 태연한 척하는 것은 아니다. 실제로 아직까지는 견딜 만했다.

"혹시 성에 차지 않으시는 건지 모르겠네요."

"그럴 리가요. 김경원 씨 배려에 감사할 뿐이죠."

"네?"

"그렇잖아요. 저런 잔챙이들만 모아 오기도 쉽지 않으셨을 텐데. 초범에 중간판매책도 아니고 어중이떠중이들이잖아요. 사회적인 문제 될 만한 직업을 가진 사람이나 유명인도 없고, 제가 피곤할까 배려해주신 것 같은데 감사하죠."

"아하."

머리를 짚으며 헛웃음을 짓던 경원이 허를 찔렸다는 듯 콧등을 찡그렸다. 장난기가 넘치는 얼굴에도 한 번씩 이렇게 구름 걷히듯 진짜 표정이 드러날 때가 있다.

"아무리 저라도 갑자기 잡아오려니 한계가 있더라구요."

"……."

"제나 씨 고생하는 것도 싫고."

"각골난망이네요."

"……그리고 아마 내일부터는 힘들 겁니다. 웬만큼 소문이 나버려서 당분간은 몸을 사릴 듯하더군요. 이럴 줄 알았으면 아껴놓고 하나씩 푸는 건데."

진짜로 아쉬워하는 그의 표정에 제나가 결국 웃음을 터뜨렸다. 사람이 끝에 몰리면 웃음이 난다는데 그 말이 맞았다. 끈기 하나는 인정한다 생각했던 이 남자는 배짱도 두둑했을뿐더러 사교성은 타의 추종을 불허했다.

그러고 보면 꽤나 아쉬운 남자일지도 모른다. 의식적으로 처음에 의의를 두는 자신의 확실한 성격이 답답하게 생각될 정도다.

"말해놓고 보니 정말 아쉽네요. 집이나 카페에서 기다리는 게 싫다고 하시니 저로서는 이 방법밖에는 없었는데……."

"그런 것치고는 참 즐거워 보이시네요."

"저는 원래 자기 일 열심히 하는 여자 보면 그렇게 좋더라구요."

"음, 오세림 씨처럼요?"

"타당하지 않은 사람이랑 비교해서 자기 가치 낮출 사람이 아니잖아요, 당신은?"

일종의 칭찬이라 생각하고 그녀는 겸허히 받아들였다. 이 능수능란한 남자를 두고 흥분하거나 휘둘려서는 곤란했다.

"김경원 씨, 정말 왜 이러시는지 알 수가 없네요."

"설마 모르실 리가."

그가 눈을 내리깔자 드물게 위험한 향이 흐른다. 모든 클럽 사장이 이렇지는 않을 텐데. 웃고 있는 눈빛 자체가 나른하니 제법 퇴폐적인 분위기가 감돌았다. 삶에 큰 애착은 없구나, 이렇게 또 경원에 대해 몰랐던 것 하나를 깨달았다.

"제가 바라는 것, 분명히 아시지 않나요?"

이제 그녀가 머리를 쓸었다. 특별히 관리를 하지도 않을 텐데 윤기가 흐르는 모양새가 꼭 찰랑이는 소리라도 날 것 같다. 그가 몸을 가까이하자 주저함 없이 고개를 든 제나가 의례적인 미소를 지었다.

이 남자는 선량하지는 않지만, 시민이니까.

경찰은 시민에게 친절해야 하니까.

"좋아요. 제가 할 수 있는 선에서 최선을 다해볼게요."

"……제나 씨가요?"

"장담은 못 하지만. 사람이 이렇게까지 하는 걸 봤는데 저도 보답은 해드려야죠."

"아하, 이거 쑥스러운데."

그렇게 잡아먹을 듯한 눈으로?

그래도 코웃음은 치지 않았다. 본성을 드러낸 남자는 건드려 좋을 것이 없다. 이런 남자라면 자신의 말 한마디에 언제 침대까지 기어오를지 모른다.

"이제 돌아가 기다리세요. 저도 마음의 정리도 하고 준비할 시간이 있어야죠."

"얼마나?"

"며칠 안에 클럽으로 연락드릴 거니 개인적인 연락은 삼가주세요. 남자답게 약속 지키는 모습, 꼭 보고 싶네요."

이만하면 당신도 물러서 있으라, 그 눈빛을 읽었다.

이제나 당신, 사람 잘못 짚었어.

약속을 지키는 것이야말로 그가 이상으로 추구하는 삶의 규칙 중 하나였으니 몰라주는 게 아쉬울 정도다. 이번만은 다행이라 해도 좋고.

"자, 오늘 건 다 끝났지? 김 비서도 빨리 퇴근해."

즐거운 마음으로 제자리로 돌아온 그는 주위 사람들에게 아낌없이 베풀었다. 자리를 비운 동안 늘어진 클럽 일을 바짝 죄었고 이것저것 펼쳐놓은 사업을 재정비하며 일주일을 버텼다. 그래, 버틴다는 표현이 딱 맞았다. 오늘까지도 연락이 오지 않는다면 억지로 묶어둔 스스로의 고삐를 언제 벗어던질지 모른다.

"아, 사장님! 전에 촬영한 거 상호 노출 빼달라고 했는데 분량이 너무 많아 어렵다고 합니다."

"그럼 통째로 날리라고 해."

"하지만……."

"얼른."

귀찮아지는 것이라면 딱 싫은 경원이다. 남들은 광고 못 해 안달이라지만 어차피 그의 클럽은 대한민국에서 비교 대상이 없을 만큼 성황을 누리고 있고 그만큼 관리도 철저했다. 하도 사정하기에 모른 척 넘어갔더니 방송이랍시고 약속을 바꾸는 것이 가소롭다. 하는 모양을 보면 그가 마음을 달리 먹었을 때 어떤 일이 벌어지는지 아직 제대로 이야기를 듣지 못한 듯했다.

"사장님, 지금 하데스 곽 사장이 전화했다는데…… 안 계시다고 할까요?"

"왜? 안 그래도 심심했는데 잘됐네."

내선을 누르고 바로 수화기를 들었다. 기다렸다는 듯 걸쭉한 욕이 흘러나오자 경원이 가소로운 웃음을 입가에 걸쳤다.

— 김 사장, 이런 식으로 하면 곤란하지! 죽고 싶어?

"아아, 그런 사람도 있나? 신기하네."

하데스를 더 베이의 경쟁 상대라고 하기에는 경원의 측에서도 자존심이 상한다. 최근 그가 이 일대 마약책들을 들쑤시고 다니는 바람에 피해를 입었다며 만년 2인자의 원망이 수화기를 뚫고 나왔다.

— 우리 처갓집이 뭐하는 덴지 몰라?

"그러는 그쪽은 우리 아버지가 뭘 하는지 모르나 보네. 백호파 두목이면 얼마 전에도 아버지한테서 돈깨나 빌려 간 걸로 아는데 이자는 제때 내시려나."

— 뭐야? 지금 뭐랬어?

"그리고 좀 그렇잖아. 나이 마흔 넘어서 부모 이름 팔아 기대는 거. 아, 거기는 처갓집에 기대는 거니까 아닐 수도 있겠구나."

바싹 깎은 손톱을 들여다보다 타닥타닥 테이블을 튕겼다. 잔뜩 흥분한 사람을 가지고 노는 재미가 생각보다 쏠쏠했다.

— 사, 상도덕 좀 지키자는 게 그렇게 못 할 말인가?

"그전에 룰은 지켰어야지. 마약은 이쪽에서는 바닥이란 거 인정하는 거야."

― 바닥이라니! 내가 팔았어? 자기네가 제멋대로 한 뒤에 안으로 기어들어오는 것까지도 나보고 책임이란 소리야?

"그거야 알아서 할 일인데 말은 바로 해야지. 하데스에서 종업원들끼리 은근히 마약 알선하고 수수료 뗀다는 얘기가 왜 내 귀에도 들어왔을까?"

날카롭게 찌르자 상대편이 말을 더듬거렸다. 날을 바짝 세우고 덤벼야 싸울 만하지, 이쯤 되면 슬슬 흥이 빠진다.

"이 바닥 물 흐리지 말자고. 백년만년 해야 할 거 아냐?"

― 이 새끼가! 더 베이는 그렇게 깨끗하다는 거야? 그렇게 자신 있어?

"나야 모르지. 겨우 이거 하나에 매달리기엔 가진 게 좀 많아서."

욕이 한 번 더 나오자 눈을 찡그리며 잠깐 고개를 돌렸다.

"일일이 따라다니며 검사는 못 해도 최소한 내 클럽 안에서 그런 추문이 도는 건 용납 못 하지. 스트레스 풀러 왔다 병 얻어 나간다는 소리 들으면 곤란하잖아?"

흥미가 꺼지자 금세 목소리가 싸늘해졌다. 침을 꿀꺽이며 시선을 피하는 김 비서를 보다가 욕설 난무한 전화를 끊어버리고 나가도 좋다는 손짓을 했다.

"네. 그럼 이만 나가보겠습니다."

돌아서는 김 비서의 등을 보다 보니 마음 한구석이 허했다. 오늘도 버틸 수 있다 믿었는데 아쉬움과 초조함이 커졌다.

"김 비서!"

"네?"

"……그거 말고 다른 연락은 없어?"

"네? 아, 뭐…… 없었습니다."

"그래, 나가봐."

'남자답게'라는 그녀의 말이 족쇄가 되어 그를 잡았다. 약속은 지킨다.

단순히 자신을 몰아내려 없는 말을 할 여자는 아니다. 며칠간 지켜본 그녀는 결코 그럴 사람이 아니라는 확신을 심어주었다.

애초에 여자를 믿지 않는 그의 마음을 바꿔놓은 여자다. 제나는 그 많은 일에도 요령을 부리지 않았고 욕을 먹을지언정 누구에게도 지지 않았다. 자존심을 내세우는 여자는 얼마든지 있지만 그렇게 자기 일에 자긍심을 가지는 여자라니, 볼수록 탐이 났다.

"사장님!"

"응?"

"저, 경찰청에서 전화가 왔습니다. 이제나 씨라고…….”

"뭐?"

벌떡 자리에서 일어섰다. 전화가 왔다는 말이겠지만 금방 그녀가 나타날 것처럼 기대감을 감추지 못했다. 금방이라도 달려갈 태세다.

"끊었어?"

"네. 말씀만 좀 전해달라고…….”

"뭐라는데?"

방금 전까지 조폭 출신의 경쟁사 사장을 손 안의 쥐처럼 가지고 놀던 맹수는 어디에도 없다. 관심 있는 여자의 연락을 기다리는 초조함이 그를 제 나이보다도 어리게 만들어버렸다.

"왜? 온대?"

"그게 아니라…… 저…… 사, 사장님이 경찰청장 표창장 받으시게 됐다고…… 용감한 시민 후보에도 올려보신다고…….."

경원의 얼굴이 다시금 볼 만해졌다. 그 살 떨리는 광경을 직접 목격하는 김 비서의 다리가 후들거렸다.

"본인은 할 수 있는 최대한 보답하려 노력하셨다고, 그렇게 전해달라…… 하십니다."

"아하하."

"사장님?"

"하하하하하."

거절이었다. 그의 인생에 이토록 완벽하고 단호한 거절은 없었다. 그런데 왜 웃음이 나올까?

빙긋이 웃기는 잘해도 저렇게 크게 웃는 것은 드물다. 아니, 자신이 알기로 처음이었다. 그 호탕한 웃음소리를 듣던 김 비서는 사장실에서 나오자마자 맥이 탁 풀려버렸다.

07

모범 시민 김경원

"아이구, 이거 미래의 경감님이 아니신가."

"밥이나 먹지?"

"야, 이거 잘 보여야겠는데. 최연소 경감님."

식판을 들고 오던 현미가 킬킬대며 제나의 맞은편으로 왔다. 성격처럼 조용하게 수저를 놀리던 제나는 한번 흘끗 보는 것을 제외하고는 별말 하지 않았다.

"요새 마약수사대가 울 청장님 기분 먹여 살린다던데 덕분에 우리도 덜 쪼이네. 아이구, 이거 감사합니다, 이 경감님."

질투를 할 현미도 아니다. 오죽 삶이 따분하면 저런 걸로 놀리나 싶어 그대로 남아 친구의 왕성한 식욕을 감상했다.

"제나야, 너 이거 남긴 거면 나 먹어도 되지?"

"그래. 야, 천천히 먹어. 넌 또 무슨 일 있었어?"

"말도 마. 아침부터 중고나라랑 게임 사이트 팠어. 나 이러다가 프로 게이머 될지도 몰라."

"그 정도야?"

"응. 우리 부서는 너네처럼 범인 잡아다 주는 제비도 없고 내가 잡아올 실력도 안 되고. 그래서…… 잘 생각해봤는데……."

우물거리던 현미가 진지해지며 목소리를 낮췄다. 특급 비밀을 말해주려는 듯 손가락으로 가까이 오라는 신호를 하자 제나가 단호히 물러섰다.

"혹시 네가 아예 게임 고수가 돼서 피해자들이 아이템 찾아달라 울고불고 떼쓸 때마다 하나씩 떼어준다, 이런 의적 임꺽정 같은 소리만 아니면 들어줄게."

"……귀신같은 것."

"가서 너네 팀장한테 한번 말해봐. 너 잘리면 내가 밥은 사줄게."

생각만 해도 식욕이 떨어지는 소리라 현미가 숟가락을 축 내렸다. 그러나 제나가 곧 일어날 기색을 보이자 급히 손을 내밀어 친구의 옷자락을 잡았다.

"아, 참. 너네 검사 현수 선배라면서? 왜 말 안 했어? 기집애."

"아…… 그냥 뭐."

현미는 자신이 현수와 사귀었다는 것을 모른다. 그 사실을 아는 사람은 그녀의 경찰대 룸메이트였던 수연뿐이다. 소문을 달고 다니기 싫어 비밀에 부쳤는데 지금 생각하면 선견지명이었다.

"사시 붙자마자 여기 뜨더니 잘 있나 몰라. 하긴 나 같아도 법원 가지 여기 있으면 뭐해? 특진이니 뭐니 시켜줘 봤자."

"중고나라 사기꾼 잡으러 다닐 텐데?"

픽 웃던 제나가 말을 가로채자 현미가 머리를 감쌌다.

"하여튼 채원 씨가 그러는데 현수 선배 얼마 전에 파혼했대. 동기 모임에 나와서 그랬나 봐. 너 알았어?"

"……내가 그걸 어떻게 알아?"

"하기야. 그 좋은 자리 두고 왜 그랬을까? 누구누구 딸이다 그런 소리도 나왔었는데."

"남의 이야기 해서 뭐해. 내 코가 석 잔데."

찬물 한 모금으로 씁쓸함을 녹여 삼켰다. 파혼을 했다면 약혼도 했다는 소린데 그것도 모르고 있었다. 다만 개차반으로 여자들을 만나고 다닌 게 아니라면 그 대상이 누구였는지는 알 만했다. 세상 부질없는 것이 남 걱정, 특히 나보다 잘나가는 사람 걱정인 것을 모르지 않지만 그것이 오로지 남의 이야기가 아닐 때에는 그 부질없음에 발을 담그고 만다.

"아, 굴전 보니까 우리 채원 씨 생각난다."

"……왜?"

"요새 영 예전 같지가 않아서……. 그제 밤에도 영 시들하니…… 에이."

현미와는 무슨 대화를 하건 꼭 정력 이야기로 끝이 났다. 1층에서 매일 남의 남자친구 보면서 드는 생각이 '잘 좀 하지, 어쩌다가…….' 이거밖에 없으니 문제는 문제다.

한마디 해줄까 하다가 진심으로 고민하는 현미의 모습에 먼저 자리를 떴다. 굴과 정력의 관계까지야 모르겠지만 만약 힘, 에너지와 관련이 있다면 더 이상 굴을 먹으면 안 될 인물이 하나 떠올랐다.

"경원 씨, 웬 굴을 그렇게 많이 먹어요?"

"그러게요. 나 원래 이거 별로였는데."

"뭐 많이 드시면 좋죠. 이것도 마저 드세요."

은서가 식탁 중간의 굴 접시를 경원에게 밀어주자 사양도 않고 받는다. 여전히 못마땅한 강재가 중간에서 굴 접시를 가로채려 하자 경원이 빙글거리며 그의 손목을 툭 쳤다.

"김경원, 너 뭐야? 할 말 있다면서."

"아, 그렇지."

"빨리 말 안 할 거면 나가."

"흐음…… 제집에 온 손님 대하는 꼴 하고는. 애들이 너 닮으면 어쩌려구?"

"경원 씨도 참. 애들이 아빠를 닮는 게 맞죠."

그래도 아이들 이야기가 나오니 슬며시 기분이 좋아진 강재가 은서의 허리를 감싸 안아 소파로 자리를 옮겼다. 남은 음식을 다 먹겠다며 미적거리는 경원이 얄미워 한마디 하려니 은서가 잡아 말렸다.

"그나저나 할 말이 뭐예요?"

"아, 21일 날 다들 시간 좀 비워두라구요."

"왜요? 무슨 일 있어요? 경원 씨 생일? 아, 그것도 아닌데."

"생일보다 더 중요한 날이에요."

"네?"

"저 그날 서울시 경찰청장 표창장 받거든요."

풉! 아직 경원의 맞은편에 앉아 물을 마시던 은우가 기어이 뿜어냈다. 대리석 상판이 워낙 널찍한지라 그에게까지 물이 튀지는 않았지만 어깨를 으쓱이며 아가씨면 조신하게 굴라는 충고를 덧붙였다. 그만큼 경원은 여유가 넘쳐났다.

"……올해 들은 농담 중에서는 확실히 획기적이긴 하네요."

106

"농담 아닌데?"

"……은우야. 가서 이불 좀 가져와."

은서가 이불을 가져오라는 말은 배를 덮어놓고 막말을 하겠다는 뜻이다. 좋은 일 앞두고 몸 사리고 싶은 경원이 먼저 그의 가방을 찾아 고급스러운 초대장을 내밀었다.

"봤죠? 이거 진짜예요."

"죄목이 뭔데요?"

"죄목이라뇨. 경사를 앞두고 은서 씨도 참 짓궂기는."

미심쩍은 눈은 그대로 경원을 향해 있으면서도 재빠른 손놀림으로 카드를 꺼내 들었다. 다른 거 볼 것 없이 그녀다운 간략한 눈길로 요점 되는 부분만 파악한 은서가 다시 카드를 덮었다. 무슨 말을 하려는지 은서가 몇 번이나 입을 열었다 닫았다를 반복하자 경원이 눈앞에서 손을 휘휘 저었다.

늘 제 입을 다물게 만들던 그녀가 저로 인해 말문이 막히자 묘한 쾌감이 들었다. 이거 괜찮은데?

"하여튼 그날 절친이 와주면 정말 좋겠어요."

"……이, 이 카드, 이것도 경찰청에서 해준 거예요?"

"설마요. 공무원이 그럴 돈이 어딨겠어요? 다 자비로 만들었어요. 청룡영화제 초청장 만든 손글씨 장인이라는데, 제법 괜찮게 나왔죠?"

"……."

"그럼 전 이만 가볼게요. 양복도 다시 맞추고 이것저것 준비할 게 많네요."

현관으로 나가던 경원이 여전히 넋이 나가 있는 은우를 가벼운 윙크로 깨우자 은우가 사레가 들린 듯 컥컥대기 시작했다. 그가 나갈 때까지 단 한 마디 없이 엄숙함을 지키던 강재가 방석을 들어 은서의 배를 가렸다.

"세상이…… 정말 미쳐 돌아가는군."

정시 퇴근이 얼마 만인지 어둡지 않은 세상이 낯설 정도다. 하지만 최근에 성과가 좋아도 너무 좋은 마약수사대였으니 누구도 이들의 이른 퇴근을 훼방 놓을 수 없었다.

"누님, 한잔 하고 가시지. 콜?"

"됐어. 형식이 너도 얼른 들어가. 어른들 걱정하셔."

제나가 진심으로 한 말에 옆에 있던 김 형사가 키득거리며 웃었다. 마약수사대에서 가장 어린 안형식은 험상궂은 외모로 인해 이것저것 맺힌 일이 많았지만 실제로는 정도 많고 마음도 가장 여리다. 반대로 제나는 단순히 여려 보이는 외모 때문에 형사계에 있을 때부터 그와 파트너를 이룬 적이 여러 번이라, 형식을 대할 때면 늘 누나 같은 마음이 들고는 했다. 정작 반쪽이나마 피를 나눈 형제간보다도, 그녀에게 무슨 일이 생기면 바로 뛰어와줄 사람 역시 형식이었다.

"그나저나 21일 날 저도 가야 돼요? 정복 입고 가야 하나?"

"……."

"그날 우리 팀도 금일봉 받는 거죠?"

"그렇다던데?"

그날을 생각하니 가볍던 발걸음에 추가 달렸다. 그렇다고 질질 끄는 것도 그녀 스타일이 아닌지라 차로 향하며 흘러내린 머리를 다시 정리했다. 주차장 갓길에서 담배를 태우던 타과 형사들의 시선이 저절로 그녀를 좇았지만 알 바 아니다.

진짜 이게 되다니.

아니, 진짜 받는다니.

허탈한 코웃음이 핸들을 스쳤다. 밀어붙이면 될 거라 생각했지만 설마하니 경원이 받겠다고 할 줄은 몰랐다. 내 마음은 이러니 허튼 수는 그만 써라, 이 의미를 알아들었으리라 생각했는데.

하지만 경원의 공적만 본다면 충분히 상을 받을 만하다. 경원에게는 초범을 잡아왔네, 별거 아니네 했지만 법적인 처벌은 둘째치고 형사로서의 의견은 달랐다. 마약에 한번 발을 들이기 시작하면 머리에 총을 겨눠도 벗어나기 힘들다. 어떻게 저럴 수 있을까, 평범한 사람이라면 충격을 받을 정도로 그 중독성은 심각하다. 사이코패스가 아니라면 살인을 저지를지언정 이러이러한 행동을 해서 안 된다는 정도는 안다. 하지만 마약은 그마저의 도덕심과 정신세계마저 무너트리니 처음이 더욱 중요했다.

그러니 경원이 한 일은 불량한 의도를 제외하고는 아주 훌륭했다. 그렇게라도 생각해야 이 일련의 상황을 참고 넘길 수 있다.

"좋게 좋게 생각하자, 이제나."

장엄한 분위기의 노래가 흐르는 라디오를 꾹 꺼버리고 창을 활짝 열었다. 그래도 덥다. 귀 뒤쪽에서 송글대는 땀이 바람에 사라진 건지, 아니면 그 열기에 말라버린 건지.

주차장에 차를 대놓고 수연의 카페를 눈으로 훑었다. 모든 게 여전하다. 수연은 통화를 하며 웃음을 흘렸고 종업원들도 모두 바빴다. 그 와중에 잠깐 떠오른 사람 때문에 마음이 불편하다가 말았다. 클럽으로 그런 연락을 했을 땐 대번에 절 찾아와 언젠가 봤던 웃음 거둔 맨얼굴로 따져댈 거라 생각했는데, 그는 아무 소식이 없었다. 다시 마약쟁이들을 잡아끌고 경찰서에 찾아오지도 않았고 오늘 경무과에 시상식에 참석하겠다는 연락만 남겼다고 한다. 늘 예상을 벗어나는 그의 행동에 머리가 지끈하지만 자꾸만 그 일을 생각하는 자신이 더 불쾌했다.

그러느라 정작 불쾌한 사람이 오피스텔 입구를 서성이는 것을 모르고 지나칠 뻔했다.

"제나야, 이제 와?"

"……."

입이 쓰다. 이 기분에 비하니 그간 경원이 왔던 것은 그다지 불쾌한 축에 들지 못할 수도 있겠다는 생각이 들었다.

"다른 일로 오셨다면 볼일 잘 보고 돌아가시고, 혹여나 저 때문에 오셨다면 헛걸음 안 하셨으면 좋겠네요."

"……제나야. 말 좀."

"아, 그리고 수연이 카페에도 볼일은 없으셨으면 하네요. 걔는 이제 경찰도 아니라 검사한테 쌍욕 해도 상관없는 애거든요."

"……."

"말해놓고 보니 부럽네."

부러운 건 어쩔 수 없다. 아무리 위풍당당 거칠 것 없는 그녀라도 조직 사회나 공직에 있으니 상하 관계라는 것은 무시할 수가 없었다. 상식선에서 윗사람 치고 들어가 상명하복 어길 마음도 없고 질서를 깨트리고 싶지도 않다.

하지만 그건 어디까지나 납득할 만한 사회생활의 범주 내에서의 일이지, 지금 같은 경우는 달랐다. 2년을 사귀고 하루아침에 그동안 미안했다 하며 괴로운 체하던 남자다. 그리고 바로 다음 주에 선을 보았다 소리를 들었으니 그거야 남자 보는 눈이 없었던 제 탓도 있다.

하지만 미안하다니. 고맙다도 싫지만 미안하다니? 말 그대로 얼척이 없었다. 그런 건 누가 누구를 데리고 놀았을 때나 하는 말 아닌가.

그런 남자가 담당 검사랍시고 제 위로 왔으니 복장이 터지는 것도 자신이고 모르는 체 넘겨야 하는 것도 자신이다.

"어머니 어느 정도 설득했어."

"……하하."

"이제나, 얘기하고 있잖아."

"저는 웃고 있잖아요."

"…….."

"누가 들으면 내가 지고지순하게 바람난 남편 기다리던 여잔 줄 알겠어요. 수치스럽게."

정색하는 그녀는 범죄자는 물론이고 멀쩡한 남자의 기분도 섬뜩하게 했다.

"제나야, 네가 화난 건 알아. 하지만 너도 알다시피 내가 외동아들이다 보니 기대가 커서 더 그러셨던 거야. 그건 평범한 부모들 마음이잖아. 어디까지나 나를 위해서."

"그럼 위해줄 엄마 없는 저는 제 스스로라도 챙겨줘야겠어요. 그만 돌아가세요."

"이제나! 나 파혼했어!"

"아, 예, 검사님. 안되셨네요. 그래도 좋게 생각하세요. 이혼보다는 낫잖아요."

"……네 이런 태도가 나를 힘들게 했어. 네가 조금만 잘해줬어도. 알아?"

"……."

"네가 한 번만 나를 잡았어도, 그때 나를 잡았다면 나도 그렇게까지는!"

미리미리 책도 좀 보고 영화도 좀 볼 것을 너무 바쁘게 살았다. 이런 순간에 떠오르는 말이 '개떡 같은 소리.' 정도밖에 없는 걸 보면. 이제 와 피해자 코스프레를 하는 것도 웃겨 도저히 그냥 지나갈 수는 없겠는데 참신하달 만한 표현이 없다.

"이건 또 무슨 전 남친 술 먹고 이별 여행 가자는 소릴까요?"

"……김경원 씨."

그간 정이라도 든 건지 오랜만에 본 남자가 제법 반가웠다. 그래도 제 입으로 오지 말라 했으니 반가운 티는 내지 않았다.

"아니, 나는 좀 웃겨서. 그래도 난 내 사정 급해서 왔으니 변명 같은 건 상상도 안 해봤는데, 제 잘못 모르고 남 탓 하는 건 같은 남자 망신이라."

"당신 누구야?"

"나? 모범 시민."

골치가 아팠다. 그렇다고 현수를 대할 때처럼 머리가 마구 조이는 그런 골치는 아니다.

"뭐라구?"

"아, 아직은 아니고 21일부터."

손가락으로 날짜를 꼽아보던 경원이 아차 하는 표정으로 정정했다. 그게 더 열받는지 현수는 발끈해 목청을 높였다.

"이게 다 무슨 소리야?"

"다른 건 모르겠고 모범 시민으로서 한마디만 하죠. 차 저기 대놓으면 끌려갈 텐데."

"하아……."

어떻게 하든 둘 중 하나는 마주쳐야 한다면 그래도 욕 나오는 전 남친보다는 만만한 모범 시민이 낫다.

"그건 그렇고 제나 씨, 오랜만이라 더 반갑네요."

"……술 먹고 이별 여행 가자는 말은 또 무슨 소린가요, 경원 씨?"

"그냥 오랜만에 잠이나 한번…… 은 아니고 어떻게 한번 해보고 싶다, 이런 거?"

"아하. 개소리네요, 그거."

맞은편 출입구에 등을 기대고 있던 경원이 웃었다. 저 웃음은 여전히 나른하고 권태롭다. 그럼에도 즐거운 기분이 가득이라 그 감정이 자신이 서 있는 곳까지 충분히 전해졌다.

"그럼 경원 씨는 여기 어쩐 일로 오셨어요?"

"제나 씨 어떻게 한번 해보고 싶어서요."

농담이냐 하면 그것도 아니다. 그래도 현수처럼 남 탓 하거나 빙빙 돌려 거짓말하는 사람은 아니라 그 점을 좋게 봤다.

"올라가죠?"

"……네?"

"저희 집, 안 갈래요?"

특별히 현수에게 들으라 그런 말을 하지는 않았다. 홧김에, 라는 말 자체를 싫어하는 제나였으니 감정의 동요를 못 이기고 자기 인생 버리는 짓은 안 한다.

"저야 거절할 이유가 없죠. 아, 그런데 그쪽 차 기어이 끌려가네요. 어쩌나. 그러기에 말할 때 좀 듣지."

그래도 경악스레 굳어 있는 현수의 표정이 제법 볼 만하다는 생각에, 오늘따라 어깨를 으쓱대는 이 남자가 조금 예뻐 보이긴 했다. 딱 지금 이 순간만.

"구경 다 했으면, 여기 앉아주실래요?"

"……제가 꿈을 잘 꿨나 했는데."

제나가 커피 두 잔을 들고 와 테이블에 놓자 무례하지 않을 정도로만 집을 둘러보던 경원이 자리에 앉았다. 잔을 들려던 그가 뭔가 아니다 싶었는지 제나 앞에 놓인 잔과 제 앞의 것을 바꿔놓았다.

"이게 제나 씨 거 같은데."

"네?"

"온도가요."

그러고 보니 바뀌었다. 아무 생각 없이 두었는데, 경원이 무얼 보고 알았는지 알 수 없어 제나는 그를 쳐다보았다.

"저 경찰서에 출근하면서 신문만 봤던 게 아니라서요."

"……아, 경찰 해보시라니까."

"그러기에는 클럽이 너무 잘돼서. 경찰 하면 투잡 안 되지 않나요?"

"그렇긴 하죠. 공무원이니까."

"아, 아깝다."

추리는 하되 추측이나 상상은 삼가는 그녀였지만 경찰서에 있을 그를 떠올려보았다. 능글거리는 평소 모습에 세상 다 산 퇴폐미까지 합치면 정상적인 업무를 보기가 쉽지 않을 것이다.

"……확실히 안 되겠네요. 경무과에서 싫어할 것 같아요."

"하하. 그건 그렇고, 제나 씨 너무하시네요. 어떻게 해보겠다는 남자를 집으로 데리고 오시면 저는 어쩌란 건지."

그러면서도 얼굴은 싱글벙글이라 보고 있으면 웃음부터 났다. 경원이 '거봐요.' 하는 뜻을 담아 눈을 마주치자 그녀가 얼른 표정부터 수습하고 제 몫으로 돌아온 커피 잔을 들었다. 너무 뜨겁지도 않고 미지근한 수준도 아니다. 맨손으로 잡아도 내려놓지 않을 정도의 따스한 온도, 그게 그녀의 취향이다.

"원래 자기 입으로 어쩌겠다는 사람은 어떻게 못 해요. 거기다 증인도 있고."

"증인이라면, 그 개자식?"

마약쟁이에게서 욕이라면 지겹도록 들었는데, 욕을 듣고 웃음이 나는 것은 처음이었다. 확실히 그 정도는 소프트한 수준인데, 수연만 부러운 줄 알았더니 기본적으로 시민은 다 부러운 모양이다. 검사에게 욕을 할 수 있으니.

"뭐, 그래도 저한테는 고마운 사람이네요."

"경원 씨가 왜요?"

"그 덕에 더 해볼 만하다 생각했거든요. 포기도 상대가 어느 정도여야 하는 거지, 이건 뭐."

자신감이 넘치는데 이상하게 얄미움은 덜하다. 턱을 살짝 쓸어 올린 그의 웃음이 다시 나른해졌다. 그녀의 집이라는 지극히 사적인 장소 탓에 더 그런지도 모른다.

"수연이네 커피숍으로 갔으면 아까 그 사람도 따라왔을 거예요. 근처 어딜 가도 그랬겠죠."

"그러니 착각하지 마라?"

손가락을 타닥거리던 제나가 묘한 미소를 머금은 채 머리를 기울였다. 마주 앉아 그녀의 눈빛을 마주하던 경원이 상체를 가까이 가져왔지만 그녀는 태연했다.

"김경원 씨, 최근에 시민으로서 용감한 행보를 보여준 것은 감사하게 생각해요."

"난 시민으로서 한 게 아닌데."

"……우리는 첫 단추가 어긋났어요. 아까 경원 씨가 본 그 개자식도 첫눈에 반했다며 절 따라다녔어요. 믿기지 않으시겠지만."

"그거 하나는 믿을 만하네요."

그녀가 한 모금, 그가 두 모금 커피를 마셨다. 그녀는 향을 즐겼지만 그는 같이 마시는 사람을 즐겼다. 그만큼 다른 사람들이다.

"그럼 그 대신에 하나만 물어봐도 될까요?"

"뭘요?"

"저는 왜 아닌지."

그의 표정이 진지해지자 제나도 성심성의껏 대답하려 생각을 차근차근 짚어보았다.

"글쎄요. 저한테는 그런 게 있어요. 미신을 믿는 건 아닌데 첫눈에 보이는 것을 중요시하게 되더라구요. 외모보다는 분위기나 느낌 같은 거요. 경찰 하다 보니까, 더 그런 경향이 강해졌어요. 저는 첫 만남에서 선 상대에게서 봐서는 안 될 걸 봐버렸죠."

"……."

"그래서 저는 경원 씨와 시작하고 싶지가 않아요. 이래 봬도 그런 쪽으론 트라우마 있는 사람이라."

"같은 트라우마가 있는데, 제가 바보같이 일을 악화시켰네요."

"알면 다음에 선볼 때에는 잘해요. 언제 또 경원 씨 마음에 드는 사람이 나올지도 모르잖아요."

"그러려구요."

그녀가 내리깔았던 눈을 들었다. 여전히 그의 표정을 읽을 수가 없다. 아주 묘한 감정 하나를 잡았지만 제 착각일지도 몰라 굳이 입 밖으로 꺼내지는 않았다.

"커피 다 마시셨으면, 이만 돌아가주시면 감사하겠어요."

"아껴 마실걸."

그래도 미련 두며 추하게 구는 남자는 아니었다. 인사를 하러 문 앞까지 따라 나온 제나에게 더없이 정중하게 대했다.

"21일에 제나 씨도 뵐 수 있는 겁니까?"

"그 상 정말 받으시려구요?"

"바쁜 사람이 힘들게 애써줬는데, 당연하죠. 최선을 다해 준비해주셨으니, 저도 최선을 다해 받으려구요."

힘들긴 했으니 부인하지는 않았다. 말끝에 매달린 뭔가가 더 있기는 있는 모양인데 머리 아프게 확인하고 싶지도 않았다. 이미 모든 것이 그녀의 손을 떠났으니까.

그런데 돌아서 걸어 나가야 할 사람이 현관문 사이로 빤히 쳐다만 보고 있으니 그건 신경을 안 쓸 수가 없었다. 눈을 내리니 발 하나가 걸쳐져 있어 이게 웬 뻔한 수작이냐, 입꼬리를 올렸다.

"무슨 더 하실 말씀이 남으셨나 봐요."

"키스해도 됩니까?"

"지금 제가 잘못 들은 거 맞죠?"

"저도 두 번은 안 물어보는데."

"……여자 집에서 그냥 나간 경험이 없으실 테니 아무래도 허전하셨던 모양이네요. 이런 경우에 제 버릇 개."

"안 하던 짓 하느라 한번 물어봤는데. 그럼 21일 날 뵙겠습니다."

그녀에게서 욕 정도 먹는다고 기분이 상하지는 않겠지만 아까 본 남자와 동급 취급을 당하기는 싫었다. 미련 떼고 발도 빼고 뒤돌아 나오는데 그래도 매정하게 문 닫히는 소리는 나지 않아 그걸로 만족했다.

미련도 없고 어이도 없는 제나는 경원의 뒷모습을 보며 늘 주문처럼 외우던 말을 다시 한 번 읊조렸다. 마음을 가라앉히려면 자기최면이 제일이었으니.

"저 남자는 시민이다, 저 남자는 시민이다."

선량하지 않아도 시민은 시민이다.

그리고,

시민에게 욕을 해서는 안 된다.

1년에 몇 번 입을까 말까 한 정복이다. 올해 초 타과 동료의 추모식에서 한번 입어보고 처음이니 정말 오랜만이다. 그야말로 행

118

사용이라 옷도 어색, 모자도 어색, 마음까지 어색했다.

"이야, 우리 제나 인물 나네, 인물 나! 안 그러냐, 김 형사?"

"그러네요. 이 경위님이야 원래 비주얼은 모델이죠."

"내년에 경찰의 날 모델 뽑을 때 우리 제나 나가면 되겠어."

아무리 무던한 성격이라도 남자 몇이 둘러싸고 칭찬을 쏟아내니 그녀도 머쓱했다. 나쁘지는 않다는 말이구나, 최대한 겸손하게 받아들이고 거울을 보았지만 사실 스스로가 보기에도 꽤 그럴듯했다. 더군다나 사진도 찍어야 하니 적당히 꾸미고 오라는 이야기를 들은 터라 오랜만에 화장까지 했다. 어째 정복을 입은 날이 제일 경찰 같지가 않아 아이러니하다.

"제나, 너 평소에도 화장 좀 하고 다녀."

"마약쟁이들 보라구요?"

"너도 참. 좋은 게 좋은 거지."

"팀장님이 여자가 아니라 그래요. 저는 안 해 버릇 해서 그런지 갑갑하거든요."

애초에 이따위 시상식이 열리는 자체가 아이러니했으니 화장이 근질거리는 정도는 참고 넘겨야 했다.

"형식이는?"

"강당 먼저 갔어요. 아직 어려서 그런지 신나나 봐요."

"김 형사는 안 신나? 남 얘기 하듯 하네."

"저야 뭐…… 하하. 금일봉이나 좀 나오면 좋겠는데. 너무 누워서 떡 먹는 것 같아 찜찜하네요."

정작 찜찜한 사람은 따로 있어 옷매무새를 완벽하게 정리하던 제나의 손이 흠칫했다. 불안한 일은 애써 생각하지 않는다. 오늘

119

은 들뜬 동료들과 함께 적당히 자리에 참석해 금일봉 받아 회식을 하리라 마음에 새겼다. 그렇게 흔들림 없이 머리카락 한 올까지 깔끔하게 처리했더니 형식이 제일 찜찜한 얼굴로 문을 열었다.

"너 왜, 인마. 이제 내려갈 건데 왜 또 올라왔어?"

"아니, 그게……."

"왜?"

"저, 누님한테 할 이야기가 좀 있어서……. 누님, 잠시만."

안절부절못하는 형식이 사람들이 의아하게 보는 것을 알면서도 제나를 살짝 끌어냈다. 싱거운 놈, 어깨를 으쓱하던 사람들이 시선을 거두자 제나가 곧은 눈길로 형식을 쳐다보았다. 불안한 예감은 거의 들어맞는 편이라 일정 부분 포기하고 입을 열었다.

"말해. 무슨 일이야?"

"……누, 누님 먼저 내려가보시는 게 좋을 듯해서……."

아직 시간 남았잖아, 그런 말도 안 했다. 시간 아깝고 입 아픈 거 싫어하는 그녀라 열린 문 사이로 잽싸게 몸을 빼냈다. 보통 긴급 출동할 때 그녀의 움직임이 그 정도였다.

이 남자, 분명히 뭔가 한 건 했구나.

08

저……잘해요, 그게 뭐든

제나에게 한 건의 의미는 다양했다. 범죄자를 잡았을 때 누구는 살인, 누구는 강도 이런 식으로 나누면 편하겠지만, 일반적으론 한 놈이 여러 건을 저질렀을 때가 많다. 강도를 저지른 놈은 폭행은 예사고, 필로폰 한 놈이 대마초 안 하리라는 법도 없다. 실제로도 어느 한 놈 잡아와 조사해보면 온갖 사건에 얼기설기 엮여 있어 혀를 찬 적이 여러 번이다.

그런 의미에서 김경원의 한 건은 복합적인 의미의 한 건이었다. 잡아와도 강력계에 줄지 폭력계에 줄지, 헷갈려도 심히 헷갈렸다.

다시 말하면, 사고를 쳐도 단단히 쳤다.

"아, 이게 다 뭐야?"

"미리 허락받았다고……. 물어보니까 별거 있겠나 싶어 그러라고 했다는데 일이 이렇게까지 될 줄은……."

"청장님 오시면 뭐라고 해, 이걸?"

나는 모르는 일이야. 나는 죄가 없어.

경무과에서 나온 사람들이 넋을 놓고 나누는 대화를 애써 모른 체했다. 사실 강당으로 통하는 복도에서부터 심상치 않다고는 생각을 했다. 경찰의 날 기념식을 할 때에도 이렇게 북적대지 않았

121

던 곳인데, 지금은 한 발 내딛기조차 힘이 든다. 강력계에 있을 때 살해 용의자의 팔짱을 끼고 현장 검증을 했던 때에도 이보다는 수월했다. 그나마 다행인 것은 아직 제나와 경원의 관계를 아는 사람은 없어 누구도 그녀에게 이 사태에 대한 책임을 묻지 않는다는 것이다.

"아, 감사합니다. 여기까지 안 오셔도 되는데."

"아니, 무슨 말씀을요? 김 사장님께 이런 경사가 있는데 당연히 와봐야지요."

"아하하. 이거 참 몸 둘 바를 모르겠네요. 김 비서, 안으로 모셔야지."

억지로 부끄러운 척하는 듯한 경원의 뒤에서 김 비서가 땀까지 흘리며 의자를 들고 달려왔다.

"사장님. 지금 자리가 꽉 차서, 어쩌죠? 일단 의자라도 붙여보겠습니다. 이리로."

"갈 때 기념으로 준비한 것들 꼭 챙겨 가시죠. 아! 제나 씨!"

제법 동작이 빠른 그녀지만 돌아서기도 전에 매보다 빠른 경원의 눈이 먼저 그녀를 발견했다. 여유롭게 인사를 하면서도 가장 중요한 인물을 바로 알아볼 정도의 감은 남겨둔 그였다.

"……김경원 씨."

모른 체하기는 늦었다. 이 남자라면 분명히 쫓아오고도 남는다. 이미 무슨 일인가 싶어 저희를 향한 눈들이 늘어나자, 제나는 차라리 인파 안쪽으로 묻히는 게 낫다 싶어 움직였다.

빙그레 웃던 그가 새로운 손님이 왔다는 비서의 말을 손짓 한 번으로 물리고 그녀의 뒤에 붙었다. 실로 여유작작한 모습이 느른한 표범 같아 모든 이의 고개가 그를 좇아 돌아갔다.

"제복 입은 여자가 이렇게 멋질 줄은 상상도 못 했네요."

"……감사합니다만."

"제나 씨, 오늘 정말 예뻐요."

표정만으로도 이미 그녀가 무슨 말을 할지 짐작하는 그였다. 어차피 욕먹을 거, 저 하고 싶은 말이나 먼저 해버리자는 게 그의 성격이다. 이 돈 쓰고, 강재의 말마따나 이 짓거리를 하고 제일 중요한 말을 하지 못하는 것은 막심한 손해다.

"최선을 다해서 상 받겠다는 말이, 이런 뜻이었나요?"

"하하, 제나 씨가 좀 이해해주세요. 제가 공부는 잘했는데 상을 받는 건 또 처음이라……. 믿으시겠어요?"

경원의 말이 한 번에 믿기기는 또 처음이다.

"그럼요."

"저도 일이 이렇게까지 커질 거라고는 생각지 못했네요. 제가 상을 받는다니까 그걸 또 굳이 확인하고 싶어 하는 사람들이 또 있어서……."

그 말은 거짓이 아니었다. 실제로 이곳에 온 사람의 절반은 축하하러 왔다기보다는 미심쩍다는 눈길로 과연 이게 진짜인지 둘러보고 있었고, 나머지 절반은 무슨 일인지도 모르고 끌려온 듯했다. 마음 같아서는 제 발등을 찍고 싶었지만 그랬다가는 더 즐거워할 사람이 경원인지라 그녀도 입 한 번 꾹 다물고는 그의 눈을 쳐다보았다. 가늘게 웃음 짓던 경원의 눈이 순간 진지함으로 바뀌어 그녀를 본다.

갖가지 소음 속에서도 두 쌍의 눈빛은 고요했다. 꿰뚫듯 바라보는 그녀나 거리낄 것 없다는 그나 한 치의 물러섬이 없다.

"저, 사장님."

원래 호랑이들의 싸움에 나설 수 있는 건 늑대나 승냥이 같은 존재가 아니라 멋모르는 토끼다. 힘이 없으니 더 무서운 줄도 모르는 그의 비서가 이 말없는 싸움의 맥을 끊어놓았다. 싸늘한 경원의 눈빛에서 한순간 그의 본색이 드러나자 김 비서가 저절로 말을 더듬었다.

"어, 얼음 조각상, 지금 들여놓으면 될까 해서요. 업체 쪽에서 빨리 옮겨야 할 것 같다기에."

"마음대로 해."

"그리고 연주자들도 도착했는데 차 안에서 옷 갈아입고 온답니다. 시간이 다 돼서."

얼음 조각까지는 참고 듣던 그녀도 연주자들 소리에는 이마를 짚었다. 금일봉이고 뭐고 조퇴하고 집에 가고픈 마음이 굴뚝같았지만 그렇게 책임감 없이 굴 수는 없었다. 만약 그녀가 가버리면 노년에 승진의 꿈에 부풀어 있던 박 팀장이 쓰러지지나 않을까 걱정이었다.

"경원 씨, 차마 축하한다고는 못 하겠네요."

"아, 은서 씨."

모든 사람이 축하한다는 말을 하며 그의 곁에 설 때, 혼자 가식을 집어던진 여자의 목소리는 제나까지 돌아보게 만들었다. 지적이고 도도한 얼굴에서 시선이 한 번 멈추고 만삭임이 틀림없는 배에서 다시 멈췄다. 전적이 있는 남자이니 혹시나 싶어 생각에 잠겼던 제나였지만 경원의 눈빛에서 그것이 아님을 알았다. 여자를 대하는 그의 태도는 그 어떤 손님을 대할 때와도 비할 수 없게 정중하면서 친근한지라 보고 있던 제나의 마음까지 미묘하게 건드렸다.

"강재는요? 출장 갔어요?"

"아뇨, 차에 있어요. 충실히 세금 내면서 이 나라가 망해가는 꼴을 두 눈으로 확인하고 싶지는 않다네요."

"이런, 냉혈한 같으니라고. 그런데도 은서 씨는 와줬네요. 고마워요."

"저야, 이런 쇼보다는…… 더 보고 싶은 게, 아니, 사람이 있어서요. 그리고 우리 애들 아빠 욕하지 말아줄래요?"

배에 올린 손을 내린 은서가 제나를 향해 돌아섰다. 살짝 짓는 웃음 너머 사람을 보는 모양새가 보통이 아니었다. 그렇다고 가식이나 염탐의 눈길도 아니고 지나치게 당당해 본연의 도도함을 자아냈다.

"아, 소개부터 시켜드려야지. 말씀드렸죠? 이제나 씨예요."

"저런……."

자기도 모르게 진심이 나온 은서가 얼른 수습에 들어섰다.

"아, 유은서라고 해요. 정말 고마우신 분이란 생각에 울컥했네요. 만나 뵈어서 정말 감사, 아니, 반가워요."

"뭘요. 저로선 더 오래 알아오신 분께 드릴 말씀이죠. 김경원 씨 같은 분에겐 아무래도 옆에 보호자가 있는 게 여러모로 좋겠다 생각은 했어요."

"어휴, 그러기엔 앞으로 저한테 딸릴 식구가 너무 많아서. 저도 이제 만삭인데 마음 편히 출산해야죠."

별다른 말 없이 무난한 인사가 이어졌지만 서로가 건네는 말 한 마디 한 마디가 부딪쳐 꼭 체스 게임 같은 느낌이 든다.

"에이, 둘이 그렇게 이야기하니 날 꼭 떠넘기려는 것 같잖아요. 하하하."

"……."

"둘 다 농담도 참."

침묵이 길어지자 설마 저게 사실일까 너스레를 떨었다. 이렇게 재미있는 광경은 두 눈에 담아 고이 간직하는 것이 경원의 성미였지만 그러기에 지금은 시간이 너무 촉박했다.

"아, 시간 다 되어가는데 이제 들어가야겠어요. 원조…… 처제야, 언니 잘 데리고 제일 앞자리로 가. 김 비서, 여기 은서 씨 좀 모셔."

"됐어요, 제가 언제부터 그렇게 살았다고. 어쨌든 다시 한 번, 축하한다는 소리는 못 하겠어요."

"저두요, 사장님."

은서의 목소리는 쌀쌀맞았지만 눈에는 따스함이 가득했다. 경원을 그런 식으로 보아주는 사람이 있다는 것이 은근히 제나의 심기를 건드렸다.

"경원 씨 친구분이 대단하신 거 같긴 하네요."

"제나 씨만 할까요."

"어쨌든 너무 큰 소란은 삼가주셨으면 하네요. 추천한 제 입장이라는 것도 있으니까요."

"태어나 처음 상 받는 제 입장도 한번 생각해주셨으면 하네요."

"……너무 뻔뻔하다 생각하지 않으세요?"

"필사적인 거죠."

그런 사람치고는 눈빛이 너무 위험하다. 그 어떤 필사적인 사람도 저렇게 도전적인 미소를 짓지는 않았다.

그사이, 눈치 없는 초식 동물이 다시 한 번 그들 사이에 끼어들었다.

"사장님, 주차장이 꽉 찼다는데 지금 오신 분들은 먼저 피로연장으로 바로 모실까요?"

금일봉 받으면 회식도 하고 오랜만에 회포를 풀리라 생각했던 마약수사대 사람들이 얼어붙어 있다. 웬만한 일에는 이력이 난 사람들이라 이런 행사 자체에 긴장한 것은 아니다. 다만 얼음 조각상에서 한 방울씩 떨어지는 물을 응시하는 제나의 냉기에 질려버렸다. 눈에 보이지 않는다 뿐이지 그녀의 몸에 한기가 서려 특수 효과가 따로 필요 없을 지경이다.

"제, 제나야. 이게 다 무슨 일이냐?"

"……저도 잘 모르겠어요."

"아니, 형식아. 청장님은 이런 거 아실까?"

"경무과랑 장비과에서 난리 났나 봐요. 청장님 오전에 붕괴 현장 시찰 가셔서 홍보관한테만 전화 돌렸다던데 그쪽이 바쁘다고 시상식 전에 겨우 도착하신대요. 아, 우리한테까지 불똥 튀는 거 아니겠죠?"

"안 그래도 불안하니까 너 다리 좀 떨지 마."

아직도 앞에서 자신의 손님들과 인사를 하던 경원이 1분에 한 번꼴로 제나를 돌아보았다. 으스대거나 과시하는 것도 아니고 그저 관심 있는 여자를 신경 쓰는 사춘기 남학생 같은 모습이다. 이를 꽉 물고 있던 제나가 이윽고 자리에서 일어나 숨 좀 돌리겠다며 강당 밖으로 나갔다. 그리고 두어 발짝을 채 떼기도 전에 자신의 선택을 후회했다.

"제나야, 제나야. 저기 좀 봐! 제우스 맞지? 멤버가 다 왔어! 어머, 저기는 또 누구야!"

"……."

"뭐야, 진짜! 나 미치겠네. 경찰의 날이 날짜가 바뀌었나? 우리한테 한 마디 말도 없이?"

"현미야, 나 다시 들어갈게. 나중에 보자."

"야, 나도 좀 꼽사리 껴서 앉으면 안 돼? 제발."

목뼈가 늘어질 정도로 고개를 내밀고 안쪽을 살피던 현미가 제나를 보자마자 팔을 잡고 매달렸다. 이미 모든 기운을 소진한 상태라 제나는 현미가 흔드는 대로 너덜너덜 흔들렸다.

"현미야, 제발 좀. 나도 좀 살자."

"아아아악! 오빠아!"

아이돌 멤버들까지 어리둥절한 얼굴로 들어서자 여기저기에서 비명이 들렸다. 조금 전보다 더 아수라장이 된 강당 앞에서 제나는 드물게 지친 얼굴을 한 채 창가에 기댔다. 도대체 이 남자 인맥의 끝은 어디까지인지 모르겠지만 이만하면 어디에 출마하든 떨어질 일은 없어 보인다. 그런 남자가 대체 자신에게 왜 이렇게까지 하는지도 모르겠고, 그러면서도 왜 눈이 가는지도 모르겠다.

주목받을 행동을 하면 눈이 가는 것이 당연하겠지만 그녀는 조금 달랐다. 온갖 범죄자를 대하며 화려한 볼거리로 눈속임하고 몰래 뒷공작을 꾸미는 이들에게 도통한 그녀다. 그런데도 보란 듯이 일을 벌이는 이 남자에게는 그라는 사람 자체만으로도 눈을 뗄 수가 없었다.

"야, 아까 너랑 이야기하던 그 남자! 그 남자가 오늘 상 받는 사람이지?"

"어."

"야…… 그런데 그 남자 진짜…… 잘하게 생겼더라. 그치? 완전 잘하지? 내가 그런 거 딱 한눈에 보면 알거든. 허벅지로 이어지는 라인이 예술이야. 그리고 손가락! 그게 은근히 그렇게 길쭉하면……."

"요새 중고나라 평화로운가 보지? 너 빨리 가."

속닥이는 것치고는 목소리가 컸다. 다행히 크게 주목받을 만한 단어는 나오지 않았지만 제나는 현미의 모든 관심사가 어디에 쏠려 있고 귀결하는지 너무나 잘 알았다. 지금은 빼놓고 말했지만 목적어 부분에 무엇이 들어갈지 눈치 채고 강하게 쏘아보자 현미가 어깨를 움츠렸다.

"아, 제나 씨. 찾았잖아요. 이제 곧 시작할 텐데 왜 안 들어오세요?"

"……김경원 씨, 연예계에 인맥이 있는 줄은 알았지만 아이돌 취향이신지 몰랐어요."

제나의 뼈 있는 농담에 그가 두 손을 들었다. 그가 부른 연예인이래야 모두 남자다. 그럼에도 그녀가 이리 말하는 것은 평소 그의 생활을 한 단계 수위 높여 꼬집는 것이라, 경원은 제법 고심하는 척 반성의 빛을 띠었다.

129

"인맥이라기보다는, 제 비서가 딴에는 잘해보겠다고 신경을 좀 썼나 봐요. 아무래도 나중에 단체 사진 찍고 할 때 파릇파릇한 애들 오면 더 낫지 않겠냐고."

"음…… 단체 사진……."

"거기다 저희 클럽 단골들이기도 하고. 원래 좋은 일은 나눠야 기쁨이 배가 된다잖아요. 전통이죠 뭐."

"하아……. 경원 씨 개인적인 행복까지 터치하고 싶지는 않지만 저희 청장님 곧 오실 거예요. 괜히 일 커져서 강당 사용 허락해준 다른 부서에까지 문제 생기게 된다면."

"그건 걱정 안 하셔도 될 것 같은데요?"

그가 턱짓을 하는 곳으로 불안한 눈길을 돌렸다. 황망한 얼굴로 들어오던 청장이 바로 제 눈앞에 있는 트로트 가수를 보고 놀라 입이 함지박만 해진 게 보인다. 악수를 하고 고개를 끄덕이다가 따라붙은 카메라를 향해 만면에 미소를 짓는 그 모습에 제나가 석상처럼 굳어버렸다. 경원이 두 팔을 잡고 저를 향해 돌려놓을 때까지, 그렇게 움직이지도 못하고 있었다.

"왜 다른 남자 보고 그래요, 질투 나게."

"당신은……."

"말했잖아요. 저 여기 드나들면서 정보 수집 꽤 했다고. 청장님 취향이 꽤 경쾌하시더군요."

"……."

"아! 그리고, 저…… 잘해요, 그게 뭐든."

몇 걸음 뒤에 떨어져 있던 현미를 흘끗 보는 그의 눈빛은 오만하고 위험했다. 제나가 턱을 조금 들자 빈틈없이 정리했던 그녀의 머리칼이 살짝 흘러내렸다. 경원이 저도 모르게 손을 내밀다 닿기 직전에 멈췄다.

"누님, 빨리 들어오십쇼. 누님 자리 빼앗기게 생겼어요."

뺏기면 정말 다행이게.

문을 열고 제나를 찾던 형식이 보자마자 다가와 재촉했다. 눈을 감고 감정을 억누르던 제나가 다시 한 번 노려보자 경원이 고개를 갸웃거리며 윙크에 가까운 눈웃음을 지었다.

"기어이……."

"네? 누님, 빨리 좀 가요. 다 기다리잖아요."

상황을 모르는 형식이 한마디 더 하려 제나를 살피자 그녀가 돌연 형식의 어깨를 꽉 잡아 눌렀다. 이를 악문 작은 입에서 흘러나오는 말에는 고도로 정제된 냉기가 배어 있었다.

"당신은…… 저 남자는 시민이다. 저 남자는 시민이다."

"누, 누님. 저, 저한테 왜……."

"경찰은 시민을 때려서는 안 된다. 안 될 것이다. 안 되어야 한다."

자기최면이나 다름없는 주문을 외우며 제나는 형식의 눈을 들여다보았다.

바짝 얼어 어쩔 줄 모르는 형식의 앞으로 오만하게 웃는 위험한 남자가 바짝 다가와 그녀의 귀에 속삭였다.

"제나 씨도 참, 제 어깨가 더 넓은데. 자, 그럼 들어갈까요?"

시상식은 의외로 순탄하고 무난하게 진행됐다. 사실 원래 그랬어야 했던 일이니 그걸로 안심한다는 것 자체가 이상한 거였다.

다만 경원이 대동한 대규모의 부대에 비해서는 지극히 평범하고 큰 소동 없이 흘러갔다는 의미였다.

"언니, 진짜 상 받는 거 맞나 봐. 어떡해?"

"조용 좀 해."

"우와, 이거 몰래카메라 이런 거 아닌가 봐. 빨리 형부한테 문자 해줘야지."

"가만있어. 아직은 어떻게 될지 모르니까."

복도에서 만났던 두 자매가 도란도란 나누는 대화에 제나가 헛웃음을 터트렸다. 주변을 살펴보니 이 시상식을 지켜보는 사람들의 시선은 그야말로 다양했다. 자매처럼 무슨 일이 터지지는 않을까 미심쩍다는 눈초리를 한 사람도 있고, 손수건을 들고 눈물까지 찍어내는 그의 이모님도 계셨다.

"이야, 청장님 표정 좀 보세요."

"땀 흘리시는데?"

무엇보다 당황스러운 것은 청장이다. 자그마치 태극무궁화가 세 개나 달린 대한민국 경찰 서열 열 손가락 안에 드는 치안정감의 계급이다. 그 정도 위치면 이런 시상식이야 지극히 형식적인 것으로, 심지어 무슨 일인지도 모른 채 상만 전달하러 오기도 했다. 그런 상황에서 연예 대상 시상식을 방불케 하는 인물들과 그 호화로움에 뒤늦게 긴장이 밀려오는지 청장은 연이어 손수건으로 이마를 닦아냈다.

"……다음은 시민 김경원 씨와 마약수사대 팀원 일동에 대한 표창이 있겠습니다."

"네!"

앞선 다른 수상자들이 연단에서 내려가자 드디어 앞줄에 앉아 있던 경원이 자리에서 일어섰다. 오늘을 위해 맞추었다던 명품 양복이 그의 늘씬한 몸에 꼭 맞아 눈 달린 여자라면 누구나 탄성을 삼켰다. 이런 때 긴장한 표정이라도 지었다면 그래도 조금 인간적인 매력이 느껴졌을 테지만, 경원은 언제나처럼 미소가 가득한 얼굴로 주위 사람들을 홀렸다. 다만 뒤에 선 제나만이 주먹을 쥐었다 풀기를 반복하자 형식이 제발 참으라 고개를 저었다.

"흐음. 귀하께서는 평소 경찰 업무에 남다른 애정을 가지고 성원해오셨으며 특히 봉사와 희생 정신으로 지역 치안 협력에 기여하신 바 크므로 이에 표창을 드립니다."

"……감사합니다."

이게 뭐지, 눈치를 보던 사람들이 마지못해 박수를 쳤지만 술렁거리는 분위기가 심상치 않다. 그때까지 웃고 있던 사람들도 이게 진짜라는 것을 그제야 알았는지 몇몇은 자리에서 벌떡 일어나 두리번거리기도 했다. 경원이 태연하게 표창장을 받아 들고 사진사 앞에 서자 기다렸다는 듯 플래시가 터지고 땀이 밴 청장의 이마도 같이 빛났다. 곧이어 마약수사대에 금일봉이 전해졌지만 오늘의 하이라이트인 경원의 수상이 막 끝난 터라 그 누구도 관심을 두는 사람이 없었다.

"아, 박일섭 팀장님, 수고하셨습니다. 팀원분들도 모두 수고하셨어요."

"네, 감사합니다."

그다지 두툼하지 않은 봉투가 팀장의 손에 건네졌고 이로써 모든 시상식이 끝이 났다. 아니, 끝이 난 줄 알았다. 경원이 긴 다리로 냉큼 연단에 다시 올라오기 전까지는 모두들 그렇게 생각했다.

"저어, 시상식 끝났으니 이만 돌아가셔도……."

"아닙니다. 이렇게 생각지도 못하게 부상까지 받았는데 감사 인사도 제대로 안 드린 것 같아서요."

표창장과 함께 받은 부상을 궁금해하는 눈길로 보는 경원의 모습에 청장과 보좌관이 민망한 듯 얼굴을 붉혔다.

"실례가 아니라면 지금 열어봐도 될까요?"

"아니, 그게……."

찌이익, 봉투가 한 번에 벗겨져 내렸다. 의례적으로 준비한 선물이니 대단할 것도 없다. 그러나 경원과는 너무 어울리지 않는 품목이 나오자 궁금한 얼굴로 보고 있던 사람들이 모두 멍하니 서로 눈치를 보았다.

"우와…… 필통이군요."

"하하, 저희가 특별히 제작한 거지요. 위에 있는 참수리 마크처럼 앞으로도 더욱 빛나는 정신으로 노력해주십사 하는 의미로……."

어떻게든 필통의 의미를 강조해보려는 보좌관이 보기 딱할 정도다. 하지만 제나야 소동 없이 시상식이 끝났으니 어느 정도 안도하고 있었고, 얼른 가서 화장 지우고 눕고 싶은 마음만 가득해 제일 먼저 계단으로 향했다.

"아, 성과에 비해 저희가 준비한 선물이 너무 약소해서 송구하네요."

"아닙니다. 저도 태어나서 필통 선물은 처음 받아봐 그런지 나름대로 새롭군요."

"아하하…… 그러면 혹시 식사라도 같이…….

"청장님처럼 바쁘신 분의 시간을 빼앗을 수야 있나요. 제가 뜻하지 않게 소란 피워 신경 쓰게 해드린 점, 사과드리겠습니다."

의외로 고분고분하고 정중한 그의 태도와 목소리에 제나가 발을 멈추고 얼굴을 돌렸다. 살짝 고개를 숙인 채 청장과 일반적이고 상식적인 대화를 나누는 그를 보니 이 순간만큼은 정말 그가 모범 시민으로 보였다. 물론 그런 것에 속을 제나가 아니기에 아직 완전히 긴장의 끈을 놓지는 못했다. 오래 알아왔다고는 못 해도 이 남자는 괜찮다 싶은 순간 모든 것을 엎어버리는 특출한 재능이 있다는 것은 알았다.

"자아, 우리도 내려가지."

"이 경위님, 먼저 내려가시면…… 경위님?"

멈춰 서버린 그녀와 경원 사이에 껴서 이러지도 저러지도 못하는 팀원들 사이로, 제나와 같은 눈빛으로 경원을 올려다보던 은서와 눈이 마주쳤다.

뭔가 있어도 분명히 있다. 이 남자는 절대 곱게 내려갈 생각이 없다.

이 상황에서도 경원의 본질을 아는 이가 이 둘뿐이라는 것이 다시 한 번 증명되었다. 아무래도 무언가 있는 것 같아 제나가 저도 모르게 촉각을 곤두세웠다.

"아, 아무리 그래도…… 저, 혹시 뭐 필요한 거라도 있으면 말씀해주시면…… 듣자 하니 마약범 체포에 공로가 크시다던데 필통 하나만 드리기가…….

"필요한 거요?"

"물론 저희가 준비할 수 있는 정도 선이면······."

그냥 해본 말에 경원이 진지하게 반응하자 청장이 금세 말을 바꿨다. 하지만 경원이 그 자리에서 고심에 빠지자 그의 대답을 기다리던 사람들 모두 침묵에 싸였다. 저 입이 열리기 전에 이 자리를 벗어나는 것이 최선이다 생각한 제나가 재빨리 계단을 내려가려 했지만 이번에도 경원의 입이 더 빨랐다. 아무리 등을 돌리고 있어도 발소리의 주인이 그녀라는 것을 그가 모를 리 없었다. 그에게 속한 모든 감각은 이미 이제나를 향한 지 오래다.

"저는······ 뭐 특별히 바라는 것은 없습니다. 뭘 바라고 한 행동도 아니구요."

"아, 하하. 역시 모범 시민다우시네요."

"그렇지만!"

가슴 앞에서 집게손가락을 까딱이던 그의 고뇌가 일순간 단호해졌다. 마법이라도 되는 것처럼 모든 이들의 눈동자가 그의 매끈한 입매를 향했다.

"청장님이 그렇게 말씀하신다면, 제가 감히 거절하는 것도 예의는 아니겠죠. 으음······."

"그, 그럼요."

제발 예의 없기를 바라는 표정의 청장이 불안한 듯 보좌관을 재촉했다.

"좋습니다. 정 그렇다면 저는 여기 계시는 이제나 경위님이랑 정식으로 맞선 한번 보고 싶습니다, 꼭!"

그러면 그렇지.

모두가 얼어붙은 순간에도 제나는 이 대화를 몇 명이나 듣고 있는지부터 눈으로 훑었다. 이미 소란스러운 곳이라 그 자리에 선 마약수사대 식구들과 임신부 하나, 큰 영향력 없는 행사 직원 몇 이 다였다. 그렇다고 안도할 수준도 아니라 자신에게 쏟아지는 시 선을 의례적인 미소로 받았다.

"하하……. 그거야 뭐, 이제나 경위님이면 뭐…… 이런 건실한 사업가와 맞선이야, 하하. 지금 만나는 분 없으시면 뭐…….."

"있습니다."

"누님, 없으시잖아요. 왜…….."

이미 계단에 발을 들인 제나보다는 눈치 없는 형식이 청장에게 더 가깝게 있었다. 원래 자기 듣고 싶은 말만 듣는 청장이라 얼른 마무리하고 이 소란스러운 시상식장을 빠져나가고픈 마음이 강하 게 전해져왔다. 눈이 입구에 가 있는 걸로 보아서는 들어올 때 만 났던 트로트 가수가 떠날까 노심초사하고 있는 듯했다.

"아, 그러면 뭐, 이제나 경위, 맞선 한번 보죠, 왜."

"……저는."

"그래, 제나야. 이렇게 훌륭한 분인데 까짓것 뭐."

"그래요, 이 경위님. 자꾸 보니 괜찮으신 것 같아요."

"맞아요, 경위님. 제발…….."

온갖 상황을 동고동락하며 자신의 편이라 생각했던 마약수사대 식구들마저 제나의 팔을 잡아챘다. 제발 알았다 하고 치워라, 하 는 무언의 압박이 팀장의 눈에서 지글지글했다. 웬만해서는 강압 적으로 나오지 않는 인자한 박 팀장이 이렇게까지 나오는 것은 처 음이라 크게 숨을 고른 제나가 결국 고개를 끄덕였다.

"자, 그러면 뭐, 젊은 사람들끼리 날짜 잡든가, 아니면 박 팀장님이 잡아주시든가. 이제 저는 내려가보겠습니다."

"감사합니다, 청장님."

청장이 사라지자 베테랑 형사들도 자기 몸 사리기에 바빴다. 불꽃이 일렁대는 제나를 피해 단 몇 초 만에 자리에서 사라지자 세상 다 가진 듯한 표정의 경원과 그런 그를 마주 보는 제나만 남았다.

"……제나 씨."

단 한 번의 우아한 걸음으로 경원이 그녀의 눈앞에 섰다. 이 정도 몸놀림이면, 다시 생각해도 경찰을 해야 옳다.

"제나 씨가 잘못 끼워진 첫 단추를 다시 풀 생각이 없으시다면."

"…….."

"제가 그 옷을 오려서라도 첫 단추로 만들어드리겠습니다."

아버지는 칼에 두 번 찔렸다. 그가 알기로만.

그러니 그전에 무슨 일이 더 있었는지는 모르는 일이고 설령 있었다 하더라도 놀랍지도 않았다. 자식이 할 말은 아니지만, 그가 본 그의 아버지는 충분히 그럴 만했다. 그나마 자식이니 그 정도로 말하는 거지, 남이었다면 '그 사람이? 지금 겨우 두 번이랬어?' 했을지도 모른다.

"너 이 새끼, 도대체 밖에서 뭔 짓을 하고 돌아다니는 거야? 아직도 네 이모란 여자랑 만나고 다녀?

"자식이 상 받으면 축하하는 게 보통이죠. 이모란 여자라고 길게 말할 필요 없이 이모구요."

뭐 보통이 아니시겠지만, 쓰게 웃던 경원이 아버지의 못마땅한

138

눈초리에 그나마의 웃음을 거두었다. 볼 때마다 느끼지만 저 나이에도 어깨나 풍채가 예사롭지 않다. 남들은 진호가 대부업체로 이름을 날렸으니 칼에 찔린 일련의 사건들도 그에 관련된 일이 아닐까 소설을 썼지만, 안타깝게도 둘 모두 치정 문제였다.

보통 이 세계 여자관계에서 최악으로 치는 것이 바람이니 사생아니 하는 것이었다면, 진호는 이미 죽네 사네 칼까지 맞은 터라 나머지 시시껄렁한 사건들은 자동적으로 제외되었다. 그 또한 독보적인 악명이라 그는 폭력계 인사들에게서까지 은근한 추앙을 받고 있었다. 그야말로 거리낄 것 없는 인생이다.

"제 얼굴 스스로 먹칠하고 다니는 병신 같은 놈."

"아, 그런가요?"

경원이 서릿발 같은 노여움을 담고 고개를 돌리는 진호보다 한 발 빠르게 미소를 걸쳤다. 저 정도 욕이야 아무것도 아니다. 그렇다고 욕먹기 즐기는 변태적 성향도 아니고, 단지 자신이 분노해보았자 바뀔 사람이 아니라는 것을 잘 알았다. 안 보고 사는 것도 생각해보았지만 특별히 그럴 만한 계기는 없었다. 아직까지는.

"후우, 남들은 그런 소리 안 하던데."

"누가 대놓고 그런 소릴 해?"

"아버지요."

"이 자식이!"

"그리고 제 스스로도 그런 생각 안 하거든요. 제가 보기엔 저 꽤 잘난 거 같은데."

경원은 안 되는 것에 돈 쏟고 노력 쏟는 시간 낭비를 싫어했다. 아버지를 억지로 설득할 마음 같은 건 처음부터 먹지 않았다.

"준다는 거 받아서 자리에 들어왔으면 지금쯤은 남들이 굽실거렸겠지. 그딴 클럽이니 뭐니 되도 안 한 짓 벌이고 다니더니 이제는 하다하다!"

"여기서 너무 흥분하지 마세요. 병원 머니까."

"이 자식이! 지 애비한테 하는 말버릇 하고는. 죽은 네 엄마가 하는 짓이 그렇지. 그따위로 키운다고 널 데려가?"

"저 잘 먹고 잘 입고 잘 쓰고 살았어요. 그리고 어머니 이야기는 그만하시죠."

시계에 취미가 있는 그다. 입매를 한번 늘인 그가 소매를 걷어 시계를 보다 두 가지 생각을 했다. 방금 전까지는 괜찮아 보였던 시계가 다시 보니 별로라는 것, 그리고 생각보다 시간이 많이 흘렀다는 것.

"아버지도 이제 나가실 때 되지 않으셨나요? 그럼 저는 이만."

"그 여자! 네 이모가 소개해준 것도 어이가 없는 판에 어디서 그딴 여자를 가져다 붙여?"

사무실에서 먼저 나가버리려던 경원이 그 발을 우뚝 멈췄다. 돌아보는 잠깐 사이 눈빛이 싸늘하게 식었지만 흥분한 진호가 그것을 눈치 챌 리 없었다.

"……그딴 여자라니요?"

"몰라서 물어? 기껏해야 중소기업 간부? 허허, 참! 내가 어이가 없어서. 아무리 네 푼돈에 욕심이 나도 그렇지 어디서 그딴 것을! 거기다 본처 자식도 아니고 뭐? 사생아? 감히!"

"그만하시죠?"

경원이 피곤한 듯 미간을 잡고 살짝 흔들었다. 그래도 피곤하다. 절제력 하나는 타고났다 보니 불쾌감이라봤자 머리까지 올라올 일도 거의 없었는데, 정말이지 이런 기분은 오랜만이다. 문득 그와 오세림의 관계를 꼬집었던 제나의 심정이 이해가 간다. 그리고 다시 이제나라는 여자 자체만, 선명하게 남았다.

"내가 이제껏 어디까지 하나 보자 참고 말을 안 해 그렇지!"

"그럼 하지 마세요. 앞으로도, 쭉."

"머, 뭐?"

아무리 진호의 풍채가 좋다고 해도 우월한 젊음이 그대로 녹아 있는 삼십 대의 경원에 비할 수는 없다. 자신의 앞에서 빙긋대기만 했던 아들이 한 톤 낮은 목소리를 내자 천하의 그도 당황할 수밖에 없었다.

"그딴 클럽이라도 있어야 아버지처럼 이 여자 저 여자 다 만나고 싶은 사람들이 갈 곳이 있죠. 저는 어디까지나 합법적인 테두리 안에 머무르는 걸 좋아하는지라 격 떨어지는 짓은 안 합니다."

"뭐야?"

"그리고 사생아 논하기 전에 부모가 자식 욕하고 다니는 일은 없길 바라요. 어디서 어떻게 몇이나 있는지 모르는 아버지 자식들이 알면 얼마나 이를 갈겠어요? 노년에는 부디 큰일 없이 편하게 사세요."

말투는 나긋해도 눈빛은 얼음장이다. 움찔했던 진호가 주먹을 쥐며 일어서자 경원이 손바닥을 펴고 뒤로 물러섰다. 가면 같은 미소가 제자리에 돌아온 것도 그때쯤이다.

"모르긴 몰라도…… 조만간 아버지 걱정 하나는 더실 겁니다. 그것도 그 여자 덕에."

"뭐? 그게 무슨 소리야?"

나이 들었다고 그런 감이 무뎌졌을까. 남녀 관계에선 아들마저
도 두 손 들었던 그 대단한 핀트가 어긋났다. 지금 경원에게 중요
한 것은 그녀가 이딴 남자를 받아줄지 말지 그 하나다.

"다른 걱정 하시는 게 더 그럴듯할 텐데. 진짜 아들 생각하는 아
버지라면 말이죠."

그게 진호와 경원의 차이다. 진호야 남들 보기에 더 그럴듯한
연줄을 가져다 붙이고 싶겠지만 경원은 자신에게 연결된 줄조차
끊고 싶었다. 아버지가 원하는 사람들 쪽에서 먼저 두 손 내젓게,
그러면서도 자신은 즐겁게 살 수 있게. 모자라다 싶은 거야 제 능
력으로 채우면 된다.

"너 거기 안 서?"

"하아, 약속 잡고 다시 봐요. 그럼 건강 잘 챙기시구요."

문을 닫고 나온 경원이 다시 시각을 확인했다.

더 이상 시간 낭비는 하고 싶지 않다. 불쾌함으로 가득 찬 이 문
안과 자신이 지금 서 있는 밖 모두에서.

09
나한테 은근히 반말하네?

"너 정말 그러고 나가려고?"

"응. 이상해?"

자리에서 막 일어나던 제나가 수연의 제지에 카페 문 앞에 있는 커다란 거울에다 제 모습을 비춰 보았다. 친구의 말만 들으면 일부러 제 외양을 깎아내리는 코미디 프로그램이라도 연상되나 싶지만 실제로 그녀는 아주 평범했다. 다만 막 퇴근 후이니 조금 지쳐 보였고, 낮에 현장에 나갔다가 거세게 항의하는 피의자들 때문에 왼쪽 단추가 뜯긴 소매가 살짝 거슬리기는 했다.

"야, 그래도 옷은 좀 갈아입고 가라. 선보러 간다는 애가."

"선은 무슨."

"왜애? 현미한테서 들으니까 그날 난리 났다며?"

생각도 하기 싫어 눈을 감아버렸다. 아직도 경찰청 내에서는 두고두고 시상식 얘기가 돌았다. 아무리 온갖 일이 다 생기는 경찰서라지만 이 일은 몇 년이 지나더라도 전설처럼 회자될 거라는 직감에 입맛까지 없어져버렸다.

"이거 입어봐."

"아냐. 나 이대로 갈래."

"너두 진짜."

그럭저럭 봐줄 만하긴 했지만 확실히 선보러 가기에 적당한 차림은 아니다. 하지만 선을 볼 상대는 더 적당한 상대가 아니니 애써 꾸며서 나가고 싶지는 않았다. 그녀의 삶이 어떤지는 이미 경찰청에 출근하며 눈여겨보았을 것이고 제나는 그의 눈썰미가 남다르다는 것을 알고 있다. 그녀 역시 아무리 예쁜 옷 입고 잘 보이고 싶은 상대라 하더라도 약속 시간 지키는 것을 더 중시하는 사람이었다.

그리고 또 하나.

"너 내가 만약 그럴듯하게 차려입고 나가면 김경원 그 남자가 뭐라고 할 것 같아?"

"음…… 오늘 예쁘시다 이런 거?"

확실히 수연은 그를 몰랐다. 수연이 저보다 남자에 대해 잘 아는 것 같아도, 어느 한 사람만은 자신이 더 잘 안다는 생각에 우월감이 들 정도다.

"'오늘은 한가하셨나 보네요.' 하고 농담할 사람이야."

"에이, 설마."

"아니면 '오늘은 일 열심히 안 하셨나 보네요. 저 세금 많이 내는데.' 이러거나."

그나마 자기한테 잘 보이고 싶은 건가, 이런 착각은 안 할 남자다. 상황 파악이나 사람 몰아가는 솜씨가 보통이 아니니까. 사막에서 모래 한 알 골라내듯 굳이 찾아보자면, 그거 하나는 마음에 들었다.

"그나저나, 이제나 경위님. 오늘 처음 만날 맞선 상대에 대해 너무 많이 알고 계신 거 아닌가요?"

커피 잔을 들고 일어나 제나의 뒤에 선 수연과 거울 안에서 눈이 마주쳤다. 장난기 가득한 친구의 눈을 보다 보니 역시나 장난기 넘치는 맞선 상대의 눈이 생각났다. 하지만 분명히 다른 점도 있었다. 친구의 눈이 즐거움 그대로를 품고 있다면 경원의 그것은 어딘가 위태롭고 불안했다. 제나처럼 어느 상황에서나 객관을 유지하는 사람에게나 보이는 차이였지만 보는 사람을 불안하게 만드는 눈이라면, 역시나 달갑지는 않다.

"……하나 마음에 든다 하면 아닌 것도 꼭 있나 봐."

"무슨 소리야?"

"아니야. 하여튼 커피 잘 마셨어. 이제 나가봐야겠다."

"잠깐만. 제나야, 기다려봐."

놓치기라도 할까, 수연이 서랍을 뒤지더니 가위를 꺼내 다가왔다. 뭐 하는 거냐 물을 새도 없이 방심한 참에 오른쪽 소매 단추가 잘려나갔다.

"야!"

"옷을 안 갈아입을 거면 균형이나 좀 맞춰. 새로 달 것도 아니고."

"……너도 참."

멀쩡하던 소매 단추가 뜯겨 나갔지만 꼭 원래 그런 것처럼 그 흔적이 묘연했다. 누가 신경 쓰고 보겠냐만 단추 하니 떠오르는 인물에 다시 기분이 복잡해졌다.

"수연아, 너는 첫 단추 잘못 끼우면…… 이렇게 잘라내는 타입인가?"

"나? 뭔 소리야."

"그냥 궁금해서. 남녀 관계에서 말이야."

질문의 의도를 몰라 곰곰이 생각하던 수연이 '남녀 관계'라는 말
한 마디에 망설일 것도 없이 명쾌한 답을 내놓았다.

"나는 애초에 단추 안 잠그지."

"왜 단추를 안 잠가?"

"남녀 관계라며? 어차피 밤 되면 벗을 건데 귀찮게 뭘."

왜 자신의 주위에는 멀쩡한 사람이 없을까.

그래도 각자 제 위치에서 열심히 살아가는 인물들이니 그녀가
왈가왈부할 일은 아니다. 무슨 생각을 하고 사는지 모르는 그녀의
맞선남을 포함해서.

− 제나야, 꼭 나가야 해. 청장님 앞에서 약속한 거 기억하지?
응?

한 번도 약속을 어긴 적이 없는 제나임에도 불구하고, 팀장은
두 번이나 더 전화를 해 그녀를 몰아쳤다. 치기 같은 심술보가 돋
아 안 갈 거라 소리치고 싶었지만 예의에 충실한 그녀의 몸은 이
미 약속 장소에 그녀를 데려다놓았다.

"안녕하세요, 김경원 씨."

"아, 제나 씨. 오늘도 열심히 일하고 오셨나 보네요."

"할 만큼 하고 왔어요."

"다행이네요. 저 세금도 무지하게 내는데."

등을 돌리고 앉아 있다 반색하며 일어나던 그가 그녀를 살짝 훑
고는 반갑게 맞이했다. 내가 이 남자를 어느 정도 알기는 하는 모

양이네. 수연과의 대화를 떠올린 그녀가 실소했다.

"아, 그렇게 웃으시니 정말 좋네요."

"이만 앉죠."

몇 발짝 되지 않는, 그 짧은 거리를 옆에 붙어 자신이 먼저 앉는 것을 지켜볼 때에도 그러려니 했다. 여자를 많이 만나보았으니 그 정도야 싫어도 몸에 배었겠지. 한 시간 전에 와 10분에 한 잔씩 커피를 시켜두었다며 취향에 맞게 골라 마시라 권할 때에도 놀라지는 않았다. 그의 기행은 한두 번이 아니니까.

그러나 커피를 들던 그녀가 무심코 눈을 들었을 때 마주친 경원의 눈에는 놀라지 않을 수 없었다.

"……오늘은 웃지 않으시네요."

"그래야 할 거 같아서요."

"억지로 그러라는 뜻은 아니었는데."

"떨려서요."

타고난 듯 위험한 남자의 기류를 풀풀 날리던 그는 오늘 어딘가 달랐다. 세상만사 재미로 살던 그 기색이 한 번에 가실 리 있겠냐마는 어딘지 모르게 진지했다. 그것마저 장난이라면 그야말로 구제 불능일 텐데, 그렇게까지 엉망이라 생각하고 싶지는 않았다. '왜'인지는 모르겠고, 그냥 그러고 싶었다.

"지금 와서 통성명 하고 처음 보는 것처럼 행동하면, 제나 씨 기 겁하겠죠?"

"더 이상 기겁할 것도 없어서요. 사실 오늘 만날 때 당연히 그러리라 생각했는데 아는 사람처럼 맞아주셔서 황송하네요."

"하하."

"농담 아닌데."

"이건 진심으로 웃는 거예요. 그건 괜찮죠?"

경원이 싱긋이 웃자 그 모습을 보던 제나도 세웠던 날을 내려놓았다. 어차피 일어난 일이고 그녀는 스스로를 잘 알았다. 정말 싫었다면 청장이 아니라 대통령이 밀어도 싫다고 했을 자신이 지금 이 자리에 앉아 있는 건, 경원이 그 정도까지는 싫지 않다는 것이다. 사실 단순히 싫다는 것과는 차원이 다른 복잡한 마음이었다.

성가신데 눈이 가고 안 보이면 불안한, 그런 바보 같은 기분.

"제나 씨, 혹시 저한테 궁금하신 거라도? 아무래도 선이라니……."

"실례가 안 된다면, 왜 클럽을 시작하신 건지 여쭤봐도 될까요?"

의외의 질문에 놀란 경원이 잔을 내려놓았다. 사실 그런 질문을 한 사람도 제나가 처음이다. 어디 가서 클럽 한다고 하면 다들 반응이 '그렇구나.' 혹은 '어쩐지.' 그 정도가 다였다. 그가 바라는 것도 그 정도가 다였고.

"진지한 대답이 있고 솔직한 대답이 있는데, 고민이네요."

"전 솔직한 게 더 끌리네요."

"그러면야."

제나가 끌린다는 대상이 자신이 아님을 알면서도 경원은 좋아 웃었다. 상대방을 혹하게 하려는 것이 아닌 본능적인 웃음이다.

"남들이 제일 한심하다고 생각하는 대답이죠."

"그게 어떤 건데요?"

"'그냥' '재미있을 거 같아서', 그런 거죠. 저한텐 그게 제일 중요하거든요."

"가치관이 다른 건데 한심할 거야 없죠. 이해를 못 해서 그렇
지."

"저도 남한테서 이해받고 싶은 생각은 없었어요."

천천히 등을 떼어낸 그가 제나를 마주 보며 턱을 살짝 매만졌
다.

"이제까지는."

하나하나 짚어줘야 정답을 아는 여자가 아니라 그녀도 침묵을
지켰다. 그 난리법석을 떤 것에 비하면 지나치게 진지하게 흘러
가는 이 자리도 의외였고 그다지 거부감이 들지 않는 것도 의외였
다.

"경찰 하다 보니 웬만한 인간군상은 차고 넘치게 겪었다 생각했
는데, 그게 아닌 거 보면 세상이 넓긴 넓은가 봐요."

"그러니 아이러니한 거죠. 사람은 다 다른데 같은 기준 대고 보
면 삐져나온 곳밖에는 안 보이니까요."

"사회에 불만 있으세요?"

"없으면 바보 아닌가?"

별말 없이 커피 잔을 바라보던 제나가 평범한 일상으로 화제를
옮겼고 경원도 곧잘 따라왔다. 기대 안 한다 생각했으면서도 지나
치게 박식한 그의 대답에 여러 번 마음이 돌아서다가 멈췄다. 직
업의 차이나 집안의 차이 때문은 아니었다. 세상 사람들이 모두
결벽증이라 깨끗하고 맑은 사람만 좋아하는 것은 아니니까. 그런
보편적인 기준을 뛰어넘을 만큼 이 사람한테 그런 가치가 있냐 한
다면, 그건 아직 답을 모르겠다.

"······김경원 씨, 제가 만약 이렇게까지 했는데도 거절을 한다면, 그때에는 또 어떻게 하실지 궁금하네요."

앞뒤 없는 제나의 질문에 흐름이 끊겼다. 하지만 기억도 나지 않을 체면 차린 대화보다는 이 이야기가 가장 중요하리라, 그렇게 생각했다. 어느덧 편히 앉은 자세에서 자세를 고쳐 앉은 그가 정면을 응시했다.

"다시 시작이죠. 서울 시내에서 안 되면 지방에 내려가서라도 잡아들일 겁니다. 그렇게 경찰청에 출근하다 보면, 다시 보아줄 날이 있겠죠."

"왜······ 제가 왜 좋은 건가요?"

이쯤 되면 세뇌가 되는 건지, 자신에게 스스로도 몰랐던 무언가가 있나 싶어 궁금해졌다. 그나마 그녀니까 여기서 멈추지만 이 남자는 수녀님도 공주병에 걸리게 만들 것이다.

"으음······."

"혹시 재미있어서라거나, 그런 대답은 아니었으면 하네요. 서로 힘들게 여기까지 나왔잖아요."

"그러기가 힘든 게······ 저도 이유를 모르겠네요."

"네?"

"이유를 모르는 게, 갈수록 이유를 알 수 없는 게 저도 처음이라······ 굉장히 당혹스럽습니다."

다른 어려운 질문에는 잘만 대답하던 경원이 살짝 인상을 쓰며 답답함을 드러냈다. 처음 보는 모습에 그녀야말로 당혹스럽다. 혹시나 싶은 생각을 꺼내볼까 하다가 남 일에 나설 처지는 아니라 그만두었다. 자신만 해도 왜 이런 자리에 머물러 그의 진지한 대

150

답을 기다리는지 알 수가 없다.

"우리 이제 일어나는 게 좋겠네요. 집에서 할 일도 좀 많아서요."

"아쉽지만, 일 때문이라니 오늘은 양보할게요. 같이 가시죠."

둘 모두 이곳에 들어설 때보다 배로 복잡해졌다. 더 이상 의미없는 대화는 둘 모두에게 시간 낭비라 오늘은 그만 자리에서 일어섰다. 경원이 데려다주겠다는 것 자체를 거절할 마음은 없지만, 그런 요란한 차에 다시 타고픈 마음은 없어 망설였다.

"제 차, 이제 슈퍼카 아닌데."

언젠가 들었던 말과의 미묘한 차이에 제나는 웃었고 경원은 다시 한 번 예쁘다 말했다. 정색하지 않는 그녀가 또 예쁘다 생각했지만 이번에는 그도 말을 아꼈다. 그의 취향치고는 꽤 점잖은 세단 한 대가 앞에 서자 그가 조수석 문을 열었다.

"고마워요."

모든 매너에 익숙할 거라 여겨지는 그이지만 사실 여자에게 차문을 열어주는 건 제나가 처음이다. 자신이 타기 전에 여자가 안타 있으면 그대로 출발해버렸으니까.

그러나 자신도 알 수 없는 이유로 제나만은 예외였다. 이 여자는 눈 밖에 두기 불안하다. 먼저 차 안으로 들어가는 걸 똑똑히 확인하고도 안전벨트까지 하는 걸 보고서야 아쉽게 문을 닫았다.

"김경원 씨, 하나만 더 여쭤보고 싶은 게 있어요."

"저도 제나 씨한테 여쭤보고 싶은 게 하나 있는데 잘됐네요."

그녀가 살고 있는 오피스텔에 거의 다다라서야 제나가 입을 열었다. 갓길에 차를 세운 경원이 손가락을 핸들 위로 놀리며 다음 말이 나오기를 기다렸다.

"궁금한 김에, 절 포기하지 못하겠다는 이유도 듣고 싶은데요."

"진지한 걸로, 아니면 솔직한 걸로?"

"이번에는 둘 다 들어보고 싶어요."

핸들에서 손을 거둔 그가 제나의 시선이 향한 창 밖을 같이 내다보았다. 그녀의 관심을 온전히 차지하고 싶은 그가 위험한 웃음을 지으며 고개를 내저었다. 유리창에 비치는 그 모습에 순간적으로 제나의 시선이 제게 향하자 그의 웃음은 더 만족스러워졌다.

"진지한 건, 제가 제나 씨를 좋아하니까요."

"그럼 솔직한 건요?"

"제나 씨를 좋아하긴 하지만, 제 자신만큼은 아닌가 보죠."

농담기 없는 담백한 말이었다. 제나로서는 나름대로 고심해서 진지하게 물었는데 상대가 이렇게 나오니 허탈한 건 어쩔 수가 없었다. 실망스러운 기분과는 또 달랐다.

"사랑하니까 놓아준다, 보내준다, 저는 그런 거 이해 못 해요. 태어나고 살아오길 내가 제일 중요해서. 제나 씨가 저 때문에 힘들다고 해서 갈 테면 가라, 이렇게 못 하겠어요."

"하아……."

"제가 당장 궁금하고 보고 싶어 미치겠는데, 저 때문에 미치겠다는 제나 씨보다 안 보면 미치겠는 제가 더 중요해서, 차마 포기한다는 거짓말은 못 하겠네요."

"힘들거나 말라 죽어도 경원 씨 옆에서 그러라는 건가요?"

"뭐 뜻은 대강 맞는데. 그렇게 약한 여자 아니잖아, 당신."

은근하고도 직설적인 반말에 그녀가 눈을 찌푸렸다.

저 표정도 꽤 예쁜데.

그는 일반적인 남자들이 좋아하는, 남자 말 한 마디에 눈물 쏟고, 지고지순하고, 그런 데는 영 취미가 없었다. 한 마디 말로 끝내면 딱 좋을걸, 열 마디 스무 마디 울음 섞어가며 하는 건 딱 질색이다. 뭐가 됐든 제 입으로 당당하게 요구하는 여자가 좋았지만 지금은 살짝 헷갈렸다. 만약 제나가 이러지 말아달라, 당당하게 요구한다면 그건 정말 들어줄 수가 없다.

"그럼 이제 제가 물어보죠. 제가 죽어도 싫다는 이유, 듣고 싶은데요."

"……싫다고 한 적은 없는데, 오늘은."

싸늘하지만 달콤한 그녀의 대답.

그럼에도 웃음 대신 흐르는 짜릿한 긴장에 취해 경원의 목울대가 크게 오르내렸다. 마주한 사람의 다음 행동을 항상 예측해 먼저 행동하던 그였지만 이번만은 기회를 놓쳤다. 뒷일이야 어찌 되었건 이 상황에선 그대로 당겨 키스 한 번쯤은 해야 하는데, 그걸 못 할 만큼 얼간이처럼 굴었다.

슬쩍 웃은 그녀가 딸각, 차 문을 열었을 때에야 그 정신이 돌아왔지만 실력 좋은 형사의 몸놀림도 그 못지않게 빨랐다.

"그 대답, 참조해서 생각해볼게요. 진지하게."

"……저도 다시 한 번 기다리죠, 남자답게."

경원과 헤어지고 나서도 한참을 더 공원에 앉아 있었다. 어느 부분에서는 웃음이 났고 어느 부분에서는 기가 찼다.

홀린 걸까?

어떻게 저런 놈이 다 있을까 싶다가도 한 사람쯤 있어도 되지 않나 하는 생각도 들었다. 다른 모든 것을 떠나, 그녀도 여자이다 보니 저 정도로 자기가 좋다 쫓아다니는 사람에게는 눈이 가지 않을 수 없었다.

"내가 미쳤지."

도대체 뭐 좋다고 그 생각을 계속하는 건지.

처음에는 장난처럼 보이던 마음이 어느 순간 치기 어린 도전처럼 보이다가 어느 순간부터는 제법 끈기가 있구나, 했다. 그리고 오늘 보았을 때에는…… 잘, 모르겠다. 친구 정도면 좋을 텐데 그 남자가 친구는 싫다니 이제 모 아니면 도다.

모든 건 이제 자신에게 달렸다.

"제나야, 너 어디 갔다 와? 왜 전화 안 받아?"

"응? 전화했었어?"

시간 가는 줄도 몰랐다. 모퉁이를 돌아 나오는데 카페 밖에 서 있던 수연이 얼른 달려와 제나를 잡았다. 보자마자 오늘 어땠냐며 들들 볶아댈 거라 생각했는데 그런 호기심은 전혀 없는 불안한 눈빛이 카페를 향했다. 명색이 사장인 그녀가 이렇게 나와서 기다릴 만한 일이라니, 안에 저와 관련된 누군가가 있다는 말이다.

"……그 여자야?"

'새엄마', 이런 말은 차마 못 했다. 실제로 새엄마는 친엄마가 아닐 뿐이지 얼마든지 좋은 사람일 수도 있으니까. 제나에게 있어 그 여자는 그저 생부의 본부인일 뿐이다. 어린 자신에게 했던 짓을 생각하면 그 정도도 과분했다.

154

"난 또."

"응? 카페에 와 있단 말이야. 너랑은 통화도 안 되고…….."

"다른 사람인 줄 알았는데."

한참 떠올렸던 사람이 생각났다. 그간 하는 걸로 봐서는 다시 돌아온대도 딱히 설명이 필요한 사람은 아니다. 문득 드는 실망스러운 마음에 또 한 번 당혹스럽다.

"어쨌든 너 없다고 했어. 너 지금 바로 집에 들어가면 또 따라 올라가서 확인할지도 몰라. 차라리 우리 집에 가 있든가."

"내가 왜? 죄지었어?"

짜증스레 카페 문을 열어젖혔지만 이곳은 불쾌감을 드러내기 좋은 장소가 아니었다. 친구의 영업점에서 하지 말아야 할 일 정도는 잘 안다. 다행인지 불행인지 그쪽에서도 그녀를 보자마자 짜증 가득한 얼굴로 한 번에 쫓아 나왔다. 수연에게 먼저 들어가라 한마디 하고 한적한 곳으로 몇 걸음 옮기자 금세 상대가 따라붙었다.

"또 왜요? 호적 정리된 줄 알았는데요."

"너, 아직 그 남자 만나?"

"뭐라구요?"

웃었다. 웃기니까.

"너 지금 웃어? 이게 진짜!"

"적당히 하시죠. 저 안 그래도 머리 복잡하니까."

"……됐고, 너 그 남자 만나지 마. 처음부터 그 자리 나갈 마음이 없었잖아. 더 잘된 거 아니야? 그 남자 계속 만나서 좋을 거 없어."

"그럼 진작 그렇게 말씀하시든가요. 이제 와서 왜…… 아아."

알 만했다. 사람 심리에는 도통했으니 이것도 직업병이다. 이 여자는 예전부터 금전적인 이해득실이 아니면 자신을 보러 온 적이 없는 사람이었다. 경원이 제법 대단한 집의 내놓은 아들이라 했던가.

"그쪽에서 얼마 준대요? 알고 보니 제가 사생아라 그건 또 싫다고 하던가요?"

"……알면 떨어져. 그나마 이렇게 잘 풀린 거 다행이라고 생각하고. 어차피 네 말대로 더 볼 일 없으니, 안 만났으면 좋을 사람 더 안 만나도 된다 생각하면 그만 아니야?"

"참 세상 편하게 사시네요."

"그러게요."

언제 왔을까, 왜 왔을까, 그런 질문을 하기 전에 저 남자가 반가울 때가 다 있다는 것이 놀라웠다.

가까이 오라는 그녀의 손짓에, 평소라면 날아올 것처럼 가벼이 굴 남자가 전에 없이 무겁게 진지하게 다가왔다. 얼마 전 현수를 만났을 때 이죽거리던 것과는 달리 처음부터 새파랗게 벼려둔 칼 같았다.

"아버지께 얼마를 받았는지 모르겠지만 내가 그 두 배를 준다고 하면 다시 물러가겠죠?"

"김경원 씨!"

제나가 화를 내도 그는 태연했다. 그 와중에 돈 이야기가 나오자 화색이 도는 여자의 반응에 더없이 싸늘하게 웃었다. 보통 사람들은 따라 웃으면서도 소름이 돋는 줄도 모를 기묘한 웃음이었다.

"그런데 나는, 거지 적선도 아니고 그런 데 돈은 못 쓰죠. 꽤 힘들게 벌었더니."

"뭐야?"

경원의 등장에 혹시나 눈치를 보던 여자가 그 성질을 못 이기고 본색을 드러냈다. 그의 대답이 의외인 것은 제나도 마찬가지였지만 어쩐지 말리고 싶지가 않아 그대로 지켜보았다.

"대신에, 지금 당장 꺼지지 않으면 그 돈 두 배로 잃게 해주는 건 쉽죠. 내 돈 벌기가 어렵지 남의 돈 쓰는 거야 뭐."

"어, 어떻게! 네가 무슨 수로!"

"그건 영업 비밀이라 말 못 하는데, 그리고 돈이 썩어나도 어떻게 쓰레기통에 버리겠어요. 안 그래요? 백경타일 이사 사모님."

허를 찔린 듯 여자의 온 얼굴이 따로 놀았다. 눈꺼풀이 파르르 떨리다가 이내 입 모양이 우습게 일그러졌다.

"그래도 사모님께 한 가지 고마운 건, 선 상대 바꿔준 덕에 내가 요새 살 만해졌다는 거죠. 그래서…… 여기까지가 내가 써줄 수 있는 존댓말."

"……."

"이제 어쩌면 재미가 있을까?"

경원이 휴대전화를 꺼내자 마치 그가 무슨 지령이라도 내릴까 봐 놀란 여자가 그대로 달아났다. 본인은 그 정도까지는 아니라 하겠지만 참관하던 제나 입장에서는 달아나는 것과 동일했다.

지금의 기분은, 한 마디로 설명하기 힘들었다. 그저 즐겁거나 속이 시원하다 표현할 만큼 단순하거나 유치하지도 못했고, 창피

하다 하기에는 자기 잘못이 아니다. 부모를 선택해서 태어날 수 있는 능력은 그녀에게도 없었으니까.

그래서 묘하게 반가운 이 마음이 호감일지도 모르겠다고, 그런 생각으로 경원을 보았다.

"우리 친아버지, 아니, 저에 대해서 얼마나 아세요?"

"당신 친아버지에 대해서는, 알면 당신이 싫어할 만큼."

"……그럼 저는요?"

"나라는 인간을 싫어한다는 정도?"

그의 목소리에 인정하기 싫은 것을 억지로 입에 담은 듯한 씁쓸함이 엿보였다. 나 의외로 약한 남자가 타입인 건가? 그녀가 속으로 갸웃거렸다. 이 남자의 어디가 약해 보인다고. 어제 잡은 마약 중독자가 웃을 일이다.

"기다린다 한 것 같은데, 여기는 어쩐 일로?"

"기다리다가 뒤통수 맞은 게 기억나서."

"……."

"그런데, 이제나 씨. 나한테 은근히 반말하네?"

"기분 나빠?"

"그럴 리가."

차 안에 둘만 남았을 때보다 압도적인 긴장감이 흘렀다. 이 남자가 그간 자기 본성깨나 죽이고 있었구나. 내 감이 무뎌졌을까.

그렇게 내렸던 눈을 드는 순간 어느새 바짝 다가선 경원이 손끝으로 그녀의 턱을 들었다. 자연스레 틀어진 고개가 서서히 내려오자 여자의 본능으로 눈이 감겼다.

바람처럼 청량한 향, 거기에 더해지는 느긋한 숨소리.

"당신에 대해 아는 게, 나를 싫어하는 것 하나라니."

"……싫어했던 것이지."

코끝이 부딪치고 이제 맞닿을 것은 단 하나, 그때 제나의 수정 같은 투명한 눈동자가 다시 열렸다. 시야를 꽉 채운 경원에게는 웃음도, 인내도 없었다. 내리깔아 가늘게 보이는 틈이 깊고 어두워 도무지 눈을 뗄 수가 없다. 이제 한계야, 그가 감싸 쥔 제나의 어깨를 당겨보려다 결국 가벼운 한숨과 함께 그녀의 뜻을 따랐다.

"아아…… 이 여자 분위기 없네."

"자제력이 강한 거지."

"좀 버려."

자신이 억지로 만들어놓은 자국 외에는 한 점 흐트러지지 않은 그녀의 표정이 처음으로 얄미웠다. 성급하다 싶었지만 가까이 다가선 순간 그러지 않고는 배겨내기 힘들었다. 저 원하는 대로 다 하고 살던 그가 겨우 키스 한 번을 못 해 오늘만 여러 번 주먹을 쥐었다. 때 이른 키스에 그녀의 손이라도 올라오면 그 손목 한번 잡아보려 했는데, 그런 빈틈마저 없는 여자다.

아쉽지만 어쩔 수 있나, 경원이 남은 자제심으로 완벽한 여자에게 어울리는 매력적인 신사를 그려냈다.

"그럼 긍정적인 대답 기다리겠습니다, 남자답게."

"이왕이면 얌전하게 기다려주시면 좋겠네요, 조신하게."

누구도 감히 제나에게 선이 어땠냐 묻지 못했다. 제나를 그렇게 떠민 죄책감도 있었지만 평소와 다를 바 없는 무덤덤한 태도가 딱히 연애하는 여자 같아 보이지는 않았다. 그럼 그렇지 싶으면서도 다들 제나가 돌아볼 때마다 움찔대는 것까지는 어쩔 수 없었다.

"누님, 형사계에서 좀 보셨으면 한다고……."

"어, 그래."

급한 일 모두 처리했다 싶었더니 그녀를 찾는 곳이 많다. 복도 끝으로 돌아 나서니 형사계 민 팀장이 벌써 문밖으로 나와 그녀를 기다리고 있다. 그다지 좋은 징조는 아니다.

"강간이에요?"

"눈치도 빨라."

맞장구를 치면서도 민 팀장은 꽤 골치가 아파 보였다. 사실 자신을 호출할 때부터 짐작했던 일이었지만 제 생각이 맞았다 반길 건 아니었다. 강력계에서 마약수사대 사람을 불렀다는 자체에서 그와 관련된 범죄인 것을 알았고, 전화를 받은 형식이 아니라 홍일점인 그녀를 지목한 데서 성범죄겠거니 했다. 그리고 단단히 할 말 있는 얼굴로 문 앞에 서 있는 민 팀장을 보았을 때 확실하구나 했다.

"물뽕?"

"응. 소변 검사 해봤자야. 일주일이나 지나서."

"다른 이야기는요?"

"남자라 꺼리는 것 같아. 원스톱 센터 보낼랬더니 시간이 지나서 나올 게 없어. 어차피 마약수사대 다시 가야 하는 거라."

"그럼 제가 들어갈게요."

난동이 일상인 강력계라지만 문을 열자마자 욕설이 들려왔다. 벌써 책상을 쿵쿵 쳐대며 소리를 지르는 다른 피의자가 그 와중에도 구석에서 움츠리고 있는 여자를 흘끔거렸다. 겁에 질린 여자와

160

눈이 마주치는 순간 그녀가 느끼는 두려움이 그대로 전해졌다. 마주 앉아보려던 제나가 여긴 도무지 아니다 싶어 여자의 어깨를 잡았다. 여자는 그 작은 접촉에도 화들짝 놀라 입술을 떨었다.

"괜찮아요. 우리 나갈까요?"

"어, 어디로요?"

"이야기하기 편한 데로요."

알았다고 고개를 끄덕이는 건지, 아니면 심하게 떠는 건지 알수조차 없었다. 무릎을 굽힌 제나가 손을 잡자 여자가 조심스레 자리에서 일어섰다. 삐뚜름하게 고개를 돌리며 여자에게 과한 관심을 보이던 다른 피의자가 유들유들하니 기어이 입을 놀렸다.

"에이, 눈요기 좀 하나 했더니. 여기 있지 어딜 가? 응?"

"이 새끼, 여기가 어디라고! 이 경위님, 빨리 데리고 나가세요."

"아, 나도 여자한테서 받고 싶다. 받고 싶어! 흐흐흐."

손을 주물럭대는 제스처에 화들짝 놀란 피해자가 다시 어깨를 떨었다. 이 정도 도발에 올라올 손은 아니지만 그냥 지나가기에는 제나의 다리가 길었다. 일부러 의자를 뒤로 젖혔다 말았다 장난치는 꼴을 잠시 보아주다가, 때맞춰 의자 밑을 걷어차자 남자는 그대로 나동그라졌다.

"으아악! 이거 뭐야! 너지!"

"하 형사님, 여기 바쁜 건 아는데 쓰레기는 제때제때 치우고 살아요, 우리."

"아, 네. 지만아. 쓰레기통 좀 비워라."

"예, 어차피 쓰레긴데 이거 해놓고 가겠습니다."

태연히 받아치는 하 형사와는 벌써 이런 일로 꽤 쿵짝이 잘 맞는다. 어깨를 싸쥐고 끙끙거리는 피의자가 자리에서 일어나기 전에 제나가 먼저 여자를 데리고 나왔다. 입을 벌리고 제나가 하는 양을 지켜보던 여자가 눈이 마주치자 이번에는 멋쩍게 웃었다. 하지만 그것도 잠시, 다시 입매가 비틀리며 울음이 새어나오기에 조용히 여자의 어깨를 감싸 안았다.

"우리 따듯한 것 좀 마실까요?"

"……."

"여기 자판기가 제일 인기 좋은데."

따듯한 거든 아니든, 딱히 마실 것이 중요한 것은 아니었다. 성폭행은 녹취도 중요했지만 일단 피해자가 안정을 찾는 것이 가장 중요했으니까. 거기다 여자로서의 공감과 형사로서의 감은 별개의 문제라 제나는 이미 늦었다는 것을 알았다. 더 나올 것이 없으면 최대한 단서를 끌어내기라도 해야 한다.

"……그래도 여기 와줘서 고마워요."

잔을 만지작거리기만 할 뿐 마실 생각도 못 하던 여자가 제나의 말에 흐느꼈다. 그 불안과 초조가 그대로 녹아난 울음에 제나가 조도를 낮추고 당겨 앉았다. 재촉해서 들을 수 있는 얘기도 아니고, 여자의 태도로 봐서는 자신이 조금만 늦게 도착했다면 발 돌려 나가고도 남았을 것이다. 억지로 묻지도 다그치지도 않고, 심지어 지켜보지도 않았다. 그저 옆에만 앉아 있기를 한 시간여, 드디어 여자의 입이 열렸다.

"이, 일주일 전에, 17일 날……."

퇴근 시각을 훌쩍 넘기고도 마약수사대 팀원들 중 자리를 비운

이는 아무도 없었다. 이런 일 자체가 한두 번은 아니지만 최근 들어 그 수가 크게 늘었다.

"어디래?"

"하데스요."

"또 거기야? 남자는?"

"못 찾아요. 집으로 들어가는 CCTV만 있으니 찾아봤자 화간이라고 우길 거고."

"하여튼 인터넷이 다 버려놨어. 개나 소나 마약이라고."

김 형사가 짜증스레 종이를 말아 책상을 두드렸다. 피해자는 이미 돌려보냈지만 심하게 떨던 그 모습이 잔상으로 남아 제나의 기분도 좋지 못했다. 일반적인 성폭행은 원스톱 센터에서 정액 채취부터 변호사 진술까지 한 번에 이루어지지만 마약이 섞이면 이야기가 달라진다. 거기다 피해자는 GHB, 속칭 물뽕이라는 마약에 당했다.

물뽕은 드물게 가해자가 아닌 피해자가 취하게 되는 약으로, 단시간에 정신이 몽롱해져 쥐도 새도 모르게 강간을 당하게 된다. 술에 취한 것과는 또 달라 깨고 나면 그 기억이 몽땅 사라지고 하루만 지나면 소변으로 약 성분이 모두 빠져나가 검사로 증명하기도 어렵다. 그러니 경우가 더욱 복잡해 지금으로서는 일당을 검거하는 것 외에는 다른 방법이 없었다.

"전혀 기억이 없대?"

"……네."

"하기야 물어 뭐해, 물뽕 특징이 그건데."

"술 한 잔 마신 기억이 다예요. 남자 얼굴도 가물가물하다 하고 너무 긴가민가해서 처음에 성폭행인 줄도 몰랐대요. 몇 날 며칠 고민하다가 왔나 봐요."

"정식 접수는 했어?"

"안 하겠대요. 고향에 부모님 아시면 돌아가실지도 모른다고."

제나도 여자지만 억지로 신고하라 하고 싶지도 않았다. 이런 때에는 끝이 안 좋은 경우가 많아 현실적인 그녀로서는 피해자에게 일방적인 희생을 강요하는 것이 싫었다.

모든 범죄가 그렇지만 이미 벌어진 것을 어찌할 수는 없다. 피해자는 분명한데 가해자는 불분명하고, 잡아봤자 개싸움이 되고, 그러다가 다시 피해자에게 이중 고통이 돌아오는 아이러니한 사이클이다.

그래서 그녀가 생각하는 가장 분명한 대책은 사전 예방이고, 특히 성범죄와 마약은 더 그래야 했다.

"하데스 가봤어?"

"전에도 가봤죠. 입구에서부터 막더니 거기 사장도 요지부동이에요. 영업 방해된다 이거겠죠. 조폭 계열은 아닌데 만만찮게 사나워요."

"그럼 애들 깔아놓고 우리가 잠입하지."

"팀장님도 참. 그런 클럽에 우리가 가 있으면 거기서 어서 옵쇼, 잘도 들여보내주겠어요."

현실적으로 김 형사의 핀잔에 누구도 반박할 수 없었다. 팀장은 벌써 쉰이 넘었고 나머지는 그야말로 우락부락한 남자들이다. 그나마 경찰서에 있으니 형사로 보이지, 그런 곳에 가면 누가 봐도 힘 좀 쓴다는 뒷골목 사람들로 보일 게 분명했다. 다들 어쩌려고 그러나, 제나의 지친 얼굴이 한번 눈을 감고 떴을 땐 모든 인물들이 그녀를 둘러싸고서 웃고 있었다.

"그러게, 우리 제나면 모를까."

박 팀장의 눈에는 인상을 써도 예쁜 제나였다. 대한민국에서 유일하게 그런 데 들여보내도 안 불안한 여자였고. 하지만 시상식 날 모든 뒷일을 그녀에게 미뤄버린 죄책감에 차마 어떻게 더 해보란 말은 삼켰다.

"누님 좋네요. 저번에 맞선 본 사람도 클럽 한다 하지 않았어요? 거기 부탁 좀 해보면 되겠네."

"형식아!"

이 눈치 없는 놈, 뒤늦게 말리는 척 다른 이들이 나섰지만 그러면서도 은근한 기대감이 제나를 향해 피어올랐다. 억지로 못 본 척하던 제나가 이를 악물고 자리에서 일어섰다.

"······그러든가. 형식이 네가 여장하고 잠입하면 화장은 내가 해줄게."

"네에?"

"그럼 어떻게 할 건데? 설마! 설마하니! 정말 인간적으로 그럴 리는 없겠지만!"

"어어······."

"나한테 하라고 할 리가 없잖아. 내가 왜 그 개고생을 했는데.

양심이 있으면 어떻게 그런 걸 또 시키겠어?"

휙 고개를 돌린 그녀가 팀장 이하 팀원들을 매섭게 훑어보았다. 어찌나 의미심장한지 다들 아닌 척 시선을 피하는 팀워크가 제법 그럴싸했다.

"그렇지 않아요?"

"어? 아닌데? 그 형님이 좋아하는 건 누님인데 누님이 부탁해야죠!"

저 바보 같은 놈, 눈치라고는 눈곱만큼도 없으니 여자를 못 사귀는 게 꼭 험악한 인상 탓만이라곤 할 수 없었다.

"왜요? 팀장님, 저한테 왜 그러세요? 어? 누님은 또 왜 그러시구?"

노려본다고 돌아올 눈치면 하루에 몇 번씩 다그칠 일도 없다. 이쯤 되면 쟤는 그냥 포기하는 게 옳다.

경원은 모범 시민답게 착실하게 일했다. 낮에는 군데군데 흩어진 사업체를 돌았고 밤에는 클럽을 철저하게 관리했다. 남들이 보기에는 가장 평범한 사업가의 일상이었지만 그를 잘 아는 가까운 사람들로서는 그 모습이 마냥 좋아 보이지는 않았다.

"경원 씨, 요새 왜 그래요? 또 무슨 일 있어요?"

"……아, 네?"

"거봐, 이상하다니까."

유모차를 앞뒤로 밀어보던 은서가 의미심장한 시선으로 그를 훑었다. 조카들의 선물을 사주겠다며 다짜고짜 사람을 끌어낼 때부터 뭔가 있구나, 기다리고 있었다.

"뭘요. 아, 그걸로 하시게요?"

"아직 못 골랐어요."

"뭐가 걱정이에요. 다 사면 되지."

"아무리 내 돈 아니라지만 사람이 그러면 안 되죠."

세상에서 돈을 쏟아부어도 아깝지 않을 유일한 인물들만이 그의 돈을 아까워했다. 그게 재미있는 경원이 큰 숨을 고르고 은서 옆에 섰다.

"처제야, 네가 골라줘. 너네 언니 이러다가 날 새우겠다."

"그래, 언니. 그냥 막 사. 사장님이 다 사준다고 하잖아."

혹시 떡고물이라도 떨어질까 따라나선 은우는 유아용품 같은 게 눈에 들어올 리 없었다. 올라올 때 보았던 4층의 원피스라도 하나 사줬으면 좋겠는데 언니가 곱게 허락해줄 것 같지가 않다.

"강재 그놈은 아직까지 이런 거 하나 안 사놓고, 그래놓고 출장만 다니면 단가? 역시 남편보다 친구가 낫죠?"

"아니라도 맞다고 해야겠네요. 내 남편 돈으로는 아까워서 안 살 거니까."

유심히 그들의 대화를 듣던 은우가 몇 걸음 떨어져 휴대전화를 꺼냈다. 재빨리 강재에게 문자를 보내려는데 '형부, 전데요.' 딱 여기까지 쳤을 때 경원이 고개를 숙이고 은우의 귓가에 속닥거렸다.

"귀여운 처제야, 스파이 노릇을 하려면 표 안 나게 해야지."

"노, 놀랐잖아요. 언니 들으면 어쩌려고."

입이라도 막아버릴 듯, 은우가 두 손을 들어 올리자 그가 잡혀줄 듯 잡히지 않고 빙글거렸다.

"경원 씨, 저 이걸로 할게요."

"아, 네. 가요."

"경원 씨, 카드 말고 수표 있죠? 유은우, 너 저거 받아서 근처에서 상품권으로 바꿔 와."

"어, 어⋯⋯."

"오다가 4층에 들르는 순간, 내일부터 내가 이 몸으로 학원에까지 따라다닐 줄 알아."

"아, 뭐야⋯⋯. 쪽팔리잖아, 그럼."

경원이 내미는 고액의 수표를 받아든 은우가 터덜터덜 무겁게 걸어가자 은서가 소파에 걸터앉았다. 경원도 따라 앉아선 은우가 완전히 사라질 때까지 턱을 괴고 지켜보았다.

"뭐 그렇게까지. 있는 사람이 더하다니까."

"저런 수고비라도 챙겨야 제 형부 스파이 노릇 그만하겠죠."

"아하하. 알고 있었어요? 강재는 절대 모를 거라 생각하던데?"

"경원 씨도 참, 아직도 내가 모르는 게 있다고 생각하나 봐요?"

"으음⋯⋯."

"내가 모르는 체 놓아두는 건, 그게 더 나을 것 같아서 그러는 것뿐이죠."

언제 봐도 자신감이 넘치는 은서다. 없는 죄도 다시 돌아보게 할 만큼 도도한 그 시선에 경원이 떠오르는 게 있어 움찔했다.

"경원 씨 그러는 거 보니 내가 모르는 게 있나 보네요."

"아, 아닌데."

"얼른 말해봐요. 그러면 클럽 앞 편의점 진짜 사장이 누군지는 눈감아줄 테니까."

하여튼 무서운 여자다. 그러나 두 번 기회를 주지 않는 여자라는 것을 알기도 했고 제 마음이 답답하기도 했다. 이리저리 떠벌리는 성격은 아니라도 가족 같은 친구라면 이야기가 달랐다. 제나의 프라이버시도 있으니 간결하게 자신의 상황만 입에 담았다.

"요새 여러모로…… 곤란하네요."

"이 경위님이 경원 씨 싫대요?"

"그렇게까지 기다린 듯 짚어내니 슬프네요."

"진짜 슬픈 건 무절제한 경원 씨 과거여야죠."

살짝 눈을 찌푸린 은서를 따라 경원도 같이 얼굴을 찌푸렸다. 하지만 성격상 이미 지난 일을 머리 싸매고 후회하지는 않는다. 과거를 되돌릴 수 있는 것이 아니니 그조차도 시간 낭비일 뿐이다.

살아오며 그에게 중요한 것은 오직 현재였다. 그리고 그 현재가 괴로우니, 그는 처음으로 과거를 돌이켜 보고 있었다.

"그래도 개인적으로 이제나 씨한테 감사하네요."

"은서 씨가 왜요?"

"이런 사람이라도 경원 씨는 저한테 가족 같은 친구니까요. 저는 평생 경원 씨가 하루살이처럼 살까 봐 걱정했거든요. 세상에 좋은 게 얼마나 많은데, 몸이랑 마음이랑 모두 아껴놨다가 오래오래 살아야죠."

"아, 그거 좋은 말 같지는 않은데 난 왜 또 감동이지?"

"바보는 아닌가 보죠."

은서가 어깨를 들썩이며 자리에서 일어섰다. 아직 자리에서 일어서지 못한 채 휴대전화를 만지작대는 경원을 보더니 웃음을 참았다.

"앞길이 멀어 보이니 감동은 천천히 받아요. 난 셈이 정확한 여자니까 모르는 거 알려준 보답도 받아야겠어요. 여기 유모차 덮개랑 시트도 계산해줘요. 두 개씩, 빨리."

기분 전환하고자 나갔다 왔지만 지갑 안에 있던 현금만 고스란히 빼앗겼다. 정신 똑바로 차려야지, 하면서도 그 돈 있어봤자 이전 같으면 가벼운 웃음 한 번에 써버릴 것임을 알았다. 그러니 오늘은 그가 할 수 있는 한 가장 보람되게 쓴 것이다.

"하아."

경원이 클럽 앞에 우두커니 섰다.

차마 제나 앞에서 꺼낼 이야기는 아니지만 그는 자신이 그렇게까지 잘못 살아왔다는 생각은 안 했다. 안 그러면 버티기 힘들 때가 있었고 그 순간이 지나고는 이만하면 괜찮다 여겼다. 불만이 없으니 바꾸고 싶지도 않았고 누군가의 이해를 구한 적도 없다. 그런데 존중받아 마땅한 여자의 입에서 그 삶을 부정당하니 기분이 꽤 이상했다.

처음에는 자존심이 상해 이러는 건가 생각도 했지만 그렇게 생각하니 더 이상했다. 그는 누가 제 자존심을 상하게 하면 다시는 가볍게 입을 놀리지 못하게끔 뒤에서 자근자근 상대를 밟아놓았으니까. 그런 것에 관대할 만큼 너그러운 성미도 아니다.

그러니 이 상황이, 하루에도 몇 번씩 저주처럼 허리 벨트를 노려보는 지금이 이상하달 수밖에 없었다. 그 여자의 가벼운 손짓 두어 번에 욕구마저 없어졌으니 어쩌면 이상한 게 아니라 신기한 걸지도.

"돌아가주시죠. 사장님 오늘도 안 오십니다."

"응? 나 왔는데?"

어두워지기가 무섭게 불나방처럼 모여든 사람들을 헤치자 고군분투하는 김 비서가 보였다. 가드 둘이 더 나서서 불청객을 막으려는 몸짓에 경원이 고개를 저었다. 익히 잘 알고 있는 인물들이다.

"안 형사님, 김 형사님, 오랜만에 뵙네요."

"아…… 김경원 씨. 안녕하십니까?"

"일단 그렇다고 해두죠. 저한테 무슨 볼일이 있으신가 봐요?"

여유로운 척했지만 사람들 사이로 혹시 그가 찾는 여자가 있을까 온 신경을 곤두세웠다. 그리고 그 기척의 끝에서 그의 허리춤을 괴롭혔던 여자가 그를 마주 보았다. 웃는 것 같으면서도 아닌 것 같은 그 미소, 그야말로 형식적인 그 표정에도 그의 가슴이 울렸다. 아직은 이런 감정을 잘 모르겠다. 억지로 알아내고 싶지도 않다.

"아, 이런. 손님을 몰라봤네요."

"안녕하세요, 김경원 씨."

제나가 다가서자 모여 있던 사람들이 알아서 길을 비켰다. 클럽에 가장 어울리지 않는 복장은 유은서의 속옷으로 끝났다 생각했는데, 오늘 제나가 입은 말쑥한 경찰 정복도 만만치 않다. 경찰청 포스터에서 빠져나온 듯한 그 위압감에 사람들이 저도 모르게 몸을 돌렸다.

"일단 들어가시죠."

"아…… 아닙니다, 김 사장님. 저희야 이 앞에서 잠깐 이야기 드려도……."

"거기 있으면 사람들이 손님인 줄 알잖아요. 소문으로 먹고사는 동넨데 물관리는 철저해야죠."

오만하게 턱을 든 경원이 먼저 길을 터 안으로 사라지자 형식이 약 오른 눈으로 그의 뒷모습을 좇았다. 못할 짓 했구나, 새삼 제나에게 저런 사람과 선을 보라고 떠밀었던 자책감이 물씬 올라왔다. 고개를 돌려 그녀를 확인하려니 이미 어두운 조명에 모든 표정이 묻혀 있었다.

사장실은 경원의 취향에 따라 최고급의 인테리어로 모던함을 뽐냈다. 하지만 제아무리 그래봤자 그 주인인 경원만은 못했다. 소파에 앉아 다리를 꼰 그는 이 사무실 그 어디에도 눈길을 줄 수 없을 만큼 압도적인 매력을 뽐냈다. 손에 깍지를 끼고 지그시 그녀를 응시했지만 제나는 의례적으로 웃을 뿐, 따로 입을 열지는 않았다. 그에게 지난번 선에 대한 대답을 하려 했다면 굳이 이런 차림을 하거나, 군더더기 일행을 끌고 오지는 않았을 것이다.

"어쩐 일이신지?"

"아, 수사 협조 요청 좀 하고 싶어서요."

"그거야 밖에서 봤을 때 짐작했고. 어디에 CCTV를 달고, 사람이 몇이나 들어와 있고, 몇 시부터 몇 시까지 털겠다는 건지, 그런 거요. 물론 납득할 만한 이유도 함께."

경원은 귀찮음이 짜증으로 보이지 않게 신경을 썼지만 마주한 두 형사는 그간 보았던 모습과의 괴리에 어리둥절했다. 그래도 경력 많은 김 형사가 먼저 정리에 들어갔다. 사람이 겉과 속 다른 경

우는 여러 번 보아왔지만 다행히 경원은 그렇다 해도 나쁜 방향은
아니었다.

"물뽕 관련입니다. 요새 클럽가 중심으로 퍼지고 있는데 신고
건수가 늘었어요. 저희도 손 놓고 있을 입장이 아니라 이렇게 찾
아왔습니다."

"요새가 아니라 이전부터 꽤 됐죠. 그리고 그런 쪽이면 여기에
오셔서는 안 될 건데. 저희는 그런 쪽에는 철저합니다만."

"……알고 있습니다. 사실 하데스 쪽이랑 리펄스에서 제보가 들
어오는데 리펄스는 조직 쪽 끼고 있어 어렵고 하데스는 사장 연줄
이 단단한지 들어가는 것부터가 난관이라서요."

"들어오기는 여기가 제일 어려운데. 으음……."

"곤란한 부탁인 거 알고 있습니다만, 달리 부탁드릴 데가 없어
서요. 그쪽에 말씀 좀 해주시면 저희가 잠복하려고 하는데……."

김 형사가 다시 공손하게 말을 이었다. 중간중간 형식이 부연
설명을 덧붙이며 설득에 들어갔고 경원은 듣는 둥 마는 둥 하면서
도 끊어내지는 않았다.

"잠복이라면, 그렇게 입고 하신다는 말씀은 아니시겠죠?"

"설마요. 저희야 기둥 뒤에 있을 거고 저희 누님이 하실 건데."

"……누님이라면?"

그가 여전히 반듯하게 앉아 듣기만 하는 제나를 쳐다보았다. 그
의 시선에 다시 한 번 빙긋이 웃었지만 여전히 입은 다물려 있다.
그저 웃음 한 번으로 그 누님이 자신이라는 표시만 해주면 족했
다.

"경위님처럼 반듯하신 분이, 이런 데서 위화감 없이 잘 계실지

의아하긴 하네요."

"아, 그거야 걱정 마십쇼. 예전에 누님이랑 저랑 형사계 시절부터 한 조로 일할 때에는 사기꾼 잡으려고 산부인과에서 배에 쿠션도 넣고 기다렸고, 언제지? 학교폭력 때문에 고등학교 갔을 때에는 교복도 입었는데 그때 진짜, 우와!"

"형식아, 너는 왜 지금 그런 소리를!"

쿡, 김 형사가 팔꿈치로 깊이 찌르자 어물쩡 형식의 말은 멎었지만 경원의 머릿속은 더욱 복잡해졌다.

"으음, 교복이라……."

그가 깊이 등을 기대어 제나를 훑어보자 그녀도 턱을 들었다. 김 형사나 형식은 경원이 꼼꼼히 재보는 중일 거라 생각했지만 제나는 그것이 아니라는 걸 바로 알았다.

"그럼…… 제가 리펄스나 하데스에 선을 대 수사에 협조하도록 도와만 드리면 된다는 거네요?"

"아! 그렇습니다."

"싫은데."

"에…… 예?"

"별로, 안 땡겨요. 손해 같아요."

"하, 하지만. 한 번만 생각을 다시."

"김 형사님, 형식아. 싫으시다는데 뭘 더. 그럼 감사했습니다, 김경원 씨."

제나가 가장 먼저 일어나 자리에서 빠져나갔다. 두 사람을 번갈아 쳐다보던 형식이 쫓아 나가자 김 형사도 머리를 긁적대며 같이 나왔다. 정복을 입은 그녀 때문에 인파가 갈라지자 이번에도 그들은 무리 없이 산책로 걸어가듯 클럽 밖으로 나왔다.

"누님! 말이나 좀 더 해보시지. 분위기 좋았는데."

"그러게요, 이 경위님. 김경원 씨 정도 되는 연줄이면 분명 됐을 텐데. 이대로 가면 팀장님이 또."

"이대로 안 가요. 아니, 못 가죠. 형식아, 차 앞으로 가져오고 애들 조금 더 불러."

제나가 입구 앞 가드를 쳐다보더니 그 옆에 섰다. 길게 줄을 지은 손님들이 흘끔대며 멈칫하자 덩치 큰 가드들도 어쩔 줄 몰라 난처해했다.

"이, 이렇게 영업 방해하시면."

"영업 방해라니요. 모범 시민의 집에 좋은 일 알리자는 차원인데."

물러설 의사 따위는 없다는 듯, 제나가 호화로운 유리문 중앙에서 형식에게 손짓했다.

"형식아, 너 목소리 크잖아. 옆에서 같이 봉사한다 치고 소리 좀 높여줘. 모범 시민의 집에 오신 것을 환영한다고."

"어어."

"저기 줄 끝에 보면 가발 쓴 여자애 하나랑 뒤에서 하나, 둘…… 일곱 번째 남자애. 미성년자야. 도망가려고 준비하니까 잡아."

김 형사가 바로 몸을 돌리자 줄을 선 사람들 중 이거 아니다 싶은 사람 몇이 자리를 이탈했다. 갑자기 소란스러워진 입구에서 가드들이 무전기를 꺼내는데 황송하게도 사장이 먼저 나왔다.

"사장님, 저기 경찰분이."

알아, 짧은 대답과 함께 경원이 제나의 손목을 잡아챘다. 뿌리

치지는 않았지만 순순하지도 않은 그녀의 태도에 열이 올랐다. 더 이상 안 되겠다 싶은 그가 입구 안쪽 비품 창고 문을 거칠게 열고 제나를 밀어 넣었다.

"……."

쿵, 제법 큰 소리가 났지만 워낙 시끄러운 음악 탓에 누구도 그 소리를 듣지 못했다. 닫힌 문 사이로도 그 음악이 타고 들어와 심장을 울릴 만큼 귀가 울렸다. 그리고 음악이 빠져나간 만큼 그 좁은 공간에 피 끓는 긴장감이 들어찼다.

"이제나 씨, 당신 입으로 한 마디만 했으면 난 바로 오케이 했을 텐데."

"난 빚은 안 만들자는 주의라."

"내 흠은 그렇게 잡아놓고, 그거 하나가 힘들어?"

늘 차리던 예의도 집어던졌다. 며칠간 꾹 눌러둔 감정이 폭발해 그녀를 구석으로 밀어붙였다. 능글맞거나 유들거리는 태도도 없다. 성마른 남자 본연의 힘이 제나의 두 손목을 조금의 틈도 없이 눌러 잡았다.

"당신 은근히 못됐어."

저 예쁜 입이 대답을 하게 두면 곤란했다. 이 긴장을 풀 수 있는 것은 오직 본능. 미약하나마 그 욕구를 채워야 했다. 머뭇댈 성격도 아니라 살짝 벌어진 그녀의 입술 위로 바로 고개를 내렸다. 제나의 모든 것을 탐하듯 촉촉한 입안을 파고들었다.

하아, 뜨거운 혀가 얽히자 그녀도 부족한 듯 한쪽으로 고개를 기울였다. 스르르 손목을 잡은 힘이 풀리자 누가 먼저랄 것도 없이 서로의 목덜미를 감싸 안았다. 술 한 방울 없이 취해버렸을까,

바닥을 울리던 음악 소리도 어느 순간 멍하다.

경원의 손이 그녀의 보드라운 뺨으로 올라오자 빨아들이는 힘
이 더 강해졌다. 풋풋한 달콤함은 없어도 뜨거운 욕망은 넘쳐났
다. 끌리면서도 밀어내고픈 금기가 잠깐의 키스를 더욱더 끈적하
게 만들었다.

"······하아, 이제 그만."

자연스레 파고드는 그의 손을 옷 위로 눌렀다. 다짜고짜 화를
내기엔 제나 본인도 즐겼다. 혼란스러운 그의 며칠을 짐작해본 그
녀가 예의를 걷고 제법 여자답게 웃었다. 아직 한참은 부족한 그
가 찡그리는 것을 알면서도 모른 척했다.

"조신하게 잘 있었어?"

"······확인해보든가."

그가 제나의 손을 벨트 쪽으로 끌자 그녀가 가볍게 손을 털어 경
원의 손목을 살짝 꺾었다.

"지금 외근 중이라······. 그래서 모범 시민 김경원 사장님, 저희
부탁 아직 거절인가요?"

힘을 조절했기에 아프지도 않았고, 순간적이긴 했지만 그 역시
못 빼낼 정도는 아니었다. 그래도 그대로 제나에게 손목을 잡혔
다. 즐거우니까.

"그냥은 어렵죠. 두 가지 조건이 있는데 하나는 잠복이건 뭐건,
내 눈앞에서 하셨으면 하고."

"그래주면 고맙죠. 둘째는요?"

"교복, 한번 입어봐."

회의 대형으로 모여 앉은 마약수사대 팀원들이 앞에 선 팀장의 입이 열리기를 기다리고 있었다.

그리고 박 팀장은 다시 이제나 경위의 무표정한 얼굴을 바라보고만 있었다.

"……팀장님. 시작하시죠."

"아, 그래. 해야지."

"……."

"그런데 정말 허락한 거 맞아, 더 베이에서?"

제 앞에 놓인 수첩을 뒤적이던 제나가 보일 듯 말 듯 고개를 끄덕였다. 벌써 몇 번째 받은 질문이라 무심하자 싶으면서도 자신의 눈치를 보는 팀원들의 모습에 그만 손을 놓아버렸다.

"하아. 다른 데도 아니고 더 베이라니. 이거 꿈을 잘 꿨다 해야 하나, 아니. 선도 잘 안 됐다며?"

뻔히 아는 사실을 확인하는 게 얄미워 대답을 안 하고 버텼다.

"하기야 그 사람이 아무리 잘나도 우리 누님 짝으로는 아깝지. 언감생심 말이나 돼요? 청장님도 김경원이 뭐 하는지는 몰랐으니 밀어붙였지."

"김경원 씨."

"네?"

"김경원 씨라고. 어려운 허락, 해주셨는데 뒤에서도 이런 말은 삼가는 게 옳지 않을까?"

천천히, 또박또박 이어지는 제나의 말에 형식이 머리를 긁적였다. 그날 분명 김경원 사장은 안 된다고 했는데 화장실에 다녀왔다는 제나가 기어이 허락을 받아냈다고 했다. 청장이 해도 안 믿을 소리도 제나가 하면 그건 100퍼센트 진실이니 의심은 하지 않는다. 그런데도 뭔가 찝찝한 기분은 감출 수가 없어 그날 이후 제나의 얼굴에서 눈을 떼지 못했다.

"너도 꼴에 형사라고 감은 있는 모양이네?"

"네? 누님, 지금 저한테……?"

"아냐, 됐어. 팀장님. 어서 시작하시죠. 오후에 저희 세관에도 나가봐야 합니다. 검찰청도 가야 하구요."

"아, 그래. 그래야지……. 어, 최근에 우리한테 들어온 것만 다섯 건이 넘어. 전부 물뽕이고 CCTV에도 별다른 건 없어. 있어봤자 증거도 안 되지만."

"하나도 기억하는 피해자가 없어요?"

"어렴풋. 클럽 가기 전까지만 또렷하고 그 이후에는 끝이지 뭐. 마지막은 알다시피 정액 채취만 했는데 DNA가 세 놈이 나왔어. 아직 피해자 본인도 몰라."

"아오, 이 새끼들."

"욕은 잡고 나서 하고, 마음 조급히 먹지 마. 이런 놈들 눈치 빠른 거 몰라? 하루 이틀로 될 거 아니야. 제나."

클럽의 도면을 두고 펜을 굴리던 제나가 곧장 일어나 팀원들 앞에 펼쳤다. 이미 군데군데 빨간 펜으로 그어놓은 곳들을 가리키며 설명했다.

"일단 김 형사님. 여기 동편 남자 화장실 끝에서 두 번째 칸이에요. 여기 한 칸 막아달랬으니 중간중간 오가면서 쓰레기통 체크해주세요. 약병, 물병, 있는 대로 수거해야 돼요."

"네, 그래야죠. 보통 빠른 놈들이 아니니."

"그리고 정 형사님, 적당히 취객처럼 이리저리 춤추고 다니시구요. 혹시 신호 받으면 연락 주시거나 시간 좀 끌어주세요."

"이 경위님, 저 차라리 바 쪽에 있을까요? DJ나 뭐 아니면 웨이터라도."

"……안 되실 것 같네요."

동료들에게도 가차 없이 직설적인 그녀다. 객관적으로 지금 이 안에 있는 사람 중 클럽에 들어가도 위화감 없이 섞일 남자는 단 한 명도 없다. 그나마 취객은 얼굴 볼 일 없으니 개중 가장 좋은 역할인데도 정 형사는 만족하지 못하는 모양이었다.

그녀가 알 바 아니지만.

"남 형사님은 근처 퀵서비스랑 전화 오래 하는 애들 좀 봐주시구요. 팀장님은 아침에 말씀하셨던 것처럼 앞 편의점에서 잠복하시면 될 거 같아요."

"왜?"

"연세를 생각하세요. 나 경찰이다 티내고 다니실 거 아니면."

팀원들 모두 제나가 저 외모에도 불구하고 맞선이 제대로 이루어지지 않은 것엔 분명 저 말투도 한몫했을 것이라 눈짓을 교환했다.

"그럼 클럽 안에는 일단 누님이 계시는 거죠?"

"응. 웬만한 놈들이 아니에요. 이렇게 어중이떠중이 다 들어가 있으면 첫날부터 눈치 채고 철수할지도 몰라요. 제가 며칠간 가서 동태 좀 보고 한두 사람씩 늘려가죠."

"혼자는 좀 그렇잖아."

"밑에 애들 둘 불렀어요. 주현이랑 세호."

"우와, 누님 너무하시네. 그거 그냥 얼굴 보고 뽑은 거 아니에요?"

"당연한 거 아니야? 그럼 너랑 가?"

주현과 세호는 경찰청에 속한 의경이다. 워낙 젊고 훤칠한 인물들이라 최고의 클럽에서도 위화감이 없을 듯해 차출했는데 그걸 가지고 말이 나올 줄은 몰랐다.

"주현이도 그렇지만 세호 정도면 사심 있는 건데. 누님 진짜 사심 있는 거 아니에요? 그 어린애를 양심도 없이."

"……형식아."

"왜요? 그리고 참, 저는 뭐 해요?"

"너? 너는 나 좀 따로 봐."

"왜요?"

"우리 형식이는 내가 제일 중요한 역할을 시켜줄 거야. 주인공이지. 너 아니면 이 잠복 시작도 못 할 거야."

"하하, 누님도 참."

제나가 주먹을 움직거리며 흥분을 가라앉혔다. 앞으로 미안할 일도 있을 테고, 외모로 사람을 판단하는 건 옳지 않다. 도덕책에서도 눈 아프게 읽은 내용이다.

"형식아."

비록 형식은 클럽 앞 붕어빵집에 있게 되겠지만 그건 천천히 알려도 늦지는 않을 것이다.

"누님, 왜요?"

"너 학교 졸업한 지 얼마나 됐지?"

"저요? 저 대학 졸업한 게, 가만있자……."

"아니, 고등학교."

「김경원 씨, 그런 취향이었어? 위험한데…….」
「취향은 무슨. 예전에 영화 보니까 나오더라고, 아…… 형사가
교복 입고 잠입하는 그런 거…… 그냥 그게 궁금했을 뿐이야.」
「으음…… 정말?」
「뭐가 더…… 하아, 있겠어?」
「그래, 좋아…… 목적이 그렇다면야.」

작은 창고 안에서 입술이 맞닿은 채 속삭였다. 그 중간중간 키
스라 할 만한 깊은 접촉이 채워졌지만 서로가 모른 척하며 겨우
말을 이었다. 얼음 같은 그녀야 그 정도는 별일 아니라 하겠지만
경원은 달랐다. 일찍이 성적인 쾌락이란 손목에 수갑 찰 위법 사
항만 제외하고는 다 누려본 그가 겨우 키스 한 번에 정신이 반쯤
나갔다.

빙긋 웃던 그녀가 나가고도 10분은 더 그 자리를 지키고 있었을
만큼.

경원은 무언가 잘못되고 있다는 것을 그때 알았다. 좋은 쪽이든
나쁜 쪽이든 분명히 그랬다. 일찍이 호감과 욕망은 다르다 믿었기
에, 특히나 남자에게는 달랐기에, 이런 상황이라면 분명 어떻게든
그 욕망을 풀었을 것이다. 전화 한 통이면 제나가 몇 번이나 입에
올렸던 오세림이 달려왔겠지만, 그 좋은 머리로 벌써 세림의 전화
번호도 잊었다. 설령 잊지 않았더라도 그럴 일은 없었다. 다른 여
자 생각을 하는 것만으로도 몸이 식어버렸으니.

"휴우."

참 그답다 하겠지만, 그래서 경원은 자신이 제나에게 단순한 호기심을 품은 게 아니라 단단히 빠져버린 것을 깨달았다.

어쩌면 정도가 꽤 심각할지도 모르겠고.

"……나 잘하는 걸까?"

"네? 사장님?"

"김 비서, 결혼식 전날에 무슨 생각 했어?"

"아…… 과연 잘하는 걸까 뭐 그런 생각 했습니다."

심각하긴 심각하구나. 그래도 좋은데, 난.

김 비서를 내보낸 경원이 옷매무새를 점검했다. 장난기 없는 그는 탄성이 나올 만큼 멋졌다. 잘생기기도 했지만 별생각 없는 여자들이 그에게 열광하는 것은 다른 이유가 있다. 적당히 나른한 눈빛엔 흔치 않은 섹시함이 있어 오히려 웃음으로 감추곤 했다. 하지만 어느 순간부터 그에게는 알 바 아니라 오늘도 마지막은 벨트를 툭툭 치며 마무리를 했다.

"자아, 조신하게."

주문 한 번 외우고 돌아서자 김 비서가 다시 문을 열었다. 아직 영업시간까진 멀었고 경원은 아무나 와서 만날 수 있을 만큼 한가하거나 쉬운 남자가 아니다. 미리 일러둔 사람 외에는 사장실로 통하는 복도부터 철저하게 차단되었으니 김 비서가 입을 열기 전에 그가 먼저 손님을 알아보았다. 그래서 문이 열리는 순간부터 목울대가 크게 울렸다. 아니겠지. 설마 벌써 입고 온 건 아니겠지. 김 비서까지 있는데.

다른 남자가 보는 건 곤란한 정도를 넘어 죽도록 싫었다. 그게 왜 싫은 줄은 모르겠고 그저 싫었다.

"아⋯⋯."

"경원 씨, 안녕하세요?"

"제나 씨, 그리고⋯⋯ 안 형사님."

"아하하하."

다행히 제나는 외간 남자 앞에서 교복을 입지 않았다. 평범한 봄 코트에 흔치 않게 상큼한 차림이었지만 미안하게도 거기에 눈이 가지는 않았다. 보통 옆 사람이 워낙에 강렬하면 이런 경우가 종종 있다.

"뭐랄까⋯⋯. 충격적이네요, 안 형사님."

"아니, 이게⋯⋯. 누님, 뭐라고 말 좀 해보십쇼. 저한테 기어이 이런 걸 시키셨으면."

"김경원 씨, 그럴 일은 극히 드물지만 형사가 교복 입고 잠입 수사할 때에는 보통 이렇게 한답니다. 형식이는 외모 때문에 그럴 일이 없어 처음이긴 한데 처음부터 사람 따지지는 않으셨으니까요. 한 바퀴 돌아봐, 형식아. 이만하면 만족하시는지요?"

"아아⋯⋯."

"누님, 이거 뭐 클럽데이 교복 코스프레 이런 거 아닙니까? 여기서 그런 것도 합니까? 저한테 말씀하신 거랑은 다르잖아요."

"됐고, 넌 이제 돌아가서 옷 갈아입어."

"어디서요?"

"앞에 붕어빵집에 가봐. 김 형사님 계시니까 앞치마 달라 그래."

제나가 매서운 손짓 한 번으로 형식을 좇아내자 경원도 턱짓으로 김 비서를 몰아냈다.

아직 음악조차 없는 길고 긴 복도에서 투덜거림과 함께 발소리가 잦아들자 경원이 한 걸음 가까이 다가왔다.

"이거 약속이 조금 달라서."

"실망했어요?"

"아니, 뭐."

남자의 로망이 깨어져버린 경원은 포커페이스를 잃고 크게 낙담해 있었다. 더 이상 이 남자를 놀려 뭐할까. 제 감정에 솔직한 제나가 집게손가락을 들어 경원의 턱을 받쳤다. 다시금 살아나는 그의 묘한 눈빛에, 제가 전에 봤던 무언가가 잘못 본 게 아님을 알았다.

"나 이러면, 설레는데?"

손가락을 살짝 내린 제나가 그의 얼굴을 뜯어보듯 옆으로 방향을 돌렸다. 이 남자는 옆얼굴이 조금 더 남자다운 매력이 있다.

"나 지금 품평당하는 건가?"

"김경원 씨."

확실히 얼굴은 괜찮다. 괜찮은 것 이상이다. 이 입만 다물게 해놓으면 좋을 텐데 그건 그녀로서도 어쩔 수가 없었다.

"저한테는 이게 중요한 일이에요."

"내 얼굴 관찰하는 게?"

한숨 한 번 내쉰 그녀가 손을 내리고 몸을 돌리자 그가 얼른 그 손을 잡았다. 뿌리치려면 한순간이지만 그녀는 그러지 않았다.

"김경원 씨, 저는 제 일이 좋아요."

"……알고 있습니다. 그만큼 열심히 일하시니까요."

"보람도 있구요."

"저도 그렇게 느꼈으니 그것도 인정합니다."

"……그래서 저는 이번 일 잘해보고 싶어요. 흔치 않은 기회거든요."

"흔치 않다면?"

이야기가 길어질 것 같아 소파로 제나의 허리를 밀자 그녀가 가만히 멈춰서 그를 올려보았다. 대놓고 말해 여자 몸 여자보다 더 잘 안다고 생각했던 그가 여자 허리 한 번 민 것 때문에 죄책감을 다 느꼈다.

"경원 씨가 순수하지 않은 의도라고 해도, 저는 이번 일 잘해내야 돼요. 비겁하게 김경원 씨 마음을 이용한다 치더라구요."

"저는, 제가 그렇게라도 도움이 되면 좋을 텐데요."

제법 진지한 그의 말투에 그녀도 한숨은 버리고 마주 섰다. 전과 다르게 힘을 주지 않고 내린 머리에 그의 왼쪽 눈이 가려 보일 듯 말 듯했다.

그 눈의 끄트머리를 찾아 이끌리듯 머리카락을 걷어내자 경원이 그대로 다가와 입을 맞췄다.

"으읍."

어떻게 보면 다소 거칠었다. 전처럼 혼을 빼놓는 그런 키스도 아니었고 그저 다급하다. 당장 어쩌겠다는 것도 아니고, 두 눈을 마주하니 그냥 키스가 하고 싶어졌다. 후에 뺨을 맞더라도, 늘 그래왔듯 그건 그때 생각해볼 일이다.

"하아, 제나 씨 같은 사람이 거부하지 않는다는 건, 제 나름대로의 의미를 부여해도 될까요?"

"꼭 사귀어야 키스를 하는 건 아니니까요."

"나는 이제 그러고 싶은데."

이제는 그가 조금 전 그녀가 했던 대로 손을 올려 제나의 턱을 잡았다. 다만 이미 푹 빠져 있는 얼굴이라 그녀처럼 재보거나 돌려가며 가늠하지는 않았다.

제나의 강인하지만 맑은 얼굴에 어쩐지 마음이 울컥했다. 뭔가를 더 보여주고 싶은데 그러기가 힘들어 마음이 쓰리다.

"경원 씨가 진심인지 아닌지는 저로서도 알 수 없죠."

"……."

"그래도 여러 상황 살펴봤을 때 그렇게 한가한 분은 아닌 거 같기도 하고."

어쩜 말하는 게 이렇게 예쁠까? 키스를 조금 더 할 걸 그랬다.

"아, 그거 정확한데."

"나도 사람 재고 따지고 그런 거 싫어해요. 첫 만남에서 당신이 보여준 행동은 최악이었죠."

"인정합니다."

이미 벌어진 일을 가지고 후회해도 변하는 건 없다. 그래서 남자답게 깨끗하게 인정했다.

"후에 당신이 보여준 모습도 저한테는 크게 다르지 않아요. 저는 억지를 쓴다거나 몰아붙이는 거 별로 안 좋아하거든요."

"이런."

"그래도 사람이 그렇게까지 노력했으니, 일단은 기회를 주고 싶어요."

기회라는 말에 그의 눈이 잠깐 커졌다. 웃음을 터뜨리기에는 긴장도 만만찮아서 그는 그렇게 대범하게 굴지는 못했다. 실제로 이

자리에서 웃으면 바로 거두어 가고도 남을 여자가 제 눈앞에 있다.

"제가 어떻게 하면 될지?"

가본 사람이든 아니든, 대한민국의 첫 번째 클럽으로 꼽히는 곳이 이곳 '더 베이'였다. 건물을 빙 돌아 줄을 길게 늘어선 손님들의 모습이 희화화되어 인터넷에 돌아다닐 정도로 성황을 이루는 곳이었고, 오늘도 예외는 아니다. 음악이 울리고 정문이 열리자마자 그 커다란 클럽 안이 금세 인파로 가득했다.

"주현이, 세호. 너네는 특별히 할 건 없어. 오늘은 우리끼리만 있고 내일부터 다른 분들 오실 거야. 너네는 그냥 평소 놀던 것처럼 놀기만 하면 돼."

"아…… 네!"

"저는, 저는 평소에 이런 곳에 오지 않습니다!"

얼떨떨하면서도 신나는 기분을 감추지 못하는 주현과는 달리 세호의 말에는 불만이 그득했다. 멀리서만 바라보던 제나와 이런 시간을 가진다는 것은 볼을 꼬집어도 믿지 못할 현실이었지만 자신이 괜한 오해를 받는 것이 싫은 듯했다.

"세호 너도 참. 하여튼 내 말 잘 들어. 너네 괜히 경찰처럼 티내고 다니거나 대놓고 쳐다보고 다니면 안 돼. 알았어?"

"……네."

"뭔가 조금 이상하다 싶거나, 또 달라붙는 사람들 있다 싶으면 그때 와서 나한테 이야기해. 세호 너는 이런 데 첨이라니 일단 내 옆에 붙어 있어. 적당히 분위기도 보고 남들 하는 대로 해봐."

"그, 그럼 제가 이 경위님 남자친구처럼, 뭐 그런 겁니까?"

깎아놓은 듯 반듯하게 잘생긴 청년이 뭐 그리 긴장했는지 말을 더듬자 제나가 픽 웃었다.

"이런 데 와서 남자친구는 무슨. 뭐 좋을 대로 생각하고, 제일 중요한 거!"

"……네?"

"둘 다 다치면 안 돼. 아마 그럴 일은 없겠지만 이런 데서 만나는 마약 사범은 칼 들고 설치는 놈들도 꽤 있어. 나야 직업이 이렇지만 너네는 군대 온 거잖아. 부모님 생각해서라도 몸조심하고, 무슨 일 나면 멀리서 눈으로만 지켜보며 기억하고 있어. 험한 일은 우리가 하니까."

그녀가 조곤조곤한 말투로 한 명씩 어깨를 두드려주자 둘 다 말없이 고개만 끄덕거렸다. 이게 웬 횡재냐 좋아했는데 진지한 염려를 들으니 가슴이 울렁였다. 주현도 그랬지만 특히 세호가 더 그랬다.

"그리고 여기서는 둘 다 누나라 부르고. 혹여 경위님 이런 소리 입에 담지 마."

"아…… 누나요?"

"왜 이렇게 얼어 있어? 내가 형이야?"

"……아닙니다."

"나가자."

룸의 문을 열자 귀가 따가울 정도로 시끄럽다. 이런 곳에서 일을 하는 경원의 귀가 예민하다는 것이 새삼 신기하다. 1층으로 내려가는 것도 번잡해 뒤를 돌아보자 세호가 바로 뒤에 붙어 있고 주현은 보이지 않았다. 그사이 벌써 적응을 했는지 빠르구나 싶어 웃음을 삼켰다.

"저 이 경, 아니, 누나. 여기가 중앙이라 사람들 잘 보일 것 같은데요?"

시끄러운 와중에 몸을 숙인 세호의 머리칼이 그녀의 귓가에 닿았다. 그 정도는 되어야 상대방의 말소리가 들리는지라 그러려니 하면서도 제법 그 말투가 진지하게 들렸다. 제나가 마주 서자 지나치게 가까운 거리에 얼굴이 붉어진 세호가 몸을 흠칫 물리다가 뒷사람과 부딪쳤다. 그러고서야 여기가 어디인지 새삼스레 깨달은 듯하다.

"손."

"네?"

"여기서 뭐해, 그럼?"

그녀가 손을 제 어깨에 두르는 듯 고갯짓을 하자 세호는 영원히 전역을 하지 않고 시간이 여기서 멈추었으면 싶어 넋이 나가버렸다. 그 모습이 적당히 술 한잔 걸친 사람 같아 제나도 만족했다.

"저 여자가……."

사람을 아주 잡으려고 작정을 했구나.

멀쩡한 정신으로 견디기가 힘든 경원이 들고 있던 술잔을 한 번에 비웠다. 원래 클럽에 있을 때 술은 입에 잘 대지 않았지만 지금처럼 이가 갈릴 땐 달리 할 만한 것이 없다. 그가 비워낸 술잔을 움켜쥐며 무섭도록 가라앉은 눈을 내렸다.

「제가 뭐부터 하면 될까요? 우리 애들도 미리 풀어놓는 거? 아니면 대대적으로 소문을 한번 내볼까요? 그것도 아니면…….」

「가만히 있는 거.」

「지금 뭐라고?」

「김경원 씨는, 손 하나 까딱하지 말고 그저 지금처럼 아무것도, 제발 아무것도 안 하셨으면 좋겠어요. 그렇게 해주신다면 저도 첫 만남은 잊고 김경원 씨를 긍정적으로 생각해보죠.」

그날 제나의 요구는 다소 파격적이었다. 잊으려 해도 잊히지 않는 그녀의 목소리가 남달리 유혹적이라 그런지, 아니면 생전 처음 듣는 부탁이 황당해 그런 건지는 아직도 헷갈렸다. 다만 자유분방한 그의 인생사 최고의 탐스럽고 매력적인 조건이 아직까지는 그의 발목을 붙잡고 있었다.

"김 비서."

"네?"

"저기 두 사람, 어떻게 보여?"

"아…… 뭐 애인같이? 그런 걸로 보입니다만."

그렇지? 내 눈에만 그런 게 아니지?

목소리를 높여 동의를 구하려다 멈췄다. 자신의 눈에나 남의 눈에나 그렇게 보인다는 것이 결코 달가운 상황은 아니니까.

"아우, 이 경위님 저러고 있으니까 정말 퀸카시네. 남자들 눈 돌아가는 소리가 여기까지 들리는데요?"

"응, 그래? 나한테만 들리지 말라고 그래."

짧게 정돈된 손톱마저 아프게 파고들었다. 이제나라는 여자가 왜 저러고 있는 건가 열을 받다가, 마약쟁이들 때문이라는 생각에 울분을 삼키다가, 그 마약쟁이가 제 손에 걸리면 죽여버려야지 했다가, 다시 절대 그러면 안 된다는 제나의 말로 돌아왔다.

실로 그에게는 지옥과 다름없는 뫼비우스의 띠였다.

"클럽에 자주 오는 애들 연락해봤어?"

"뭐 연락처 남기는 애들도 아니구요. 밑의 애들한테 물어봤더니 요새는 인터넷으로 구입해 퀵 배달 많이 한다는 소리는 들었습니다. 애들 좀 풀어볼까요?"

"안 돼……. 그건 됐고, 공사 들어가는 거 견적서 들고 와봐."

"네!"

눈동자가 검게 일렁이던 그가 일 이야기로 돌아오자 김 비서가 크게 반겼다. 무슨 일인지도 모르고 몸만 사리고 있다가 이제야 숨통이 조금 트이는 듯했다. 굳이 사장이 유리창에 붙어 보고를 받는다는 것이 의아하긴 했지만 거기에 토를 달 수 있는 입장은 아니다.

"여기 있습니다."

"음…… 착공 비용을 좀 높게 잡았네?"

"토대가 암반이라 깨부수고 하려면 힘들다구요. 지하 주차장도 어느 이상은 힘들다고 지상 쪽으로 하자고 합니다."

"다른 데 하나 더 붙여봐야지. 돌덩이라 해봐야 윗부분으로 올라가는 부분이 다인데, 김 비서가 전문가 하나 더 불러서 확실하

194

게……, 저 새끼가!"

"네에?"

일 잘하고 있다 여겼던 경원의 고개가 어느새 다시 유리창 쪽으로 돌아가 있었다. 자신에게 하는 소리가 아니라는 것은 알았지만 그 표정이 무시무시했다. 김 비서가 저승사자 확인하듯 가재눈을 해서 보자 제나의 뒤에 있던 젊고 잘생긴 남자가 더 가까이 붙어 몸을 흔들고 있었다.

"……새파란 새끼가."

사실 처음부터 마음에 안 들었다. 저 정도 나이 대의 남자들이야 눈만 봐도 감이 오니까. 차라리 저놈 말고 시시껄렁 신바람이 난 다른 놈이 더 낫다. 살짝 긴장하는 정도면 몰라도 저렇게 진지한 감정이 그득한 놈을 선택해 데리고 다닌다는 자체에 숨이 거칠어졌다.

"사, 사장님…… 입구에 이야기해서 애들 좀 뺄까요? 그러면 공간이 넓어져서 저렇게 밀착하지 않아도 될 텐데."

"밀. 착. 으음……. 좋은 단어 쓰네, 김 비서?"

"아니아니, 제 말은…… 아니면 음악을 좀 더 신나는 걸로 바꾸라고 해볼까요? 그러면 좀 신나서 움직임도…….."

"신나서 더 만지면?"

"어어, 그게."

"됐고, 이만 나가봐."

괜한 사람에게 화풀이를 하지 않겠다는 건지 경원이 돌아보며 서류를 건넸다. 이제야 살겠구나. 잠시간의 대단한 기세를 못 이겨 어깨를 좁히고 움찔하던 김 비서의 얼굴에 안도가 들어찼다.

"······왜?"

"아닙니다. 얼른 나가보겠습니다."

다 풀린 줄 알았는데 그것도 아니었나 보다. 서류를 들고 돌아보는 경원의 모습은 깔끔한 신사 그 자체였지만 마지막 손길에 구겨진 종이는 처참했다. 흐물하게 우그러든 종이가 꼭 저 아래 눈치 없는 하룻강아지 같아 김 비서의 혀가 저절로 쯧쯧거렸다.

어색하게 표정을 굳히던 게 언제라고 세호는 금세 분위기에 적응했다. 주저하면서도 과하다 싶게 몸을 붙이긴 했지만 거슬릴 정도는 아니다. 오히려 젊은 남자랑 적당히 노는 여자 정도로 보이면 딱 좋다.

'없어. 평범해.'

물관리가 잘된 곳이라 그런지 아직은 우려할 만한 건 보이지 않았다. 가끔 술에 취해 비틀거리는 여자들이 있기는 했지만 벌써 눈으로 확인해뒀다. 모두 일행이 있고 단시간에 급격히 해롱거리는 특징도 없었다.

"누나, 우리 2층에도 가볼까요?"

"오늘은 여기서."

"하지만 주현이가 2층이 더 사람 많다던데. 누나, 가요."

"아냐. 더 봐야 해."

클럽의 주 출입구와 비상구, 직원들 중에도 수상한 자가 없는지 살피려면 아직은 바에 있는 것이 나았다. 세호가 딱 붙어 있다 보니 대놓고 그녀에게 접근하는 사람은 없었지만 내일부터는 또 다르다.

"아가씨, 술 한잔 사준다니까."

"하하."

그녀의 옆으로 남자 하나가 젊은 여자 하나와 함께 바로 왔다. 룸 안이 아닌 이상 대놓고 약병을 들고 다니는 짓은 않을 거라 그 손끝을 살폈다. 요새는 아예 약을 손끝에 묻혀 술잔을 건네기 전 살짝 담그는 방법도 많이들 쓴다.

'아니야.'

역시 평범한, 무난한 호감의 관계였다. 그러기에는 남자 눈에 흑심이 가득했지만 최소한 마약 관련은 아니다. 첫날부터 건수를 잡기를 바란다면 그것도 욕심이라 일단 오늘은 여기서 철수를 결정했다.

"여기까지 하고 나가자. 2층 가서 주현이 찾아오고 나 먼저 나가 있을게. 이 앞에 붕어빵집으로 와."

"……네에."

어딘가 아쉬움 가득한 세호를 보고 알 만하다 고개를 끄덕였다. 그녀도 바보는 아니니까.

그러나 젊은 애한테, 그것도 의경에게 나를 좋아하느니 그러지 마라느니 하는 것이 더 웃겼다. 전역만 해도 접힐 감정이고 괜한 소리 해봤자 제 앞에서 고개 들기만 더 힘들어질 것이다.

그리고 무엇보다.

"아!"

입구로 나오던 어느 순간 뒤에 있던 문이 열리더니 그 안으로 몸이 끌려 들어갔다. 얼마 전 와본 곳이니 어딘지도 잘 알았고, 저를 끌고 들어온 이도 너무나 잘 알았다.

"경원 씨."

여우 흉내 낼 마음은 없지만 이 정도 남자 다루려면 경쟁 상대 하나는 있어주는 것도 나쁘지 않았다.

"이거 실망이네. 이렇게 금방 끌려와서야, 내가 안심하고 지켜보기가 힘들잖아."

음산함이 뚝뚝 떨어지는 목소리를 들으니 생각보다 그 효과가 더 센 것 같다. 아무래도 오늘은 건드리지 않는 편이 나을지도 몰랐다.

"또 왜 이러실까?"

"좋아 죽던데?"

"아, 제대로 보였네."

그녀가 주위에서 저를 보아주었으면 하는 시선이 그런 거였다. 하지만 이 남자는 의견이 조금 달라 그 소리에 더욱더 눈이 검어졌다.

"……일단 오늘은 이제나가 하란 대로 잘했는데."

"아, 그렇네요. 옷차림도 단정하고. 앞으로 쭉 그렇게 해주세요."

"못 하겠어. 아니, 안 하려고."

제나가 어이없다는 듯 웃음을 터트리자 경원은 더욱 약이 올랐다. 이 여자 웃는 모습이 보기 싫을 수도 있구나. 화가 나 입술을 막아보려 했더니 그 앞에서 막혔다.

"나 이대로 나가야 하는데? 붕어빵집에 동료들도 있고. 립스틱 뭉개지면 안 돼."

"……알 게 뭐야?"

내 일도 아닌데. 난 원래 내가 제일 중요한 사람이거든.

착한 사람 흉내는 그만하기로 한지라 그녀의 말도 귓등으로 흘려들었다. 독한 술에도 취기조차 없더니 제나와 가까이 붙은 지금은 이미 체향에 취해버렸다.

"으음, 사장님이 포기가 빠르시네."

"하아…… 어쩌라고?"

"알아서 잘 생각해봐. 남들한테 티 안 나려면 어디는 괜찮을지."

이런 판단은 두 번 생각할 것도 없이 빠른 남자라 바로 귀를 깨물었다. 살짝. 그리고 깊숙이. 입술에 닿지 못하는 아쉬움이 어찌다 녹겠냐만 지금은 이것도 만족해야 했다.

"아아, 숨 막히려 그래."

그의 손이 치마 안을 파고들어 단숨에 팬티 선에 걸치자 달라붙는 듯 폭신한 감촉에 목이 크게 울렸다. 조금 더 뒤로 가 아래를 붙이고 하얀 목에 고개까지 파묻으니 천국이 따로 없다. 거기서 멈출 욕심이 아니라 팬티 안으로 손끝을 세우다 성가시게 압박하던 스타킹이 그만 찢어져버렸다.

"이만하면 의지가 좀 돌아오셨을 듯한데?"

"……아무리 생각해도 내가 손해야."

"가끔씩은 손해도 봐야죠. 사장님 정도 되는 분이 이러시면 어쩌라고."

귀를 쓱 문지르던 그녀가 머리칼을 정리했다. 보지 말란다고 안 볼 남자가 아니라 차라리 웃는 눈으로 그의 시야를 잡아놓고 그대로 스타킹을 도르르 말아 벗어버렸다.

"……미치겠네."

경원이 훤히 드러난 그녀의 다리에서 시선을 떼지 못하다가 길게 숨을 들이켰다. 여기서 더 지체하면 그 숨을 내쉬기도 전에 손부터 움직일 태세라, 제나가 늦지 않게 문을 열어 몸을 내밀었다.

"그럼 전 이만."

"같이 나가."

"천천히 나와요."

"왜?"

"어디서 더 베이 사장 변태라는 소문 듣기 싫으면."

제나가 손가락으로 그의 바지 앞섶을 가리키자 볼 것도 없는 경원이 거친 손길로 창고 안 술 한 병을 땄다. 이걸 마신다고 효과나 있을지는 모르겠지만.

"영 근거 없는 소문은 아니라서, 뭐."

"누님, 뭐 좀 있어요?"

역시 형식은 지금의 모습이 잘 어울렸다. 붕어빵 반죽이 덕지덕지 묻은 앞치마를 두르고 포장마차 안에 있자 꼭 어둠의 세계에서 손 턴 조폭이 갱생한 느낌이다.

"첫날인데 무슨. 여기서도 별거 없지? 김 형사님은요?"

"쓰레기통 다 뒤져도 콘돔 말고는 없어요. 일단 페트병 몇 개는 주웠는데 먹다 버린 걸 봐서 큰 득은 없을 거예요. 아무래도 룸 안을 확인하는 게 중요한데 그쪽은 들어갈 수가 없으니…….."

"여기도 오토바이는 좀 있는데 퀵은 없어요. 여기 길목이 하데스에서 넘어오는 길이니까 며칠 잡고 있어봐야죠."

처음부터 잘 풀릴 거라 기대하지는 않았다. 그래도 첫날 이 정도 상황 파악을 했다면 다음 날은 좀 더 수월하게 진입이 가능할 것이다.

"그래. 팀장님께는 따로 보고하겠지만 네가 중요해. 정문은 여기지만 후문이나 계단으로 올라와 창문으로 빠질 수도 있어."

"그 정도 크기가 돼요?"

"응. 사람 다닐 틈 충분히 되는 거 봤으니까 뭐 좀 짚이는 거 생기면 거기도 하나 붙이자. 애들 중에 담배 많이 피우는 애 하나 찾아다가 거기서 짱박혀 있으라 그래."

형식이 붕어빵을 건네자 그녀가 평소 습관대로 꼬리부터 야금야금 물어뜯었다. 이런 순간에도 형사의 본능은 남아 혹시 누가 들을까 최대한 오감을 세웠다. 그러나 누가 봐도 형식은 조폭 출신의 붕어빵집 사장에 김 형사는 피곤함이 가득한 청소부, 제나는 클럽에서 술 좀 마신 노는 언니일 뿐이다.

천 원짜리 한 장 건넨 제나가 고갯짓을 하자 이제 갓 스물 넘어 보이는 남자 둘이 음흉하게 쳐다보다 고개를 돌렸다. 신경 쓸 거리도 안 되는 놈들이라 경찰 셋이 모여 혀를 끌끌거렸다.

"수고하세요."

"네."

"그리고…… 조심 좀 하자."

목소리를 낮춘 그녀가 먼저 몸을 돌려 편의점 아래편으로 사라졌다. 붕어빵을 뒤집는 척, 미리 만들어둔 것으로 진열하던 형식이 멀리 사라지는 제나를 바라보았다.

"너 뭘 봐?"

"아……, 누님 말이에요."

"응?"

"아까 올 때 스타킹 신고 있지 않았었어요?"

"그걸 내가 어떻게 알아? 하여튼 쓸데없는 것만……. 나도 이제 빠져서 다시 들어가니까 붕어빵이나 잘 구워. 여기 다 탔잖아."

핀잔 한번 날린 김 형사도 슬슬 클럽 안으로 사라지자 다시 형식 혼자 남았다.

"아닌데. 분명히 신었었는데……."

"아저씨, 3,000원어치 주세요."

"아! 어서 오십쇼. 따끈따끈합니다!"

아가씨 두엇이 가게로 몰려들자 그의 형사다운 의혹도 금세 사그라졌다. 제나가 알았으면 그 눈썰미에 칭찬을 했을지, 쓸데없는 짓 하지 말라 머리를 때렸을지 모를 일이지만.

제나가 클럽에 잠입한 지 사흘째였고, 경원의 인내심이 가뭄 날 논바닥처럼 말라붙은 지도 똑같은 시간이 흘렀다. 제나는 여전히 클럽 1층과 2층을 누비고 다니며 적당히 취한 척, 적당히 즐기는 척, 감시의 눈길을 내려놓지 않았다.

"우와, 몸매고 얼굴이고 대박인데?"

"고맙긴 한데 손은 떼죠?"

"에이, 며칠째 오시더니. 아직 마음에 드는 사람이 없어요? 술 한잔 하자니까."

첫날을 제외하고는 세호와 떨어져 있었기에 이렇게 한 걸음 떼기가 무섭게 잡히곤 했다. 사실 이 정도는 예사였고 슬그머니 뒤에서 문지르며 다가오는 경우가 대부분이라 참을 인 자를 백 번도 더 새기는 중이었다.

"일행이 있어서요."

"에이, 없는 거 다 봤는데? 어제도 봤다구, 난."

"아하, 이런 데 자주 다니시나 부다."

"그럼. 나 좀 잘나가거든. 흐흐."

으스대는 건 둘째치고 존댓말을 혀에 대고 꿰매어주려다 참았다. 새파랗게 어린 게 취향이 올드한 건가 싶다가 저도 모르게 눈을 들어 꼭대기의 어둑한 공간을 바라보았다. 이곳에서는 보이지 않지만 분명 자신을 내려다보고 있을 사람이 있을 테니 아마 눈이 마주치지 않으려나 싶다.

"있다니까 왜 이러실까."

"내숭도 적당히 해야 예쁘지, 너무 튕기면 매력 없는데?"

은근히 엉덩이로 다가오던 손을 잠시 내려다보던 그녀가 한 번씩 웃더니 손목을 잡아챘다.

"뭐, 뭐야?"

"아니, 남자치고 손목이 예뻐서."

"아아아!"

"탐나서 한 번 잡아봤는데 너무 가늘다. 운동 좀 하셔야지?"

뒤로 꺾인 손에 은근한 힘을 가하자 설익은 비명이 높아졌지만 때맞춰 크게 울리는 음악 덕에 누구도 관심을 두지는 않았다.

"역시…… 보너스 좀 줘야겠는데?"

"네? 사장님?"

실력만 괜찮은 줄 알았는데 눈치도 제법이었다. 제법 만족스러운 기색의 그가 DJ석을 향해 잔을 들었다. 처음부터 괜찮다 생각한 놈은 끝까지 괜찮은 경향이 있다.

"쟤 스카우트 누가 했지?"

"아, 바로 접니다. 제가 했는데."

"보너스 취소."

어디서부터 어디까지 잘못 보였는지 모르는 김 비서가 깊은 한숨을 내쉬자 경원이 쯧쯧 혀를 찼다.

"뭐 해? 술 안 따르고."

이런 거야 저가 나서서 한 일이 아니니 경원은 별다른 죄책감 없이 서류를 뒤적였다. 갑자기 노래라도 흥얼거리고 싶어진다.

"아, 은서 씨."

— 요새 잘 지내죠? 왜 이렇게 일 열심히 해요?

"일해야 먹고살죠."

— 음…… 신빙성이 없는데.

"마음을 넓게 써봐요. 그래야 순산하지."

오가는 대화 속에 나름대로의 애정이 있었다. 전화한 용건을 아는지라 바로 본론으로 들어가자 그녀도 웃음기를 거뒀다.

한참 진지한 대화가 오가고 그의 표정이 심각해졌지만 마지막에는 곧 태어날 조카들 생각에 덕담을 잊지 않았다.

"배불러 있는 사람한테 어려운 부탁 해서 죄송해요."

— 그 정도야 뭐. 저도 경원 씨한테 빚이 꽤 많잖아요.

"아, 두 배로 갚아준다고 한 거?"

— 그런 건 좀 뒀다가 아껴 써요. 이번 건 어디까지나 친구로서니까.

"하하, 그거 좋네요. 가우스랑 페르마는요?"

– 나올 때 됐는지 요새 조용하네요. 태동도 없고.

"태명이 그따위…… 가 아니라 너무 학구적이라 그런가 보죠. 저한테 맡기라니까 세계 3대 수학자는 무슨."

– 강재 씨가 경원 씨한테 맡기면 뭐라고 지을지 예상해놓은 게 있는데 들어볼래요?

"음, 내가 무조건 아니라고 하면 어쩌려고?"

– 들으면 분명 발뺌을 못 할 거예요.

"그럴 리가 있나요. 내 특기가 시치민데."

경원이 기분 좋게 의자 위에 발을 올렸다. 어쩌면 이 분위기 잘 타서 이 여자도 꺾어놓을 수 있을 것 같다.

"한번 얘기해봐요. 맞으면 저도 한턱낼 테니까."

– 밸런타인이랑 로열 살루트, 조니 워커나 글렌피딕, 이중에 두 개. 맞죠?

"……어어."

– 늦었어요. 그럼 말한 대로 전에 사줬던 유모차에 달 시트랑 보호대 새로 사서 보내줘요. 알죠? 두 개씩. 집에 오니까 빠졌더라구요.

"……어어."

– 그럼 부탁해요. 남자답게 약속 지켜주세요.

웬 여자들이 이렇게 무서울까. 그래도 가볍게 올려두었던 발인데 바닥으로 툭하니 내려앉았다. 그래도 전화 속 여자는 친구였지만 눈앞의 여자는 답이 없다. 그래도 내 눈앞에 두는 게 다행인지, 눈앞에서 이 불길을 억누르는 게 불행인지 알 수가 없다.

"이제나."

창문 곁으로 다가선 그의 입에서 상대를 부르는 속삭임이 흘러나오자 유리창이 뿌옇게 흐렸다 서서히 맑아졌다. 그의 입김으로 생긴 그 동그란 틈에 제나의 얼굴이 맺히자 경원의 눈이 어두워졌다.

"……딱 오늘까지야."

웃기지도 않은 당신 장단에 맞춰주는 거.

손목을 꺾어 보내도 소문도 안 나는 곳이 이곳이다. 적당히 맥주 한 병 들고 다니며 남녀가 모인 곳마다 슬쩍 붙어 귀를 기울였다. 지나치게 사랑의 밀어를 속삭이는 커플은 제외. 오직 여자가 취해 있거나 남자 쪽에서 적극적으로 나서는 경우에만 집중했다.

'여긴 정말 아니려나.'

검사의 지시나 특정 용의자 없이 나선 잠복이었고 인력도 이만하면 많이 들어간 편이라 시간을 오래 끌 수는 없다. 그만큼 그녀의 신경도 곤두서 오늘은 유독 표정이 복잡해 보였다.

"누나."

뒤에서 조용히 주현이 다가왔다. 뭔가 할 말이 있다는 듯 망설이는 모습에 대번에 감이 온 그녀가 주현의 손을 잡고 끌었다. 그래도 급해 보이지는 않게, 팔짱까지 껴가며 자리를 옮겼다.

"뭐야?"

"저 3층에 있을 때요, 옆에 서 있던 애들이 수군거리는 걸 들었는데."

긴가민가한 표정에 잘못 짚은 게 아닌가 망설이는 것이 답답했지만 다그치지는 않았다.

"확실한 건 아니구요."

"괜찮아. 말해봐."

"남자 둘이서 여자애 하나 꼬시는데 자꾸 룸에 들어가자고 하더라구요."

그 정도야 과시용으로 그럴 수 있었다. 그래도 주현처럼 이런 곳에 한두 번 와본 것도 아닌 이가 이상하다 하면 끝까지 들어봐야 했다.

"여자가 자꾸 싫다고 하는데 뒤에 온 놈이 슬그머니 끌더니 손동작 같은 걸 하는데."

"어떤?"

"오케이 신호 같기도 하고, 저도 잘 안 보여서. 그런데 그걸 본 앞에 놈이 씩 웃더니 일행 따라 룸으로 들어가더라구요."

"여자 놔두고?"

"네, 저도 그게 이상해서……. 근데 신호 보내는 게 그냥 여자 구해놨다 그런 것도 아닌 거 같고 옆으로 지나가면서 분명히 얼마 이런 소리가 들려서……."

"어디야?"

더 들어볼 필요도 없었다. 하지만 난간 근처인 것만 알았지 위치는 미처 파악하지 못했던 주현이 죄송스럽다는 얼굴로 고개를 푹 숙였다. 급한 대로 계단 옆에서 취객 연기를 하고 있던 남 형사를 먼저 찾았다.

"저 지금 2층 가요. 밖에 가서 출입구 살피라고 좀 전해줘요."

"잡았어요?"

"아뇨, 지금 보려고 하는데 맞는 것 같아요. 밖에 가서 강 형사님한테 지금부터 쓰레기통 무조건 쓸어 담으라고 해주세요."

"다요?"

"골라잡을 시간이 없어요."

벌써 다급해진 제나가 계단 위를 올려다봤다. 알고는 있었지만 다시 봐도 초대형 클럽답게 어마어마한 규모라 미적댈 시간이 없었다.

"주현이한테 세호랑 2층 근처에서 왔다 갔다 하라고 했어요. 그놈들 얼굴 보이면 봐달라고."

"이 경위님은 어쩌시려구요?"

"올라가봐야죠."

제나가 잡는 손도 마다하고 바로 계단으로 발을 들였다. 천천히, 너무 빠르지 않게. 여자를 훑는 놈들 눈에 자신이 들어야 했다. 다른 남자를 오래 잡고 이야기해서도 안 되고 적당히 취한 듯만만해 보이는 게 목표였다.

- 지금 경위님 바로 앞에요. 초록색 셔츠 입은 남자.

한 손에는 맥주병을, 한 손에는 휴대전화를 꼭 쥐고 있던 손에 가벼운 진동이 왔다. 주현의 문자를 보자마자 바로 고개를 드니 초록색 셔츠를 입은 주현 또래의 남자 하나가 음흉한 웃음으로 여자들을 넘겨다보고 있었다.

마침 이런 곳에는 영 어색해 보이는 여자 하나가 그 눈길 앞에 놓인 것을 보자 더 두고 살필 여력이 없던 제나가 먼저 그 남자의 앞을 막아섰다.

"어머머, 어쩌지? 죄송해요."

"아…… 씨. 이게 뭐야."

"정말 죄송해요. 제가 술을 좀 마셨더니…… 으음."

닦아주는 손길에 미적미적 취기를 담자 대뜸 남자가 자신을 뜯어보는 것이 느껴졌다. 더 말을 붙이지 않고 어스름한 눈만 깜빡이고 있자 그녀의 위에서 씩 웃는 것이 안 봐도 눈에 선했다. 이 정도 음흉한 웃음이라면 넘어가볼 만하다.

"혼자 오셨어요?"

"아, 네……. 친구랑 왔다가 친구는 가고, 저도 이제 가보려구요."

"에이, 더 놀다 가요. 이것도 인연인데."

"으음…… 그래도 기다릴 텐데……."

일부러 여지를 남겼다. 불안한 듯 주위를 살피기도 하고, 또 그 사이에 일행과 마주치면 더 좋았다.

"가요, 가. 저희 룸 잡아서 노는데 어지러우면 거기서 조금 쉬시든가."

"그래도 조금 그런데……."

"괜찮다니까요? 애들 다 좋은 애들인데."

퍽이나. 주현의 이야기를 들을 때만 해도 혹시 모른다 생각했는데 몇 마디 더 해보니 확실하다 싶었다. 다른 사람이 볼까 두리번대는 시선이나 급하게 나서는 모양새가 의심스러운 것은 물론이다. 갓 이십 대 초반에 이런 클럽에서 룸을 따로 잡는다는 걸 보면 약값 걱정할 처지는 아닐 테니 따라가서 살필 만한 가치가 있다.

"그러면…… 술 깰 때까지 잠시만요."

"그럼요! 빨리 가요."

"아, 저 원래 그렇게 아무 데나 막 들어가는 쉬운 여자 아닌데……."

　주먹을 꼭 쥐는 것이 제 감정 감출 만큼 연륜도 없는 놈이라 그 와중에도 웃음이 났다. 대번에 여자친구 대하듯 어깨를 감싸더니 그 많은 사람들도 헤치고 제 갈 곳을 바로 찾았다.

　"자, 손님 모시고 왔지!"

　"어! 앉으세요, 여기."

　남자 셋이 모여 있던 커다란 룸 안에서 바로 의미심장한 눈웃음이 오갔다. 게슴츠레 웃으면서 한 명씩 훑던 제나의 눈이 한곳에 멎었다.

　저놈이구나, 물주가.

　"앉으시죠."

　딴에 대장질 한다고 해야 할지, 중앙에서 거만하게 다리를 꼬고 있던 놈 하나가 고갯짓으로 옆을 가리켰다. 나머지 놈들이 설익은 웃음을 감추고 히죽대다가 그녀가 고개를 들자 아닌 척 수위가 센 농담을 해댔다. 분위기를 띄우려고 작정을 한 건지 니가 세니 내가 세니 언성을 높이며 그녀를 떠보려고 했다.

　"이름이 뭐예요? 저희보다는 누나죠?"

　"아하하."

　"웃지만 말구요."

　"글쎄요. 정신이 없어서…… 음……."

　그 아무것도 아닌 말에 대놓고 좋아하는 모습들이 가관이다.

　"자, 술 좀 드세요. 술은 술로 이겨내야지."

　"으음……."

　"얼른 드시라니까?"

남자 넷의 눈이 모조리 그녀를 향했다. 처음부터 아닌 척하며 주시하고 있었으니 첫잔은 문제가 없었다. 술잔을 비우고 팔을 높이 들자 환호성이 터지는 모습 사이로 한 놈이 팔꿈치로 일행을 쿡쿡 찌르는 게 보였다.

 어지러워 못 견디는 양 소파에 기대어 그 모습을 보려 하자 물주가 그녀의 시야를 막았다.

 "나는 완전 마음에 드는데, 나 어때요?"

 "글쎄요……. 어지러워서."

 "자세히 좀 보라니까."

 한 놈이 시선을 잡아놓고 나머지가 약을 타겠다는 심사다. 어지간히 급한 놈들이구나, 그녀가 혀를 찼다. 하지만 여유롭지는 않은 상황이라 눈을 내리깔고 테이블 아래를 살피려던 차, 옆자리의 물주가 제나의 휴대전화를 흔들었다.

 "왜요? 뭐 찾기라도 하는 사람처럼."

 유리창 너머로 제나를 살피던 그가 어느 순간 그녀가 없다는 것을 깨달았다. 잠시 나갔겠거니, 화장실에 갔겠거니 하기엔 타당할 시간이 모두 지났다. 휴대전화 통화 연결음이 두어 번 흐르다 끊기자 이거야말로 무언가 있다는 생각에 바로 사장실을 나섰다.

 "내려가십니까?"

 "가서 이제나 찾아. 애들한테도 훑으라 시키고."

 늘 장난스럽던 남자의 얼굴에 초조함이 실리자 보는 사람이 다 놀랐다. 무섭도록 진지한 경원을 보며 이거 보통 일이 아니구나 싶은 김 비서가 앞서 달려 나갔다. 문 앞에서 두어 발짝 망설이던 경원은 곧바로 동편 남자 화장실로 향했다.

"어…… 김 사장님."

"제나 씨 지금 어디 있습니까?"

"저도 기다리는 중입니다."

푸른색 쓰레기봉투를 가득 채우고 화장실 입구에 나와 있던 김 형사가 고개를 가로저었다. 제나에게서 듣기를 이 사람이 나설 일은 없다고 들었는데 보통 눈치가 아니었다.

"밖에 사람들부터 부르겠습니다."

"아니요. 일단은 모르니 팀장님께 연락드려서 명받는 게 더 나을 것 같습니다."

경원의 침착한 말이 의외였다. 당장에 난리 치며 클럽을 이 잡 듯이 뒤져댈 거라 생각했던 남자였기에 이런 태도가 더 낯설었다. 다만 남자가 봐도 그 눈빛이 심하게 내려앉은지라 뭔가 굉장한 감정을 죽이고 있다는 것 정도는 바로 알았다.

"연락했으니 아마 기다리고 있을 겁니다. 팀장님이 편의점에 계셨는데 지금 오셨을 겁니다."

"위에 제 방으로 가시죠. 여기서는 눈에 더 띌 거 같은데요."

"하지만."

"내려오면서 출입구 전부 단단히 보라고 미리 말해두었습니다."

"출입구도 출입군데."

"2층 화장실 창문 밖, 1층 주방 쪽 출구, 위층 비상 통로까지, 다 사람 보냈습니다."

입을 떡 벌리던 김 형사가 마지못해 고개를 끄덕였다. 형사가 아닐 뿐이지 이런 상황에서는 경원의 말이 더 정확하다는 것을 주저 않고 인정했다.

김 형사가 얼른 봉투를 챙겨 나오다 익숙지 않은 어두운 계단에 발을 헛디디자 벌써 2층에 거의 다다랐던 경원이 그 자리에서 뛰어내려 봉투를 잡아챘다.

"가시죠, 얼른."

팀장의 명에 따라 외부에 잠복한 대부분의 형사들은 끝까지 제자리를 지키기로 했다. 그러나 형식을 비롯해 사장실에 모여 있던 인원들은 하나같이 표정이 어두웠다.

"주현이 네가 말해봐. 뭐가 어떻게 된 거야?"

"이 경위님이 수상한 사람들 보이면 말해달라셔서⋯⋯. 바로 2층에 가셨습니다. 그런데 제가 문자 보내자마자 그 남자랑 얘기 좀 하나 싶다가 없어지셨습니다."

"네가 달려갔었어야지!"

"저는 1층에서 봐서⋯⋯ 사람도 너무 많고 올라갔더니 어느새 없어지셔서⋯⋯."

"형식아. 걔한테 뭐라고 해봤자 뭐해? 제 딴에 하느라 한 건데."

그러면서도 답답한지 김 형사가 머리를 북북 긁어댔다.

"위, 위치 추적 이런 건⋯⋯."

"기지국 기반이라 정확히는 안 떠요. 기껏해야 이 근처라 나오겠죠."

이게 다 무슨 일인가 싶은 김 비서도 한마디 거들었지만 형식이 이런 질문은 지겹다는 듯 잘라버렸다. 다들 속이 타들어가면서도 마땅한 대책이 없어 예민함이 갈수록 두드러졌다.

"신 부장님, 룸 상황 어떤가요?"

"풀입니다. 애당초 들어올 때부터 부르기 전에는 오지 말라는 분들이라……."

보통 이 정도 클럽에서 제대로 룸을 잡고 놀려면 기백은 우스웠다. 그 목적이 빤한 경우도 많았지만 클럽에서야 손해 볼 것 없었기에 기본 세팅이 끝나면 아예 발걸음도 하지 않는 것이 기본이다.

"전부 다 뒤지려면 얼마나 걸립니까?"

"아니, 그러면 저희 클럽에서도 너무 손실이 커서…….."

"신 부장, 그만."

박 팀장의 발언에 클럽을 관리하는 신 부장이 바로 얼굴을 찌푸리며 곤란한 기색을 내보였다. 아무리 경찰이고 나랏일 한다지만 장사에 도움이 될 것도 아닌데, 이곳에서 소동이 났다간 이 바닥에 소문 도는 건 금방이다. 소동은 고사하고, 경찰이 잠입했다 소리 한번 돌아도 바로 다음 날 매상이 반으로 줄어드는 것이 이 바닥 생리니까. 하지만 사장인 경원이 막아서자 그도 어쩔 수 없이 입을 다물었다.

"안 그래도 정 형사님이 취객인 척 아무 문이나 열어봤는데 잠겨 있기도 하고 음…… 한창…… 그러는 중인 데도 있어서 재떨이까지 맞았답니다."

실제로 문 하나 열 때마다 온갖 욕설이 쏟아졌다. 안에 여자라도 있으면 험상궂은 그의 외모에 비명부터 터져 나오는 터라 다른 사람들까지 기웃거렸다. 이렇게 사람 많은 곳에서 시선을 끄는 것은 결코 수사에 도움이 되지 않는다.

"그럼 어쩌죠? 마냥 기다릴 수만도 없는 노릇 아닙니까? 전부 잡아도 물뽕은 여자에게 먹이는 약이라 그쪽에서 몰래 버리면 검사도 안 나오고 답도 없는데요. 무조건 룸 안에서 소지했을 때 잡아야 하는데!"

"그, 급한 대로 비상벨이라도 울리면……."

"그건 안 됩니다."

경원이 단호하게 말하자 형식의 얼굴이 붉으락푸르락해졌다. 제나가 좋다고 그리 따라다닐 때는 언제고 지금 와서 선을 긋는 모습이 못내 서운했다.

"진짜 너무하시네."

"여기 있는 사람 90퍼센트 이상이 술 마신 사람들입니다. 비상벨 울린다고 아, 무슨 일 났구나, 차례차례 사이좋게 나가는 사람들 아니라구요. 그러다 제대로 사고라도 나면 그때에는 어떻게 수습하시겠습니까?"

흥분하는 바람에 미처 생각지 못한 부분을 뒤늦게 깨달은 형식이 아차 했다. 하지만 다시 봐도 경원의 생각은 읽히지 않았다.

"김 비서, 신 부장."

"네, 사장님."

"음악 꺼."

"네에?"

그 무슨 황당하고 날벼락 같은 말이냐, 청천벽력 같은 그의 말에 두 사람의 입이 벌어졌다. 클럽에 흐르는 음악이라고는 스테이지에서 쿵쾅대는 저 하나인데, 저거야말로 클럽의 상징이다. 아무리 경원이 사장에다 여자한테 홀렸다지만 이럴 수는 없었다.

"하지만! 그러면 룸 손님들 다 나와서 항의하고 장난이 아닐 텐데요?"

"맞습니다. 안쪽에 화면도 있어서 바로 알 텐데. 알 만한 사람들도 많은데 그런 사고를 일으켰다간."

"항의하면 술값 받지 마. 아니, 원하는 만큼 줘버려."

이제는 듣고 있던 형사들 입까지 벌어졌다. 만난 이래 가장 고요한 모습을 보여주던 경원이 자리에서 일어서자 그 기세가 대단했다.

이제껏 장난스레 사람 좋은 미소를 걸고 있던 그의 본모습에 팀장을 제외한 전원이 마른침을 삼켰다.

"말씀은 감사하지만, 김경원 씨. 음악이 갑자기 꺼지면 또 룸 손님들 전부 문 열고 나와 고성까지 오갈 텐데 그걸 감수하셔야 합니다."

말은 그래도 피해가 이만저만할 텐데 괜찮겠냐는 뜻이 포함되어 있었다. 경원이 크게 고개를 끄덕이자 신 부장만 애가 타 어깨를 늘어트렸다.

"하지만 사장님, 자발적으로 룸에서 문 열고 나와도 그거 하나하나 뒤지려면 시간이 걸릴 텐데요. 처음에 못 잡으면 바로 눈치채고 도망가고도 남습니다. 출입구로 못 나가면 그냥 사람들 사이에 섞여버리면 금방이구요. 그러면 이도 저도 안 되는데 우리가 왜 그런 손해를!"

"그만."

"아…….."

"음악 끄라고. 전부 뒤질 필요 없으니까."

더 이상은 용납하지 않겠다는 듯 경원이 손을 들었다. 먼저 문 손잡이를 잡은 그가 팀장을 쳐다보며 한마디 덧붙였다.

"음악 끄고 제일 늦게 문 열리는 방, 그 방을 치죠."

게슴츠레한 눈을 천천히 깜빡거리던 제나가 난데없이 하하 웃었다. 생긴 게 고양잇과라 백치미와는 거리가 있지만 도도한 외모의 여자가 흐트러진 모습을 보이니 술을 타던 두 놈마저 넋이 나간 표정이다.

"에이, 왜 장난이야? 휴대전화 줘요."

"난 여자들 이런 데 와서 내숭 떠느라 휴대전화 잡고 버티는 거 딱 싫더라. 지네들끼리 평가하는 것도 아니고 무슨."

아직은 모르는구나. 안도한 그녀가 한 팔을 받쳐 테이블에 기댔다. 제대로 뭔가 있는 척 여자를 휘두르려는 듯한 어린 패기가 가소롭다. 하지만 물주는 여기 있는 넷 중에서는 가장 권력자였고, 또 그 위세를 제대로 부리려 했다.

이런 놈은 일단 기분을 맞춰주는 게 좋은데.

"아우, 알았어요……. 전화 안 하면 되잖아. 휴대전화는 줘요."

"안 한다면서 왜 달래?"

"아빠가 위치 추적 어플 깔아놨거든요. 꺼버리려고 했지……. 음…… 하긴. 바보도 아니고 설마 또 쫓아오겠어요? 하하."

위치 추적이란 말 한마디에 분위기가 싸늘해졌다. 제나가 고개를 들고 '왜요?' 하는 천진한 눈빛을 보내자 녹색 셔츠의 남자가 당황해 얼른 시선을 돌렸다. 잠시 물주와 이야기를 하느라 저 잔에 약을 탔는지는 보지 못했다. 다른 마약이야 본인이 직접 투여하니 이런 쇼 대신 바로 엎어버려도 상관없지만 물뽕은 달랐다. 몰래 들고 나가 소지품을 버리기 전에, 차라리 술에 탄 채로 잡아야 했다.

지문이 묻어 있는 유리컵 그대로.

"아, 목말라. 이거 마셔도 돼요?"

"어…… 아니. 어…….."

"그럼 뭐 마시지? 으음."

슬그머니 눈치를 교환하는 것을 보면 아직 약은 안 탄 듯했다. 저들 딴에 큰마음 먹고 시킨 양주를, 그것도 약도 타지 않은 순수한 양주를 웬 여자가 홀랑 먹어버리면 아깝기도 하겠지.

제 친구들 하는 꼴이 못마땅한 물주가 다시 제나에게 히죽대며 어깨를 흔들었다.

"자, 그럼, 네가 가져가. 필요한 사람이 가져가야지."

"빨리 줘요. 왜 그래요?"

"응? 못 하겠어? 여기 있잖아."

일부러 자신의 품에 안기게끔 하려는지 휴대전화를 위로 들어올려 멀찌감치 떨어뜨린다. 꼴 한번 우습구나 싶으면서도 빼앗기는 것보다야 적당히 장단을 맞춰주며 돌려받는 편이 낫다. 그렇게 비틀비틀, 곤란하다는 표정으로 물주의 외투와 바짓단 위를 짚고 버둥대고서야 휴대전화를 손에 넣을 수 있었다.

"나이가 한둘도 아니고 무슨 위치 추적이래? 하하."

"걱정할 만하니 그러겠지. 몸을 막 굴리고 다니거나."

"가슴 보니까 굴리면 잘 굴러갈 몸이긴 한데. 흐흐."

시시껄렁한 웃음이 와르르 터졌다. 수적으로 우세하다는 호기로움과 고지를 앞두고 있다는 들뜬 마음이 저질스러운 농담에 고스란히 녹아 있었다.

어쩌지?

외부로 연락을 취할 상황이 아니었다. 그녀가 무슨 행동을 하건 남자 넷이 눈에 불을 켜고 고개를 들이미는지라 결국 휴대전화를 멀리 던져두었다. 일단 경찰 신분만 감춰두어도 생각할 시간을 벌 수 있다.

"자, 됐죠? 안 한다, 안 해. 휴우…… 머리 아파."

"머리 아파?"

"네, 좀……. 저 화장실 좀 다녀올게요."

"왜, 여기서 누지. 안 볼 테니까. 응?"

능글거리는 말 속에 음흉함의 농도가 짙어졌다. 한 놈이 일어서 더니 그녀가 앉은 소파 끝으로 슬그머니 다가왔다. 절대 그냥은 보내주지 않겠다는 심사다.

"자, 이거 먹어봐. 콜라랑 탔으니까 속이 시원할걸?"

양옆이 막힌 제나를 두고 처음 그녀를 데려왔던 녹색 셔츠가 양주잔을 내밀었다. 옆에 놈이 테이블 밑에서 한참 손을 꿈지럭거리는 걸로 봐서는 이번에는 진짜다.

제나는 재빨리 테이블에 놓인 잔이 몇 개인지부터 확인했다.

"왜 안 먹어? 빨리 먹어봐."

목을 돌리는 척 네 놈을 살폈다. 운동을 전공한 남자만 아니라면 자리를 먼저 엎어 제압하는 것은 어렵지 않다. 하지만 그녀가 제 실력을 드러내면 분명 그사이에 쓸어 담고 튀려 할 텐데 넷 중

하나라도 도망가면 그것도 낭패다. 한 번에, 그리고 빠르게 잡아들여야 했다.

"목마르다면서. 이거 마시면 목마른 게 뭐야, 완전 뻑갈걸?"

"음……."

제나가 커다란 눈을 깜빡이며 정리에 들어갔다. 속도전이다. 이제는 더 생각할 시간도 없다.

"아우! 너 아까랑 말이 다르잖아!"

바로 자리에서 일어섰다. 양주잔을 내밀던 녹색 셔츠가 어안이 벙벙한 얼굴로 그녀를 올려보았다.

"……뭐?"

"이 남자 하나만 좀 어떻게 해보라며? 롤렉스 팔아 반 준다는 사람이 짝퉁을 차고 다녀?"

"이년이 뭐라는 거야?"

이번에는 물주도 일어났다. 자신의 시계를 흘끔거리던 그가 녹색 셔츠를 무섭게 노려보자 그가 바로 아니라며 손사래를 쳤다.

"아냐, 나 아냐. 쟤가 진짜 미쳤나?"

"미치기는 무슨! 네가 그랬잖아. 쟤 벤츠 타고 다닌다고, 돈밖에 없는 또라이니까 어떻게 해보라고! 근데 무슨 애가 저렇게 궁해? 아…… 뭐야, 진짜. 시간 아깝게."

제나가 테이블을 내리치며 취기 섞인 짜증을 냈다. 처음에는 긴가민가하던 물주가 차종까지 나오자 확실하다 싶었는지 차오르는 분기를 감추지 못하고 곧바로 컵을 집어 물을 끼얹었다.

"야!"

난데없이 물벼락을 맞은 초록 셔츠가 물주를 향해 바로 눈을 부라렸다.

"말 다 나왔는데도 아니야? 아, 씨발. 돈도 없는 거지새끼 끼워 줬더니 어디서 강도짓까지 하려고 들어?"

"뭐, 이 새끼야?"

분위기가 험상궂게 변하는 것을 본 그녀가 약병을 가지고 있을 초록 셔츠와 그 옆의 남자에게 눈을 돌렸다. 자신을 죽일 듯 노려보는 것을 알았지만 그거야 자신이 원하던 바였다. 아무리 그녀가 유단자라도 건장한 남자 넷과 싸우기에는 시간이 걸리니까.

내분. 지금 이 상황에서는 가장 적절한 방법이었다.

그래서 일부러 물주에게서 휴대전화를 빼앗으려 버둥댈 때 놈의 주머니에 손을 넣어 차 키부터 확인했다. 평소라면 이성으로 따질 만한 것도 이런 상황에서는 감정으로 불붙기 쉬웠으니까. 거기다 의리도 아니고 지극히 본능적인 목적 하나로 묶인 놈들이라 더 다루기가 쉽다. 이왕이면 명함이나 지갑도 확인해서 신상 정보를 줄줄 읊어줘도 좋았겠지만 그러기에는 시간이 부족한 게 아쉬웠다.

"너 이 새끼!"

"뭐야? 너야말로 돈이나 좀 있다고 깝치는 걸 넣어줬더니 뭐?"

모양새를 보건대 적당히 2대2로 갈렸다. 녹색 셔츠의 비굴하면서도 불만에 가득 찼던 눈도 그녀가 상황을 파악하는 데 제대로 한몫했다.

자신에게 몰려든 남자 넷의 시선을 거둬내는 덴 성공했지만 문제는 지금부터다. 제대로 싸움이 붙어 증거가 흩어지기 전에 지원팀을 불러들여 이 자리에서 마무리 지어야 했다. 하다못해 문밖으로만 나가도 누가 저를 음해하려 몰래 주머니에 넣었다느니 뭐니, 백 가지 변명이 생기고도 남았다.

"이년은 또 뭐야! 너 잘됐다. 이게 지도 남자한테 꼬리치러 온 주제에!"

저들끼리 싸우던 중 뭔가 억울하다 싶었는지 물주가 그녀를 향해 손을 올렸다. 제나가 그 손을 바로 낚아채는 동시에 뒷목을 그러쥐어 이마를 테이블에 내리 찧었다.

"아아아아악!"

"이게 진짜! 야, 너 미쳤어?"

상처가 나면 이래저래 그녀가 불리하다. 일단은 경찰이니까.

적당히 손자국이 남지 않게 팔꿈치로 바꿔 누르고 왼편에 앉은 남자에게 발길질을 하려던 차였다. 클럽이 침묵에 싸인 건.

"뭐……, 뭐야!"

"야, 이거 무슨 일 난 거 아냐?"

복도 끝이라지만 가슴을 울리던 음악이 한순간에 우왕좌왕, 간간이 비명으로 바뀌는 것이 선명했다. 사색이 되어 어쩔 줄 모르던 세 놈이 서로 눈치를 보다 그녀에게 목이 반 꺾여 있던 물주를 향해 인상을 썼다.

"뭐 사고 났나? 경찰 온 거 아냐?"

"경찰이 왔는데 음악이 왜 꺼져?"

그건 사실이다. 경찰이 영업 방해를 넘어선 이런 무리한 요구를 할 수는 없다. 그래서 제나는 이 일 뒤에 누가 있는지 바로 알아챘다.

"하아……. 이 남자 기어이 하루를 더 못 참네."

"뭐라고?"

머뭇대던 놈들 중 하나가 그녀를 노려봤지만 이 상황에서 소동을 일으킬 만큼 바보는 아니었다.

"야, 빨리 가자. 이럴 때야?"

저 안에 숨겼구나, 그래도 본능은 남았는지 놈들이 제 외투부터 챙기는 것에 제나의 입꼬리가 올라갔다.

"아아악! 이년 좀 어떻게 해보라고!"

점점 압박이 거세지자 물주가 비명을 질렀지만 그것을 들어주는 이는 없었다.

"새끼야! 조용히 해! 여기로 누구 오면 어떡해!"

"이 새끼들이!"

"조용 좀 하라고!"

"야, 안 되겠다. 그냥 네가 나가서 무슨 일인지 좀 봐!"

몇 번 말싸움이 오가더니 안쪽의 남자가 녹색 셔츠를 밀어냈다. 하지만 그가 슬그머니 제 옷을 움켜쥐는 모양새에 그가 이대로 나가서 돌아오지 않을 것임을 제나는 바로 알 수 있었다.

그건 곤란하다.

다 된 밥이다. 소문 빠른 세상이니 두 번 다시 오기 힘든 기회를 놓칠 순 없다. 안에 있는 자신은 물론 그 많은 인원이 며칠째 여기에 묶여 있었다.

김경원, 그 사람이 왜 이렇게까지 했을까.

모든 취기를 걷어낸 그녀의 눈빛이 또렷해졌다.

"그럼 내가 잠깐 나가서 보고."

"동작 그만."

"뭐?"

"거기 멈춰."

천천히 뒤를 돌아본 녹색 셔츠의 입이 벌어졌다. 보통 여자는 아니라고 생각했지만 말투가 워낙 단호해 저도 모르게 발이 멎어버렸다. 그런 그녀의 기세에 뭔가 이상하다 싶은지 다른 두 놈도 금세 문으로 달려갔다.

그렇게 그 문이 열리려던 그때, 다시 그녀의 무거운 음성이 룸을 메웠다.

"너네 이대로 나가면, 내가 이 술 마셔."

"……어어?"

제나가 테이블 위의 술잔을 집어 입술에 붙였다. 조금 전만 해도 그들이 그녀에게 먹이지 못해 안달하던 바로 그 술잔이었다.

"너네 지문 다 여기 한 번씩 닿았어. 내가 이대로 이거 마시고 경찰 도착하면 너네는 그대로 죽어. 알아?"

"아아……, 어. 어어……."

"15분 후에 효과 나타날 거고 소변 검사에 그대로 나와. 그나마 피해자라도 없을 때 잡히는 게 좋지 않겠어?"

"누가 마시래? 네가 혼자 난리치다 마신걸!"

"여기 남자 넷에 여잔 나 하나야. 너 같으면 누구 말을 믿을까?"

급기야 그녀가 술잔을 기울이자 사태 파악 못 하고 굳어버린 세 놈의 낯빛이 하얗게 질렸다. 그사이에도 목이 깔린 물주의 비명은 점점 커졌고 제나는 단 몇 초라도 시간을 더 벌기 위해 애썼다.

저 문은, 부디 끝까지 닫혀 있어야 했다.

"어어……."

"마시려나 봐. 어떡해! 진짜!"

"이, 일단 나가서! 아아악!"

쾅 소리와 함께 문이 열리자 문 가까이 있던 남자 둘이 그 자리에서 엎어졌다. 밟다시피 그들을 제치고 가장 먼저 들어온 사람은 형식이었다.

"누님! 누님! 괜찮으세요?"

"야아, 빨리 좀 오지."

"아니, 연락이나 좀 미리 하시지. 누님 진짜!"

"그렇게 됐어. 나중에 하고 여기 주변에 퀵 오토바이 싹 다 뒤져. 쟤 휴대전화 털면 번호 있을 거야. 양주잔 열두 개에 저기 마크 있는 잔이랑 이 잔에 탔어. 주머니 털고 바닥에 생수통도 하나 주워."

"넵!"

곧이어 팀장을 위시한 형사들이 다른 세 놈들을 잡아 수갑을 채웠고 형식이 다가와 물주의 어깨를 끌어 쥐고 얼굴부터 확인했다. 그사이 멈췄던 음악도 다시 바닥을 쿵쿵 울려댔으니 모든 것이 제자리로 돌아왔다.

"어휴, 뭐 몸 상한 데는 없으세요?"

"응. 여기 사진부터 찍고, 지문 뜨자. 앞에 녹색 남방 재킷 뒤지면 약병 있을 거야. 일단 돌아가서 족치자."

"하여튼 누님, 내가 진짜. 말을 마요."

형식이 대충 눈으로 견적을 내자 제나가 자연히 문밖으로 눈을 돌렸다. 사람들이 웅성대는 문 너머에서 한 남자와 눈이 마주쳤는데 그 사람의 표정이 몹시 이상했다.

뭔가 다행스럽기도, 또 슬픈 것 같기도.

"저기…….."

"이제나 너!"

그녀가 그를 향해 한 발 다가갈 때쯤 대충 상황을 정리한 팀장이 그녀의 앞을 가로막았다. 오늘 그녀에게 화가 난 사람이 이리도 많은 모양이다.

"너 인마, 아무리 급해도 이러면 돼? 무슨 짓이야?"

"……죄송합니다."

"네가 강철이야? 네가 그렇게 잘났어?"

"아닙니다."

매번 웃으며 괜찮다 다독이던 팀장의 그 눈이 아니었다. 그래서 제나도 진심으로 고개를 숙였다. 적진에 뛰어든 사람만큼이나 기다리는 사람의 초조함도 부족할 리 없다는 것을 잘 알고 있다.

"……여기 김 사장님이 애 많이."

"제가 뭘요. 저는 한발 물러나 있겠다는데 팀장님이 나랏일이니 꼭 좀 협조해달라셔서 어쩔 수 없었지요. 안 그렇습니까?"

경원이 귀찮은 듯 뒷목을 살짝 문지르자 팀장이 그런 그를 빤히 쳐다보았다. 베테랑 형사의 직감으로 뭔가 다시 입을 떼려다가 고개를 돌렸다. 지금 이 상황에선 형사의 감보다는 자리를 피해줘야 한다는 남자의 감이 더 강했다.

"네, 그럼 협조해주셔서 감사합니다. 지금 저희는 돌아가야 하는데…….."

"저희 쪽에서도 3층의 연예인 몇 잡아다 겨우 시선 돌렸거든요. 소란은 곤란하니 사장실 뒷문 엘리베이터로 조용히 이송해주십시

오."

"네. 끝까지 호의를 베풀어주셔서 정말 큰 도움이 됐습니다. 제 나 너는 서에서 이야기하자. 정리하고 나와."

극히 사무적인 인사치례가 몇 마디 더 오가다 이내 팀장이 밖으로 나갔다. 남아 있던 형식도 고래고래 욕설을 내지르던 마지막 피의자를 끌고 사라지자 이제 이곳엔 꼭 있어야 할 두 사람만 남았다. 서로를 보기만 해도 목이 타는 이들 중 먼저 입을 연 것은 경원이었다.

"들었다시피 경찰이 도와달라고 해서 따랐을 뿐인데 이것도 안 되는 건가?"

"……감사합니다. 그럼 저도 이만 돌아가서."

"이제나."

나는 아무 잘못 없다는 듯 으쓱이는 그의 눈썹 끝에는 일말의 여유도 없었다. 경원이 급격히 어두워진 얼굴로 그녀의 손목을 강하게 움켜쥐었다. 뜨겁고 무거운 남자의 목소리가 바닥부터 깔아 채울 듯 음산해졌다.

"정도껏 해."

"……."

"……그럼 오늘 수고 많으셨을 테고, 이만 돌아가시죠."

내조의 여왕 VS 외조의 황제

독한 술을 몇 잔이나 마셨으니 찬바람 좀 쐰다고 머리가 바로 맑아지지는 않았다. 자신의 몸 상태만 보자면 등 댈 곳을 찾아 눈부터 붙이고 싶었지만 그것도 녹록지 않다. 지금 아수라장이 된 경찰서 안에 그 누구도 제 체력이 남아 있는 사람이 없었다. 정황상 가장 가까이에서 듣고 보았던 그녀가 마무리를 짓는 것이 시간 낭비, 체력 낭비를 하지 않는 유일한 길이다.

"아오, 진짜 뭐 같은 거한테 걸려서."

"안 닥쳐?"

"경찰이 시민한테 이렇게 강압적으로 나와도 되나? 으아, 개같네, 진짜."

"이 새끼가 어디서 들은 것만 많아서. 나도 이 시간에는 경찰 아니라 딴 거 하다 왔으니까 억울해하지 마."

청소부 복장을 채 갈아입지도 못한 김 형사가 이를 갈아대며 분노를 삭였다. 곳곳에서 벌어지는 난동을 보면 다른 형사들 역시 사정이 별반 다르지 않았다.

"이거 함정 수사야! 우리 집이 뭐 하는 집인지 알아?"

"모르죠. 그래서 지금부터 알아내려구요."

뒤늦게 옷을 갈아입고 온 제나가 자신의 의자를 끌었다. 조금이라도 숨 좀 돌리고 내려오려 했는데 그것도 사치였나 보다.

어디부터 손을 대야 하나.

마약 소지 현행범으로 잡아는 왔지만 특정 사건의 용의자가 아니었고, 단순 소지보다는 그 루트를 찾는 것이 우선이었다.

"검사한테 연락했어?"

"오면서 전화했어요. 바로 영장 발부 신청해달라고."

"아, 씨발. 진짜 오늘 재수가 없으려니까!"

"그래도 나만 할까. 재수 없는 걸로는 네가 너보다 한수 위니 잘 좀 해보자."

귀에 거슬릴 정도로 끓는 소리를 내던 물주 놈이 제 머리카락을 쥐어뜯듯 힘주어 잡았다. 거기에 제나의 태연한 대꾸가 이어지자 오기가 끓어 결국은 맞은편 책상까지 걷어찼다. 철제 책상이 우르르 소리를 내며 사람들의 시선을 모았지만 제나는 잠깐 귀에 손바닥을 댄 것을 제외하고는 큰 반응을 보이지 않았다.

울리는 건가? 아닌가?

며칠 내내 하도 시끄러운 음악 소리 속에 있었더니 이 정도는 그저 그렇다. 현미 말대로 이것도 산업 재해에 들어갈는지, 쓸데없는 생각은 접어놓고 가볍게 손부터 풀었다.

"구매는 어디서 했어요?"

"안 했다고! 내가 산 거 아니라고!"

인정할 거라고는 기대도 안 했다. 하지만 나중에 증거를 찾을 때에 대비하자면 이렇게 주머니에서 돈 나온 사람을 먼저 터는 편이 얻을 게 많다. 클럽에서도 물주를 중심으로 남자들 간의 서열

이 정해진 것을 똑똑히 확인했었다.

"인터넷? 블로그? 카톡? 아는 형? 외국인? 이중에 뭐예요?"

"아아악!"

"소리가 절실한 거 보니까 이중에는 없는 거 같고. 그럼 남은 건 친구겠네?"

"……."

"하기야 돈 내고 그런 것까지 사러 다니긴 모양 빠지지. 좋아요, 친구."

제나가 물주에게 생각할 여지조차 주지 않고 최대한 빨리 이야기를 끌어갔다. 근육질도 아니면서 손등에 힘줄이 불룩 솟은 물주를 보니 폭발까지는 얼마 안 남은 듯했다.

"가지고 있는 양 보니까 대략 50이면 떡을 쳤겠는데."

"……뭐? 50?"

"아, 바가지 쓰셨구나."

어쩜, 그랬구나, 제나가 일부러 딱하다는 표정을 지으니 물주의 고개가 뒤로 팩 돌아갔다. 뜨끔한 일행이 딴청을 부렸고, 그 자리에서 또 싸움이 나려던 것을 겨우 잡아 말렸다.

"그래도 저번 달에 잡은 놈들 보니 30만 원 주고 아리수 50밀리리터 샀던데 그거보다는 낫잖아요. 기분 풀어요."

"내가 산 게 아니라고! 저것들이 내 돈 빌려 사서는 나 불러놓고 지네들끼리 알아서 한 거라고!"

"방금 친구가 샀다는 말 확인해주셨네요? 좋아요."

제나는 흥분 상태에서 흘리는 말도 놓치지 않고 키보드 위 손가락을 기계적으로 놀렸다. 기가 차 한숨을 쉬던 물주가 그때부터 어느 정도 체념을 했는지 발 빼기에 들어갔다.

"아니, 그러니까, 나는 모르는 일인데 왜 나한테!"

"아, 그럼 이정용 씨 말을 정리해보자면, 친구들이 돈 빌려서 약 샀는데 까마득히 모르고 클럽에 돈만 내주러 갔다가, 거기서 또 함정에 빠져 여기까지 왔다, 이거네요?"

"호구네."

물주가 이를 갈며 고개를 돌렸다. 적절한 평가이기는 하지만 이 번에는 제나도 같이 매서운 눈길을 보냈다.

"김. 경. 원. 씨."

"아니, 난 뭐, 그렇다는 말이죠. 내가 워낙 속에 뭘 담아두는 걸 못 해서."

"아무리 그래도 호구한테 호구라고 하면 기분이 좋겠어요? 그런 건 예의잖아요."

"아, 그렇겠네요. 미안, 호구. 사과할게."

경원이 잠깐 입술을 내밀었다 얼른 뒤로 물러섰다. 그는 현장을 가장 가까이서 목격한 참고인 자격으로 따라와서는 이렇게 취조하는 내내 피의자들의 성질을 긁었다. 확실히 흥분을 시켜놓는 편이 도움이 되기는 했지만 어쩐지 지금 이 순간에는 그의 얼굴을 보는 것이 쉽지 않았다. 클럽 룸에서 보았던 그의 마지막 눈빛이 아직도 잊히지가 않는다.

"이 경위님, 형식이 전화 왔습니다."

때마침 뒤에서 다른 피의자를 잡고 있던 정 형사가 그녀를 불렀다. 팀장과 형식은 현장에 남아 있었으니 수사 관련 용무일 것이라 바로 휴대전화를 건네받아 자리에서 일어났다. 그대로 밖으로 나오는 걸음이 현장 이상으로 초조했다.

"퀵 잡았어?"

─ 총 두 댄데 하나는 홍대 쪽으로 갔고 나머지 하나는 아직 모르는지 하데스 쪽에 간 거 같아요. 그것들을 잡아야 직접 대면을 시키고 진술을 끌어내는데…… 그때까지 붙잡아놓을 수 있으세요?

"아직은. 그런데 보통 놈이 아니야. 변호사까지 불렀는데 이제 도착할 거야. 힘 좀 쓴다 싶은 집안이면 바로 빼 갈 텐데 좀 빨리 안 될까?"

─ 하아……. 하는 데까지 해봐야죠. 한 놈은 휴대전화를 버려서 위치 추적이 안 된다네요. 조금만 더 시간 끌어주세요. 둘 다는 몰라도 배달했던 놈은 찾을 수 있을 것 같아요.

"그래."

이런 시간도 아깝다 싶어 얼른 사무실로 달려갔다. 이대로 한 번에 몰아붙이지 못하고 최악의 상황으로 피의자들이 풀려나 집으로 돌아가게 된다면 곤란하다. 소설 잘 쓰는 변호사가 준비해준 시나리오대로 말 맞출 시간만 늘어날 뿐이니까. 물주는 딱 봐도 있는 집안 자식이 틀림없으니 이대로 가다간 벌써 몇 번이나 허탕 쳤던 전철을 그대로 따를 수밖에 없다.

누구 좋으라고. 몇 날 며칠 개고생을 했는데.

"……아, 이 경위님."

"네."

"이정용 씨 측에서 오셨다는데."

하아.

한발 늦었다. 변호사로 보이는 사람이 명함부터 건네며 그녀를 맞았다. 그사이에 벌써 아무 말 말라는 명을 받은 건지 여유를 찾은 물주가 '어쩌라고?' 하는 눈빛으로 비열한 웃음을 보인다.

"안녕하십니까. 이정용 씨 변호사 최민입니다. 듣자 하니 함정 수사 가능성도 조금 있을 듯해서 제가 대신 나서야 할 것 같은데요. 저희 의뢰인은 아무 말 않으시겠답니다. 거기다 취중 진술 우려도 있구요."

"이제나 경입니다. 말씀 바로 하시는 게 좋겠네요. 기회 제공형 함정 수사는 적법하단 걸 모르지 않으실 텐데요? 그리고 세호야, 취중 진술 때문에 억울하시다니 밑에 사람 불러서 음주 테스트 한 번 하고 가자."

"……그건."

"그 비싼 술 시켜놓은 목적이 빤한데 아까워서 자기가 마셨겠어요? 취한 척 연기 하나는 일품이네요."

다시 불꽃이 튀었다. 그녀의 예상대로 물주는 전혀 술을 하지 않았다. 진짜 술을 마신 것과 성적인 흥분으로 가득 차 술자리에 끼어 있었던 것 정도는 한눈에 구분할 수 있었다.

"끝난 거 아니니 다시 앉으시죠."

이제 어떻게든 시간을 끌어 버티는 수밖에는 없다. 지금 형식이 죽기 살기로 찾아다닐 그 배달원을 기다려 꼭 3자 대면을 시켜야 했다. 돈의 행방도 캐야 하고 이전 사건 피해자들에게도 연락을 돌려야 하니 집에 돌아가게 두어서는 절대 곤란했다. 약병을 직접 소지하다 걸렸던 다른 이들과는 다르게 물주는 안쪽에 앉아 제나의 시선을 끄는 역할을 했던지라 빠져나갈 구멍이 많다.

"다시 돌아갈까요? 정확히 누구한테 얼마를 줬죠?"

"……안 줬는데 뭘 말해요?"

"왜 방금 전이랑 말이 달라지셨을까?"

제나가 타이핑을 멈추고 매서운 눈빛을 보내자 안 좋은 쪽으로만 관록이 붙은 변호사가 여유롭게 의뢰인을 다독였다. 거기다 더 안 좋은 물이 든 의뢰인 역시 자신에게 유리한 상황에 적응해버렸다. 입 다무는 게 최선이라는 걸 이제야 깨달은 모양이다.

"우리 측에서는 아직 할 말이 없다니까요. 이정용 씨, 본인 의사가 아니라면 대답 안 하셔도 됩니다."

"지금 퀵서비스 배달원 오고 있습니다. 3자 대면해도 괜찮겠죠?"

"글쎄요. 잘 아시겠지만 아무리 경찰이라도 안 하겠다는 걸 억지로 불러 앉혀서 할 순 없죠. 거기다 저희 의뢰인이 지금 많이 지치신 것 같아서."

"설마요. 클럽에서는 날아다니시던데."

"그런 식으로 말씀하시면 곤란하죠."

"저희만 하려구요."

제나가 최대한 흔들림 없이 포커페이스를 유지했다. 변호사가 아무리 중간에 끊어도 그녀는 할 수 있는 한 끝까지 시간을 끌어 보았다.

하지만 그 모든 노력이 무색하게 전화 한 통으로 이 상황은 종결되었다.

"……저, 이 경위님. 이정용 씨는 오늘은 일단 돌려보내라고 연락이 왔는데…… 내일이나 다시 출두하시라고."

자기 잘못도 아닌데 제나의 눈치를 보던 남 형사가 목소리를 죽였다. 변호사가 왔을 때부터 어느 정도 예상은 했지만 구속 수사는 물 건너갔다.

어쩌면 이렇게 일이 막힐까.

그 많은 이들이 며칠 밤을 새우며 보낸 시간이 아른거려 그녀답지 않게 분이 올라왔다. 강간을 목적으로 약 산 놈들 두둔할 거야 없지만 같이 잡은 일행들만 모두 덮어쓰게 생겼다. 실제로 그들이 소리를 지르며 분개해도 변호사를 대동한 물주는 끄떡도 없었다.

"누나, 아니지, 참. 경위님이라 하셨나? 흐흐, 그러기에 제 말 좀 들으시지 왜 그렇게 힘을 빼셨어요?

"……그거야 끝까지 가봐야 알겠죠."

약삭빠른 놈이 설욕전이라도 하려는 듯 빙글거리자 변호사가 적당히 하라는 의미로 물주를 끌어 앞세웠다. 하지만 그 역시 잠 재워둔 화기에 기름을 뿌리는 것은 마찬가지였다.

"저희는 이만 가보죠. 뭐 잘 준비해서 다음에 정식으로 출두하겠습니다."

"……그러시죠. 최대한 빨리 뵙게 되기를 바랍니다."

"그러기 힘드실 텐데."

현수에게 전화해 악이라도 쓰고 싶었다. 겨우 이딴 식으로 처리하려고 경찰대 그만두고 검사가 되었냐고. 몇 날 며칠 빈속에 뜬 눈으로 잡아 온 피의자를 고작 전화 한 통으로 보내버리냐고.

"……."

그러나 그것이 현실이었다. 이런 경우가 한두 번도 아니었고,

매번 속상해 울분을 삼키면 그녀부터 병에 걸리고도 남았을 것이다.

"하아……, 진짜 힘 빠지네. 오늘 가서 말 다 맞추고 아예 각본을 쓸 텐데요. 저것들이 같이 다닌 죄로 다 뒤집어쓰겠어요."

"……정 형사님."

"경위님, 여기는 저희가 일단 마무리할 테니 오늘은 이만 돌아가시죠. 제일 고생 많이 하셨는데……."

보란 듯이 당당하게 경찰서를 나서는 피의자와 그 변호사를 지켜보는 제나의 표정이 공허했다. 이런 때 생각나는 사람이…… 지금은 없다. 조금 전까지만 해도 있던 사람이 그새 어디로 갔는지 자리를 비워 더욱더 마음이 쓰렸다.

왜 하필 지금처럼 허전할 때 없을까. 그만큼 떨어져라 죽도록 밀어내도 달라붙던 사람이.

참 부질없다, 쓴웃음을 떨쳐내보려는 그녀가 고개를 돌렸다.

"아아악!"

그때였다. 경찰서를 가득 울리는 비명이 그녀의 허전한 마음을 가득 메운 것은.

"뭐예요?"

커피를 뽑아 오겠다며 달려갔던 남 형사가 빈손으로 돌아와 숨을 몰아쉬었다. 어쩐지 불안을 지울 수 없던 제나가 그를 제치고 달려가자 남 형사도 얼른 따라붙었다.

"글쎄, 김 사장님이, 김경원 씨가……."

눈을 질끈 감은 그녀가 곧장 사람들이 웅성거리는 방향으로 향했다. 불안한 예감은 언제나 적중하는 법, 제 눈으로 확인을 해야 하건만 차마 그 광경을 볼 용기가 나지 않아 직전에서 속도를 줄였다.

"아아……."

"이 경위님! 저 남자가 저희 사장님을 때려서 밀었어요. 계단에서 구르셨습니다. 빨리 응급차!"

"……아니, 그게."

계단 아래에 죽은 듯 쓰러져 있는 경원을 김 비서가 마구 흔들었다. 어버버, 입을 벙긋거리던 물주와 그 변호사가 황당함을 감추지 못하고 손을 내저었지만 변명조차 입안에서 엉켜버렸다.

"아니, 나는…… 나는…… 밀려고 한 게 아니라…… 그게…… 어…… 그게 어떻게 된 거냐면."

"비켜, 이 개새끼야."

제나가 이를 악물었다. 이런 놈은 시민이라 하기도 아까워 내내 참아왔던 욕부터 내뱉었다. 아예 같이 밀어줄까 하다가 쓰러져 있는 경원밖에 보이질 않아 한 번에 계단을 뛰어 넘었다.

"네, 여기 서울지경입니다만……."

따라온 남 형사가 119를 부를 동안 그녀는 경원을 살폈다. 다행히 입가에 조금 핏자국이 서린 것을 제외하고는 큰 외상은 없다. 강력계에 있을 때, 온갖 잔혹 범죄와 토막살인 사건까지 맡았던 그녀가 그 작은 핏줄기 하나에 가슴이 내려앉아 손을 떨었다. 눈앞이 하얘져 보이는 것도 없었다.

"겨, 경원 씨."

"……."

"경원 씨! 눈 좀 떠봐요!"

규칙적인 숨소리를 확인하고도 터질 것 같은 제 심장은 가라앉지 않았다. 사람들이 더 모여들며 자리가 소란스러워지자 경원의 옷자락을 움켜쥔 제나가 얼음장 같은 얼굴로 물주를 노려보았다.

"남 형사님, 목격자도 분명하고 야간에 계단이니 특수 폭행으로 긴급 체포하죠."

"아니, 나는."

"네! 따라와, 이 새끼야. 어디서 겁도 없이 경찰서 내에서!"

물주 놈이 도망이라도 갈까, 뒤에서 기다리던 남 형사가 바로 옆에서 잡아채 포박했다. 빼도 박도 못 하는 상황인 터라 이제는 변호사까지 넣이 나가 그 뒤를 따르는 데조차 한참의 시간이 걸렸다.

"경위님, 구급차 도착했답니다."

"……경원 씨."

끌려가는 피의자가 악에 받쳐 비명을 지르자 사람들의 시선이 그곳으로 돌아갔다. 오직 제나와 김 비서 둘만 남아 경원을 살피는 중이었다.

"……경원 씨, 눈 좀 떠봐요. 나 제나예요. ……아!"

깨어난 걸까, 그녀가 잡고 있던 옷 위로 어느새 경원의 손이 닿았다. 밀랍 인형처럼 생기 없이 누워 사람을 미치게 하던 남자가 가늘게 눈을 떴다.

이제나, 너만 확인하라고.

"제나 씨."

"아, 이게…… 이게 뭐예요?"

"쉿, 소리 지르지 마요. 머리 울리니까."

"⋯⋯."

"나 몇 주 받아서 오면 도움이 될까요?"

황당함과 안도로 숨을 멈추는 그녀를 제치고 막 도착한 구급대원이 경원을 들것에 실었다. 그사이 다시 그의 눈은 감겼고 김 비서가 다급하게 그 뒤를 따랐다.

"아아⋯⋯."

분주하던 사람들이 그렇게 빠져나가고 혼자 남은 그녀가 혼란스레 제 머리카락을 쓸어내렸다.

「나 이만하면 외조 끝내주지 않아요?」

그의 마지막 목소리가 그렇게 닿아 발목을 붙들었다.

빙산의 일각.

지금 마약수사대 상황에 이보다 더 잘 어울리는 말이 있을까? 경원의 살신성인으로 피의자의 발을 다시 묶어놓을 때만 해도 일이 이렇게 커질 줄은 몰랐다. 하지만 형식이 오토바이에 몸을 던져 기어이 퀵서비스 배달원을 잡아 온 것을 시작으로 기존에 신고를 했던 피해 여성이 나서며 감자 캐듯 사건이 주렁주렁 달려 나왔다. 거기다 그 물주가 제법 이름 들으면 알 만한 집 외아들이라 기자들까지 냄새를 맡는 바람에 처음 며칠간은 출근하기도 힘이 들었다.

"이 경위님, 저쪽에서는 전면적으로 부정하네요. 이번 사건이야 함정으로 잡아 온 거고 전에 건 모르는 일이라고 잡아뗍니다."

"예상 못 한 것도 아닌데요, 뭐. 지금 들어갈까요?"

"정신 단단히 챙겨야죠!"

관자놀이를 지그시 누른 그녀가 몸을 일으켰다. 며칠 밤을 새웠더니 단순히 피곤한 것을 넘어섰다. 그러나 정신만은 맑아야 했다. 누가 준 기회인데, 이대로 다시 손가락 사이 모래처럼 놓칠 수는 없었다.

"이정용 씨, 계속 이런 식이라면 서로 피곤할 텐데요. 이만 사실대로 얘기하시죠."

"사실은 무슨."

"반말하지 마시구요. 저도 할 줄 몰라서 안 하는 거 아니니까."

찌릿, 어두운 취조실 안에서 두 사람의 눈빛이 부딪쳤다. 피의자는 여전히 어쩌겠냐는 반항적인 눈빛이었고 제나는 어디까지 하나 보자 여유가 담긴 눈빛이다. 그러면 안 된다 변호사가 의뢰인의 팔을 몇 번 흔들고서야 신문은 재개되었다.

"몇 번이나 말했는데 그건 그 여자도 좋다고 해서……. 아니, 자기가 좋다고 하자는데 그거 마다할 남자가 대한민국에 몇이나 있어요?"

"지금 이 자리는 김경원 씨 폭행 때문에 온 건데요. 그 이야기는 다음에 하시죠."

"아니, 그건!"

"너무 사안이 많아서 하나하나 처리해도 제법 걸리겠어요. 경위님, 여기 피해자 쪽 고소장이랑 진술서요."

남 형사가 서류 몇 장을 추려 넘겨주자 그것을 읽은 제나의 얼굴이 기묘해졌다. 어찌 보면 웃음을 참는 것 같기도 했지만 때가 때이니만큼 자신의 착각이겠거니, 남 형사가 고개를 갸웃거렸다.

"저희 쪽에서는 대질 신문 원하시는데, 피해자가 저희 연락도 안 받네요."

"왜, 이제 와 똥줄이 타시나?"

상대편 변호사의 말에 남 형사가 혼잣말치고는 목소리를 높였다. 어쩐지 말리고 싶지도 않은 제나가 빙긋이 웃으며 상체를 뒤로 젖혔다. 드물긴 하지만 이런 재미라도 있어야 형사를 하지.

"피해자 김경원 씨 측 변호사가 대리인으로 오전에 다녀가셨습니다. 대질 신문은 거절한다고 하시네요."

"아니, 왜요? 합의를 하려고 해도."

"합의, 안 하신답니다."

"뭐라구요?"

일단 소리부터 질러놓고 자기 측 변호사를 쳐다본 피의자가 울분이 이는지 입술을 잘근잘근 씹어댔다. 여전히 억울함만 뚝뚝 흘리는 몰염치한 얼굴이다.

"왜 안 한대요? 얼굴 보고 이야기하자니까."

"김경원 씨는 그날 생명의 위협을 느끼셨다고 진술하셨습니다. 까딱하다 죽겠거니 싶으셨답니다. 두렵고 지금 심리적으로 안정이 안 돼서 절대 보고 싶지 않으시다네요. 누구보다 잘 아시겠지만, 안 하겠다는 걸 저희가 강제로 불러 앉혀서 할 순 없잖아요?"

"하아아……."

바로 며칠 전 약 올리듯 제가 던진 말이 머리 좋고 뒤끝 긴 여자에게서 그대로 돌아왔다. 책상을 내리칠 듯 얼굴을 일그러트린 피의자가 결국 자리에서 벌떡 일어섰다.

"그게 말이 돼요? 그 사람이 저한테 먼저 시비를 걸었다구요! 저는 그냥 걸어가는데 그 사람이 다가와서는 작정하고 시비를."

"말이 다르네요. 김경원 씨 측에서는 김경원 씨는 원래 계단 난간 쪽에 계셨고 이정용 씨가 변호사님이랑 같이 걸어오다가 갑자기 주먹을 휘둘렀다던데."

"아, 진짜! 뭐라는 거야? 아니라구요!"

"그럼 증거 보여주시든가요."

내놓을 거라도 있느냐, 피의자의 반응을 기다리는 그녀의 태도는 드물게 여유로웠다. 그런 게 있을 리가.

"보세요. 벌써부터 거짓 진술이 나오네요. 복도 쪽 CCTV 보면 분명 김경원 씨가 먼저 나간 게 확인되는데, 역방향으로 김경원 씨가 다가왔다는 게 말이 안 되잖아요? 순간 이동한다는 소리도 아니고, 이러시면 곤란하죠."

"아…… 변호사님! 변호사님이 무슨 말씀 좀."

"아, 저는…… 음…… 그게 어떻게 된 거냐면."

"들어보니 변호사님은 벌써 계단의 반 정도는 지나치신 상태였다고 하던데요. 등지고 있었으니 상황을 못 보신 거 아닌가요? 피의자가 고함지르고 김경원 씨가 굴러 떨어지고, 그게 변호사님께서 보신 전부가 아닌가요?"

"그렇게 단정 지어 말씀하시면."

"아니면 변호사님은 원래 계단 내려갈 때 뒤로 내려가세요? 신기하네요, 참."

남 형사가 작게 웃자 벌써 저쪽은 흥분 상태에 접어들었다. 약삭빠른 변호사가 제 의뢰인이 불리한 진술이라도 할까 눈에 불을 켜고 있으니 변호사부터 목격자 신분으로 바꿔 기를 죽이는 게 맞았다.

"뭐…… 다른 분도 아니고 법 전공하신 변호사님이 허위 진술하시지는 않을 거라 봅니다. 그러니 계단 아래서 정면으로 김경원 씨 보면서 기다리고 있던 비서 김재현 씨 목격 진술이 더 정확하겠는데요. 1층 CCTV 보면 김재현 씨가 몸을 돌려 위를 올려다보는 모습이 분명히 잡혔구요.”

“아니, 도대체 그 사람이 뭐라고 그랬기에요? 뭐라는데요?”

“김경원 씨가 그날따라 컨디션이 안 좋았답니다. 여기서 나와 아래층으로 가는데 계단을 다 내려와도 안 따라오기에 다시 계단 중간까지 올라갔더니 김경원 씨는 위쪽에서 난간을 잡고 숨을 고르고 계셨대요. 그리고 김경원 씨 바로 뒤에서 변호사님이 먼저 내려오셨고, 뒤따르던 이정용 씨랑 김경원 씨가 몇 마디 하나 싶다가 대번에 한 대 맞고 굴러 떨어졌다는데요. 아닌가요?”

“아아아악! 난 진짜 살짝 건드린 게 다라고!”

“맞는지 아닌지만 얘기하세요.”

서류를 뒤적거리던 그녀가 고개를 들지도 않고 인상을 썼다. 아무리 다 된 밥이라지만 경원이 다친 이야기가 유쾌할 리는 없다.

“아니, 저희 쪽에서는 당연히 원만하게 합의하고 싶죠. 아침에 그쪽 변호사도 다녀갔다면서요? 원하는 금액이 어떻게 된대요?”

“아, 그래. 돈으로 하자! 돈 준다는데 설마 싫다고야 하겠어요?”

“싫답니다.”

“하아.”

이제는 더 놀랄 거리도 없는지 손을 들던 변호사가 허탈한 한숨과 함께 툭 내려놓았다. 나름대로 경찰과의 신경전에는 이력이 났고 이쪽 방면으론 실력 있다 정평이 나 있던 사람도 이 상황에서는 늪에 빠진 듯 헤매고 있었다.

“왜요? 어차피 이렇게 된 거 합의라도 해서 한 푼이라도 더 받는 게 그쪽도 좋은 일 아닙니까?”

"그거야 그렇죠. 듣고 보니 저도 궁금하네요. 남 형사님, 대체 왜 싫대요?"

"한두 푼 받기에는 김경원 씨 본인이 너무 부자라서 티도 안 날 것 같대요."

"그, 그러면 얼마를 원하신다는 건지?"

"그날 토요일은 풀 부킹이라 난동에 따른 손해비용 1억7천만 원 청구한다고 하십니다. 뒷자리는 절사하신다네요."

"아유, 그 양반 통도 크시네. 나 같으면 다 받을 텐데."

남 형사가 추임새처럼 끼어들어놓고 웃음을 삼켰다.

제나도 그 말에 동의하듯 고개를 살짝 끄덕이며 피의자를 바라보았다.

"1억7천이요? 그거 한 대에 1억7천이라구요?"

"아니죠. 그거야 당연한 손해 배상이고 룸 비용만 들어간 거니까요. 이미지 쇄신용으로 경품 행사랑 입장 고객들한테 술 돌린 거까지 하면 2억 맞춰 달라시네요."

"……2억."

터무니없는 금액에 입이 벌어진 피의자를 보다가 변호사가 다시 나섰다.

"2억은 정말 너무하지 않습니까?"

"으음, 피의자 쪽에서 너무하다 말씀하시니 저희도 난감하네요. 김경원 씨께 그렇게 전해드릴까요?"

"아니, 아니, 그게 아니라, 아무리 그래도 금액이 너무……."

"저야 모르죠. 제가 달란 것도 아니고. 참, 이정용 씨. 그날 야간 폭행에 계단 위라는 상황 고려해서 특수 폭행으로 가중 처벌되는 거 아시죠? 아, 일거리가 또 늘었네."

"······아아."

모든 의욕을 잃어 그저 돌아가고 싶은 마음만 가득한 피의자는 넋을 잃고 고개를 흔들었다.

그래도 돈 받은 값은 하려는지 변호사가 마지막으로 나서보았다.

"일단 만나라도 보게 해주십시오. 만나야 깎아달라 이야기를 해도 해보지 않겠습니까?"

이만하면 됐다. 너무 코너에 몰면 아예 드러누워 달려들 수도 있으니까. 적당히 안달하게 만들어 자신의 상황을 일깨워놓는 것은 이 정도로 족했다.

그렇게 남 형사와 눈짓 한 번 주고받은 그녀가 자리를 서서히 정리했다.

"일단 만나라도 보게 해주십시오. 만나야 사정을 하든, 사과를 하든 해보지 않겠습니까?"

"······."

"김경원 씨는 지금 그날 일만 생각해도 손발이 벌벌 떨리고 외상 후 스트레스 장애로 계단만 봐도 흠칫거리신다네요. 아침에 확인한 바로는 식사도 거의 거르고 계시다던데, 지금 이쪽에서 가셨다가 더 악화되면 어쩌려구요. 그럴 시간에 오후에 있을 성폭행 신문부터 준비해두시든가요."

그냥 나가려던 제나가 경원을 밀었던, 아니, 운 없이 경원에게 닿았던 피의자의 손을 바라보았다. 감정을 잘 드러내지 않는 그녀였지만 오한이 들 정도로 매섭게 노려보는 그 눈빛에 물주가 지레 놀라 손을 감췄다.

"경원 씨, 이리 와서 사과 좀 드세요."

"나는 배가 더 좋은데. 배 깎아줘요."

정작 절대정을 취해야 할 만삭의 은서야말로 슬슬 혈압이 올랐다. 호텔보다 호화로운 VVIP 병동에 '절대 안정, 면회 금지.' 써 붙여놓고 있다기에 이 몸을 하고도 부리나케 달려왔거늘, 막상 경원을 보니 복장이 터졌다. 미니 골프대까지 설치해두고 골프채에 기대어 공과 홀의 거리를 가늠해보는 그를 잘근잘근 뜯어주고 싶었다.

"언니, 그럼 사과 이거 내가 먹을게. 그래도 되지?"

"너 다 먹어."

휴대전화로 게임을 하던 은우가 얼른 사과를 받아 깨물었다. 은우야말로 이런 때에는 은서보다 더 영리했다. 그녀는 애초에 경원이 여느 일반인처럼 어딘가 다쳐 입원했다는 말 자체를 믿지 않았다. 물론 언니 따라와서 보니 제가 생각했던 것처럼 대일밴드 붙여놓는 걸로 끝낼 정도는 아니라 오히려 다른 의미로 놀라고 있는 중이었다.

"강재는 왜 안 왔어요? 친구라고 하나 있는데 서운하네요, 정말."

"예전에 양치기 소년이라는 동화가 있었죠. 모르면 이야기해줄 수 있는데."

"그런 동화에 감명받기에는 제가 너무 타락했잖아요. 아, 나도 가우스랑 페르마처럼 배 속에 있을 때부터 들었어야 했는데…….

우리 엄마는 뭘 하셨을까…….”

아쉬운 듯 얼굴을 찌푸린 경원이 건성건성 거리를 재자 은우가 그사이로 냉큼 끼어들었다. 경험상 이 둘 사이에서 줄타기를 잘해야 자신에게 부스러기라도 떨어질 것이다.

“어, 얘네도 그런 거 못 듣는데요? 언니는 맨날 수학 문제만 푸는데?”

“하아……. 세상에 부모 복 없는 아이들이 또 태어나고 마는구나.”

요즘같이 각박한 세상에, 참 안된 일이야.

눈썹을 모으던 그가 가볍게 공을 건드리자 그대로 굴러 목표점에 들어갔다. 땡그랑, 경쾌한 소리와 함께 경원이 주먹을 올리며 즐거워했지만 보고 있던 은서의 표정은 무시무시해졌다.

“유은우, 너 좀 나가 있어. 응접실 가서 TV라도 봐.”

“엉.”

아무래도 오늘도 언니가 이길 모양이구나, 한 살 더 먹었다고 그나마 눈치라도 생긴 은우가 얼른 자리에서 일어섰다. 그렇게 병실 문이 닫히자마자 은서가 간신히 억누르던 화를 풀려는 듯 고함을 질러댔다.

“경원 씨 미쳤어요? 지금 제정신이에요?”

“에이…….”

“어쩜 그런 짓을 해요? 그렇게 해서라도 잘 보이고 싶었어요?”

말할수록 더 화가 오르는지 그녀의 목소리가 점점 더 높아졌지만 경원은 갈수록 차분해졌다. 보통은 반대의 경우가 대부분이었던지라 이런 것도 나쁘지 않구나 했다.

"몸 생각은 안 해요? 사람이 왜 그래요? 경원 씨는 자기 자신이
제일 중요하다면서요!"

"그거야 그렇죠. 지금도 그런 거 같은데, 난?"

"그런데 왜!"

"사실 그런 생각까지는 못 했어요."

그는 이왕 사는 거 재미있게 살고 싶고, 여전히 세상에서 자기
자신이 제일 소중했다. 어차피 세상엔 혼자니까, 스스로라도 아껴
줘야 했다. 그런데 그때만은 그 생각이 안 들었다.

"그럼 왜요?"

"……그냥 그때 그 사람 표정이 너무 안 좋았어요."

공허하고 허탈한 표정. 낄낄거리며 변호사와 뒤돌아서던 피의
자 뒤에서 어찌해야 할지 몰라 무기력했던 그녀. 제 감정을 죽이
고 방향을 잃어버린 그 표정이 보기 싫었을 뿐이다.

"일부러 보려고 했던 게 아니라 그 사람은 정말 열심히 일했었
거든요. 눈이 있으면 볼 수밖에 없을 정도로."

"자세가 좋은 분이긴 하네요."

"클럽 같은 데 좋아하지도 않는 사람이 자리에 한번 앉지도 못
하고 며칠 밤을 새웠어요. 별 쓰레기 같은 것들 잡아넣는다고. 그
걸 보고 가만히 있는 것도 생각보다 힘들더군요."

"……경원 씨."

"그러니까 다른 사람도 아니고 은서 씨는 저한테 그런 말을 하
면 안 되죠."

침대에 걸터앉은 그가 깎아놓은 배를 하나 집어 들었다. 할 말
을 참으며 남은 배를 마저 깎는 은서를 보며 예전의 그녀를 떠올

렸다. 물론 입원을 하고 나서야 한 생각이지만, 사랑하는 남자를 위해 방해가 될 만한 것은 모조리 치워버리고 싶어 했던 은서의 기분에 뒤늦게 공감했다. 겪고 보니 그건 자만이나 오기, 정의감 같은 게 아니었다. 손부터 내밀고 뒤늦게 아차 하는 본능 같은 거랄까.

"그게 다예요?"

"……뭐, 그렇단 거죠."

단순히 흥미를 끌어보고 싶던 그녀가 하루하루 제 마음속에서 커졌다. 설명할 수 있는 감정보다 그렇지 못한 감정이 더 커지고 말았다. 하지만 아무리 친한 친구라도 그 말을 하기에는 아직 일렀다. 그런 감정은 당사자에게 제일 먼저 이야기해주고 싶었다.

"전 이제 갈게요. 위로받거나 혼난다고 깨달을 일은 아닌 거 같고."

"정확하네요. 역시 똑똑한 사람이에요, 은서 씨는."

"그딴 아부에 넘어갈 줄 알아요?"

"넘어갔으면서."

안 녹는 여자가 없던 그의 천진난만한 윙크도 은서의 철벽에는 통하지 않았다. 그래도 최소한 몸 걱정은 안 해도 되겠거니, 그녀는 나름대로 안심을 했다.

"참, 은서 씨. 제가 전에 부탁했던 거, 중간중간 사람 보낼 테니 그것만 좀 더 신경 써줘요. 몸이 이래서 바로바로 확인이 힘드네요."

알았다고 천천히 눈을 깜빡인 그녀가 무거운 몸을 일으켰다. 앞에서 볼 때보다 더 커 보이는 배에 경원이 깜짝 놀란 눈으로 장난을 쳤다.

"경원 씨, 그래도 자기 몸은 잘 챙겨요. 앞으로는 나도 강재 씨 처럼 안 올 거니까."

"맘에도 없는 말은."

"그리고, 아무리 나를 위해서라지만 강재 씨가 나 때문에 그런 위험천만한 행동을 했다면."

"왜요? 막 뒤엎고 죽도록 잔소리하려구요?"

천하의 유은서라면 뻔할 뻔자지, 경원이 다 안다는 표정으로 싱 긋 웃었다. 그 얄미운 모습을 노려본 그녀가 한숨을 쉬더니 차분 하게 문을 열었다.

"……아니요. 너무 슬플 거 같아요. 막막하고 눈물이 날 거예요. 여자라면 누구나."

"……."

"물론 나는 안 울지만. 그러고 나서 다 엎어버리겠죠."

저 여자는 매 순간이 여왕님이구나. 은우를 끌고 가는 그녀의 뒷모습을 보던 경원이 앞머리를 살짝 털어냈다. 이렇게 남겨진 자 신이 천하의 바보 같다는 생각을 하다, 또 그런 일이 생긴다면 백 번이라도 그랬을 거라는 사실에 정말 바보가 맞구나 체념했다.

지나치게 커져버린 사건에 집에 들어가지 못한 것이 벌써 일주 일째다. 다녀오려면 그럴 수도 있었겠지만 길에서 버리는 시간도 아까워 잠시 당직실에서 눈 붙인 것이 전부다. 하지만 자신뿐만 아니라 모든 팀원에게 해당하는 이야기라 누구도 불평을 하지는 않았다.

"누님, 첫 번째 성폭행 피해자 진술 따라서 CCTV 하나 더 따왔어요. 남자 넷이 데려가는 장면이니 이만하면 증거로 쓸 만하지 않을까요?"

"그 자식들 휴대전화도 복구시켜봐야지. 분명히 동영상 하나 찍어놨을 거야. 한두 번 해본 솜씨도 아니고 여자도 좋아서 했다 우기려면 필요했겠지."

"PC는요?"

"접속한 성인 사이트 뭐 있나 뒤져봐."

"뻔하죠, 뭐. 집에 가도 반겨줄 사람도 없고 그거나 뒤져야겠다."

제나가 기지개를 켜는 형식을 보다가 그 팔에 시선을 멈췄다. 그날 오토바이를 덮쳤다더니 거기에 깔려 벗겨진 상처가 제법 커 보였다. 딴에는 덕지덕지 밴드라도 붙인 모양이지만 아직도 삐죽 튀어나온 끄트머리 상처가 보기 싫게 가지를 쳤다.

"너 팔 그래서 되겠어?"

"네? 아, 이거요?"

그녀도 형사이다 보니 자잘한 상처야 떼놓을 수 없다 쳐도 최소한 형식은 그래선 곤란했다. 그는 작은 상처 하나에도 두 배는 험악해 보이는 시너지 효과가 확실한 외모의 소유자였다. 실제로 타지역에서 마약 사범 때문에 추가 지원을 요청했을 때, 멋모르는 타서 형사들이 대뜸 피 흘리며 녹초가 된 형식에게 수갑을 채운 적도 있다.

"이까짓 거 뭐. 병원에서 한 번 더 오라고는 했는데 싸나이가 모양 빠지게 팔 좀 까졌다고 호들갑 떨어 되겠어요?"

형식이 자신의 상처를 남자다움의 상징쯤으로 여기며 키득거리자 그녀의 표정이 애매해졌다. 누나 된 입장으로 저 착각을 부숴주는 것 역시 임무라면 임무였다.

"아니지. 너는 얼굴도 그런데 몸이라도 깨끗해야지."

"누님 진짜 너무하시네."

"너무한 건 네 얼…… 아니다. 가자."

남들 같으면 농담처럼 '뭐야?' 하고 웃었겠지만 형식은 제나를 알아도 너무 잘 알았다. 100퍼센트 진심인 그녀의 눈빛에 찌르르 울리던 감동이 그대로 식어버렸다.

"팀장님, 저 형식이 데리고 병원 좀 가겠습니다. 시간이 이래서 오늘은 집에도 좀 가보려구요."

"어어, 형식이 쟤야 병원에 간다고 뭐 있나? 얼굴이 저런데."

도대체 내 얼굴이 어때서!

마침 막 안으로 들어와 목을 돌리던 박 팀장까지 머리를 갸웃거리자 형식은 상처보다는 마음이 아팠다. 사실 그는 자신이 잘생겼다고는 못 하지만 그래도 남자다운 얼굴이라는, 대한민국 남자라면 다 하는 착각의 소유자이기도 했다. 물론 시간 낭비 싫어하는 제나는 그사이 벌써 일어나 있었다.

"얼굴이 저럴수록 더 신경 써야죠. 얘 장가 못 가고 노총각으로 늙어 죽으면 팀장님이 제사 지내주실 거 아니잖아요."

"그거야 그렇지만."

역시나 농담이 아닌 그 말에 대꾸할 말이 없는 팀장이 머뭇거렸다. 기회를 놓치지 않는 그녀는 그대로 문을 열어 멀뚱히 서 있던 형식을 끌어당겼다. 지금 미적대다 발목을 잡히면 오늘도 서에서 밤을 새워야 한다.

"아, 누님. 뭐니 뭐니 해도 누님밖에 없네요. 오늘 병원 갔다가 제가 특별히 한우로 모시겠습니다."

"여기 쭉 나가면 사거리 2층에 피부과, 거기 9시까지 야간 진료 한대. 꼭 가봐."

"……예? 누님은 안 가십니까?"

"너 애야? 너 팔 다쳤지, 다리 다쳤어? 하여튼 몸조심해. 사람 이 태어났으면 장가는 가야지."

격려인지 배신인지 알 수 없는 말에 형식이 머리를 긁자 이번에 도 그녀는 자신의 차를 향해 재빨리 방향을 틀었다. 탁탁, 한 걸음 한 걸음씩 빨라지던 걸음이 어느 순간에는 달리듯 소리의 간격이 줄어들었다.

그녀는 어릴 때부터 웃고 재롱을 피우는 것보다 겁을 먹지 않는 법을 먼저 배웠다. 늘 우울한 엄마가 한순간에 어찌 될지 모른다 는 불안이나, 잦은 이사에도 불구하고 귀신같이 찾아온 아빠의 본 부인이 고함을 지르며 제 엄마의 머리를 쥐어뜯는 꼴을 견뎌내려 면, 그건 일종의 생존 본능이나 다름없었다. 물론 그녀라고 처음 부터 그렇게 남들 보기에 강했던 것은 아니었다. 울고, 겁내고, 작 은 턱을 덜덜 떠는, 아이들의 모든 성장 과정을 그대로 겪기는 했 다.

남들보다는 그 기간이 지극히 짧긴 했지만.

「너 뭐라 그랬어? 그 남자 처음부터 수상하다 했잖아! 지금이라

255

도 제나 쟤 던져주고 너는 어디 가서 몇 년 있다 와. 사람들 잊어갈 때쯤 와서 다시 새 출발 하면 되잖아.」

「그래도…… 어떻게 그래요.」

「지금 네 인생이 그런데 누구 걱정을 해?」

「……그만 좀 해요.」

한 번씩 오는 외갓집 식구들은 제나가 있음에도 그녀를 사람 취급하지 않았다. 아버지가 미운 거야 두말해서 뭐하겠냐만 그 미움이 모조리 자신에게로 향하는 걸 제나는 미처 모르고 있었다. 징징대지 말아야지 생각한 것도, 예쁨을 받아야 한다는 생각보다는 지금보다 더 성가신 존재가 되면 안 되겠구나 하는 마음이 더 컸기 때문이다.

「왜? 좋다고 유부남이 처녀랑 놀아날 때는 언제고 이제 와 애는 못 거두겠대? 정 그러면 제나 쟤라도 어디 보내버려. 애가 애 같지 않게 태연해서는, 분명히 혼자 둬도 잘살 거야.」

하지만 열 살 무렵, 애답지 않다며 그것 또한 밉게 보는 외갓집 식구들은 그걸 핑계 삼아 엄마에게 그녀를 버리라고 했다.

그래서 알았다. 자신이 어른스럽게 굴든, 애처럼 떼를 쓰든, 한 번 마음에 안 들면 어떤 모습도 다 싫다는 걸. 제가 잘하면 안 그럴 거라 생각했던 건 그야말로 계산 착오였지만 그때에는 그런 생각도 못할 만큼 겁에 질렸다.

꼭 모르는 곳에 데리고 가서 버려야 버리는 게 아닌지라, 아무

리 어른스러운 체해도 아직은 엄마랑 떨어져 살고 싶지 않은 아이
에 불과했다.

「엄마, 엄마. 이것 봐. 내가 다 치워놨어. 정리도 해놨구.」
「……잘했네, 우리 제나.」

그녀가 가장 무서웠던 것은 바로 여기에 있었다. 누군가가 엄마
를 다그치며 종용할 때마다 늘 한숨에 따르던 짧은 침묵. 그사이
에 무슨 생각을 할까 하는 초조함에 자다가도 몇 번씩 깨고는 했
다. 왜 '얘는 내 딸인데 버리란 소리를 왜 해!' 하고 바로 화를 내지
않는지, 왜 항상 고민고민하듯 뒤늦게야 못 하겠단 소리를 하는
지.

「제나야. 그 집에 아들 있잖아, 걔가 반장이 됐대. 너도 그럴 수
있지?」
「제나야. 혹시 아빠가 올지 모르니 오늘은 예쁘게 입고 있자.」

조금 더 커서야 알았지만 엄마가 그녀를 사랑하지 않는 것은 아
니었다. 하지만 엄마에게 있어 자신은 아버지와의 매개체, 또는
천하의 가여운 처지인 스스로를 돋보이게 만들어줄 수단이기도
했다. 그래서 최대한 이해해보려 했다. 착한 딸이라서라기보다는
엄마는 너무나 약한 사람이었고, 그녀도 아직은 혼자 일어서 살아
가기엔 어렸으니까.

「알았어. 노력해볼게.」

그래도 한 번씩 정말 지친다 싶을 땐 나중에 정말 자립을 하게 된다면 그때에는 그녀 스스로 엄마든 뭐든 먼저 버려주겠다 생각했다. 그 기분은 겪어봐야만 아는 거라서 자신이 당했던 그대로, 나이 들어 아무런 힘도 없는 엄마에게 그렇게 돌려준다면 그때야 엄마가 자신의 잘못을 깨달을 거라는 유치하고도 통쾌한 상상과 함께.

「……제나 너한테는 정말 미안해.」
「뭐가?」
「그냥 다. 그리고 고마워.」

지금 생각하면 그때 엄마는 정말 약았다. 나쁜 마음을 먹었다는 걸 귀신같이 안 건지 그녀의 대학 입학식 날 옷깃을 털어주며 처음으로 미안하다는 말을 했다. 겨우 그따위 말에 녹아들 만큼 가벼운 상처는 아니었다. 하지만 처음 듣는 말에 당황스러운 건 어쩔 수가 없어, 제나는 처음으로 원망이나 미움, 불안 없이 엄마를 돌아보았다.

「엄마.」
「응? 왜?」

어렸을 때 정말 자신만 없으면 누구도 처녀로 보았을 엄마는 더

258

이상 없었다. 마음고생을 한 만큼 많이 늙었고, 약했던 몸은 더욱 약해졌다.

그러고 보면 가물에 콩 나듯 몰래 드나들던 아빠 또한 발길을 끊은 지 오래였다. 엄마의 히스테리에 가까운 울음소리로 아빠가 안 온 지 꽤 됐구나 알아챘지만 그런 울음마저도 언제가 마지막이었나 싶게 가물거렸다.

어쩌면 자신이 엄마를 버리지 않더라도 그럴 기회조차 없을 수도 있겠구나, 아찔한 예감이 그녀를 약하게 만들었다. 이러니저러니 해도 여자 혼자 몸으로 그 많은 눈총을 받으며 딸을 키우는 것이 쉽지는 않았으리라.

「……아냐. 나도 미안해. 그리고 고마워.」

거울 속에서 새 옷을 입은 그녀의 매무새를 다듬어주던 엄마가 슬쩍 웃었다. 다른 모녀처럼 서로 껴안고 사랑한다느니 이런 낯간지러운 말은 못 했지만 그게 처음이자 마지막으로 서로 웃어 보인 기억이었다.

상황이 조금만 평범했다면 처음도 아니었고 마지막도 아니었을 텐데.

엄마는 정확히 두 달 후에 급성 폐렴으로 세상을 떠났다. 워낙 몸이 약하니 언제 증발하듯 사라질지 모른다고 생각했는데, 그게 현실이 되니 상상했던 기분과는 많이 달랐다.

세상에 정말 혼자 남겨졌다는 것. 한숨마저 쉬어줄 사람이 없다는 것.

엄마가 있을 땐 한숨을 쉬건 반 박자를 접고 들어가건, 최소한 가족이 있었는데. 엄마가 자신을 버릴지도 모른다는 무서움은 정말 엄마가 없어졌을 때에 비하면 아무것도 아니었다.

「어머, 제나 쟤 좀 봐. 한 번 울지도 않네. 쟤 엄마가 인물이 하도 반반해서 미혼모라도 재가할 데는 천지였는데.」
「말해 뭐해. 그래도 자식이라고 다 커서 대학 가는 거까지는 꼭 봐야겠다 하더만. 진짜 그 말대로 돼버릴 줄 누가 알았겠어.」

상복을 입고 뚫어져라 사진 속 엄마와 마주 보았다. 처음으로 정을 주고, 또 받고 싶었던 사람.
세상에서 제일 한심하고 화가 나고 어이도 없던 사람. 그리고 가장 인정받아보고 싶던 사람.

「……거기서 그렇게 있으면 어떡해, 엄마.」

이제 내가 갚아주겠다 했는데, 어떻게 끝까지 기회 한 번을 안 주지? 왜 마지막까지 그렇게 제멋대로야? 한번 책임지지도 않는 인간한테 그럴 게 아니라 나한테 좀 잘해주면 좋았잖아!
마지막 순간 열에 들떠 고통 속에서 엄마가 횡설수설했던 말을 제나는 모조리 기억했다. 후회스럽다는 둥, 남자한테 목매지 말라는 둥, 미안하다는 둥. 그렇다고 꼭 그 말을 마음에 담지는 않았다. 하지만 미움이나마 마음을 나눴던 사람이 그렇게 세상을 허무히 뜨고 나자 더 이상은 그렇게 무서워지고 싶지 않았다. 겁을 내거나 분노로 이를 갈고 싶지도 않았다.

단지 고요하게, 다시는 흔들리지 않고 싶었을 뿐이다.

그녀에게 있어 벽을 쌓고 혼자 지내는 것은, 다시는 무서워지지 않을 유일하고도 완벽한 방법이었다. 적당히 타인과 교류하고 살아오면서 소리 내 웃기도 하고 축하도 하고 때로는 슬프기도 했지만 모두 견딜 만했다. 현수와 헤어졌을 때에도 인간적인 실망감이 우선하긴 했지만 크게 타격을 받을 정도도 아니었다.

그렇게 견딜 만한 범위에만 사람을 들이며 스스로를 지켜왔다.

「경원 씨!」

그 울타리가 워낙 견고하고 오래된 상처를 기반으로 했으니 쉽사리 무너지지는 않을 거라 생각했는데. 그날 눈을 감고 있는 경원을 보며 무서운 감정이 다시 살아났다. 몇 번씩 꿈을 꾸는 마지막에 온몸이 쎄해지며 벌떡 일어났던 것을 생각하면 틀림없었다. 자신이 그토록 두려워했던 그 무서움을 다시 느끼고 있다는 걸.

그 사람이 눈을 뜨지 않으면 어쩌나, 손끝이 저렸다. 이런저런 말도 차마 못 꺼냈다.

"아가씨. 집에 다 왔어요."

"아, 네."

최근 며칠 같은 꿈을 반복해서 꾸던 제나가 비몽사몽 상태로 택시 기사에게 돈을 내밀었다. 잔돈을 건네주는 기사의 얼굴에 걱정스러움이 가득했다.

"뭐 악몽이라도 꿨나? 젊은 사람이 조심해야지."

"악몽 같은 거…… 아니에요."

다행히 이번에 그녀의 철벽을 무너트린 사람은 엄마처럼 바람 불면 날아갈 그런 약한 인간이 아니었다. 사실 그녀가 본 사람들 중에서 누구보다도 건강하고 강한 사람이다.

그러니 더 이상은 악몽도 아니고, 그렇다 하더라도 이제는 깨어날 시기가 됐다.

안타까운 일이지만 예쁜 옷을 골라 입을 만큼 여유롭게 살지는 못했다. 꽤 능력이 있기는 했지만 혼자 몸으로 여기까지 버티기 위해선 꾸밈이나 장식과 관련된 옵션은 가장 먼저 버려야 했다.

뭐, 어쩔 수 없는 걸 돌이켜 봐야 뭐할까.

그러면서도 몸부터 씻고 나온 그녀는 필요 이상으로 오래 옷장 앞에 머물렀다. 안쪽까지 구석구석 뒤지던 제나는 시간을 확인하고서야 더 이상 주저하지 않고 옷을 꺼내 들었다.

일주일. 그 정도면 충분했다.

자신의 마음을 인정하는 데는.

"제나, 너 어디 나가? 너 왜 계속 연락이 안 돼?"

"아, 미안. 사건 하나 제대로 터졌었어."

"그럴 줄 알았지. 나는 너 볼 때마다 경찰 안 되길 다행이라 생각하는 사람이야."

"그래그래, 그 좋은 생각 미리 좀 알려주지."

예쁘게 차려입은 날은 한 명이라도 더 보여주라는 건지, 내려오자마자 카페에서 나오던 수연과 마주쳤다.

"나가자. 내가 밥이라도 사줄게."

"아냐, 나 어디 갈 데가 좀 있어서."

"어디? ……어, 혹시 남자?"

경찰은 그만둬도 눈치만큼은 버리지 못했던 수연이 바로 미소를 걸었다. 부정할 일도 아니고, 그런다고 속아 넘어갈 수연도 아닌지라 제나도 살짝 눈을 깔았다.

무언의 긍정이란, 그런 것이었다.

"그나저나 김경원 씨는 요새 통 소식이 없다?"

"뭐…… 일이라도 있나 보지."

"그런가? 쉽게 그만둘 사람으로는 안 보였는데. 에이, 재미없어."

"재미있을 거야, 앞으로."

"응?"

늘 확실한 말만 하던 제나가 은근슬쩍 말을 얼버무리자 뭔지 모르게 헷갈리는 수연이 괜히 입술을 문질렀다.

"으음. 그래, 뭐. 근데 너 안 더워? 며칠 사이 확 더워졌는데 웬 코트?"

"아, 그냥. 서에만 있다 보니까 이런지 몰랐어."

"어휴, 올라가서 갈아입을 시간 없으면 내 재킷이라도 빌려줄까? 더워 보이는데."

"됐어. 나 갈게. 내일이나 한번 보자."

손을 흔들고 차로 걸어가다가 더워 보인다는 자신의 코트 소매를 내려다보았다. 한 사람 눈에만 예쁘게 보이면 충분했으니 다시 경원의 생각으로 돌아왔다.

사람에 대한 인상에 대해 별로 수정을 가하지 않는 그녀였지만 경원에 대해서만큼은 그런 그녀의 철칙을 부정하듯 여러 번 바뀌었다.

그를 볼 때마다 그녀는.

화가 나기도 했고.

왜 저렇게 사나 싶기도 했고.

황당해서 상종하고 싶지가 않기도 했고.

너무 어이가 없어 이대로 두 손 들고 하고 싶은 대로 하라 포기하고 싶어도 졌고.

또 어느 순간에는 웃고 싶었다. 그렇게 웃고 싶을 때마다 그를 떠올렸다. 세상 다 산 듯 구는 그를 놀려주고 싶고 그 눈 안에 뭐가 있는지 확인하고 싶어졌다.

「음, 뭐가 그렇게 심각해요? 심각한 표정 한다고 고민이 풀리진 않을 텐데.」

「대답해주면 이제 안 올 거예요?」

「내가 왜? 그냥 제나 씨도 웃으면 예쁠 텐데 싶어서.」

「하!」

「안 웃어도 되겠다. 화내도 이렇게 예쁘니.」

어쩌면 처음 볼 때도 그랬다. 장난기로 덮어둔 눈 안에 무엇이 있을지, 그 감정의 깊이가 얼마나 될지 궁금했다. 볼 때마다 한 꺼풀씩 벗겨지는 그 감정에 자신의 한결같던 마음에도 변화가 일고 있음을 모르고 있었다.

하지만 그녀는 영리했으니, 모르는 것이 있으면 아는 것도 분명했다. 바로 제 한결같은 고집이 아집일 수 있다는 것을.

"어, 이 경위님. 여기 어쩐 일이세요?"

"안녕하세요? 김 비서님, 김경원 씨는요?"

"안에 계십니다. 이 경위님 오신 줄 알면 정말 좋아하실 텐데. 잠시만 기다리십시오. 얼른 가서 말씀드리겠습니다."

VVIP실 복도 끝을 지키던 경호원들 사이에서 김 비서를 만났다. 경원이 가장 기뻐할 사람을 바로 알아본 그가 자신의 일처럼 호들갑을 떨었다. 사실 그간 돼먹지 못한 나이롱환자에게 시달리느라 경원보다도 김 비서가 더 그녀를 기다리던 중이었다.

"아니에요. 볼일 있으신 모양인데 저 혼자 갈게요. 혹시 또 못 들어갈 상황, 이런 건 아니죠?"

"아닙니다. 그럴 리가요. 얼른 들어가보세요."

다시 또각또각 구두 소리가 복도를 울리고 그에 더해 긴장도 높아졌다. 드르륵, 문을 열자 침대에 기대어 창 밖을 내다보던 그가 고개를 돌렸다. 무슨 마지막 잎새라도 찍겠다는 건지, 답지 않게 힘없이 누워 있는 그의 모습이 그녀의 심기를 건드렸다. 자신의 마음을 인정했다지만 저런 꾀병 환자를 좋아한 적은 없었다.

"김 비서, 벌써 아…… 제나 씨!"

"오랜만이네요."

그가 몸을 일으키기 전에 이번에는 그녀가 먼저 다가갔다. 별다른 말 없이도 열감이 녹아 공기가 한층 뜨거워졌다. 오직 호감 있는 남녀 간에만 있을 수 있는 그런 뜨거운 열감이.

"여기 어쩐 일이에요? 아직은 바쁠 거라 생각했는데."

매일 변호사에게서 그녀가 무엇을 하고 있는지 들었다. 상황이 어느 정도 진척이 되었는지 묻다가 마지막에는 제일 원하던 질문을 꼭 덧붙이곤 했다.

그 예쁜 얼굴에 떠오른 표정이 어떤지, 한 번씩은 웃기도 하는지.

"왜 왔을 거 같아요?"

"나 보고 싶어서…… 라고 하고 싶지만 아니겠죠."

"그건 둘째치고, 잔금 치르러 왔어요. 셈은 정확해야죠."

"어…….

별거 아닌 말에 몇 초간 미동도 없던 그가 본능적으로 몸을 일으켰다. 아주 꾀병은 아니라 갈비뼈를 감싸 쥐기도 했지만 지금 급한 건 그게 아니었다. 뼈야 어차피 놔두면 알아서 붙는다. 인간사 통틀어 몇천 년을 그래왔으면 그에게도 그럴 것이다.

"이제나, 너."

"누가 반말하래?"

매혹적으로 눈썹을 올리던 그녀가 침대 위에 놓여 있던 그의 손을 끌었다. 정확히 자신의 벨트 위로.

단번에 벨트를 풀어 내린 후 침을 한 번 꿀꺽 삼킨 경원이 시키지 않아도 단추는 알아서 끌렀다. 어차피 조신하다고 우기기에는 이 여자는 자신을 너무 잘 안다.

"……아아."

꿈일까, 생시일까.

어쩌면 자신이 전생에 4대 성인급 인물이 아니었을지, 남들이 들으면 경기를 할 착각에 빠져도 보았다. 차라리 4대 악인이 될지

언정 이제나를 양손에 쥔 지금과 비하겠냐마는.

"김경원, 한 번만 더 그딴 짓 해봐."

"내가 뭘?"

"병원에 누워 있는 남자, 질색이야."

그를 살짝 뒤로 밀어젖힌 그녀가 제 손으로 코트를 마저 벗었다. 살짝 드러난 옷 안을 봤을 때부터 숨을 죽이고 있던 경원은 이제 아예 숨이 멎어버렸다. 그가 할 수 있는 것이라고는 그녀가 뭐라든 그저 격하게 고개를 끄덕이는 것이 전부였다.

"사장님, 저 왔습니다. 경위님 오셨기에 커피라도 좀 놓고 가려구요. 지금 들어가도 될까요?"

"아니!"

낮고 단호했다. 문밖의 김 비서가 보이지 않아도 흠칫했다는 걸 두 사람 모두 기척으로 알아챘다.

"하, 하지만 커피는. 이것만 들여놓고 가면."

"들어오지 마. 들어오면."

다 죽여버릴 거야.

감히 입 밖으로 한번 내본 남자의 로망이 실현되자 경원은 쓸데없이 용감해졌다.

그대로 제나에게 뜨거운 눈을 향한 그는 다시 한 번 생각했다.

지금 이 순간에 들어오는 사람은,

그게 누가 됐든 다 죽여버릴 거라고.

영화나 드라마에 나오는 단골 대사 중에 살아 있기를 잘했다는, 몹시 오글거리고 이해할 수 없는 말이 있다. 그럴 수밖에 없는 것이, 그는 그런 생각을 해본 적이 없다. 태어났으니 사는 것이고, 특별히 죽을 마음 같은 것도 전혀 없다. 그러니 이왕 살 거면 최고로 재미있게 살자는 주의인데 뭐 그리 바보처럼 넋이 빠진단 말인가.

"이제나."

"……왜 그래요? 내 이름 몰랐던 사람처럼."

"아니, 웃어봐. 나 쳐다보고."

그랬던 그가, 넋이 나가는 것도 병이라면 숨이 꼴딱 넘어가기 직전이었다. 보통 무뚝뚝한 남자들이 결혼식장에서 눈부시게 하얀 드레스를 입고 걸어 들어오는 신부를 보며 한 번쯤 생각해보는 그 말을, 그는 교복을 입고 자신의 무릎에 걸터앉은 제나를 보며 깨달았다.

나 살아 있기 잘했구나. 무슨 욕을 들어먹든 꿋꿋이 버텼더니 이런 날이 다 오는구나.

"도대체 지금 뭐 하는 거예요?"

안 묻기에는 이 남자 표정이 너무 우스웠다. 좋아할 거라 생각은 했지만 이 남자의 반응은 언제나 예상외다.

시간이 멈춰버린 듯 굴던 경원이 제나의 말을 듣고서야 가슴에 손을 가져다 댔다. 아무리 목적이 빤하다지만 제일 위 단추도 아니고, 가장 아래 단추도 아니고, 대번에 가슴 정중앙을 노려 세 번째 단추부터 손이 갔다.

어찌 되었건 그 역시 제나 못지않게 직설적인 남자다.

"이제나, 좋은 학교 다녔나 봐."

"……왜?"

"글쎄. 교복이 예쁘면 음……, 좋은 학교잖아."

기껏 한 말이 이랬다. 그러나 후회한다고 뱉은 말이 없어진다면 처음부터 그녀와 여기에 이르기까지 이리 오랜 시간이 걸리지도 않았을 것이다. 그래도 그것마저 장점으로 친다면 최소한 그만큼 솔직한 남자도 드물었다.

"사람 미치게 만드네."

풀어진 단추 사이로 검은 속옷이 드러나자 다시 그의 숨결이 뜨겁게 달아올랐다. 진정을 하기는 해야 하는데, 이 여자 얼굴 보면서 진정이 안 되는 그는 바로 열린 단추 사이에 머리를 파묻었다.

"아아."

푹신하다. 과하지도 않고 딱 기분 좋게 따스했다. 여자 가슴에 얼굴 파묻고 할 소리는 아니지만 아이들이 왜 엄마 품에 애착을 가지는지 또 하나 깨달았다. 만약 그에게 제나 같은 엄마가 있었으면 그는 성인이 되기 전까지 집 밖으로 안 나왔을 것이다.

"나…… 당신이 고등학생 때 만났으면 클럽이고 뭐고 다 때려치

269

우고 선생님 됐을 거야."

"하! 당신이?"

"그래, 내 꿈은 선생님이었을지도 몰라."

세상에. 클럽 한다고 미처 이걸 몰랐다니.

학생에게 가르쳐줄 만한 게 없어 그렇지, 너무 뒤늦게 적성을 깨달았다. 물론 진짜 여고생을 상대로 그런 생각을 할 만큼 정신 나가 살지는 않았다. 원래 징징대거나 불평 많은 어린애들은 딱 질색이기도 했고.

그가 원하는 것은 누더기를 걸쳐도 상관없으니 여자 이제나, 오직 하나다. 그런 이제나가 자신의 무릎 위에 있고, 그 가슴에 얼굴을 파묻고 살짝 핥아도 별말을 하지 않는다. 계단에서 떨어졌을 뿐인데 그는 천국에 당도해 있었다.

"으음……. 아앗."

"당신은? 이제나는 꿈이 뭐였어?"

"하아……. 나, 우주비행사."

역시 이 여자는 꿈도 거창하네.

그럼 이 오빠랑 급한 대로 인터스텔라 한번 찍어야지.

경원이 단호한 손길로 상의의 나머지 단추를 풀어버렸다. 기분대로라면 한 번에 힘주어 뜯어버리고 싶지만 그래서는 곤란했다. 기념이라면 기념인데, 나중에 제나의 기분을 봐서 이거 자기가 가지면 안 되겠냐 물어볼 작정이다. 물건을 모을 때에는, 자고로 구성품이 완전해야 소장 가치가 큰 법이었다.

"하아, 경원 씨."

"……설마 지금 와서 못 한다, 뭐 그런 건 아니지?"

"그렇다면?"

"나도 죽고 너도 죽고 네가 이름 아는 세상 남자들은 다 죽일 거야."

농담인 양 웃어주기에는 그의 목소리가 지나치게 비장했다. 그간의 경험에 비춰 보아 이 남자는 안 한다던 것도 해버리는 남자이니 이렇게 한 번 한다 결심을 했으면 반드시 행하고도 남는다.

"……도대체 나는 또 왜?"

"나 없는 세상에서 혼자 행복하면 곤란하잖아."

"하아."

"정말 곤란해. 그건 안 될 말이야. 절대 안 돼."

간만에 진지해진 경원이 고개까지 저어가며 연거푸 부정했다. 어떻게 찾아낸 여자라고. 그녀는 하룻밤 보내고 아침이 되기 전에 잊힐 시시한 여자가 아니다. 자신의 모든 시간을, 그리고 시시각각 변하는 세상의 모든 즐거움을 나누고픈 여자다.

"생각만 해도 끔찍해. 그 말은 더 하지 마."

못을 박아버렸다. 다른 남자 옆에서 웃는 그녀를 생각만 해도 피가 솟구친다. 네깟 놈이 뭘 했다고 그 자리를, 존재하지도 않는 인물에게 이 악문 욕부터 흘러나와버린다. 그는 제나를 기다리며 기껏 인내와 노력을 배웠을지는 몰라도 아직 홀로 행복하라는 관용과는 거리가 멀었다. 기둥 뒤에서 눈물을 삼킬 순정 따위도 없다. 머리를 싸맬 만큼 아깝고 약이 올라서라도 안 될 말이었다.

"……진짜, 내가 바랄 걸 바라야지."

내가 당신을 모르는 것도 아닌데, 그녀도 이쯤에서 포기했다. 대신 경원의 환자복 고무줄에 손을 걸고 당길 듯 말 듯 재던 손가락에서 비웃음과 함께 힘을 풀었다. 아프지는 않아도 아픈 척 미간을 찡그린 그가 제나의 손목 안쪽에 입을 맞췄다. 간지럽다 움츠리는 그녀의 어깨를 여린 새싹처럼 쓸어 올렸다.

"뭐 해요?"

"음, 영역 표시."

봄바람처럼 가볍게 스치던 입맞춤이 한 모금씩 들이켤수록 한여름의 열기를 가득 담았다. 혀가 엉키자 누구 하나 물러서지 않고 서로의 허리를 단단히 부여잡았다.

"흐읍."

하나가 숨을 내쉬면 남은 하나가 공기 중에 닿기도 전에 빨아들였다. 누군가가 아래로 파고들면 마주 보는 이가 고개를 올려 균형을 맞췄다. 이대로는 끝도 없을 집요하고 강렬한 키스는 머리가 딱 어찌 되어버릴 그 직전에 잠시 휴식을 가졌다. 그녀와 눈을 맞춘, 조금도 망설일 것 없는 그의 검은 눈이 강렬하게 그녀를 옭아맸다.

"이제야 당신을 잡았는데, 난 왜 현실감이 없을까?"

"꿈인가 보죠."

"누구 맘대로?"

제나가 작게 어깨를 떨며 웃었다. 경원이 그 웃음을 확인하려 그의 큼지막한 손가락으로 턱을 받치자 이번에도 그녀는 시치미를 뗐다. 하지만 미처 지우지 못한 웃음 한 자락이 남아 이미 늦었다.

"역시 웃는 게 예쁘단 말이지."

"갈비뼈 골절인 걸로 아는데, 김경원 씨."

"으음. 너무 집중하다 보니 깜빡했네."

"찡그린 것만 감추면 내가 속을 줄 알았어?"

이래 봬도 나 형사거든?

제나가 오만할 정도로 얄밉게 웃었다. 한 번도 제대로 발휘해본 적 없던 장난기가 뒤늦게 풀려 그를 당혹시키고 싶었다. 그렇게 그의 앞에선 자신도 모르는 모습이 자꾸만 흘러나온다.

"응. 내가 형사 앞에서 할 말은 아닌데…… 사실 나 나이롱환자야."

"조용해. 보험 사기로 잡아넣기 전에."

제나가 다시 그의 넉넉한 환자복 자락 안에 손을 넣었다. 애태우고 놀리는 것은 이 정도로 족하지 않을까. 적어도 오늘은.

"아!"

"이래놓고 날 속이겠다고?"

손끝에 느껴지는 붕대가 제법 두꺼웠다. 하기야 그 높은 계단에서 굴렀다면 스턴트맨이 아닌 이상 한두 군데 긁히는 정도로 끝나는 건 말이 되질 않는다. 새삼 뭔지 모르게 울컥한 마음에 손을 떼어내고 그를 바라보았다.

"다시 한 번 그러기만 해."

"넵, 그러죠."

얄밉게도 대답은 또 재깍이다. 별 기대는 안 한다 해도 어쩌면, 그럴 리 없겠지만 정말 어쩌면, 제나가 자신을 진지하게 걱정하지 않을까 하는 욕심이 그를 들뜨게 했다. 본능적인 목적과는 별개겠지만 오늘 꼭 그녀를 가지지 못한다 해도 좋을 정도로.

"떨어질 때 무섭더라. 혹시라도 이제나 더는 못 볼까 봐."

무섭다는 게 꼭 나쁘지는 않았다. 처음 느껴보는 감정이 두렵지도 않았다. 그저 그 일이 진짜가 되었을 때 그 하나가 가장 두려웠다.

"그래서 이제 안 다치려고."

결국 늘 웃고만 있던 그의 입술이 제자리로 돌아와 그녀의 이마에 닿았다. 실제로 두 대나 골절된 갈비뼈가 지금도 욱신거린다. 이제 정말 훗날을 기약하며 손을 떼어내야 할 때였다.

"……내가 정말 남자 체면에 말이 아닌데, 몸이 흔들리는 건 좀 무리라서."

"쉬잇."

입술을 살짝 모은 그녀가 눈까지 가늘게 뜨자 그의 원래도 별로 없던 인내심이 증발했다. 오늘은 이 정도도 충분하다. 그렇게 스스로를 속여보려 했는데 그녀가 이렇게 나오면 곤란했다. 동서고금을 통틀어 이런 마녀가 있다는 소리는 듣지 못했다.

"가만히 생각해보니까 갈비뼈 몇 대 나간다고 사는 데 지장은 없을 것 같아. 일단 개수가 많잖아."

"그래서 기어이 지금 하겠다고?"

약을 올리듯 그의 코앞에서 나긋나긋 굴던 제나가 그의 환자복을 가볍게 추슬렀다. 경원의 눈이 가느다랗게 좁아졌지만 그녀는 고개를 까딱거리며 그의 의심을 잠재웠다.

"나도 몇 번 궁금하긴 했거든. 운동 좀 했구나 해서."

아래로 깊숙하게 들어간 그녀의 여린 손이 닿을 듯 말 듯 그의 살갗을 쓸었다. 붕대 좀 두껍게 감았다 해서 감춰질 몸이 아니라 그 탄탄함이 그대로 손가락에 읽혔다. 꽤나 근면하고, 성실하며,

274

색정적인 몸이다.

"하…….."

그가 숨을 들이켜는 동시에 아래로 뭉근하게 치솟는 느낌이 전해졌다. 이미 경원의 눈에는 의심 대신 욕망만이 남았다. 하지만 눈으로 전해지는 남자의 욕구보다는 팬티 한 장에 가려진 보다 직접적인 압박이 더 강할 수밖에.

"음…… 급한가 보네?"

"그러다 죄 받아, 이제나."

"나는 당신 만났을 때 벌써 받았구나 했는데."

그녀가 안으로만 만지던 손을 꺼내어 하나둘씩 그의 단추를 풀었다. 그깟 갈비뼈, 몸 안에서 잘못되어봐야 심장만 안 찌르면 되겠거니, 경원이 주먹을 움켜쥐었다.

"다행히 주먹은 멀쩡한가 보네."

그녀가 구겨진 침대보를 흘끗거리다 그의 목 아래 마지막 단추에서 손을 떼어냈다. 바로 몸을 일으키려던 경원이 제나의 다음 행동에 어정쩡하게 멈췄다.

"도발하지 말지? 나 오늘 참을 만큼 참았어."

"아, 그러셨구나."

일부러 자극해 약을 올려댄다면 이제 자신도 갚아줄 생각이었다. 그러나 제나는 너저분하게 풀어진 그녀 자신의 단추도 보란 듯 깔끔하게 풀어냈다. 하나씩, 하나씩, 피가 졸아들 정도로 천천히.

그의 몸 위에서 펼쳐지는 극적인 광경은 그가 이제껏 보아온 모든 범법적과 합법적인 장면들을 압도했다.

"그리고 김경원 씨. 남자 주먹은 이런 데 쓰는 게 아니라……."

그의 주먹이 어느새 제나의 손 안에서 풀어졌다. 이어 그녀의 봉긋한 맨가슴에 닿자 말할 수 없이 혼란스러웠다. 기분 좋은 감촉과 손 아래 차오르는 모양새에 피가 끓었다면, 이어 느껴지는 그녀의 심장 박동이 가슴을 덥혔다.

"……."

두근두근. 그 얼마 안 되는 동안에도 가슴이 조여들다가 깊게 안도하기를 반복했다. 멀미를 하듯 울렁대는 기분에 경원이 저도 모르게 힘을 주다 제나의 휘어진 눈과 마주쳤다. 그대로 있으라는, 혹은 할 만큼 해보라는 듯 자신의 가슴을 덮은 그의 손을 감쌌다.

"앞으로는 이런 데 쓰는 거야. 약속해."

김 비서는 기본적으로 자신의 사장이 매우 이상한 사람이라는 것을 알았다. 그래서 취업한 지 사흘 만에 그만두려고 했다. 명문대 졸업생이라는 자존심도 있었고, 여러 기업체를 운영하던 그의 사장이 정작 클럽에만 있으니 그것도 폼이 나지 않았다. 대기업에 다니는 친구들이 '너 물장사 하는 데서 일한다며?' 은근히 비아냥댈 때면 몇 번씩 주먹을 움켜쥐었다. 아니라 반박하며 제 직장의 장점을 내뱉어주고 싶었지만 그런 게 있을 리가 없다.

결국 분을 못 참고, 드디어 벼르고 벼르다 사직서를 칼처럼 꺼내 들었다.

「그래, 그럼. 오늘까지 일했던 급료는 내 책상 제일 위 서랍에 있으니 알아서 챙겨 가.」

아니라고, 그런 거 필요 없다고 자존심을 세우기에는 신혼살림
이 너무 궁했다. 혼전 임신으로 결혼한 그의 어린 아내는 임신 중
독증까지 걸려 다리가 퉁퉁 부어 있었다. 고개 한번 푹 숙이고 서
랍을 열었더니 봉투 하나가 있는데 얇기도 얇다. 열어볼 것도 없
이 환한 햇살에 투영이 될 만큼 만 원짜리와 천 원짜리 몇 장이 전
부였다. 처량함에 분노가 끓어 경원을 노려보자 그는 보던 책에서
눈도 돌리지 않은 채 태연하게 말했다.

「그게 김 비서, 아니, 김재현 씨가 사흘간 일한 거야. 그만큼도
주지 않으려다 법적인 최저 시급은 전부 계산했어. 왜, 그게 적은
것 같아? 화나? 설마.」
「이, 이보세요!」

봉투를 우그러트리고 거친 숨을 내쉬었다. 그래도 경원의 어조
는 한결같이 태연했다.

「사흘간 내가 시킨 일 중에서 제대로 한 게 뭐가 있지? 복사해놓
으라는 서류는 장수가 안 맞고 전화 약속은 최소 이틀 전에 해야
하는데 김재현 씨 생각나는 시간에 잡았지. 사장이 먼저 퇴근을
해도 정시에 맞춰 퇴근해야 할 사람이 늘 30분씩 일찍 나갔고 내
취향 한번 물어보지도 않은 채 아메리카노 한잔 올려놓는 게 다였
어. 거기다 얼굴은 내내 죽상에 묻는 말에 대답도 제대로 못 했던

걸로 기억하는데? 신세한탄 하면서 불평불만 할 시간에 자기 태도부터 돌아봤으면 좋았을 거야. 아깝네.」

「아니, 그건.」

「그리고 나는, 남자로서의 자존심이 아무리 중요해도 뒷일 생각 안 하고 내키는 대로 행동하다 자기 여자 고생시키는 남자와는 일 하고 싶지 않아.」

정작 그가 성의 없이 이런저런 핑계를 대며 '죄송합니다. 실수입니다.' 했을 때에는 웃으며 슬렁슬렁 그러냐, 괜찮다 했던 사람이 그 순간만큼은 칼날처럼 날카로웠다. 한 발짝도 떼지 못해 이러지도 저러지도 못하고 있을 때 서류를 내려놓은 경원과 눈이 마주쳤다.

시릴 만큼 차가운 눈빛, 그게 사장의 본모습이었다.

「뭐해? 하루 종일 거기 있을 건가?」

「…….」

「제대로 대우받고 싶으면 여기 체크해놓은 거 분류하고 창원 땅내놓은 거 시세 다시 확인해. 세 군데 이상, 전화번호 바꿔서. 아, 언감생심 그 봉투는 꼭 다시 넣어놓고.」

평소처럼 씩 웃은 그가 휘파람을 불며 그의 어깨를 툭툭 쳤다. 그래서 김 비서도 다시 봉투를 넣어두고 주섬주섬 일을 시작했다.

경원은 두 번 다시 그날의 일을 약점 삼아 빈정대지 않았다. 갈구기야 했지만 그거야 원래 그러던 거였으니 예외로 치고.

그리고 두어 달 후 그의 아내가 조기 진통으로 위독해져 입원을 했다. 사무실에서 괴로워하던 그에게 공과 사 혼동하지 말라 한마디 했던 경원이 그 몰래 모든 비용을 미리 치러주었다.

「난 남자 눈물 닦아주는 취미는 없어.」

감사하다는 말 한마디도 눈이 벌게져 더듬거리자 두 다리를 자유분방하게 올려놓은 경원은 TV 화면을 가린다며 손을 내저었다.

그 후로 그는 자신의 직장이 부끄럽지 않았다. 여느 대기업보다 연봉도 세고, 보고 듣는 게 많아 부수입도 짭짤했다. 사장이 먼저 마음을 바꾸지 않는 한 죽을 때까지 여기서 버텨야겠다 마음먹은 지도 오래다.

그래서 최대한 잘 보이고 싶었다. 경원이 들어오지 말라니 그 자리에는 못 들어갔지만 뭐가 마음에 안 드나 싶어 라테도 다시 사 오고 밀크티에 프라푸치노까지 다양하게도 사 왔다. 복도 끝의 경호원들 사이에서 그렇게 몇 번을 사서 날라보다가 도저히 안 되겠다 싶어 다시 병실 문 앞에 섰다.

"사장님, 이제 들어가도 되겠습니까?"

"응."

문이 열릴 때까지만 해도 온 얼굴에 눈치 보는 기색이 가득하던 김 비서가 고개를 갸웃했다. 경원은 그가 알고 지내던 그 어느 때보다도 평온하고 기분이 좋아 보였다. 그 한 시간여 만에 완전히 다른 사람이 된 것처럼 순한 양이 되어 있다.

"그럼 저는 이만 돌아가보겠습니다. 부디 빠른 쾌유 바랍니다."

"덕분에요. 경위님 덕에 내일이면 다 털고 일어날 것 같은데요?"

"……다시는 그런 무모한 일은 없어야겠죠."

"저야말로."

두 사람이 싸웠던 게 아닐까 싶었는데 제나는 언제나처럼 철두철미 냉기가 흘렀고 경원은 능글거렸다. 그야말로 이제껏 숱하게 보아왔던 두 사람의 모습 그대로다. 물론 더 자세히 눈썰미를 기울였다면 그녀의 뿌연 냉기가 조금은 엷어졌다는 것이나 그의 웃음이 더 환하게 가늘어진 것을 보았겠지만 그 정도의 내공은 없었다.

"저기, 이거 가지고 가시죠."

김빠지게 이게 뭐야, 김 비서가 오늘 사 온 음료수를 하나 건네자 제나가 가볍게 받아 들고는 나갔다. 무슨 일인지 알 수는 없어도 뒷목이 간질거려 그녀의 날씬한 뒤태를 멍하니 보다가 경원의 헛기침에 얼른 다가섰다.

"사장님, 그런데 무슨 창문을 다 열어놓으셨어요? 아직 추운데. 이러다 정말 병나시겠습니다."

"으응? 아니야. 놔둬. 환기나 좀 하려고."

"아, 그럼 혹시 필요하신 거라도?"

"에이 뭐. 내가 앤가. 김 비서도 이만 가봐. 오늘 수고 많았구, 내일은 하루 쉬든가."

"어어……."

분명히 세상 마지막 날인 듯 침울해하던 경원이 밤공기를 즐기

듯 콧노래를 흥얼거렸다. 동시에 김 비서의 팔에는 으스스 소름이 돋아났다. 뭔가 심각하게 불안하다 싶지만 기분도 좋아 보이고 가라니 가야지 서둘렀다.

"그럼 저도 이만 돌아가보겠습니다. ……어, 이게 뭐지? 어디서 빠진 거지?"

경원이 갈아입을 옷만 침대로 가져다두고 돌아가려던 그가 침대 발치에서 하얀 단추 하나를 주웠다. 별 특색 없는 작은 단추 하나를 한두 번 앞뒤로 돌려보다가 나가서 버리려 주머니에 넣었다.

"그거 안 내놔?"

어느새 경원의 콧노래가 뚝 멎더니 서슬이 시퍼렜다. 칼을 벼리듯이 안광이 빛났다.

"네? 아, 이거 제가 나가면서 버리려고."

"빨리 내놔. 당장 안 꺼내면…….""

"……."

"죽여버릴 거야."

김 비서는 자신이 왜 죽는지도 모르고 오늘 말로 서너 번 죽었다. 새하얗게 질려 단추를 내려놓고 나오면서 김 비서는 떨리는 숨결을 가다듬었다. 돈도 돈이고 정도 정이지만 그보다는 최소한 생명의 안위가 보장되는 곳에서 일하고 싶다는 욕구가 강해졌다.

뭐든 100퍼센트 만족은 없다. 이 부분이 만족스러운가 싶으면 저쪽에서 아쉬운 점이 보이고, 이건 영 아닌가 싶으면 또 군데군데 좋은 점이 있다. 그런 것에 비하면 이번 사건은 대부분 만족으로 결론을 내렸다.

"서은영 씨, 이미 변호사도 선임되었고 저희 쪽 증거도 확실해요. 그러니 이제 어깨 펴세요."

제나가 지친 얼굴로 고개를 숙인 여성을 다독였지만 여자의 얼굴은 아래로만 머물렀다. 다른 사건과는 다르게 성폭행 사건의 피해자는 가해자와 위치가 뒤바뀔 때가 많다. 대부분의 피해자가 여성이고 아직 대한민국 사회에서 이런 방면의 피해자는 호기심과 원치 않은 시선을 받게 되는지라, 이겨도 웃지 못하는 상황이다.

"제가 잘하는 건지……."

"여기까지 오셨잖아요. 그것도 아무나 할 수 있는 게 아니에요."

"하아……. 집에서도 이제 다 알고…… 저도 정말 그냥 죽고 싶고……."

범인을 잡기 전까지는 잡기만 하면 모든 것이 해결될 줄 알았는데, 잡고 나서 그 뻔뻔함을 두 눈으로 확인하니 모든 기력이 소진

된 듯했다. 이미 이 여자가 가진 용기는 모두 써버린 것을 알고 있기에 제나 역시 할 수 있는 최선을 다했다. 거기다 피해자와는 일면식도 없는, 이제는 그녀의 애인이 되어버린 남자가 몸까지 바쳤으니 한층 더 책임감이 생겼다.

"언제든지 도움이 필요하거나, 또 기억나는 게 있으면 연락 주세요."

과연 그리할까 싶게 축 처진 얼굴을 한 여자가 걸어가는 뒷모습을 지켜보았다. 마음이 영 언짢다. 누구라도 좀 옆에 있으면 나을 텐데. 평소 안 하던 생각을 하다 보니 경원이 눈앞에 스쳤다.

"야, 제나야. 뭐 하냐?"

"어? 아니. 난 이제 대강 정리하고. 너 어디 가는데?"

"나 또 울고불고하는 고딩들 잡고 패닉에 빠져 있다 왔지. 웬 놈들이 공부라고는 안 해. 아오, 내 자식들이 그랬으면 작살나게 팼을 텐데."

커피를 들고 1층을 지나치던 현미가 제나를 보자마자 푸념을 시작했다. 소매를 살짝 걷어보다 아직은 시간이 조금 있어 봄볕 한번 쬐자며 야외로 나왔다.

"또 게임 아이템이야?"

"게임이야 뭐 일상다반사고. 인터넷 사기도 유행이 있다니까? 얼마 전까지는 과자로 사기 치더니 어제는 장난감 사기 잡으러 다녔어. 있지도 않으면서 돈만 받고 튄 놈들."

"그게 잡히긴 잡혀?"

"아, 몰라. 잡히겠어? 그냥 잡는 척이라도 해야지."

현미가 이골이 났다는 듯 눈살을 찡그렸지만 실제로 그녀가 대차게 범인을 끌고 들어오는 것을 로비에서 종종 보았다. 친구지만 항상 말보다는 실적이 좋은 애였으니까. 현미는 그만 지능범죄팀에서 벗어나고 싶다 노래를 불렀지만 이렇게 성과가 좋으니 못 벗어나는 것을 본인만 모르고 있었다. 제나가 슬쩍 이야기해줄까 했지만 공공의 이익과는 상반되는 것인지라 한번 웃고 말았다.

"이렇게 스트레스를 받으면 말이야, 뭘로 풀어줘야 하는지 알아?"

"뭘로?"

"몸으로. 역시 몸으로 풀어줘야 해."

또 시작했구나. 무슨 부귀영화를 누리자고 뻔한 질문을 했을까 허리를 젖혔다. 안 그래도 허리가 뻐근해 이대로 눕고만 싶다.

"우리 채원 오빠가 말이야, 참 하루하루 남다르거든."

"……그거 지금 자랑하는 거야?"

답정너라고, 지금 현미가 꼭 그랬다. 이제까지는 늘 투정에 불만만 드러내더니 요새 무슨 큰 전환점이 있기는 있는 모양이라 얼굴을 유심히 보았다.

"아우, 기집애. 자랑은 무슨. 그냥 나한테도 이런 날이 다 있다는 거지."

"뭔데?"

"직설적이긴, 기집애."

평소 같으면 이쯤에서 일어섰다. 그러나 제나는 특유의 무관심하고 심드렁한 표정을 바꾸지 않으면서도 일단 귀는 열어두었다. 들어봤자 뻔하고 시답잖은 남의 연애에 왜 이렇게 관심이 갈까.

"아니, 내가 말이야, 오빠 외근 갔다가 나오는 길에 덮쳤는데 그때 마침 뒷주머니에서 수갑이 나오더라고. 근데 수갑이 또 다른 용도가……."

"나 간다."

"알았어, 알았어. 하여튼 이번에 깨달았지. 남자는 보이는 게 다가 아니라고."

"참 대단한 거 깨달아 좋겠다."

빈정대듯 말했지만 아무런 의미도 없고 깊이도 없는 대화에 제나 역시 여자라고 슬며시 웃음이 흘렀다. 남의 연애 이야기 들으며 진심으로 즐거운 마음이 드는 것도 처음이었다.

"보이는 게 다가 아니야?"

"응. 나는 저번에 여기서 상 받은 사람, 김경원? 그런 사람이 진짜 잘나게 생겼다 생각했거든. 아주 대놓고 색기가 자르르하잖아?"

"……."

제나의 미소가 그대로 굳었다. 두어 번 눈을 천천히 떴다 감았다 하다 그녀다운 감으로 현미를 살폈다. 다행히 뭘 알고 그러는 건 아닌 듯하고 늘 그렇듯 그저 매순간 모든 관심사가 일관된 주제를 향해 있었다.

"그런데 다시 생각해보니까 그런 남자도 별거 없겠더라고."

"……왜?"

"응?"

"왜 그렇게 생각하냐고."

현미는 뭔가 평소답지 않게 까칠하다 싶은 제나의 말투를 눈치채지 못했다. 일단 제나가 자기 말에 귀 기울여 관심을 보인다는 것에 더 흥분하고 말았다.

"일단 허우대가 멀쩡하잖아. 속 빈 강정이라고, 그날 보니 손목도 남자치고 좀 가늘고, 아무래도 좀 벗겨놓으면 다를 거 같아. 왜 얼마 전에 방배동에서 그런 치정 사건도 있었잖아. 돈 많은 사모님이 큰돈 써서 호스트 데려왔는데 막상 밤에 보니 새우깡이었다고."

경원이 들으면 억울해 혀를 깨물 소리다. 비록 알려줄 일은 없지만, 뭐랄까, 그는 거대했다. 절굿공이 같은 사람한테 새우깡은 한 번 빨을 거리도 안 된다.

"……새우깡."

"진술이 그랬다니까? 그 후로 나 부정 탈까 봐 새우깡 입에도 안 대잖아. 뭐 어쨌든 간에 말야, 그때 그 곱상하고 야리한 김경원 같은 남자보다는 우리 오빠가 최고지."

"아, 그렇겠네. 생긴 건 좀 투박하고 어디 하나 볼 데도 없지만 애인인 네가 좋은 점을 발견했으니 다행이야. 축하해."

"어…… 어? 그, 그렇지 뭐."

뭔가 욕 같기도 하고 칭찬 같기도 한 제나의 말에 현미가 어리둥절해하다 눈썹을 좁혔다. 그렇게 친구의 얼굴에 고심의 흔적이 섞이자 제나가 먼저 자리를 털고 일어섰다.

"너 가게? 야, 가면서 혹시 우리 팀장이나 팀원들이랑 마주치면 나 못 봤다 그래. 출출한데 뭐 하나 좀 사 먹고 들어가게."

"응."

속 편한 현미는 고개를 젖혀 하늘을 보며 휘파람을 불었다. 아직 새파란 맨 하늘에서 별이라도 따겠다는 건지, 황홀한 친구의 얼굴이 제나를 건드렸다.

"……."

그대로 돌아 나와 건물로 들어서는데 그녀답지 않게 마음 어디 한구석이 삐죽이 들렸다. 마음에도 결이 있다면 매끈함은 모두 사라지고 부슬부슬 표면이 일어났다.

"아, 이 경위. 혹시 우리 장 경위 못 봤어? 폰도 놔두고 갔어. 화장실을 무슨 사흘 밤낮을 가."

되돌려주란 뜻일까?

기다린 것처럼 지능범죄팀에서 나오던 현미의 팀장이 그녀를 찾았다. 지금 마음 같아서야 위성으로 대동여지도를 그려 어느 벤치에 누워 있나 콕 찍어 알려주고 싶지만 천하의 이제나가 그 정도로 치사하지는 않았다. 모르겠다 고개를 젓자 그가 투덜대며 다른 방향으로 발걸음을 돌리는 모습에 꿀꺽 목을 울렸다. 조금 아쉬워도 어른스럽게 대처 잘했다 다독여보는데 또 한 명의 인물이 현미를 찾고 있었다.

이건 또 무슨 인내심 테스트야.

"제나야, 너 현미 못 봤어?"

"채원 선배."

기본적으로 제나는 뭔가에 크게 미련 두는 성격이 아니었다. 그런고로 뒤끝도 별로 없지만 그게 또 다른 인물과 얽히니 조금 달라졌다.

"못 봤어? 얘가 또 어디 갔지? 지능팀에도 없던데."

불만스레 여자친구를 찾는 남자를 훑어보던 그녀의 시선이 어느 한 군데로 고정되었다. 원래 말수가 적은 여자라지만 뭔가 찜찜한 마음에 그 시선을 따라가던 채원의 고개도 저절로 아래로 수그러들었다.

"어, 어…… 제나야."

입 밖으론 별말도 없었다. 2, 3초 그곳을 더 눈여겨보던 제나가 한쪽 입꼬리를 살짝 들어 피식 웃었다. 그녀처럼 말이 없던 사람이 이런 식으로 한 번 웃는 것은 당하는 사람의 정신에 상당한 대미지를 준다. 말 한 마디 없이 이만한 가성비가 또 있을까.

"……현미 방금까지 저랑 있었어요. 동편 주차장 네 번째 벤치에."

"어어. ……저기, 혹시나 해서 말인데, 뭐 걔가 별다른 말은 없었지?"

"아뇨, 무슨. 걔야 맨날 선배 칭찬이죠. 그나저나 선배."

"응?"

"……파이팅! 전 선배 믿어요. 힘내세요!"

그러면서도 그녀의 묘한 시선은 아직도 한곳에 고정되어 있었다. 사람 눈이 돋보기라면 직사광선으로 불이 붙을지도 몰랐다.

"이게 진짜! 무슨 여자가 입이 그렇게."

가벼우니 마니. 자기 여자친구를 알아도 너무 잘 아는 그가 얼굴이 벌게져선 주차장으로 달려갔다. 그녀로서는 현미에게 약속한 대로 누구에게 이르지도 않았고, 자신의 속도 제법 풀렸으니 이만하면 만족스러웠다.

"김경원 씨, 이제는 퇴원하셔도 될 듯싶은데요."

"아니요. 아직까지 여기저기 불편한 데가 많네요."

"그러신가요? 어디가 어떻게 불편하신지……."

나이가 제법 지긋한 의사가 회진을 와서 경원의 앞에 섰다. 아무리 돈을 뿌리고 다니는 VVIP 환자라도 더 이상 뭘 해줄 것이 없는데, 정작 환자는 퇴원할 마음이라고는 눈곱만치도 없어 보였다. 자기 돈 쓰면서 이렇게 병원에 붙어 있고 싶어 하는 환자는 처음이다.

"침대에 꽉 엎드려 누우면 은근히 가슴이 불편하더라구요."

"그거야 원래, 아프지 않아도 누구나 원래 그런 건데……."

"아, 하나 더. 운동 삼아 천장까지 손을 뻗어봤는데 그것도 약간 당기고, 아령을 몇 개 들어봤더니 뭔가 자연스럽지가 않아요."

"위로 손 뻗거나 아령을 들면…… 그것도 사람이라면 누구나……."

"하여튼 퇴원은 미뤄야겠어요. 제 몸은 소중하니까요."

태연하게 말한 경원이 슬쩍 고개를 끄덕이며 책 한 권을 꺼내 들었다. 여자라면 누구나 눈 돌아갈 그 모습이 마치 한 폭의 그림 같았다. 뒤에 서 있던 여의사 하나가 넋을 놓다가 으흠, 하는 지도 교수의 기침 소리를 듣고야 아쉬운 발걸음을 돌렸다. 예전의 그라면 관심은 없어도 한번 웃어라도 줬을 텐데, 정숙하게 눈을 내리깔고 책을 보는 지금 모습은 조선 시대 선비가 따로 없다.

"……김경원."

당연히 선비 중에는 저렇게 퇴폐미가 넘친다거나, 어떻게든 수상한 점을 찾아내려 핏발을 세운 주변인은 없었겠지만.

"강재야, 아직 서 있어? 앉으라니까."

"병원에다 살림을 차렸다기에 확인하러 왔더니."

"형부, 봤죠? 제 말이 맞잖아요! 사장님 완전 멀쩡하다고!"

은서 없는 하늘 아래 형부와 처제는 죽이 잘 맞았다. 비록 두 사람에게 이런 말을 한다면 이를 갈며 진저리를 치겠지만 적어도 보이는 모습은 그러했다.

"첨부터 저랬어요! 저거 다 가짜예요."

"나도 알아."

형부 뒤에 딱 붙어 속삭이는 은우의 목소리가 그 건장한 어깨를 넘어 경원의 귀에 흘러들었다. 따라오기는 왔는데 경원이 무섭다 보니 앞에 나서서 말할 용기까지는 없는 모양이었다. 그제야 책에서 눈을 뗀 그가 한쪽 눈을 찡긋하며 웃어 보였다.

"으음, 원조교제 처제. 이제 언니 대신에 강재한테 붙기로 했나 보네?"

"왜, 왜 그러시는데요?"

"좋아. 이리저리 잘 붙어 다니니 이제 박쥐 처제라고 불러야겠어."

히이잉, 급격히 쫄아드는 은우의 모습에 강재가 짜증을 가득 실어 경원을 노려보았다.

"김경원, 안 그래도 한마디 하려고 했는데, 유은우는 내 처제야. 너 애한테 너무 뭐라고 하는 거 아냐?"

"뭐?"

"얘가 뭘 그렇게 잘못했다고 자꾸 놀려? 애 기죽은 거 안 보여?"

황당해진 경원이 이미지 쇄신용으로 들고만 있던 책을 완전히 내려놓았다. 은우 역시 편을 들어줘서 고맙다기보단 씁쓸하고 얼떨떨해 강재의 곁에서 한 발 물러섰다. 자신이 이렇게 자연계의 최하층 초식 동물로 전락한 데에는 형부라고 불리는 이 남자의 탓이 가장 컸다.

"이야, 누가 들으면 넌 뭐 얘한테 부처님 같은 형분 줄 알겠어? 그리고 네 처제면 내 처제지. 뭘 따져?"

"뭐야?"

"처제야. 네가 말해봐. 둘 중에서 누가 더 좋은지."

"……아니, 저는."

이건 뭐 곰곰이 생각할 것도 없었다. 은우에게 경원과 강재 중에서 하나를 고르라는 것은 사우론과 볼드모트 중에서 하나를 고르라는 것과 동일했다. 무인도에 두 남자가 남는다는 설정에도 차라리 스스로 배를 침몰시킬 선택지였다.

하지만 은서와 함께 살며 요새 구름 속을 걷는 강재는 대단한 착각에 빠져 있었다.

"유은우 뭐 해? 대답 안 하고."

그는 처제인 은우가 당연히 자신을 택할 거라 의심도 하지 않았다. 하지만 예상치 않게 망설이는 기색을 보이자 그 불편한 심기가 잘생긴 이마에 고스란히 드러났다.

그거야 강재만큼이나 옆에서 오래 지켜본 경원도 마찬가지였다. 돌덩이 같은 형부보다는 사르르 솜사탕 같은 자신이 백배는 더 나을 거라 자신했다.

"저는 그냥…… 이대로…… 살 거예요."

"…….."

"그냥 이대로만 살게 해주세요…… 제발 부탁이에요."

은우의 말끝에 울먹임이 섞였다. 많이 고쳤다고는 해도 적당히 거짓말을 섞어 편하게 살 만큼의 사회성은 부족했다.

그녀가 뒷걸음질 몇 번 만에 도망치듯 병실에서 빠져나가자 강재가 뭐 하나 마음에 드는 것 없다는 표정으로 의자를 끌었다.

"쟤도 참. 아직 멀었어."

"그건 네 이야기겠지."

눈치로만 치면 경원을 따를 자가 없었다. 강재의 굳은 얼굴에서 무슨 말이 나올지 대강 짐작하는지라 적당히 억울하다 능청을 떨었다.

"은서 씨는? 왜 은서 씨는 안 왔어?"

"네가 왜 내 부인한테 그렇게 관심이 많은 거지?"

"친구잖아."

"그래서 말인데…… 안 그래도 은서 이야기 나온 김에 너한테 뭘 좀 확인해야겠는데."

원래 경원과 잘 붙어 다니던 은서였지만 요즘 들어 부쩍 그 횟수가 늘어났다. 그뿐일까, 오늘 아침만 해도 남산만 한 배 뒤로 수많은 서류를 감추고 수상쩍게 구는 것을 보았다. 부인이야 어차피 못 이기니 만만한 친구라도 족쳐보려고 왔는데 이 친구마저 평소와는 달라 보였다.

"걱정 마. 나쁜 거 아냐."

"하여튼 너 또."

"아니라구."

더 캐물으려던 강재가 드물게 경원의 진지한 눈을 마주하고는 입을 다물었다. 은서야 그가 자기 자신보다 더 믿는 여자고, 따지고 보면 지금 그에게는 더 중대한 임무가 있다.

"왜, 벌써 가려고?"

"더 있으면 머리만 아프니까. 넌 도대체 왜 퇴원 안 하고 버티는 건데?"

"그거야 여기 있어야 자주 오니까."

물론 너같이 장대 같은 놈 말고.

오늘도 올 손님을 생각하던 경원의 머릿속에서 무언가가 반짝했다. 평생 강재에게 그다지 자랑할 만한 것이 없었는데 오늘만은 자신이 더 우월하지 않을까 즐거워졌다.

"넌 빨리 가봐. 혹시 알아, 그 잘난 은서 씨가 ……복 입고 너 기다릴지?"

"뭐? 뭘 입어?"

"아냐, 됐어. 난 이제 남 약 올리지 않기로 했거든. 좋은 건 혼자만 알아야지."

"집어치워. 나도 중요한 일 때문에 나왔으니까."

더 말을 섞어봤자 머리만 아픈 강재가 인사도 없이 병실 문을 열었다. 너도 빨리 나오라 매서운 눈빛을 더하자 창틀에 앉아 있던 은우가 폴짝 뛰어내렸다. 내심 경원이 강재에게서 한소리 듣기를 기대했는지 삐죽대는 입술에 불만이 그득했다.

"에이, 이게 뭐야. 차라리 집에서 편하게 있을걸."

"언니 지금 집에 있다."

"아…… 형부 따라 나오길 잘한 거 같아요."

강재에게서 무슨 욕을 먹건 경원에게서 어떤 시달림을 당하건, 은우로서는 언니와 단둘이 집에 있는 것보다는 나았다. 생각난 김에 휴대전화를 건드리다 언니의 문자를 확인하곤 강재의 옷깃을 흔들어댔다.

"혀, 형부. 언니가 빨리 빙수 사서 오래요. 왜 이렇게 오래 걸리냐고 화난 거 같아요."

"……."

그에게 큰돈 오가는 중요한 일이야 수도 없이 널려 있었지만 제일 큰일은 따로 있었다. 부인 눈치 보고 사는 것도 아니고 자발적으로 하는 것이니 숨길 것도 없다 했는데, 의기양양하게 턱을 드는 경원의 앞에서는 어쩐지 그 말이 안 나왔다. 경원에게 자존심이 상하기는 난생처음이었다.

"처제, 혹시 집에 예전에 은서 입던 옷들 다 있어?"

"에? 있을걸요? 언니 뭐 잘 안 버리잖아요."

"그럼 혹시 학교 다닐 때 입던 ……복도."

"에? 뭐라구요? 형부 왜 애도 아니고 자꾸 웅얼대요?"

"됐어! 얼른 가."

"아, 뭐래. 왜 맨날 나한테 짜증이야. 언니한테는 한소리도 못하면서."

은우가 강재의 뒤로 서다가 그가 노려보자마자 얼른 옆으로 붙었다. 뒤에 서서 따르다 거리가 벌어졌을 때 냅다 도망간 적이 한두 번이 아니다. 그걸 꿰고 있는지라 딱히 줄만 안 매달았지 강재는 눈빛으로 은우를 꽁꽁 싸매고 있었다.

"그나저나 학교 이야기 하니까 생각나네요. 언니 교복 입었을 때 남자들 진짜 많이 따라다녔는데. 막 편지도 주고 선물도 주고. 그것도 아직 옷박스 안에 있을 텐데."

종알종알, 은우의 잡담에 걸음도 진중하게 무게를 싣던 강재가 잽싸게 몸을 돌렸다. 지나친 위압감에 입이 얼어붙었던 그녀가 예상외로 밝은 형부의 표정에 서서히 긴장을 풀었다.

"형부…… 호, 혹시 또 제가 뭐 잘못한 거 있어요?"

"아니. 잘했어."

그럼 그렇지. 자신이 김경원만 못하게 살지 않았으니 부족할 것도 없었다. 다시 보니 오늘따라 예쁜 처제에게 카드를 한 장 꺼내 내밀었다.

"우리 처제 오랜만에 옷 한 벌 사야지. 매번 편의점에서 유니폼만 입고."

"아……, 하하. 그런데 언니 알면 완전."

"모를 거야. 조 실장도 불러서 천천히, 아주 천천히, 지겹도록 느긋하게 놀다가 들어와."

오라는 거야, 말라는 거야.

하도 당한 게 많다 보니 쉽사리 의심을 풀지 못하면서도 타고난 성격은 어딜 가는 게 아닌지라 바로 카드부터 받아 들었다. 함지박만 한 입을 감추는 건 은우만이 아니었다. 최대한 무표정으로 버티기는 했지만 강재는 꽤나 귀가 밝았다.

"그런데 그 옷상자가 어디 있다고?"

"사장님. 클럽에서 신 부장님 전화 왔는데 요새 낌새가 약간 이상하다던데요."

"하데스?"

"네. 너무 잠잠해서 그것도 이상하다고."

김 비서의 조심스러운 말에 경원이 생각에 잠겼다. 입 무거운

신 부장이야 그가 자리에 없어도 웬만한 것은 무리 없이 처리할 인재다. 그런 그가 자신이 병원에 있다는 것을 알고도 연락을 했다면 그냥 지나치기에는 걸리는 게 많다는 의미였다.

"그럴 만도 하지. 그때 마약 사건 터지고 타격이 좀 있었지?"

"네. 저희야 초장에 손 털었고 경찰에 협조한 덕 좀 봤죠. 오히려 경찰 쪽에서 소문을 흘려줘서 이미지 쇄신 좀 했습니다. 거기다 요즘 제일 잘나가는 드라마 끌고 오면서 입소문이 또 대단하네요."

클럽 일이야 처음부터 그다지 걱정하지 않았다. 규모도 크고 얽힌 사람도 많다 보면 좋은 일만 있는 게 더 말이 안 되는 이야기였으니. 오히려 요새처럼 일 하나 터지고 나면 어느 정도 자체 정화가 되는지라 물관리에도 용이하단 장점이 있다.

하지만 그거야 어디까지나 더 베이처럼 최정상의 이야기였고 나머지들은 주춤하는 타격에서 헤어 나오질 못했다. 특히 하데스의 곽 사장은 안 그래도 경원에게 이를 갈던 인물이었으니 지금쯤 허접한 인형에 바늘이나 안 꽂으면 다행이었다.

"아무래도 조심하시는 편이 좋지 않겠습니까? 아니면 미리 손을 좀 쓰시는 게……."

확실히 곽 사장 성격을 떠올리면 김 비서의 말대로 먼저 쳐버리는 것이 속은 편할지 모른다. 아마 몇 달 전만 해도 말이 나오기 전에 그가 먼저 그리했을 것이다. 그러면서 꽤나 즐거워했을 테고.

"됐어. 내가 알아서 해."

"하지만."

"내 애인이 경찰인데. 흐음, 알아서 지켜줄 거야."

뿌듯함이 가득한 가벼운 말투였지만 벌써 속으론 여러 번 생각을 거쳤다. 자신과 만나는 이상 제나에게 먼지 하나 묻히고 싶지 않은 것이 그의 마음이다. 사람 눈이 무섭다고, 벌써 주목하는 사람이 있을지 모르니 최대한 행적을 감춰야 했다. 그러니 지금으로서는 악의에 찬 사람들 눈을 흐리기에 병원만큼 적합한 장소가 없었다.

거기다 곽 사장은 아무리 눈이 뒤집혔다 한들 자신을 건드릴 만큼 간이 크지도 못했다. 애초에 처갓집 후광 제외하면 욕 잘하는 샌님이나 다름없는 인간이다.

"참, 몇 시지?"

"7시 조금 넘었습니다. 저녁 식사 준비할까요?"

"응. 그리고 말 시키지 말아줄래? 나 이제 아프려고 하니까."

"……아프시다구요?"

"안 아파도 아파야지."

그가 병원에 있는 건 검사겸사였다. 멀쩡하다 못해 활력이 넘치던 게 언제라고 제나의 퇴근 시각만 다가오면 그때부터 본격 환자 행세에 들어갔다. 옷도 헐렁헐렁 풀어헤치고 베개에 머리를 푹 파묻은 채로 그녀를 기다리는 시간이 더할 나위 없이 좋았다.

또각또각, 질질 끄는 거 하나 없이 성격처럼 단호한 저 구두 소리. 하루 종일 저 소리를 기다려왔다. 꼭 구두가 아니라 운동화를 신더라도 제나의 발소리는 언제 어디서건 바로 알아챌 수 있을 거라 확신했다.

"도대체 그 몸은 낫기는 하는 거예요?"

"제나 씨."

뾰로통한 그녀의 등장과 함께 경원이 느릿하게 한 팔을 받쳐놓고 힘들게 몸을 일으켰다. 방금 전까지 수십억이 오가는 거래를 지시하고 적의에 찬 경쟁자를 논하던 사업가는 어디에도 없다. 몇 번을 보아왔으면서도 볼 때마다 적응이 안 되는 김 비서가 멍하니 입을 벌리다 경원과 눈이 마주쳤다.

제나가 휴대전화를 확인하는 사이 '빨리 나가.' 하는 무시무시한 압박이 김 비서를 문밖으로 떠밀었다.

"어머, 저 때문에 나가시는 거예요?"

"아닙니다."

"제나 씨, 제나 씨, 그러지 말고 나 여기 좀 봐요. 부어오르는 거 같아."

딱 이 시간만 기다렸는데 잠시라도 딴 남자를 쳐다볼까, 경원이 얼른 제나를 불렀다. 새초롬히 돌아보는 얼굴엔 다정한 기색은 눈을 씻고 찾아봐도 없건만 괜히 가슴이 두근거렸다. 환자 행세에 좀이 쑤셔 죽겠다 싶다가도 얼마 안 되는 이 짧은 순간을 생각하면 못 할 것도 없었다.

"진짜 궁금해서 그런데, 어떻게 날이 가면 갈수록 상태가 더 나빠질 수가 있죠?"

"그러니까요. 얼른 와서 이것 좀 봐요."

불행하게도 제나는 이제 막 애인이 된 남자가 병석에 누워서 엄살을 피우는 것보다 그런 꼴을 봐야 하는 자신의 처지가 더 안타까운 여자다. 몇 년 만에 건진 연애 상대가 이 모양이라니. 남 탓할 일도 아니지만 어쩌다 이런 인간에게 빠져버렸는지 모르겠다. 애교 있는 성격도 못 되는지라 슬쩍 보고 헛웃음을 감추는 게 그녀가 할 수 있는 최선이었다.

"우리 제나 씨, 오늘은 뭐 하고 지내셨을까?"

"현장 하나 덮치고 욕도 좀 먹고 그랬죠."

"좀?"

"좀…… 매우 많이 진절머리 나게."

"감히."

어떤 새끼가. 경원이 나지막이 이를 갈았다. 골치 아픈 일도 다 끝났고 제나야 알아서 잘할 테니 따로 사람 붙일 생각은 못 했는 데 아무래도 손을 쓸 필요가 있어 보였다.

"아, 참. 그리고 조만간 내가 아는 나이롱환자 하나도 고발해보 려구요. 나도 실적 올려서 승진 좀 해야지."

"에이."

"농담 아닌데?"

푸욱, 김 비서가 준비해둔 과일을 포크로 힘차게 찍어 내리는 그녀의 손길에 그가 자신도 모르게 움찔했다. 낚시꾼처럼 나 여기 아프다 밑밥 뿌려가며 꼬여낼 때에는 옆으로 오지 않다가 꼭 이런 때에는 여왕 같은 걸음으로 그에게 다가온다. 그렇다고 그녀가 제 곁에 오는 게 싫을 리야 있겠냐만.

"먹어요."

그녀가 드물게 상냥한 얼굴로 포크에 꽂혀 있는 사과부터 내밀 었다. 은근한 경고의 의미로 한 행동이었지만 어디 그가 그런 게 통할 위인이던가. 보란 듯 손 대신 입으로 크게 베어 문 그가 재빨 리 그녀의 셔츠에 손가락을 걸어 당겼다. 순간적으로 휘청하는 가 는 허리를 한 손으로 단단히 당겼다.

"진짜 이 인간이!"

"모범 시민 신고할 시간 있으면 앓아누워 있는 애인한테 신경 좀 쓰지?"

그 와중에도 그녀의 옷 속 한번 들여다보는 것도 잊지 않았다. 모르는 사람이 보았다면 저것도 분명 재주라 했을 것이다. 하지만 그런 재주가 통하기에는 그의 사랑스러운 애인은 잡스러운 손기술에 도통한 경찰이다.

"으윽."

제나가 바로 손목을 잡아 비틀자 이번에는 엄살이 아니라 정말 억눌린 음성이 흘러나왔다. 힘으로야 보자면 아무리 제나가 경찰이래도 업종상 이 바닥에서 잔뼈가 굵은 경원에게는 우스울 뿐이다. 그저 그렇게라도 자신을 꽉 잡아주는 그녀의 악력을 즐기고 있다는 게 더 옳은 표현일지도 몰랐다.

"제발 퇴원 좀 해요!"

"왜?"

"내가 병자랑 사귀는지 남자랑 사귀는지 모르겠으니까!"

그녀는 병원에 오는 것이 싫었다. 병문안을 하거나 부득이하게 일 때문에 종종 병원에 들를 일이 있었지만 싫은 건 어쩔 수가 없었다. 그 특유의 소독약 냄새나, 아픈 이의 생기 없는 표정을 마주할 때마다 괜히 마음 한구석이 욱신거렸다.

"둘 다 사귀면 되지. 당신은 멋진 여자니까."

"김. 경. 원. 씨."

"알았어. 할게. 대신 약속 하나만 해주면."

주인을 닮아 음흉한 그의 기다란 손가락이 공중에서 까딱거리며 그녀를 불렀다. 마중이라도 나오려는 듯 길어진 목선이 유려하기 그지없다.

"빨리, 빨리."

그녀가 아는 경원은 안 듣겠다고 하면 애달아하는 그런 애송이가 아니었다. 그러냐, 그럼 마라, 병상에서 기타 치고 노래나 안 부르면 다행인 위인이다. 어쩔 수 없이 시간 낭비를 피해보고자 그녀가 귀를 기울였다.

"그러니까…… 입원 안 해도…… 음…… 이렇게 보자구?"

"응. 매일매일."

"꾀병 맞잖아!"

지나치게 가까이 붙어 귓가에서 속닥대는 그의 말을 따라 해보다가 기어이 베개를 집어 던졌다. 키득대며 피하던 그도 두 번째 공격은 어쩌지 못해 그대로 넘어가다, 들어올 때부터 눈여겨둔 그녀의 팔목을 같이 끌어당겼다.

"아, 누구 애인인진 몰라도 누워서 봐도 예쁘단 말이지."

"하아."

"아니, 누워서 보니 더 예쁜 건가?"

곧게 누운 그의 얼굴로 제나의 앞머리가 스르륵 흘러내렸다. 그 간질간질한 느낌이 아까워 눈을 감고 즐기다 천천히 그녀를 담았다. 못마땅함이 서린 눈에도 웃음이 녹아 있자 안심하고 더 잡아끌었다.

"으음."

"이제나 경위님."

살짝 턱을 기울여 그녀의 새하얀 목선 위에 숨결을 흘렸다. 머리칼을 한쪽으로 넘겨놓곤 아프지 않게 살짝 깨물어보다 깊이 파고들었다. 손가락 새로 감겨오는 풍성한 머리칼이 따스한 물을 휘젓는 기분이다.

"우리 애인 바쁜 거야 알겠는데, 이렇게 병원에라도 있어야 얼굴 비쳐줄 거 아냐."

"웃기는 소리 마. 그리고 김경원 씨 은근히 말 놓는다?"

"알았어. 예민하긴."

상황 봐서 아예 대놓고 놔야겠다고 결심한 채 화장기 없는 그녀의 뺨을 두드렸다. 묻어나올 것이 없는데도 하얀 감촉이 좋아 몇 번을 튕기듯 손가락으로 쓸었다.

"그래도 내 말이 영 틀리진 않았잖아. 가슴에 손을 얹고 생각해봐. 내가 퇴원하면 이렇게 매일 볼 수 있겠어?"

"그래서 잘했다는 거예요?"

"알잖아. 나는 잘했다 잘못했다 기준이 남들이랑 다른 거."

그건 이 남자 말이 맞다. 이 남자 기준이라면 자신이 즐겁고 재미있기 위해 한 모든 행동은 잘한 행동이다. 알면서 물은 사람이 바보지.

"어쨌든, 나랏일 하고 온 애인 화나게 하고 싶지는 않고 조건을 좀 바꿔볼게."

"지금 당신 퇴원하는 데 왜 날 가지고 인심 써요?"

"걱정할까 봐 그러지."

하도 어이가 없어 제나가 웃어버렸다. 그 틈을 놓치지 않는 경원의 손가락이 아래로 내려가 슬금슬금 옷 속을 파고들었다.

"그래서 뭘로 바꾸셨다는 건지? 매일 볼 거 이틀씩 보자구?"

"……다치지 마."

"응?"

"나는 당신이 나라에 해가 되는 어떤 새끼를 잡아 처넣든, 그 새끼가 몇 명한테 약을 팔고 돌아다녔든, 솔직히 다 관심 없어. 관심 있는 척도 못 하겠고. 그렇지만 그딴 새끼들 때문에 당신이 다치지는 마. 안 그래도 없는 애국심 증발해버리기 전에."

아래에서 제나를 올려다보는 그가 조심조심 그녀의 턱을 쓸다가 불만 가득한 한숨을 내쉬었다. 입술로 하는 모든 행동에 민감하고 예민했지만 그녀에 관해선 감도가 더 뛰어났다. 눈 감고 장난 삼아 쓸어보던 입술의 표면에도 다른 보드라움보단 이 가느다란 선이 제일 먼저 느껴졌다.

"아…… 이 정도야 뭐."

제나가 멋쩍게 웃었다. 오후쯤일까, 자신조차도 잠깐 만져보고 말았던 긁힌 자국이다. 그녀야 원래 피가 뚝뚝 떨어지지 않는 이상은 어디에 무슨 상처가 생기는지도 잘 모르는 성격이었다. 그런 마음가짐이니 아직 얼굴이 말짱한 것이 더 이상하다며 형식이나 팀원들이 놀려대곤 했다.

"앞으로 그 예쁜 얼굴 끝까지 흠 없이 지키겠다면."

"으으음."

"없는 애국심 짜내서…… 이틀에 하루 정도로 참아볼게."

입술을 꼭 붙여 감싸면서도 숨을 들이쉴 때마다 강요 아닌 강요를 계속 했다. 단순히 잘 보이려 그러는 게 아님을 알아 그녀가 작게 고개를 끄덕였다. 다치지 말라, 몸조심하라는 소리야 팀원들 간에도 늘상 주고받는 말이지만, 이 정도로 절절히 저를 보아주는 사람은 없었다. 그러고 보니 어느 순간 희미하게 남아 있던 병원 냄새도 지워졌다.

"누가 들으면 보석이라도 사준다는 걸로 알겠어요. 자해공갈도 정도껏 해야지."

이대로는 안 되겠다 싶어 그녀가 일부러 경원의 가슴팍을 살짝 눌렀다. 확실히 다 낫긴 한 건지 제법 힘을 실어도 멀뚱멀뚱 쳐다만 보다 뒤늦게 아픈 척 가슴을 싸쥐었다. 기가 막혀 웃고, 또 웃을 수밖에 없어 웃고, 장난을 반복하다가 정말로 몸을 일으켰다.

"그러고 보니 보석, 당연히 사줘야죠. 우리 경위님껜 세상에서 제일 멋진 걸로!"

"됐거든요? 일하는 데 거치적거려 싫어요."

그건 그랬다. 거기다 그가 보석을 주는 게 처음은 아닐 테고 벌써 여러 여자에게 그랬을 거라고 생각하니 일순간 흥미가 식어버렸다. 과거에 연연해하지 않겠다 했는데 한번 든 생각이 점점 커지며 싱글거리는 경원이 갑자기 꼴도 보기 싫어졌다. 연애라는 게 이토록 치사하고 변덕스러울 줄이야.

"이제 진짜 갈래요."

"그래요. 약속 꼭 지키고."

"뭐 나한테도 나쁠 거야 없으니까. 그런데…… 경원 씨."

그 못지않게 위험하게 웃음 짓던 그녀가 마지막으로 다가와 그의 어깨를 쓸었다. 그대로 이어진 손짓이 목선을 지나고 마지막으로 입술까지 닿자 퇴폐미 가득 허술히 누워 있던 경원이 바로 몸을 일으켰다.

"안 가겠단 거야?"

어른스러운 척했지만 속내는 아쉬워 죽을 지경이었다. 그날이야 드디어 제나가 마음을 열어주었다는 기쁨에 돌아볼 것도 없이 옷깃을 풀어헤쳤는데 이상하게 날이 갈수록 손대기가 힘들어졌다. 그렇다고 안 맬 것도 아니지만 힘들게 일하고 온 사람 만지작대기에 미안함 정도 느낄 양심은 남아 있는 경원이었다.

"나도 조건이 있다는 거지."

"아, 불안한데?"

"나는 더 불안했는데도 다 들었잖아."

이번에는 그녀가 살짝 손짓을 했다. 상체를 세운 김에 작별 키스 한 번 더 하려 손을 뻗어 올리자 그녀가 재빨리 그의 두 손을 잡아 눌렀다. 제압에 가까울 정도로 신속하게.

"우와, 뭐지, 이거?"

"뭐긴 뭐야. 당신 말에 감동해서 훌쩍거리며 매달리면 나도 편하긴 한데."

"응."

"내가 그럴 성격이 아니잖아."

"그렇지."

그래서 더 매력적이긴 하지만. 경원이 아쉬운 입맛을 다셨다. 자신을 너무 잘 파악했는지 그사이 딴짓 못 하게 눌러두는 힘이 꽤 강했다. 깜찍할 정도로.

"웃겨요?"

"아니. 좋아서 그런 건데. 어쨌든 조건이 뭔데?"

그녀도 똑같이 상체를 기울이며 그의 귓가를 찾았다. 손 밑에서 움찔대는 손이 언제 튕겨 나올까 순식간에 저 할 말만 남겼다.

"당신, 퇴원하기 전까진 나 못 만져."

"뭐어?"

"손끝 하나 못 대."

역시나 눌러두던 힘이 폭발이라도 한 건지 바로 일어나 그녀를 향했다. 예상한 대로의 반응에 얼른 물러선 그녀가 단호히 거절의 턱짓을 했다. 언제까지 그의 속 보이는 신선놀음에 장단을 맞춰줄 순 없다.

"이봐요, 내가 정말 당신 퇴원시킬 방법쯤 모르는 애송이로 보여?"

"이제나……. 너무 똑똑하니까…… 싫어지려고 해."

"진짜?"

"아니."

그가 머리를 싸쥐더니 털썩 주저앉았다. 그가 강제로 어쩔 남자가 아니라는 건 진작에 알았고, 역시 아직은 그녀 자신이 더 움켜쥐는 편이 즐거울 것 같다. 언제 이 남자의 쾌락주의에 물들어버렸을까.

"그럼 정식으로 멋진 첫 데이트 신청 기다릴게요. 드넓은 병원 밖에서."

들어올 때와 마찬가지로 또각대는 구두 소리였지만 이 순간만큼은 그에게 마녀의 빗자루질처럼 오싹했다.

멋대로 입원을 한 사람이었으니 하루아침에 멋대로 퇴원을 해도 다들 그러려니 했다. 다만 퇴원을 했으면 자기 집에 갈 일이지 남의 집 거실에 한자리 차지하고 있으니 그게 문제였다.

"왜. 또…… 우리 집이지?"

"아, 서강재 사장님. 오랜만에 뵙습니다!"

경원이 성의 없이 한 손을 올리다가 다시 소파에 푹 기대 생각에 잠겼다. 강재가 무슨 일이냐 은서를 쳐다보아도 모른다 고개를 저어대기에 조용히 욕설을 내뱉었다. 정말 집에서만큼은 은서를 안고 오붓하게 쉬고 싶었다.

"강재 씨, 뭐라구요?"

"아냐, 당신한테 그런 거."

날이 갈수록 배가 불러오는 게 선명한 은서가 갸웃거리자 그가 표정을 풀고 그녀의 뺨에 가볍게 입을 맞췄다. 아주 우연히 방에서 나오다 그 모습을 본 은우가 못 볼 꼴을 본 것처럼 재빨리 거실로 향했다. 그러다 소파에 누워 손가락을 까딱거리는 경원을 보고는 삶의 의욕을 잃어버렸다. 길고 커다란 복도를 두고 앞에는 경원이 있고 뒤에는 형부와 언니가 있다.

"박쥐 처제. 너 이리 와봐."

"아이씨."

"경원 씨, 그런데 우리 은우가 왜 박쥐예요?"

"박쥐잖아요. 아, 좀 있으면 아롱이랑 다롱이랑 주렁주렁 매달고 다닐 텐데 딱이네."

"가우스랑 페르마예요."

경원은 사랑스러운 아이들을 배 속에서나마 그따위 이름으로 불러서는 인격 형성에 좋지 않다고 강조해왔다. 그래서 은서가 뭐라건 저 부르고 싶은 대로 부르기로 마음먹었다. 그 제멋대로 의지 하나는 강재가 내심 부러워하는 부분이다.

"하여튼 친구 좋은 게 뭐라고. 다들 여기 앉아봐요."

"너 또 말도 안 되는 시상식 이런 거라면…….."

"아니라고, 좀! 애 아빠 될 사람이 마음을 넓게 써봐."

경원을 가족으로 생각하지만 동시에 원수라고도 생각하는 세 사람이 그를 둘러쌌다. 특히 은서는 이미 시상식에서 제나를 본 경험이 있어 이번만은 진지한 고민일 거란 믿음을 가졌다.

"뭔데 그렇게 뜸을 들여?"

"그러니까요. 부디 들을 만한 가치가 있었으면 좋겠네요."

"데이트……. 그거 도대체 어떻게 하는 거지?"

경원의 심오한 질문은 모범 시민 초청장을 내밀 때만큼이나 그 여파가 컸다. 은서는 주섬주섬 배를 가릴 이불을 가지러 일어섰고 강재는 진지하게 경원 몰래 이사라도 가야 할까 고심했다.

하지만 가장 격렬하게 싫은 반응을 보일 거라 예상했던 은우는, 그저 멀뚱멀뚱 서 있기만 했다.

"오, 우리 박쥐. 그래도 처제라고 내 고민을 알아주는 거야?"

"그러니까 사장 아저씨 고민이 뭔데요?"

"방금 말했잖아."

"아니, 농담 말고 진짜 고민이요."

은우는 유례없는 인내심으로 조용히 기다렸다. 그러나 묘한 얼굴의 경원이 "데이트." 하고 속닥이자 그제야 그게 장난이 아니었음을 알고 한 박자 늦게 비명을 질렀다. 짜증을 가득 담아 진저리치는 높은 목청에 경원이 쑥스럽게 목 뒤를 쓸었다.

"내가 별로 잘못 살았다 생각 안 해봤는데 오늘만은 돌아보게 되네. 하하."

"나가."

강재가 단호하게 출입문을 가리켰다. 그렇지만 문이 어딘지 몰라 못 나간 사람도 아니라 경원은 그나마 더 친한 은서에게 희망을 품었다. 그래도 은서는 임신을 하고 나서 많이 유해졌다.

"아아, 은서 씨."

"나가요."

"……나 진짠데. 진짜 데이트를 해야 하거든요."

"뭐라구요? 경원 씨가 뭘 한다구요?"

"진짜 끝내주는 애인이랑 끝내주는 데이트."

그가 여자 만나는 법을 몰라 여기에 온 것은 아니다. 경험은 힘이며 지식이라, 사실 그 방면에는 따라올 자가 없지만 이번만은 그럴 수 없었다. 여자와 단둘이 만나는 것을 데이트에 포함시킨다면 그는 대부분의 데이트를 침대 위에서 했다. 서로가 계산기를 두드려 더하고 뺄 것도 없는 결말만 맞았으니 두 번 마음에 담아

두지도 않았건만.

"내가 오죽하면 여기에 왔겠어요."

밖에서 남들이 하는 데이트를 해보려니 머리가 하얗게 비었다. 쳐다만 보아도 웃음이 나는 제나를 두고는 하나하나가 조심스러웠다.

"내가 은우도 있는데 이런 말 하긴 좀 그렇지만……."

"할 거면서."

"그래요. 내가 그간 경원 씨 살아온 걸 알아 하는 말인데, 침대 안에서 하는 일이야 여기 있는 사람 다 합쳐도 경원 씨 못 따라갈 거예요. 그러니까 나가요."

"아니, 그거야 그렇지만, 난 침대 안이건 밖이건 밤이건 낮이건 계속 같이 있고 싶은데?"

우리 제나랑은.

경원의 고민이 보통은 아니다 싶자 세 사람은 다시 진지해졌다. 서른도 훌쩍 넘은 남자를 아들 키우듯 어르는 자체가 한심했지만 최소한 그냥 해보는 말은 아니라는 것을 알았다.

"경원 씨도 알겠지만 저야 강재 씨 만날 땐 일이 너무 많았잖아요. 은우 쫓아다니고 삼촌도 그렇고……."

"그럼 결혼하고는요? 강재가 어떻게 해줬을 때가 제일 좋았어요?"

"으음, 언제였더라."

이번에는 만사 심드렁하던 강재마저 은근히 귀를 기울이는 것이 보였다. 은근슬쩍 무임 승차해 부인의 환심을 사려는 그 꼴이 거슬렸지만 제 사정이 급하니 그걸 지적할 여유도 없었다.

"글쎄, 저라면…… 한국에선 구하기 힘든 수학 논문이랑 문제집 구해줬을 때?"

"아, 하하."

"참! 그리고 얼마 전에 같이 제주도에 갔었는데."

"아, 강재가 제주도에서 특급 호텔 빌려서 끝내주는 파티라도 열어줬어요?"

이제야 뭔가 대답다운 답이 나오는구나. 경원이 잘생긴 귀를 쫑긋 열었다.

"아뇨. 제주도에서 열리는 대한수학학회에 자리를 마련해줬지 뭐예요. 생각지도 못하던 거라 정말인지 눈물이 날 거 같아서…… 그때 내가 이 사람을 진심으로 사랑……."

"……이제 나 가봐야겠다."

그래도 세간에 알려진 명성이라는 게 있는데, 아무에게나 어떤 데이트가 좋을까 물어볼 수는 없었다. 그래서 그런 질문을 해도 흉보지 않을 여자들에게 도움을 청해보려 했더니 고민 상담 대상을 한참 잘못 찾았다.

새삼 저런 은서랑 같이 사는 강재가 딱해 보여 위로의 뜻을 담아 애도의 눈길을 보냈다.

"당신 정말 그랬었어?"

"뭐 그랬단 거죠."

"그런 줄 알았다면……. 좋아, 애들만 낳으면 은우한테 맡겨놓고 다음 해에는 뉴욕에서 열리는 국제통계학……."

역시 부부란 한 사람의 희생만으로 끌고 가기에는 무리가 있었다. 그냥 둘 다 똑같은 인간들이니 저렇게도 사는구나. 경원이 허탈하게 머리를 털며 자리에서 일어섰다. 언니나 형부나 저런 장면을 너무 많이 봐서 면역이 되어 있던 은우가 리모컨만 만지작거리자 경원이 살짝 귀를 잡아당겼다.

"박쥐 처제야. 내가 정말 요즘 추세를 몰라 묻는데, 혹시 제나 씨한테 특별 이벤트로 수학학회에 끌고 가면 어떨까?"

"어떻긴요. 싸대기 맞죠."

이것 봐라.

그가 눈을 반짝였다. 어쩌면 은우가 이런 방면에 있어서는 제 언니보다 더 뛰어난 여자일지도 몰랐다.

"아, 그럼 우리 처제 나 좀 도와주지 않을래?"

"네. 않을래요."

편의점 하나만 해도 죽을 것 같은데 뭐하러. 은우가 절레절레 고개를 흔들며 최대한 멀리 경원에게서 떨어지려다 뒤에 있던 강재와 부딪쳤다. 경원이 잘하면 어찌 써먹어볼 수 있겠다 싶어 은우를 끌고 나오려던 차에 강재가 먼저 처제를 잡아끌고 사라졌다. 늘 은서만 싸고돌던 두 남자가 한순간에 은우로 노선을 갈아타자 그녀는 홀가분히 경원에게 인사를 건넸다.

"나도 충고할 처지는 아닌 거 아는데…… 경원 씨 무슨 계획 하는 거 있죠?"

"그거야 뭐."

"내가 친구로서 그래도 할 말은 해야겠는데…… 경원 씨 데이트."

"그렇죠, 친구. 그래서 이번에는 은서 씨 말 안 들으려구요. 하하."

"듣는 게 좋을 텐데."

분명 한 번 정도 말을 꺼냈는데 못 알아먹은 건 경원의 탓이다. 거기다 그녀 역시 경원에게 이를 갈 만한 일이 있으니 굳이 더 나서고 싶지도 않았다.

"괜찮다니까."

"그럼 좋아요. 자기 일은 자기가 알아서 하고, 대신 다시는 멀쩡하고 정상적인 내 남편한테 ……복 이딴 소리 하기만 해봐요. 임신부가 독을 품으면 얼마나 무서워지는지 보여줄 테니까."

안 그래도 무서운데. 그건 그렇고, 강재 쟤도 남자였구나.

경원이 긴 다리로 얼른 소파를 뛰어넘으며 유쾌하게 눈썹 끝에 손을 붙였다. 못마땅해하는 은서의 눈을 피해 현관에서 반질한 구두를 꿰신으려는데 복도 끝에서 은우가 허겁지겁 달려왔다.

"어, 박쥐 처제가 웬일로 이렇게 날 찾지? 이제야 나의 소중함을 안 거야?"

"도와줄게요. 제가 도와줄게요."

"응?"

"저 진짜 사장 아저씨 데이트 잘 도와줄 자신 있어요. 제발 믿어주세요."

속 썩이는 피의자 하나 때문에 이틀간 집에도 못 들어간 형식이 뻑뻑한 눈을 거칠게 문질렀다. 젊은 애가 어쩌나, 제나가 커피 한 잔을 내밀자 쓴 약을 먹듯 한 번에 들이켜고는 양어깨를 힘차게 뒤로 젖혔다.

"으쌰!"

"형식아. 나갈까? 고기 사줘?"

"음, 그럴까요? 근데 누님은 시간 괜찮으세요? 바쁘실 줄 알았는데."

"응?"

"아뇨, 아닙니다."

경찰청 내에서도 제나와 붙어 다닐 일이 가장 많은 형식이다. 그녀가 딱히 먼저 말을 꺼내지 않아 별다른 내색을 하진 않았지만, 형사다운 감으로 어느 정도 눈치를 채고 있었다.

"우리 형식이도 연애를 해야 하는데 말이지, 이 젊은 나이에 이게 뭐야?"

뒤늦게 커피 한 잔씩 입에 물고 들어온 남 형사와 김 형사가 그래도 살 만한지 형식을 놀려댔다.

"아, 선배님들! 여자라도 하나 소개를 해주고 그런 말씀 하시죠!"

"아니, 뭐 누가 소개해주기 싫어서 그러나?"

실제로 형식과 단 한 번이라도 말을 섞은 사이라면 이렇게 소개팅 청탁은 기본이 열 번이었다. 하지만 작년에 과학수사계 최 형사가 술김에 처제를 소개해준 것을 기점으로 모든 상황이 바뀌었다. 무섭다고 꺽꺽대는 처제 때문에 최 형사가 부인과 이혼 위기까지 갔다는 것이 밝혀지자 다들 사리던 몸을 더욱 낮췄다.

"봐서 한번 해줄게."

"언제요? 도대체 언제 소개해주시려구요?"

"그러게나. 나는 아직 우리 마누라한테 정이 남아서……."

괜히 한번 놀려보려다 지키지도 못할 약속을 하게 될까, 김 형사가 슬금슬금 제자리로 돌아갔다. 형식의 혈기 가득한 불똥이 혹여 자신에게 튈까 아무도 시선을 마주치지 않자 결국 제나가 대신 나섰다. 그래도 동생 같은 애가 이리 치이고 저리 치이니 마음이 좋질 않았다.

"형식이 너도 좋은 여자 만날 거야."

"언제요?"

"……언젠간. 그러니까 나가자. 고기 사줄게."

제대로 된 연애도 한번 해보고 빨리 알콩달콩 살아보고 싶던 형식은 실망으로 어깨가 축 처졌다. 요새는 몸 좋은 남자가 대세라고 제나가 말하기에 나름대로 몸 하나는 열심히 가꿨는데 그 몸 한번 드러낼 기회도 없었다. 여자들이 몸 좋은 남자를 좋아하는 거야 진리라지만, 최소한 그 몸을 보고 싶어질 정도의 얼굴은 되어야 한다는 것이 관건임은 미처 듣지 못했다.

"누님도 아시지 않습니까. 저 여자한테 아무것도 바라는 거 없는 거."

"어, 바라면 안 되지."

"뭐라구요?"

"됐고, 나가자니까? 왜 여기서 민폐야."

"아니, 제가 여자 소개해달랬지 무슨 난동을 부렸습니까?"

음소거 된 사무실 내 CCTV로 본다면 누가 봐도 난동이었다. 답답한 형식이 가슴을 치고 가녀린 제나가 그 팔을 떼어내며 어쩔 줄을 몰라 했으니.

"그래서 말인데요, 누님. 누님 친구 중에 전에 카페 하던 누님 있지 않았습니까."

"수연이?"

"네. 그 누님 솔로면 어떻게……."

제나가 조금 더 측은하게 그를 바라보았다. 그녀가 알기로 수연이 경찰대를 때려치운 데에는 적성 말고도 학교에 별 인물이 없다는 것도 큰 지분을 차지했다. 외모에 얼마나 객관적인지 자기 아버지 환갑 잔치 때에도 누군가 '아버님 인물 좋으시다.' 인사를 건네자 '그건 아니다.' 하고 딱 잘라냈던 애가 아닌가.

그런 애한테 형식을 소개하면 수연과 절교를 하는 건 둘째치고 형식도 평생 마음의 상처를 안고 살아야 했다. 가족 같은 형식에게 도무지 그런 상처를 줄 수는 없었다.

"걔 애인 있어."

"네에? 진짜요? 누구요? 누구?"

"……커피."

늘 팬들과 결혼한 연예인들처럼 적당히 커피와 수연을 팔아먹었다. 장사도 잘되는데 이 정도야 이해하겠지, 한발 빠르게 수습에 들어갔다.

"그러지 말고 눈을 좀 낮춰봐. 이제부터라도 좀 알아볼게."

"누님, 저 눈 별로 안 높습니다."

그 누구보다도 진지한 형식이 미간에 주름을 깊게 드리우며 생각에 빠졌다. 그러고는 손가락을 펴가며 제나에게 하나씩 조건을 짚어갔다.

"저야 뭘 바라겠어요? 직업도 안 보고 재산도 안 보고, 안 그래도 저, 집도 있다는 거 아닙니까. 하여튼 여자야 뭐…… 눈이 좀 예쁘면 좋겠고. 크고 맑으면 보기 좋잖습니까?"

"좋아, 눈."

그 정도야 뭐. 그녀가 고개를 끄덕거렸다. 당연히 형식의 말이 끝난 거라 믿으며.

"그러고 보니까 코도 이왕이면 오뚝한 게 좋더라구요. 아, 입술도 중요한데 빼놓긴 그렇죠. 맞다맞다, 머릿결도 찰랑찰랑거리면 그게 그렇게."

"에라이!"

"이 양심도 없는 새끼 봐라!"

여기저기서 종이뭉치들이 날아와 형식에게 향했다. 형식에게 여자친구가 없는 건 꼭 그 얼굴이 문제가 아니다. 안 그래도 머리 복잡한데 더 이상 얽히고 싶지 않아 제나는 바로 발을 뺐다.

"형식이 넌 나중에 독거노인 되면 부양가족 없어서 세금 많이 내야겠어."

"누님. 정말 너무하십…… 어, 잠시만요."

갑자기 울리는 전화벨 소리에 형식이 확인도 않고 통화 버튼을 눌렀다. 그 자리에서 받을 것처럼 하더니 통화가 이어질수록 떠듬떠듬 걸음을 옮겨 사무실 밖으로 빠져나갔다.

"네. 저한테는 어쩐 일로…… 네……. 네? 정말입니까?"

무슨 말을 들었는지 흥분한 형식이 휴대전화를 똑바로 고쳐 들었다. 밖에 나갔든 안 나갔든 별 효험도 없이 고래고래 목청을 높이다 싱글벙글 사무실로 복귀했다.

"뭐야, 무슨 일인데? 아, 나가면서 이야기하자."

"아니. 저 못 갑니다. 약속 생겼어요. 다음에 사주세요."

"왜? 너 뭐 소개팅이라도 하는 거야?"

"소개팅은요, 무슨. 그냥 뭐 가봐야 아는 거긴 한데…… 흐흐."

덩치답지 않게 한 번에 잽싸게 재킷을 꿰입더니 이내 가방까지 챙겨들었다. 어지간히 좋은 일 있나 보다. 제나는 남 형사와 눈을 마주치며 어깨를 으쓱대고 말았다.

"참, 누님. 누님이 제일 좋아하시는 음식이 뭐였죠?"

"뭐?"

"아, 그냥요. 나중에 한턱 쏘려고 그러죠. 흐흐."

"그래서 안 형사님은 우리 제나가 제일 좋아하는 건 알아 오셨습니까?"

"네, 그럼요."

형식이 이렇게 정상 영업시간에, 아무런 제지를 받지 않고 클럽에 와본 것은 처음이었다. 그것도 더 베이처럼 대한민국 최고급 클럽에서 90도 인사까지 받아가면서.

"일단 여기 앉으시죠."

방음 철저한 통유리에 손을 대자 비트를 따라 울리는 진동이 전류처럼 타고 오른다. 어쩌면 이렇게 짜릿한지, 절로 침이 넘어갔다.

그동안 형식은 주로 가장 후미진 앰프 밑이나 계단 아래 잠복하다가 독수리처럼 피의자를 잡아채 나가느라 바빴다. 더군다나 가장 최근에 있었던 사건 때에도 내내 붕어빵 장사만 하다가 마지막 날에나 클럽 안에 발을 들일 수 있었다. 하지만 그마저도 제나 걱정에 피가 마르고 있었으니 기억에 남는 것이 있을 리 없다.

"……우와."

318

범법자는 아니지만 여의치 않게 욕설과 폭력이 난무한 그의 인생에 이런 별세계는 상상도 하지 못했다. 제나가 알면 이상한 데 물들었다 기겁을 할 테지만 남자로 태어났으면 이렇게 한번 살아보고도 싶었다. 아니, 살아봐야만 했다.

"한잔 하죠?"

진짜 짜릿한 것은 이렇게 따로 있었다. 특별히 폼 내려 그런 것도 아닐진대 기다란 다리를 쭉 뻗어 샴페인 잔을 가벼이 돌리는 경원은 같은 남자가 봐도 눈이 흐려졌다. 어디 영화나 잡지 속에 빠져 자신이 길을 잃은 것은 아닐까, 착각을 하게 될 정도다.

그의 곁에서 벌벌 떨고 있는 저 두 마리 양만 아니라면.

"우리 박쥐 처제, 강재가 한눈도 팔지 말라더니 그사이에 샴페인에 손을 댔네? 깜찍해서 그냥 넘어갈 수가 없잖아."

"사, 사장 아저씨. 이건 그냥 손이 멋대로 구경만 하려구……."

"으음, 어쩐다. 너네 언니 너무 무서워서 나도 이런 거 싫은데. 그 배은망덕한 손을 어쩌지? 잘라야 하나?"

"……."

"농담이야, 농, 담! 하하하. 겁먹었구나. 김 비서, 우리 처제 우유 좀 갖다줘."

한잔 술에 잠시 방심했던 은우가 주먹에 힘을 주고 정신을 깨워냈다. 굳은 결심을 하고 따라왔지만 역시 잘한 일 같지는 않다. 경원이 저렇게 웃을 때에는 꼭 말에서 칼날이 번쩍거린달까? 어쩐지 한기가 든다 싶어 옆자리의 김 비서와 함께 잔뜩 몸을 움츠렸다. 그리고 창가에서 넋을 놓던 형식 역시 얼떨떨한 표정으로 다가와 잔을 받았다.

"저는 전화로 듣기는 했는데…… 사실 누님한테도 말하지 말라셔서 정확히 이게 어찌 된 건지…….."

"인정하기는 싫지만 저 없을 때 우리 제나 씨 옆에 가장 가까이 붙어 있는 사람은 안 형사님이잖아요. 앞으로 위험한 데 다니면 우리 제나 씨 좀 잘 부탁한다 대접이라도 하고 싶었고…….."

"김 사장님도 참. 저 공무원입니다. 이런 대접 받으면 안 되는데."

"물론 알죠. 그래서 다른 대접은 못 하니 처남이라 생각하고 필요한 걸로 준비를 해봤단 거죠. 하하."

경원이 고개를 까딱거리자 김 비서가 얼른 사진 몇 장을 내밀었다. 어찌 알았는지 정확히 형식 취향의 눈도 예쁘고 코도 예쁘고 발끝까지 다 예쁜 아가씨들 사진이 많기도 많았다.

"형님. 어, 어떻게 이런 분들을."

"뭐 별거 있나요? 그때 붕어빵 장사 하실 때 보니 유독 이런 스타일 아가씨들한테만 서비스 넣어주시길래."

정말 허투루 볼 수 없는 남자였다. 경원은 '그게 뭐 어떠냐?' 하는 눈빛으로 살짝 웃음을 흘렸고, 형식은 무서우면서도 팔이라도 꼬집어보고 싶었다. 이런 여자와 소개팅 한번 할 수 있다면 영혼이라도 갖다 팔지.

"안 형사님 마음에 드실진 모르겠지만 다들 건실하고 착한 친구 동생들이에요. 저랑은 달라서."

마지막 말에 화르르 신용이 불타올랐다. 생각해보니 경원은 클럽 사장이기 전에 이제는 친누나나 다름없는 제나의 애인이었으니, 이 정도 소개팅은 받아도 되지 않을까…… 가 아니라 받아야 했다.

"그, 그러면 저는 뭘……. 아, 우리 누님, 현장에서 잘 보호해달라구요?"

"그것도 좋지만 일단 저한테 급한 건 우리 제나 씨 정보거든요. 그래야 제나 씨에게 세상에서 제일 끝내주는 데이트를 신청하죠."

"뭐 남자가 추잡스럽게 그딴 거 때문에…… 는 아니고 그러실 수도. 아하하."

"그리고 제나 씨 부를 때 '우리'는 좀 빼주면 더 좋고."

뭐가 진짜 목적인지 알 수는 없었지만 이렇게 느릿느릿한 경고가 더 효험을 발휘하기도 했다. 경원과 대화를 나누면서도 사진 속 참하게 공부하는 어느 아가씨에게서 눈을 떼지 못하던 형식이 저도 모르게 경원에게 눈을 돌렸다.

"…….."

"하아, 오늘은 내가 부탁하는 입장인데 너무 분위기를 잡았네. 이러면 안 되는데. 그치, 처제? 그치, 김 비서?"

"아, 아닙니다."

"다들 어떻게 하면 우리 제나 씨가 깜빡 넘어가서 나한테 폭 빠질지 아이디어를 내야지. 그러려고 보너스 주고 편의점에서 구출해주고 멀쩡한 희생자…… 가 아니라 규수들까지 구해놓은 거 아니잖아?"

아, 얄밉다. 어떻게 얄미워도 인간이 저 정도로 얄미울 수 있을까.

다들 얻을 수 있는 건 이미 머릿속에서 지워졌다. 경원이야 흠 잡히지 않으면서도 제나를 위해 완벽한 데이트 계획을 도와줄 드림팀을 모았다고 생각했지만 실상은 조금 달랐다. 그가 제나와의 첫 만남에서 별생각 없는 장난을 쳤던 것이 그의 첫 번째 실수였다면, 지금의 멤버 선발이야말로 그에 뒤지지 않는 두 번째 실수였다.

"사장님. 최선을 다해보겠습니다."

일단 늘 곁에서 수족이 되어주는 김 비서는 결혼 경험이 있는 유부남이니 어떻게든 도움이 될 거라 생각해 가장 먼저 차출했다. 하지만 동시에 온갖 갈굼을 하고 때로는 범법까지 저질러가며 한 가정의 가장을 혼돈의 구렁텅이로 밀어 넣은 것이 바로 자신임은 고려하지 못했다.

"걱정 마세요, 사장 아저씨. 저도 정말 맘 잡고 도울게요."

이 방면에는 은서보다 낫다 생각했고 적당히 노는 것도 좋아했으며 언제 보아도 그저 귀여운 깜찍이 처제도 믿어볼 만했다. 하지만 동시에 자신으로 인해 편의점에서 노예와 같은 삶을 살며 하루에도 스무 번 이상 식은땀을 흘리고 밤에는 경기를 한다는 것을 미처 생각지 못했다.

"저도 뭐, 우리 누님 위해서이기도 하니까요. 하하."

마지막 형식은 말 그대로 제나와 가장 오랜 시간 붙어 있는 파트너이기에 호출했다. 사람 몇 번 보면 아는 그의 탁월한 안목으로 제나에게 전혀 사심도 없을뿐더러 남자로서도 믿을 만했다. 하지만 경원이 제나의 환심을 사려 약쟁이들 잡아끌고 뻔질나게 경찰서를 드나들 때 그로 인해 형식이 몇 날 며칠 붙들려 아버지 환갑잔치에도 못 갔다는 것을 경원이 알 리가 없다. 결정적으로 형식이 누군가에게 데이트 조언을 하기에는 모태솔로라는 것 역시.

"다들 고마워. 그런데…… 왜 자꾸 뭔가 불안하지?"

"기분 탓입니다."

"기분 탓이겠죠."

"기분 탓일 거예요."

이구동성으로 경원을 향해 의미심장한 웃음을 지어 보였다. 이렇게 '이제나를 위한 완벽한 데이트 맞춤 플랜 드림팀'은 '두드려 패고 쥐어박고 싶은 김경원을 엿 먹일 마이너리티 리포트'로 거듭나고 있었다.

막상 자신과 사귈 때에는 별 끈기 없다 생각했던 현수는 지금 보니 의외로 근성이 있었다. 체면치레를 목숨처럼 여기는 남자이니 그 정도 무안을 당했으면 다시는 오지 않을 거라 생각했는데, 이렇게 한 번씩 미련스레 굴었다.

"제나야."

"강 검사님이 여긴 또 어쩐 일이세요?"

검사는 특수한 상황을 제외하곤 굳이 경찰서로 걸음을 할 일이 드물었다. 오늘도 전화로 해도 될 이야기를 직접 찾아와 한다며 팀원들을 불편하게 하더니 그녀가 서를 나서기도 전에 앞을 막았다.

"그냥 한번…… 보고 싶었어."

"전에 봤잖아요. 방금도 봤고."

"내 말은 그게 아니야."

"그럼 기회 많았을 때 오래오래 보지 그러셨어요. 그리고 저 더 이상……. 아니에요."

제나가 무언가를 깨달은 듯 말끝을 흐렸다. 누군가에게 화를 내고, 약을 올리고, 또는 지지 않으려 쏘아붙이고, 이제는 그러고 싶지가 않아졌다. 상대가 남자라면 더더욱.

그리 살기에는 요새 들어 그녀에게 꽤 웃을 일이 늘어났다.

"선배는 저 볼 때마다 기분이 어때요?"

"응? 나는…… 그러니까 나는."

바로 무안부터 주고 내칠 거라 생각했던 제나가 의외로 담담하게 말을 걸자 현수가 되레 놀랐다. 무슨 말을 해야 할지, 생각도 못 한 질문이라 바로 대답을 못 하고 입만 벙긋거렸다.

"저는 선배 여기서 다시 만났을 때 짜증도 나고 화도 났어요. 앞으로 일도 같이 해야 할 텐데 솔직히 불편한 것도 싫었구요."

"제나야."

"그리고 한두 번 더 만나니까 귀찮게 왜 이러나 싶고. 그리고 또 몇 번 더 만나니까, 글쎄요, 강현수라는 남자에 대한 생각이 모조리 사라져버렸어요. 지금은 미움조차 안 생기는 거 보면."

사실이었다. 불편하고 짜증 나던 마음이 어느 순간부터 여기 있었던가, 하는 그런 무심함으로 바뀌어버렸다. 정확히는 또 다른 남자 하나가 그렇게 만들었다. 구질구질하게 구는 전 남친 정도는 생각도 안 날 정도로 그녀의 삶을 색다른 감정들로 채워놓았다.

"그래도 예전이 좋지 않아요? 그래도 그때에는 이렇게 오다가다 지나치는 남자들보다는 선배가 더 위에 있었거든요."

"…….."

"혹시 알아요? 선배도 마음 좀 고쳐먹고 얌전하게 살다 보면, 나같이 정 떨어지게 선 긋는 여자는 생각도 안 날 정도로 괜찮은 사람 만날지. 세상일은 모르는 거잖아요."

"너…… 많이 변한 거 같다. 혹시 전에 봤던 그 남자 때문에 그런 거야?"

"그런 것도 있고 아닌 것도 있어요."

그가 최소한 소문 퍼트리고 다닐 사람은 아니었으니 딱히 부인하지 않았다. 그녀의 내면은 솔직했고 드러나는 표정은 더욱더 솔직했다. 말로 부인한다고 해서 다른 이를 속이기에는 지나치게 밝고 가뿐한 얼굴이다.

"그 남자 때문에 안 하던 생각도 좀 하고 세상 보는 기준이 달라졌긴 한데, 그래도 그 남자가 있든 없든 선배랑은 영원히 다시 얽힐 일 없거든요."

"도대체 그 사람은 너한테 뭘 어떻게 해주는데? 어떻게 해주기에 그래?"

"그 사람은…… 잘 모르겠어요. 아직 뭘 어떻게 해준 게 없어서."

무슨 그런 대답이 있냐, 현수가 황당한 얼굴을 감추지 못하고 손을 허공에 털어 내렸다. 그녀 역시 말해놓고 나니 자신의 말이 얼마나 황당하게 들릴지 그제야 알았지만 아직 경원이 자신에게 준 거라고는 인내심 테스트와 평생 잊을 줄 알았던 무서움, 어이없고도 쉴 새 없는 웃음뿐이긴 했다.

"무슨 말이야?"

"아직 저희 정식 데이트도 한번 못 했거든요."

"하아, 어쩌면 넌 그런 남자랑."

"그런데 그렇게 해준 거 하나 없고 데이트 한번 제대로 못 한 남

자가 잘나가고 야심도 많은 검사님보다 더 매력적이라면, 그건 선
배 탓도 있어요."

절대 비켜주지 않을 것처럼 서 있던 현수가 허탈함에 내보인 틈
을 놓치지 않고 그녀가 사뿐히 빠져나갔다. 사소한 스침조차 없는
완벽한 우아함으로. 그가 정신을 차리고 보니 벌써 멀치감치 떨어
진 제나가 돌아보고 있었다.

"아님 그 남자가 너무 잘났거나."

경원이 몸 바쳐 굴려 내렸던 계단은 이제 아무런 흔적도 없이 평
온했다. 그때 생각을 하면 아찔하다가도 태연하게 휘어졌던 그의
눈매를 생각하면 저도 모르게 입꼬리가 올라갔다.

"그나저나."

이 인간은 퇴원도 했다면서 어떻게 아직까지 연락이 없지?

계단 난간을 쓸어보던 그녀의 손등에 못마땅한 힘줄이 돋아났
다. 병동에서 얼마나 요란하게 굴었으면 퇴원할 때에는 죽을병 걸
렸던 사람이 구사일생했다며 박수까지 다 받았을까. 더 이상은 병
원으로 그녀를 부르지 않겠다 호언장담하더니 정작 나오고 나서
는 얼굴 한번을 안 비쳤다.

괘씸하네.

자신의 예상으로는 어디 납치라도 해서 당장에 '어디를 어떻게
얼마나 만질지.' 같은 몹시 음흉한 계획을 실천하지 않을까 했었
는데.

이 남자, 생각보다 얌전한 타입이었나?

"으음."

현수에게 호언장담해서가 아니라 이쯤 되면 나타나줘야 했다. 세상사에 달관한 듯 구는 경원와 평범한 데이트를 한번 하고 나면, 또 어떤 감정이 생길지 스스로도 궁금했다.

– 제나 씨.

"당신도 호랑이는 못 되는 모양이에요."

제나의 쌀쌀맞은 목소리가 웃음기를 감췄다. 은근히 벼르자마자 경원은 시위라도 하듯 가벼운 진동으로 제 존재를 알렸다.

– 아, 그거 내 생각 했다는 건데?

"하기야 했죠. 나와서 또 무슨 사고를 치고 다닐지."

– 사고라뇨. 하하. 그건 그렇고 모범 시민한테 말 너무 함부로 한다, 너?

뻔하게 나오는 경원의 능청에 결국 그녀가 웃음을 터뜨렸다. 스쳐가던 타 부서 사람들 몇이 보기 드문 그녀의 미소에 의아한 시선을 두자 얼른 고개를 돌려 입술을 꽉 다물었다. 그래도 삐져나오는 웃음까지는 아무리 제나라도 어쩔 수가 없었고.

– 아, 지금 혹시 내 전화 받고 너무 좋아서 고개를 살짝 오른쪽으로 돌린다든가…… 음, 입술을 꾹 물고 있다든가…… 아, 그렇게 섹시하게 머리를 쓸어 넘긴다든가…… 그런 건 아니죠?

"……지금 어디예요?"

제나가 별생각 없이 머리를 쓸던 손을 내려놓고 얼른 주위를 살폈다. 몇 번을 돌아봐도 벌써 어둑한 경찰서 앞엔 별달리 눈에 들어오는 게 없었다.

– 나 지금 좀 바쁜데? 세상에서 제일 끝내주는 애인한테 정식으로 데이트 신청하러 왔거든.

"네?"

― 세상에서 제일 끝내주고 멋진, 그런 데이트.

온다고 했으니 오겠거니, 분명 반갑긴 했다. 정식으로 데이트
신청을 한다는데 싫어할 여자도 없고. 어쩐지 불안한 '끝내주는,'
이 단어만 아니었다면 아마 끝까지 설레었을지 모르겠다.

18

마지막에 끝내주는 데이트

 사실 경원이 아무리 평범한 데이트를 못 해봤다고 해도 이성 관계에 대해서는 타의 추종을 불허하는 남자였다. 다만 상대가 제나다 보니 그간의 모든 경험을 버리고 타인의 도움을 받기로 한 거였는데 시간이 지날수록 뭔가 찜찜해졌다.

 "처제야. 정말 여자들이 이러면 좋아한다고?"

 "네, 완전요."

 웨딩카나 다름없는 휘황찬란한 장식을 보고는 그의 의아한 인상이 구겨졌다. 안 그래도 요란하게 눈에 띄는 슈퍼카에 이런 장식을 한다는 것은 지나가는 사람 멱살을 끌어다 '나 좀 봐주세요.' 하는 것과 다름이 없었다.

 "아니, 이건 아무리 봐도."

 "진짜라니까요. 경찰 언니가 이거 타면서 자기도 이렇게 사장님이랑 결혼하고 싶다 막 그럴 수도 있잖아요."

 "음……."

 시끄럽게 텅텅 울리는 깡통 장식을 잡아 뜯으려던 그의 손길이 멎었다. 동시에 목울대도 유독 크게 움직였다. 이 잔망스러운 처제의 입에서 나오는 말이 어찌도 이리 마음에 와 닿는 건지.

"일단 다음! 김 비서가 준비한 건 뭐지?"

"저는 여기 안 형사님이 말씀해주신 대로 이 경위님이 제일 좋아하는 음식을 편하게 드실 수 있게 통째로 다 빌려봤습니다. 여자들은 이런 거 많이 좋아하더라구요."

"그건 좀 그럴듯하네. 어느 호텔 레스토랑?"

"그게…… 레스토랑은 아니고 여기."

김 비서가 자신의 스마트폰을 주섬거리다 경원에게 내밀었다. 예리한 턱을 쓸며 휴대전화를 들여다본 그가 으드득 이를 갈았다.

"……매운탕집이네?"

"네. 우리 누님이 매운탕 정말 좋아하시거든요. 안 그래도 전에 매운탕 먹으러 갔을 때 옆 테이블에 남자 하나가 자꾸 고성방가 노래를 부르고 집적대고 해서 누님 식사도 제대로 못 하셨는데, 전 그게 참 안타깝더라구요."

"아무리 그래도."

"진짭니다. 그때 누님이 안 그래도 자기는 언제 이런 데 둘이 오붓하게 와서 밥 한 끼 먹겠냐고 푸념하셨거든요."

그거야 2인 테이블만 한적하게 비어 있었으니 해본 말이었는데, 형식이 적당히 듣기 좋게 고쳤다. 물론 경원은 '둘이 오붓하게.'를 상상하느라 더 이상의 태클을 걸지는 않았다.

"그래. 여기까지는 그렇다 쳐. 옷은?"

김 비서와 은우가 적당히 눈을 맞추며 서로에게 건네라 미뤘다. 하지만 시간을 끌다가 괜히 경원의 심기만 사나워질까, 얼른 다가와 박스를 내밀었다.

"이걸…… 입으라고?"

"커플티잖아요. 커플티."

경원이 걸레짝이라도 되는 것처럼 손가락 하나로 최대한 멀찌감치 티셔츠를 들어 올렸다. 곰돌이가 그려진 티셔츠에서는 반쪽짜리 스팽글 하트가 클럽 그 어느 조명보다도 눈부시게 빛났다.

"뭐야, 이거? 미션 수행이야?"

"아니라니까요. 이거 보세요, 사장님. 이걸 이렇게 두 개 붙여서 서면 큰 하트가 완성되잖아요."

"그렇습니다. 이렇게 하트가 만들어지려면 완전 밀착해서 서야 하는데 물론 그렇게 서기는 조금 힘들겠지만."

"오케이."

경원은 평소 무인도에 가져갈 것을 꼽을 때 수백 벌의 명품 정장이 가득 찬 자신의 옷장부터 꼽던 사람이었다. 그만큼 패션에 지대한 관심이 있었는데 '밀착'이라는 말 한 마디에 억지로 울분을 넘겼다. 만약 제나와 함께 입으라고 주는 옷이 아니었다면 주는 사람의 손목을 잘라냈을 굉장한 의상이었다.

"일단 이렇게만 하셔도 사장님 점수 엄청 딸 거예요."

"그럼요. 저도 여자친구 생기면 꼭 이렇게 해주려구요."

은우의 말에 형식이 크게 반색하며 맞장구를 쳤다. 하지만 경원이 원하는 것은 세련되고 시크한 그의 제나가 원하는 데이트였지, 모태솔로 형식과 복수의 여신 은우의 소망이 아니었다.

"……내가 헷갈려서 그런데 아무리 생각을 해봐도."

"아, 내가 경찰 언니라면 진짜 오늘 바로 혼인신고서 쓸 거 같아요."

"은우 씨도 그렇게 생각했습니까? 저도 똑같은 생각 했는데."

혼인신고서라.

그 말에 간신히 붙어 있던 경원의 정상적 사고가 바람과 함께 사라졌다.

"김 비서, 구청은 몇 시까지 하지?"

"당신은 뭐가 그렇게 신이 났어요?"

이제 앉아 있는 것도 힘에 부치는지 은서가 길쭉한 소파에 몸을 뉘었다. 강재가 으레 따라오려니 했는데 별 반응이 없자 팔걸이 너머로 심각한 얼굴의 남편을 찾아냈다. 원래도 휴대전화나 노트북을 끼고 살던 그였지만 요즘 들어 더욱 정도가 심해졌다.

"아무것도 아냐."

"정말요?"

"아니래두. 잠시만."

그가 몇 번 가볍게 퉁기던 휴대전화를 멀찌감치 던져놓고 그녀의 다리를 끌었다. 가냘픈 몸으로 쌍둥이를 임신한 다리가 안쓰럽게 부어 있자 그새 모든 관심이 거기로 쏠렸다.

"아야, 아파요."

"이렇게 해봐."

그가 너무 세지 않게 조심조심 그녀의 하얀 살갗을 누르기 시작했다. 팔을 괴고 흐뭇하게 그 모습을 내려다보던 은서가 편안하게 등을 기댔다.

"당신도 일하고 와서 피곤할 텐데. 힘들지 않아요?"

"아냐. 애들 때문에 당신이 힘들지. 조금만 더 고생해."

강재가 그녀의 손을 끌어 조심스레 입을 맞췄다. 잠시 그렇게 시간이 멎어 서로를 바라보기만 했다.

"강재 씬 애들 이야기만 나와도 그렇게 웃는 거 알아요? 그렇게 좋아요?"

"음."

"참, 우리 저녁은 나가서 먹을까요?"

"음."

"참, 당신 요새 은우랑 무슨 짓 하죠?"

"음…… 응?"

별생각 없이 아내의 부드러운 살결에 취해 방심해 있던 그가 번 뜩 눈을 떴다. 그리고 그사이, 의미심장한 표정의 은서가 먼저 몸 을 일으켜 게슴츠레 그를 바라보았다.

하여튼 잠시도 마음 편히 쉴 틈이 없다.

"내가 그럴 줄 알았죠."

"뭐가. 당신은 신경 쓸 거 없다니까."

"뭔데요? 무슨 일이기에 그렇게 둘이 쿵짝이 잘 맞냐구요? 평 소에 사이나 좋았으면 몰라."

"나야 뭐……. 당신이 나한테 그런 말 하면 안 되는 거 아닌가?"

"뭐라구요?"

강재도 은서 앞에서나 순하게 굴었지 어디 가서 절대 말 한마디 당하는 사람이 아니었다. 거기다 본업이 정보를 취합해 약점을 파 고드는 것이었으니 능력을 최대한 살려 은서에게 반격을 했다.

"당신은 김경원 그 자식이랑 날이면 날마다 붙어 다니면서 말 한마디 안 해주더니, 내가 하나밖에 없는 내 처제랑 연락 좀 한다 고 해서 그렇게 몰아붙이는 건가?"

"당신 지금 웃긴 거 알아요?"

그녀가 어이가 없어 허리를 꼿꼿이 받치자 어느새 강재의 팔이 허리를 감싸 안고 입을 맞췄다.

"웃기진 않지만 당신 덕에 웃고는 살지."

"뭐래요, 정말."

"우리 은우 잘 키웠다고."

동생 이야기가 나오자 은서가 그와 따뜻한 입술의 체온을 즐기는 것에서 관심을 흐트러뜨렸다. 하지만 어디까지나 그녀 인생에 가장 소중한 사람은 남편인 강재였고, 그는 스킨십을 할 때 방해받는 것을 좋아하지 않았다. 친애해 마지않는 그의 아내라도.

"좋아요. 뭘 하든 다 좋은데."

"응."

"경원 씨를 그렇게 우습게 보면…… 후회할 거예요. 손 뗄 수 있을 때 떼요. 난 분명 말했어요."

이제 막 때 이른 오후의 열락을 즐겨보려던 그가 다소 성급한 행동을 멈췄다. 만삭의 임신부가 보여주는 매혹적인 미소를 불안하게 바라보자 그녀가 태연하게 강재의 목깃을 당기며 속삭였다.

"뭐해요? 이제 키스해야죠."

"아, 우리 경위님!"

형사인 그녀가 눈치도 채지 못할 만큼 기척을 죽이고 다가온 경원이 뒤에서 제나의 허리를 높이 들었다. 어둠이 내려앉은 시각이지만 이제 막 경찰서를 빠져나온지라 그녀가 세게 손등을 꼬집었다.

"뭐예요? 얼른 안 놔요?"

"누구 좋으라고."

장난스러운 말과는 달리 그는 고분고분 떨어졌다. 방금 전까지 무슨 사고를 치러나 불안해했더니 그는 평소의 모습 그대로였다.

어딜 봐도, 언제 봐도 멋진, 그렇게 딱 떨어진 모습.

감겨들 듯 태를 살린 최고급 정장도 그랬지만 타이 없이 단추 하나 풀어진 셔츠가 묘하게 흐트러져 언밸런스한 매력을 뽐냈다. 거기에 그의 트레이드마크나 다름없는 느른하고도 섹시한 웃음도 빠지지 않고 자리를 지켰다.

"이제나 씨. 나 데이트 신청하러 왔는데."

"으음."

"받아줄 거죠?"

그가 마술사처럼 소매 끝에서 장미꽃 한 송이를 꺼내 눈을 현혹했다. 이런 뻔하고 뻔한 수작은 강력계에서 제비들 잡으러 다닐 때 질릴 만큼 보았다. 그런데 왜 지금은 멍하니 시선을 빼앗기고 마는 건지, 그녀가 저도 모르게 꽃을 집어 들었다.

"여기에 손댔으니 허락한 거야."

"경원 씨, 진짜……."

"응? 나 멋지다고?"

"선수 같아요."

뭐 모르고 만난 것도 아니고, 제나가 그대로 걸음을 돌려 그의 애를 태웠다. 향긋하고도 매혹적인 장미꽃의 향이 밤공기에 은은하게 퍼져나갔다. 이제까지는 눈에 환히 보이는 것이 없으니 밤이구나 했는데, 지금은 유독 코끝이 간지러워 밤이구나 그랬다.

"타시죠."

"아, 이게 뭐예요? 여기 뭐 쏟았어요?"

제나가 차 문에 손을 대다가 무언가 끈적거리는 느낌에 눈썹을 세웠다. 본인만큼이나 차에 공들이던 경원치고는 뭔가 상당히 어수선한 느낌이었다.

"미안. 세차를 못 해서."

"그건 괜찮은데."

"갑자기 준비를 하느라."

경원이 정말 미안한지 급하게 손을 휘휘 내저어 군데군데 남아있던 색종이들을 떼어냈다.

"근데 우리 어디 가는 거예요?"

"저녁 먹으러."

경원은 운전할 때만큼은 별말 없이 정면을 주시했다. 경찰로서는 칭찬해줄 만한 일이었지만 옆에 앉은 애인으로서는 꽤 심심한지라 이리저리 뒤척여보다 결국은 잠이 들고 말았다.

"……이제나. 밥 먹어야지."

"미안해요. 어제도 밤새우느라."

"괜찮아. 얼른 올라가자."

그가 조심히 제나의 허리를 감싸 올라간 곳은 서울 시내가 한눈에 내려다보이는 품격 있는 레스토랑이었다. 들어설 때부터 극도로 정중한 직원들의 자세와 어두우면서도 은은한 조명, 그리고 사람 소리 하나 들리지 않는 적막함에 제나가 컵을 들다 말고 그를 주시했다.

"여기 비싸서 쉽게 올 만한 데가 아니라는 건 알겠는데 사람이 없어도 너무 없네요."

"뭐 어때. 좋은 게 좋은 거지."

"여기 이런 자리에서 레스토랑 운영하려면 우리 둘로는 감당이
안 될 텐데. 거기다 다른 날도 아니고 주말 저녁에 혹시…… 당신
이 빌린 거예요?"

보통은 알아도 모른 척하던데. 그의 애인은 감도 좋았고 그만큼
직설적이었다.

"퇴원하고 나서 우리 둘이 처음 하는 식사야. 첫 데이트기도 하
고."

"아무리 그래도 그렇죠. 이건 정말."

"좋아. 처음이자 마지막이야. 나도 돈 아까운 거 아는 남자야.
이제 됐지?"

그는 돈이 아까운 것보다는 그녀와의 시간에 방해를 받는 것이
더 아까운 남자였다. 그래도 기어이 먼저 선수를 쳐 그녀의 못마
땅함을 지워놓자 식사는 순탄하게 이루어졌다.

속 썩이는 용의자들 이야기에 그가 얼굴을 찌푸리기도 하고, 별
거 아닌 이야기에도 그녀가 웃음을 터뜨렸다. 그렇게 식사를 마치
고 커피까지 한 잔 마시고 나니 평범하다고는 못 해도 지극히 무
난한 데이트가 끝이 났다.

"오늘 고마웠어요. 전 이제 올라갈게요."

"……."

분명히 잘 끝나 이렇게 집 앞까지 데려다줬는데, 어째서 이렇게
찜찜한 건지.

떠나는 인사라도 마음껏 하고 싶어 그가 오피스텔 옆으로 차를

세웠다. 드물긴 했지만 멀리 사람들이 오가기도 하고 수연의 커피숍에서도 아직 불이 반짝였다.

"너무 일러. 이른 것 같아."

"뭐가요?"

이렇게 멀쩡히 다른 가게 영업하는 시간에 여자를 집으로 들여보낼 줄이야. 제 딴에는 그간 너무 가볍게만 보였으니 정중함의 표시였는데 역시 아쉽다.

"아냐. 그런데 당신은 뭐가 그렇게 찜찜한 표정이지?"

"나야 뭐. 솔직히 의외였거든요."

궁금함을 담은 경원의 한쪽 눈썹이 위로 솟자 제나가 허탈한 듯 웃으며 고개를 내저었다.

"뭐랄까. 당신이 혹시 허튼짓 해놓은 건 아닐까 엄청 걱정했거든요."

"허튼짓?"

"그런 거 있잖아요, 김경원 씨다운 거. 뭐 레스토랑 빌린 거 정도야 무난하게 패스했다 쳐도. 뭐랄까…… 너무너무 휘황찬란하게 하고 나오거나 온갖 유치한 거 다 있잖아요. 커플티 그런 것도 그렇고. 난 그런 거 질색이거든요. 생각만 해도 난 정말."

"아…… 그럴 리가. 내 안목을 뭘로 보고."

경원이 옆을 보며 그녀가 들으면 기함할 욕설을 삼켰다. 일단 신 부장에게 그것들을 꼭 잡아두라 했으니 제나가 집에 들어가는 동시에 고문을 시작하리라 다짐했다.

"그러니 다행이죠. 그런데 김경원 씨 이제까지 보여준 거 생각하면 전 정말, 하하. 이 나이 돼서 그런 아찔한 걱정을 할 거라곤 생각도 못 해봤어요."

"그…… 럼."

차에서 내려 서서히 걸음을 옮기던 제나가 트렁크 쪽을 짚으며
웃음을 꾹 참았다.

"하기야 당신이 아무리 나이 대비 철이 없어도 그 정도는 아니
겠죠."

"그걸 말이라고! 유치한 게 다 뭐야?"

당황한 그가 주먹을 꽉 움켜쥐자 손에 쥐고 있던 차 키의 트렁크
버튼이 눌렸다.

덜컹.

그리고 두 사람 모두 눈이라도 비비고 싶은 표정으로 서서히 고
개를 젖혔다.

"저, 저런 거요."

오색찬란한 풍선이 하늘로 오르다 적당한 곳에서 자리를 잡았
다. 풍선이 그렇게 멈추는 데에는 밤하늘에도 눈이 부신 요란한
플래카드가 한몫했다.

"나 아니야."

"……."

"하아……. 저건 내가 아니라…… 아니아니. 나 전화 한 통만 할
게. 괜찮지?"

시간이 촉박하긴 했지만 전부 제거했다 생각했는데, 망나니 유
은우는 이런 때만 손이 빨랐다. 지나가는 사람들은 둘째치더라도
혹여 수연이라도 나올까 질려버린 제나는 이미 얼굴을 감추고 있
었다.

"나야, 신 부장. 응, 그래…… 응. 그것들 밧줄로 묶어. 물 한 모
금 주지 마."

19

더 지니어스, 그랜드 파이널

은우는 정말이지 경원과 엮이고 싶지 않은 사람이었다. 길 가다 발견하면 돌아가고 싶고, 지하철에서 마주치면 바로 내리고 싶달까. 이건 생존과 관련이 있으니 얼굴을 밝히고 말고의 문제도 아니었다.

하지만 어쩔 수 없이 매일 볼 수밖에 없는지라 그럴 때마다 눈을 내리깔았다. 그도 그럴 것이 이제껏 경원과 눈이 마주쳐서 좋았던 기억이 단 한 번도 없었다. 사람 일이라는 게 백에 한 번은 있을 법도 한데 경원과는 그 한 번마저 어려웠다. 뭘 어떻게 해야 조금이라도 재미있을까, 오직 그 생각만 역력한 경원이 크게 박수를 칠 때마다 간담이 서늘해졌다.

내게 힘이 생긴다면.

그의 재미를 위해 온갖 미션이 부과될 때마다 은우는 꼭 경원을 냉동 창고로 납치해 3박4일간을 두드려 패겠다고 생각했다. 상상이나마 그 재미라도 있어야 했다.

심지어 그 비슷한 꿈을 꾼 적도 있었는데, 다음 날 경원이 어찌 알았는지 은우의 어깨를 두드리며 빙긋 입매를 늘였다.

「우리 처제, 오늘 왜 이렇게 수척해? 혹시 내 꿈 꿨어?」

「에에…… 네에? 무, 무슨 그런 말을!」

「하기야. 혹시나 했어. 네 표정 보니까 꿈에서 나 좀 팼구나 싶어서. 하하하.」

그 후 그녀는 꿈도 마음대로 못 꿨다. 꿈에 경원이 등장하면 일이 커지기 전에 이 꿈에서 깨어나려 애쓰는 '인셉션'의 여주인공이 되어 있었다. 그렇다고 언니한테 일러바치는 것도 좋은 방법은 아니었다. 공부 안 하고 다른 짓만 하니까 그런 거 아니냐 잔소리를 할 게 뻔했고, 형부인 강재에게 말해도 별 차이는 없을 듯했다.

강재야 무조건 은서의 편이었으니까.

그래서 그녀는 어차피 이번 생은 버린 걸로 치고 세 사람의 뜻에 따라 쥐 죽은 듯 살았다. 집을 나가려 해도 돈도 없고 후환이 무서운 데다가, 의외로 이렇게 고분고분 사는 것도 나쁘지 않았다. 적응이 되고 보니 든든한 그늘 밑에서 산다는 것이 이렇게 편하구나 생각이 들기도 했고 가뭄의 단비 같은 조 실장까지 있으니 작지만 삶의 낙도 분명히 존재했다.

다만 그럼에도 불구하고, 최소한 경원에게는 언젠가 한 번은 꼭 갚아주고 싶었다. 언니나 형부가 으르고 달래고 화내고 애원해도 꺾이지 않는, 한때는 막 나가던 소녀에게 남은 단 하나의 의지였다.

「유은우. 너 이리 와봐.」

며칠 전 경원이 '데이트를 어찌하냐?' 이런 헛소리를 하러 집으로 왔을 때 또 뭔가 시작했구나 하고 바로 눈을 깔았다. 그래도 경찰 언니를 만난 이후로 그나마 살 만하다 했는데 자기 집에나 갈 것이지. 괜히 얽힐까 싶어 뒷걸음질을 치다 형부와 부딪혔고, 그렇게 부엌으로 끌려간 것이 시작이었다.

「너 김경원한테 쌓인 거 많지 않아?」
「무, 무슨 말씀이세요, 형부…….」
「괜찮아. 나도 마찬가지니까.」

순간 은우의 눈이 빛났다. 경원은 강재의 친구라지만 매번 별거 아닌 일로 으르렁거렸는데, 형부가 먼저 말을 꺼내니 반가운 마음에 눈물이 찔끔했다.

「가서 김경원한테 데이트고 뭐고 다 도와준다고 해. 네 마음대로 다 해버리면 되잖아.」
「아, 안 할래요. 하려면 형부가 하세요. 왜 저한테…….」
「해. 나보다 네가 백배는 잘할 테니까.」

강재의 말에는 차마 거부할 수 없는 압도적인 힘이 있었다. 그래도 은서와 무슨 말을 하는지 거실에서 웃음 짓는 경원을 보니 엄두가 나질 않았다. 강재가 무서워서 피하고 싶은 사람이라면, 경원은 살고 싶어서 피하고 싶은 사람이었다.

「형부 아시잖아요. 사장님한테 괜한 깽판 쳤다가는, 제 남은 인생에 깽판 칠 사람이에요. 당장 재밌자고 그랬다가 뒷감당은 다 누가 해요?」

「나.」

강재야말로 원래 경원에 대해 안 좋았던 감정이 배로 증폭되는 중이었다. 은서와 도대체 뭘 하는지 붙어서 속닥대는 정도가 날로 심해지자 남자의 질투가 부글부글 끓어올랐다.

「가서 도와준다고 하고 최선을 다해서 열받게 만들어. 그래야 다리 뻗고 잘 거 같으니까.」

「걸리면요?」

「넌 진짜 그게 도와주는 거라 생각했다고 해.」

「사장님이 그걸 믿을까요?」

김경원이 누구인가? 눈치가 빠르다 못해 천 개의 눈으로 재밌는 걸 찾아다니고 천 개의 손으로 사방을 마크하는 천수천안관음보살의 현신이 아닌가. 그래도 다행인 것은 지금 그는 익숙하지 않은 몽롱한 감정에 휩싸여 눈이 천 개 있어봤자 하나도 제대로 못 보는 지경이었다. 그러니 이때나 그나마 가능성이 있지, 이 기회를 놓치면 이 정도로 얼빠지고 유순한 모습은 평생 보기 힘들 것이다.

「일 잘되면 적당한 시기에 빼내줄게. 나 제주도에 공장이랑 리

344

조트 짓는 거 알지? 한동안 연락 끊고 거기에 좀 가 있어.」

「형부, 진짜요? 진짜?」

「대신 확실히 해. 무조건 엉망진창으로 만들어놔. 너라면 그 누구보다 잘할 수 있을 거야.」

형부가 제게 처음으로 보여주는 강한 믿음이 고작 남의 데이트를 엉망진창으로 만드는 일이라는 것은 슬픈 일이었다. 그러나 부인할 수 없는 것은, 스스로가 생각해도 자신이 있다는 것이다. 멋모를 때 옆에서 이거저거 다 하라 부추겨놓고 처음으로 달달함 가득한 그의 인생에 쓴맛을 보여주고 싶었다.

「우리 처제, 잘할 수 있을 거라 믿어.」

「고맙긴 한데요, 형부…….」

「또 뭐지?」

「조 실장님도 같이 보내주세요.」

이걸 쥐어박아 터트려버릴까, 그런 욕구가 강재의 주먹에 몰리는 것을 보았다. 하지만 그 언니에 그 동생이고, 철저히 주고받는 냉혹한 형부 밑에서 자라다 보니 은우 역시 허당은 벗어났다. 받을 건 하나라도 더 챙기는 악착같은 끈기 역시 무럭무럭 자라나 꽃을 피웠다. 물론 은서가 바라는 대로 공부에 발휘했다면 더 좋았겠지만.

거창하게 계획이라고 하기는 좀 그랬지만 일은 무서울 정도로 척척 진행되었다. 경원의 평소 행실로 치자면 이를 가는 인물이 한둘은 아닐 거라 짐작을 하면서도 이 정도로 금세 정예 멤버가 모일 줄은 몰랐다.

"아, 중간중간에 눈치 챈 줄 알고 깜짝 놀랐어요."

"그러게요."

마구잡이로 경원에게 들이밀었지만, 워낙 날카로운 인간인지라 은우는 있지도 않은 양심에서 털이 주뼛거렸다. 그녀가 알던 경원이라면 티셔츠까지 꺼내기도 전에 웨딩카를 보는 순간 차 뒤에 달린 깡통 대신에 자신들을 매달고도 남을 인간이다. 그런 사람이 여느 남자와 다를 바 없이 기대에 차 제가 하는 말에 귀를 기울이자 이게 웬 떡이냐 싶어 뱀의 혀가 물결치듯 굴렀다.

"아, 나중에 사장님 아시면 저희 죽이려고 드실 텐데요."

"괜찮아요."

왜냐하면 저는 형부가 제주도로 보내줄 테니까요.

뭉치긴 뭉쳤지만 별로 의리는 없는 은우가 속으로 웃음을 삼켰다. 김 비서도 안되긴 했지만 어차피 월급 받고 일하는 거고, 안형식이라는 사람은 생긴 게 저러니 일이 잘못돼도 적어도 얻어터질 일은 없을 듯했다. 거기다 공무원이라니 어떻게든 먹고살겠지. 그러니 제일 약자에 뭐 하나 받은 것도 없이 매번 쥐어박히는 자신이 살아남는 게 제일 중요했다.

"유은우 씨, 아예 삼거리매운탕 초입부터 플래카드 좀 달아달라고 할까요? 사장님이야 남는 게 돈인데."

"그거 좋은 생각이네요. 누님이 매운탕 정말 좋아하시거든요. 저도 나중에 여자친구 생기면 꼭 그렇게 해줘야겠어요. 얼마나 좋아할까요."

"어, 어머나……."

공무원은 공무원인데 평생 독거노인 예약해둔 공무원이구나.

자신이 복수에 초점을 맞춘 대신 형식은 진심으로 돕는 게 눈에
보였다. 거기다 김 비서는 뭐가 그리 겁나는지 문소리만 나도 쓰
러질 듯 놀라 가슴을 부여잡았고.

결국 이 모든 일은 거의 은우의 손에서 이루어졌다.

"근데 정말 이렇게 하면 여자들이 깜빡 넘어오겠죠?"

"그럼요. 완전 깜빡."

죽이고 싶겠죠.

덩치에 비해 눈치라고는 1그램도 없는 형식이 조심스레 던지는
말에 은우가 대충 받아쳤다. 만약 은우 자신의 남자친구가 지금처
럼 쌍팔년도 커플티를 입고 매운탕집을 빌리고 웨딩카를 만들어
나타나면 그 순간 이별의 권총을 뽑을 것이다. 하지만 곧이곧대로
말해주기엔 웬 희생양이 된 여자의 사진을 조심스레 만지작대는
형식은 의외로 순수한 경찰 같았다. 거기에 더해 김 비서가 부인
에게 전화를 걸어 '내가 갑자기 없어져도 당신은 너무 걱정 마라.'
하는 유언을 미리 해두는 걸 똑똑히 들었다.

"……하여튼 오늘은 이만 가볼게요."

"벌써 가시려구요?"

"네. 어차피 사장 아저씨는 이제 데이트하러 나갈 거고 저도 뭐
좀 챙기러 가야 돼서요."

미안하지만 여기 이 소수 정예팀은 지금 이 순간 해체다. 빨리
나가서 경원이 제나와 만나 개망신을 당하기 전에 짐부터 챙겨 제

주도로 떠야 했다.

"……왜 전화를 안 받지?"

클럽 내 1층으로 향하는 계단을 내려올 때까지도 그녀의 발걸음은 상쾌하기 그지없었다. 경원의 나라 잃은 표정을 보지 못하는 것은 아쉬웠지만 얼른 제주도로 가 공장 일을 시작하고 싶어 손이 근질거렸다. 워낙 실험실 생쥐처럼 살다 보니 도망쳐도 그곳 공장에서 일하는 거 말고는 다른 걸 생각도 못 해본 은우였다.

"여보세요? 형부! 전데요. 어…… 언니? 이거 형부 전화잖아. 왜 언니가 받아?"

– 그러게. 너 어딘데?

"아, 몰라. 나 뭐 좀 하러 나왔어. 근데 형부는? 오늘 쉬는 날이라며."

– 이제부터 네 형부랑 연락하기 힘들 거야.

"……왜애?"

– 내가 빼냈거든.

"언니! 그게 무슨 소린데? 응?"

은서의 목소리야 언제나처럼 태연자약했지만 뭔가 불안한 은우는 칼에 베인 것마냥 등이 길게 찌릿거렸다.

– 유은우 너! 내가 마지막으로 묻겠어. 지금 어디야?

"사, 사장 아저씨네 클럽!"

본능적으로 자신의 목숨줄은 언니가 쥐고 있다는 걸 느끼자마자 말 돌릴 것도 없이 이실직고했다. 그럴 줄 알았다는 깊고 긴 은서의 한숨이 더욱 분위기를 고조시키자 은우는 식은땀마저 삐질거렸다.

"언니, 나 어쩌지? 어떡해?"

– 너 진짜, 학원 가랬더니 뭔 짓을 하고 다니는 거야? 일단 됐고, 빨리 거기서 나와.

"아, 알았어. 근데 어차피 사장 아저씨는 이제 나갔는데?"

– 그 인간이 보기보다 얼마나 무서운지 알아? 난 분명히 모든 사람에게 두루두루 경고했어. 첨부터 너 가까이하지 말라고 한 내 말 무시한 사람도 경원 씨고, 강재 씨는 그나마 내가 경고하자마자 알아들었고, 너는 보란 듯이 내 전화도 안 받고 며칠간 뺀질뺀질 도망만 다녔지. 난 모두한테 공평하게 할 만큼 한 거야.

"언니, 언니. 그러지 마. 나 많이 착해졌잖아. 응? 제발."

– 그 말 할 시간에 얼른 빠져나오란 말야, 이 맹추야!

"알았어. 얼른 갈게. 언니 나 숨겨줘야 돼. 알지?"

"왜 숨을까, 우리 깜찍이 박쥐가?"

"어어……."

"처제님! 잠시 검문이 있겠습니다."

도망치듯 내려오는 1층 계단 끝에서 영화 속 주인공처럼 난간에 팔꿈치를 기댄 경원이 작게 경례를 해 보였다. 숨이 막힐 듯한 초조함에 심장이 뛸 때마다 머리가 지끈거리며 울렸다.

"사, 사장 아저씨."

"내가 아무래도 이상하다 싶었지. 네가 그렇게 열심히 날 돕는다는 자체가 말야."

저 말을 들어보면 분명 경원도 평소 그가 절 정상적인 처제 형부 관계로 예뻐하는 게 아니라는 것 정도는 알고 있다는 뜻이 된다. 알면서도 끊임없이 한결 같은 자세를 취해왔다.

"제가 뭘요. 전 어디까지나 데이트 도와주려고."

"도와주려고 이런 주문을 넣었을까?"

경원이 파티용품점에서 보내 온 명세서를 꺼냈다. 자동차를 꾸미는 비용을 아끼지 않고 주렁주렁 매달아달라는 끝도 없는 목록의 마지막엔 그녀의 특별한 요구 사항이 있었다.

「그냥! 막! 다른 거 다 필요 없고! 어떤 여자라도 진저리쳐서 도망가게끔 해주세요.」

"그건…… 그건 그냥……. 근데 그게 왜 거기에."

"그러게. 내가 잠깐 한눈팔긴 했지만 머리는 정상이잖아?"

언니가 말한 게 이런 거구나. 분홍색 영수증을 팔랑거리며 웃는 경원은 지옥의 수문장처럼 음산해 보였다. 뒷걸음질로 계단에 올라서자 벌써 클럽에서 제일 험상궂은 신 부장의 팔에 포박된 김 비서가 끌려나왔다. 영문 모르는 형식만 머리를 긁적이자 경원이 귀찮은 듯 손을 내저었다.

"딱 보니 안 형사님은 모르고 한 거 같은데……. 뭐 그렇다고 해도 좋은 건 아니네요. 이런 식으론 소개팅을 백 번 해도 장가 못 가십니다."

성과에는 가차 없는 경원인지라 그 와중에 형식의 손에 들린 제물의 사진도 거둬들였다. 이미 다리에 힘이 풀린 김 비서가 알 수 없는 최후의 주문을 외울 동안 은우는 조용히 눈을 감았다.

"데이트까지 한 시간도 안 남았어. 어쩔 거야?"

"아니, 아니, 그런 게 아니구요."

"내가 오늘 너네들이 밍기적대다가 제나 씨랑 제시간에 못 만나면…… 무슨 짜릿한 일이 벌어질까? 응?"

계단 아래 조그마한 틈으로 일단 몸부터 피해보려 했지만 경원의 쭉 뻗은 다리가 재규어처럼 우아하게 은우를 막아섰다. 생각도 하기 싫지만 이 상황에서 그의 데이트가 엉망진창이 된다면 그녀는 삼대를 생산해보기도 전에 멸해질 운명이 될 터였다.

"시간 없으니 한 번만 말할 거야. 니들 손으로 다 처리해. 은우 넌 10분 안에 차 원상복귀해놓고 김 비서는 올라가서 셔츠부터 다리고 레스토랑 다시 예약해. 나머지 정산은…… 제나 씨 만나고 나서 해야겠지. 아주 천천히. 이자까지 돌려주겠어."

세포 속 미토콘드리아까지 얼려버리는 서늘한 말에 둘 다 재빨리 몸을 던졌다. 은우는 슈퍼카 위에 올라타 거미줄 걷어내듯 잡히는 대로 온갖 장식을 잡아 뜯으며 그게 꼭 자신의 머리채 같다는 생각을 했다. 공장 일에 익은 그녀의 손이 눈에 보이지 않을 정도로 신속했다.

그러느라 미처 경원이 왜 제집, 제 책상 속에 몰래 감춰둔 영수증을 가지고 있는지는 잊고 말았다.

"나갔다 와서 봐. 부디 웃으면서."

대충 다린 셔츠를 입었음에도 유려함이 흐르는 경원이 차 문을 열다가 과도한 끈적임에 눈을 찌푸렸다.

"다, 다녀오세요. 저는 이만."

"그래. 너는 이만 가둬놔야겠지. 왜 강재나 은서 씨가 다 큰 널 애지중지 끼고 있는지를 잊지 말았어야 했는데. 신 부장! 끌고 가!"

서걱대는 공포감에 은우의 눈이 흐리멍덩해졌다. 부릉대는 요란한 소리와 함께 차가 사라지고서야, 영수증 따위와 비교도 되지 않는 가장 중요한 기억이 둥실거렸다.

트렁크…… 내가 트렁크를 어떻게 해놨더라?

은서는 식사를 하면서도 한 번씩 손놀림을 멈추고 눈을 찌푸렸다. 막달이 되면 가진통이 있다는 소리는 들었지만 배가 단단히 뭉칠 때마다 겁부터 났다. 다행히 더 이상의 증상은 없자 아직은 아니구나 미간을 풀었다.

"괜찮아? 왜 그런 거야?"

"아니, 아니에요."

"은우가 뭐라고 해서 그래?"

조금 전 자신의 전화기를 압수하다시피 쥐고 있던 그녀가 은우와 통화를 하는 것을 들었다. 그리고 보니 아침부터 뭘 하는지 은우 방에서 분주하더니 오후에는 퀵서비스 기사까지 다녀갔다.

"은우도 은우지만…… 됐어요."

"말이 나와서 그런데, 은우는 나라도 가서 데려와야지 안 되겠어. 거기 있다가 무슨 꼴을 당하려고."

"당신이 그런 말을 하면 안 되죠. 그리고 은우 그건 한 번 더 당해봐야 돼요."

어디 한번 두고 보자는 그녀의 매서운 표정이 강재를 훑었다. 남들은 저절로 고개를 숙일 만큼 강한 그의 카리스마도 은서에게는 아무런 소용이 없었다.

"당신이 진작 나한테 뭘 하고 다니는지 말을 했다면 그럴 일 없었겠지."

"그래서, 지금 끝까지 잘했단 거예요?"

"그간 김경원 그 자식이 했던 거 생각하면 이 정도는……. 그러고 보니까 낮에 다녀간 퀵서비스 혹시 당신이……."

"국 다 식겠어요. 얼른 먹어요."

더 이야기해봤자 손해인 사람은 정해져 있다. 그녀가 이쯤 하자며 국그릇을 내밀자 그도 적당히 평화 협정을 받아들였다. 아직 하나뿐인 처제가 인질로 잡혀 있지만 만삭의 아내를 흥분시킬 순 없었다.

"나도 하나 물어보지."

"그래요."

"지금까지야 그렇다 쳐도 왜 이번에도 김경원 편이지? 도대체 왜?"

그걸 몰라서 묻느냐, 그녀의 눈빛이 일순간 차가워졌다. 강재가 경원을 얄미워하는 것도 알았고 은우는 그걸 넘어서 치를 떤다는 것도 잘 알았다. 한 번씩은 그녀 역시 경원을 묶어다 바다에 던져버리고 싶었지만…… 일단은 가족이나 다름없는 친구다.

"그거야…… 부디 마음 편히 출산하고 싶으니까요."

믿을 만한 거야 남편 하나뿐이고 그녀에게 주렁주렁 얹힌 짐은 끝도 없었다. 들 듯 말 듯 철 안 드는 어린 동생에 갓난쟁이 둘, 거기다 거머리처럼 붙어 있는 김경원까지. 부디 아이를 낳기 전에 그중 하나는 좀 떼어내고 가벼운 마음으로 분만실에 들어가고 싶을 뿐이다.

그러려면, 가장 대책 안 서는 경원은 꼭 믿을 만한 여자에게 떠넘겨야만 했다. 그를 감당할 만한 여자가 이 세상에 둘은 없을 텐데, 어쩌면 이번이 경원을 사람 만들 마지막 기회일지도 모른다.

하나만 알고 둘은 모르는 사람들 같으니.

데이트를 망쳐 고소한 것은 한나절이지만, 그 후에 잘못돼서 끈덕지게 들러붙으면 평생을 갈 남자가 경원이다. 그 생각을 하니 나오려던 애도 들어갈 지경이었다.

"뭐해요? 식사 안 하고."

나긋나긋 수저를 들어 올리는 그녀야말로 이 말도 안 되는 게임의 진정한 승자이자 여왕이었다.

제나는 풍선과 플래카드가 저렇게 화려할 수 있다는 것을 처음
알았다. 살랑살랑 밤바람에 기분 좋게 날리는 야광 풍선과 한 땀
한 땀 장인의 손길을 거친 플래카드. 아무리 미적인 것에는 둔감
하게 살던 그녀라도 저절로 시선을 빼앗겼다. 만약 그 화려한 플
래카드에 자신의 이름이 적혀 있지 않았더라면 더 즐겁게 볼 수
있었을 텐데.

아니, 그 이름이 한 번 정도만 들어 있었더라도 어떻게.

"김. 경. 원. 씨."

"아니아니, 불안하게 끊어서 부르지 마. 이번만은 나도 모르는
일이니까."

"……그걸 믿으라구요?"

어쩐지 너무 무난하다 싶었다. 예전 시상식을 생각하자면 오피
스텔까지 레드 카펫 안 깔린 게 다행이었다.

"어, 이건 또 뭐야……."

"스톱! 그거 절대 하지 마요! 절대! 네버!"

그녀만큼이나 멍하니 있던 경원이 트렁크 안에서 무언가를 발
견하고 집어 들자, 홀린 듯 하늘에 있던 그녀의 시선도 같이 내려

왔다. 그러고는 별안간 번뜩하는 정신에 경원의 손을 꼭 잡았다.

"지금 여기서 폭죽까지 하면 나 진짜!"

"응? 폭죽?"

그가 자신이 들고 있던 것을 내려다보았다. 과연 듣도 보도 못한 대형 폭죽이 떡하니 자신의 손에 들려 있었지만, 그보다는 그 손을 애절하게 감싸는 제나의 작은 손이 먼저 눈에 들었다.

"도대체 경원 씨 무슨 병 있어요? 나 속였어요?"

"아니, 뭘."

"이제 막 퇴원해놓고 다른 병동에 또 입원하고 싶냐구요!"

그녀의 부들거리는 주먹으로 봐선 만약 다시 입원하게 된다면 안타깝게도 더 이상 나이롱환자는 아닐 것이다.

짧은 깨달음에 그는 손을 바깥으로 돌려 자연스레 제나의 손목을 움켜쥐었다.

"이제나."

"……."

"잘 들어. 이번 건 내가 한 거 아냐."

변명하듯 다급한 목소리가 아니라 차근차근 눈을 맞추며 하는 그의 말에 그녀도 일단 당황한 마음을 진정시켰다. 아무 말 없이 결백을 주장하는 흔들림 없는 눈이 때로는 백 마디 변명보다 효험이 있다.

"진짜예요? 진짜?"

"그럼. 내가 하면 겨우 이렇게 조잡하게 했겠어?"

"……."

"사람을 뭘로 보고."

그는 다른 의미로 이를 갈았다. 이왕 일을 벌일 거면 제대로나 할 것이지. 오합지졸이라 생각은 했지만 자신의 안목이 이렇게 어두워졌다니, 쓸데없는 점에 울고 싶은 그였다.

"설명은 나중에 하고…… 일단 저거나 어떻게 해봐요. 무슨 모델하우스 분양해요? 도대체 헬륨을 얼마나 넣었기에 애드벌룬처럼 된 거예요?"

"헬륨이 아니라 내 돈을 처넣었겠지."

이런 깜찍한 박쥐 같으니, 그는 태연하게 혼인신고서 운운해가며 자신에게 바람을 넣던 은우를 떠올렸다. 만약 은서가 중간에 커트하지 않았다면 아직도 그 최면에서 깨어나지 못한 채 지금쯤 들들 볶이고 있을지도 몰랐다.

"빨리 좀 하라구요. 쳐다보잖아요."

"응. 잠깐만."

그 와중에도 경원은 한 손 안에 차는 그녀의 손목을 놓치기 싫어 뭉그적거렸다. 이 여자 손목이 이렇게 가늘다니, 팔찌는 17 정도면 되겠는데, 흐뭇한 생각을 하다 행동을 잠시 멈췄다.

"경원 씨. 지금 내가 무슨 생각 하는지 알아요?"

"응?"

"한시라도 빨리 저 풍선 내리지 않으면, 내 총으로 터트릴지도 몰라요."

"우아."

그거 너무 멋지잖아. 내 로망이라구.

이 상황, 이 분위기만 아니었다면 미친 척 한번 졸라봤을지도 모르겠다. 그래도 공무원인 애인에게 흠이라도 생길까 싶어 경원은 얼른 풍선을 잡아당겼다.

"와, 대박. 저기 뭐 하나 봐! 나 이런 거 첨 봤어!"

"야, 사진 찍자. 폰에 올리자, 올려."

"거기 너네, 사진 찍기만 해봐! 저리 안 가?"

야간 자율을 마치고 나오던 여고생 무리들이 휴대전화 카메라부터 꺼내 들자 제나가 고양이 같은 눈으로 경고를 보냈다. 그러나 마약쟁이에게나 통할 눈빛이었지 세상 무서울 것 없는 십 대 여학생들에게는 어쭙잖은 잔소리만도 못했다.

"아, 왜 좋으면서 난리야. 저거 다 좋으면서 싫은 척 내숭 떠는 거다?"

"그치그치. 완전."

"엄청 좋아 죽을걸?"

들으라고 목청을 높인 여학생들이 사라지자 제나는 등을 돌린 채 작게 어깨를 떠는 경원을 쿡 찔렀다. 이 상황에서 쿡쿡 웃음이 터지는 거 보면 이 남자도 보통은 아니다.

"그러기에 빨리빨리 정리 좀 하지 이게 다 뭐 하는 거예요! 일부러 시간 끄는 것도 아니고 플래카드 그걸 왜 그렇게 공들여 접고 있냐구요!"

"그거야 우리 이제나 이름이 들어 있으니까."

"……."

"세 번이나."

한 땀 한 땀 플래카드에 들인 공보다 더 공들인 손길로 그가 그걸 조심히 접었다. 그녀의 이름에 자국이 남지 않게 요령을 부리더니 마지막에는 하트가 가장 윗면에 남아 그녀의 앞으로 다가왔다.

"이것 봐. 다 나쁜 건 아니잖아."

"하."

말문이 막혀 뾰로통하게 눈을 들면서도 어쩐지 마음이 따스하게 일렁였다. 이 인간을 어쩌면 좋을까, 정말 대책이 안 서는구나했는데 눈앞의 빨간 스팽글 하트 앞에서는 웃을 일밖에 없었다. 다른 감정은 모조리 잊어버렸다.

"역시 웃으니까 더 예쁜데."

"안 웃었거든요?"

"거짓말해도 예쁘고."

둘 사이의 반짝이는 하트가 가려진다 싶더니 그가 살짝 볼에 입을 맞췄다. 누가 볼까 깜짝 놀라 그녀가 눈동자를 키우자 그는 두배로 즐겁게 웃었다. 이 정도면 아주 나쁘지는 않은 데이트다.

"그런데 말야."

"……왜요?"

"내가 혹시나 해서 물어보는데, 정말 좋으면서 내숭 떤…… 건 아니겠구나. 아야야!"

그렇게 마지막은 앙칼진 애인에게 볼을 꼬집혔다.

"그러니까 이게 다 그 편의점 아가씨 작품이라구요?"

"그렇다니까. 그 깜찍이 박쥐가."

수연의 카페에서 커피를 받아 온 그가 굳이 넓은 맞은편을 두고 제나의 옆에 앉았다. 뭐 하는 거야, 주위를 살피던 그녀는 오늘 더목소리를 높이고 싶지는 않아 일단 안으로 당겨 앉았다.

"지금 나 터트리려고 일부러 이래요?"

"에이, 그럼 나는 이제 누구랑 살아."

"좀 떨어져요. 수연이 보면 어쩌려구요."

사실은 이 가게 구성원 모두 조금 전까지 카페 유리창에 다닥다닥 붙어 돈 주고도 못 볼 영화 한 편을 관람했었다. 정확히는 그의 차가 커피숍 앞 도로에 도착하는 시점부터.

"못 봤을 거야."

"그러니까 지금 참고 있죠."

경원은 관람객이 있으면 더 즐거운 남자였다. 보란 듯 제나의 볼에 입을 맞추고 얼굴을 들기 전에 조용히 손가락을 세워 입술에 붙였다. 목소리는 들리지 않아도 뒷줄에서 쭈르륵 난리가 난 표정들에 그가 엄숙히 침묵을 강요했다. 이제 그녀는 적어도 이 동네에서는 임자 있는 여자다.

"이야, 두 사람 이렇게 같이 있는 거 오랜만에 보네? 누가 보면 사귀는지 알겠어."

수연이 능청스레 케이크를 들고 다가왔다. 경원이 찡긋거리며 의미 있는 윙크를 하자 수연이 웃음을 죽이고 제나의 눈을 피해 카운터로 돌아갔다.

"……나 이런 거 정말 싫은데."

"응? 제나 씨, 뭐?"

"나 빼고 바보 되는 거 같은 기분."

"착각이래두."

그가 살짝 말리는 제나의 머리끝을 손가락으로 문질렀다. 주인 성격 닮지 않아 사르르 말리는 감촉이 일품이라 한동안 손을 떼지 못했다.

"하여튼 걱정 마. 내가 돌아가면 그 대가는 톡톡히 받아낼 테니까."

"뭐 그것도 좋긴 한데, 내 직업상 양쪽 얘기 모두 들어봐야 안다고, 도대체 그 아가씨는 당신한테 왜 그런 거래요? 앙심 품었나?"

편의점 아가씨라면 그간 제법 보았다. 시상식에서도 그랬지만 병원에서나 클럽 앞 편의점에서 종종거리고 돌아다녔다. 언니와 닮은 듯하면서도 어딘가 겁에 질려 있던 그 눈동자, 유독 경원을 볼 때마다 최대한 거리를 벌리던, 말 그대로 깜찍한 아가씨였다.

"그러게. 나야 친구 처제라고 간이나 쓸개 다 빼줄 듯 굴었는데, 사람 진심이 꼭 통하지는 않나 봐. 철이 없어 그랬겠지. 하아, 씁쓸하네."

웃기고 있네.

제나가 커피 잔을 꾹 잡고 코웃음을 쳤다. 둘 사이에 있었던 일은 모르지만, 경원의 행적을 보면 그에겐 멀쩡한 사람도 미치게 하는 재주가 있다. 공치사를 하려는 게 아니라, 본인이나 되니 정상 혈압을 유지하며 살았다.

"난 왜 그 이유를 알 거 같지?"

"당신은 똑똑하니까 그렇지."

"지금이 내 칭찬 할 때예요? 괜한 아가씨한테 분풀이할 생각 말고 경원 씨 살아온 걸 좀 돌이켜 보라구요."

"그러고 있어."

너 만나고 매일.

그가 미소를 지워내고 그녀의 머리칼에 살짝 입술을 문질렀다.

이 세상에 이렇게 멋지고 예쁜 여자가 살고 있는 줄 알았더라면, 제나가 이렇게 열심히 살아가고 있는 줄 알았더라면, 그의 인생도 조금은 더 빨리 바뀌었을지 모른다.

"나야 잘해보려고 그런 거였는데, 당신이 그걸 좀 알아주면 좋겠어."

"그러게 왜 데이트 같은 걸 남한테 물어봐요?"

"당신도 알잖아. 음…… 내가 할 말은 아니지만 내가 이성 관계에 나름대로 자신이 있기는 해도."

"성관계겠죠."

딱 잘라버리는 새침한 대답에 경원이 그 어느 때보다 착잡한 표정으로 미간을 짚었다. 어쩐지 끓어오르는 마음에 쏘아붙이긴 했지만 과거에 집착하고 싶지 않은 마음은 그녀도 마찬가지다. 쿨한 여자라서가 아니라 이 남자 과거까지 건드리기에는 당장의 현실도 감당을 못 했다.

"알았어요. 대신 그 아가씨나 한번 만나봐야겠네. 그래도 뭐라고 하는지는 들어봐야죠."

"안 만나는 게 좋을걸?"

"왜?"

"찔려서."

그녀의 웃음에 잔잔한 커피 위로 동그란 파문이 일었다. 경원이 파도처럼 겹쳐지는 수많은 원들을 톡톡 깨뜨리며 답지 않게 쑥스러워했다.

"김경원 씨."

"응?"

"내가 김경원 씨가 점잖고 돈 많고 남들 하란 대로 다 하는 착한 남자라 사귀었을 거 같아요?"

내가 이런 거까지 알려줘야 할까, 귀찮은 듯 새침한 듯 제나가 웃음을 삼켰다. 그녀의 콧대 높은 웃음에 이제 그의 눈치도 간신히 평소치로 복구되었다.

"아하. 역시 내 안목이란."

"거봐요. 데이트건 뭐건 평소대로 해요."

"평소대로?"

"응. 경원 씨 원래 모습 그대로."

같은 여자에게 두 번 반한 적은 처음이라 경원의 표정이 조금 복잡해졌다. 그 얼굴에서 또 어딘지 위험한 분위기가 풍긴다 싶자 제나가 데이트의 마지막을 마무리했다.

"단 초청장, 시상식, 연주자, 공무 방해, 풍선, 플래카드, 입원, 협박, 자해 공갈, 그렇게 웃는 거, 대책 없는 짓, 얼굴 팔리는 짓, 돈 뿌리는 짓, 이것만 빼고."

은우는 경원이 들어서는 순간 길지도 않은 제 인생이 여기서 마감할 것이라 짐작했다. 이미 두 다리를 떨고 염불을 외우는 김 비서도 별 가망은 없어 보였고 형식은 진즉에 쫓겨 나갔다.

"사장님, 오셨습니까!"

"그래."

클럽의 보안을 책임지는 신 부장이 90도로 고개를 숙였고 그 뒤로 늠름한 그의 모습이 나타났다. 저승사자의 등장에 은우의 심장 박동이 한계치까지 올라가다 급기야 이성이 펑 하고 깨어졌다.

"야!"

어차피 이렇게 된 거, 죽을 때 죽더라도 할 말은 하고 싶었다. 쥐도 궁지에 물리면 고양이를 문다고 했던가. 그간 내내 노예처럼 살았는데 이제 끝이라 생각하니 더 무서울 것도 없었다.

"김경원 이 나쁜 놈아!"

"으응? 나?"

음산하게 다가와 재킷을 벗고 있던 경원이 뭐 이런 게 있나 황당함이 역력한 눈으로 그녀를 쳐다봤다. 그야 그 정도였지만 경원을 따르던 다른 관리자들은 더 크게 놀라 순식간에 주위가 조용해졌다.

"네가 이러고도 잘 먹고 잘 살 줄 알아? 그러냐고! 세상이 그렇게 호락호락한 줄 아냐고!"

언니나 형부한테서 죽도록 듣던 소리였건만 그 말을 자신이 하게 될 줄이야. 이미 경원에게 '나쁜 놈'이라는 말을 내뱉는 순간부터 억울함과 겁이 뒤섞여 눈이 뒤집혀버린 은우였다.

"맨날 처웃고 다니더니 좋아? 실실 쪼개니까 좋냐고! 아아악! 나만 잘못 살았냐구요! 흐으윽. 내가 무슨 잘못을 그렇게 했기에 사람을, 아니, 내가 아무리 잘못해도 너보다 많이 했냐고! 내가 오늘 한 건 평소에 네가 한 거 10분의 1도 안 된다고. 100분의 1도 안 되고 1,000분의 1도 안 된다고! 흐흑."

"아아, 그 정도야?"

"그래, 그래, 그렇다구! 으흐흑. 내가 여기서 끝나면 평생 저주할 거야, 흐읍. 진짜 나중에 우리 가우스랑 페르마랑 태어나면…… 흐윽, 보복당할 준비나 하라구. 으으흑. 아, 이럴 줄 알았으면 언니 몰래 싱크대 밑에 삥땅친 돈 87만 원 다 쓰고 나올걸. 아아…… <u>흐흐흑</u>."

한번 울음이 터지기 시작하자 끝도 없었다. 악부터 써보다가 뭐 이런 인생이 다 있을까 홀쩍였다.

그러나 정말 울고 싶은 경원이 애매한 표정으로 뚜벅뚜벅, 은우의 코앞에 섰다.

"자, 때려요! 얼른 끝내라고!"

"유은우."

"안 아프게 한 번에 하라고! 으흐흑. 아빠, 나 너무 억울해. 억울하다고. 진작에 날 데려갔으면 이런 일 없었잖아. 흐으윽, 언니. 형부. 이런 때나 구해주지 맨날 쓸데없이 입만 털고 아흐흑."

이 정신 나간 천방지축을 어디서 어떻게 굴려야 할까, 손등에 살짝 힘이 들어가는 걸 조용히 한숨으로 대신 풀었다.

"나야 깡통 대신에 널 매달고 싶다만……. 우리 제나 씨가 자업자득이라 생각하라면서 깜찍이 너한테 입김 한번 불지 말랬는데, 음. 큰맘 먹고 알았다 대답했는데 본인이 원한다면야 뜻대로 해주는 게 인지상정이겠지."

"이 나쁜…… 네에? 지금 뭐라고……."

생의 끝에서 호기를 부려보던 은우가 뜻하지 않은 말에 바로 벌떡 몸을 세웠다. 검은 눈을 일렁이며 압도적인 어둠을 몰고 온 그에게 움찔하다가 바로 이성을 긁어모아 그 팔에 매달렸다.

"사, 사장 아저씨. 저는 진짜 아저씨 잘되라고……. 제가 진짜 정신이 나갔었나 봐요. 으음, 진짜 좋은 분 만나서 얼마나 감사한지 모르겠어요. 저, 정말 그렇게 좋은 사람 만난 것도 전부 아저씨 자업자득…… 이 아니라 뭐더라, 고생 끝에 낙이 온 거! 그건 거 같아요."

"우와, 완전 고마워서 어쩌지?"

일단 낙이 오긴 왔으니 경원도 크게 화를 내지는 않았다. 대신 가만히 허리를 굽혀 이 요망한 처제를 어찌 요리해볼까, 연구에 들어갔다.

"우리 박쥐 정신이 잠깐 나갔다니까 너그러운 내가 이해해야지 뭐."

"감사합니다! 정말 감사해요! 사, 사장 아저씨 짱!"

"응. 알아. 그건 그렇고 임시방편이긴 하지만 여기 클럽 지하부 터 3층까지 전부 반질반질 청소해놓으면 네 정신 반은 찾을 것 같 은 강력한 예감이 드네. 싱크대 밑의 87만 원을 언니가 알게 되면 나머지 반을 찾아줄 테고. 자, 나쁜 놈 나쁜 맘 먹기 전에 걸레 들 고 출발!"

며칠 사이에 반쪽이 되어버린 김 비서가 사장실의 문을 열었다. 경원의 감정을 실은 차가운 눈이 번뜩이다가 뒤이어 들어오는 손 님을 보자마자 가볍게 휘어졌다.

"은서 씨. 아아, 그 배는 갈수록 굉장하네요."

"임신부 놀리면 배로 돌아오는 거 몰라요? 특히 나는 세 배로 올 텐데."

그녀가 귀찮은 듯 소파에 앉아 봉투를 내려놓았다. 무어냐 묻지 도 않고 집어 들어 한 장 한 장 살펴보는 경원의 표정이 새삼 진지 해졌다. 입꼬리야 여전히 웃고 있었지만 여러 감정이 도는 그의 눈빛을 은서가 모를 리 없다.

"왜요? 이제 와 후회해요?"

"그런 건 아닌데."

"그래야죠. 이렇게 세 사람이나 굴렸으면."

"그건 좀 아니다. 아롱이 다롱이 다 큰아빠 덕에 천재로 태어날 텐데."

"가우스랑 페르마예요. 그리고 작은아빠구요."

한 마디도 안 지는 은서에게 웃어 보인 경원이 다시 신중한 대화를 나눴다. 같이 진행하는 일이 많다 보니 한두 시간으로 끝날 이야기가 아니었지만 은서는 말 그대로 만삭이다. 그녀가 무리하다 여기서 애라도 낳으면 그는 강재에게 평생을 멱살 잡혀 살지도 몰랐다.

"이제 강재 보러 가겠네요?"

"네. 그런데 도대체 언제 정식으로 소개해주려는 거예요?"

"아직은요."

은서는 제나와 제대로 만나보고 싶었다. 잠깐잠깐 지나치듯 인사를 나누기는 했지만 경원과는 가족처럼 지내는 친구 사이이니 그리 데면데면하게 굴기엔 아쉬웠다. 하지만 현재 그가 해야 할 일이 많다는 것을 누구보다도 잘 알아 그쯤에서 물러섰다.

"어, 같이 나가죠?"

"나도 내 남편이랑 둘이 오붓하게 데이트 하려구요."

몸을 일으키며 일부러 얄밉게 대답했지만 그녀는 원래부터가 얄미운 여자였다. 본인의 뜻대로 경원이 약 좀 올라주면 좋았겠지만 그 역시 데이트를 할 멋진 애인이 있다. 친구로서는 은서 역시 그편이 더 좋기도 하고.

"그런데 강재랑 만나서 뭐 하려고? 그 재미없는 놈이랑."

"우리야 아주 정상적이고 건전한 데이트를 하겠죠."

"아, 벌써 지루하네. 이 나이에 건전이 다 뭐야."

"왜요? 정직하게 살다 보니 87만 원이나 공돈이 생겼는데 저도 좀 쓰고 살아야죠."

은서는 오늘 아침 눈물콧물 다 흘려가며 돈 봉투를 부여잡고 있던 은우를 떠올렸다. 어느 정도 눈치는 챘지만 그 쳇바퀴 같은 삶에서 이 정도를 꿍쳐놨다니, 다른 의미로 한번 배우고 싶은 행동력이다.

제법 진지해진 그녀의 표정에서 지금 누구를 생각하는지 알 만하다 싶은지 경원이 문을 활짝 열고 기다렸다.

"은서 씨. 늘 말하지만 고마워요."

"알긴 알아요?"

"알죠. 얄미워서 그렇지."

"내가 무교긴 한데 유교에 가까운 무교라, 나 어려울 때 제일 먼저 나서서 도와준 조강지우는 차마 못 버리겠네요. 비록 그 사람이 아무리…….

"아무리 칠거지악 다 해먹고 행패를 부려도?"

쿡쿡, 그녀가 웃음 때문에 당기는 배를 감싸며 걸음을 옮겼다. 은서는 이만 들어가라 했지만 아무래도 불안한지라 경원이 클럽 앞까지 배웅했다. 그 몸을 하고서도 대기하던 차에 타지 않고 동생이 있는 편의점으로 향하는 그녀의 걸음이 아주 당찼다. 제법 쌀쌀한 날씨에도 혼자 뜨거운 여자를 보니 자연히 서늘한 여자가 생각났다.

"……."

차갑지만 얼려버리지 않을 정도의 자비는 가진 그런 여자. 웃으면 그 와중에도 따뜻한 여자.

"이야, 김 사장. 요새 이쪽저쪽 바쁜가 봐?"

의외의 인물이 돌아서는 그의 뒤에서 비열한 웃음을 비죽거렸다. 클럽 하데스의 곽 사장. 애써 누군지 생각할 필요조차 없는 뻔한 인간이라 나름대로 편한 점도 있다. 다만 이런 악으로 가득 찬 인간이 다가오는데도 모르고 있었다는 자체가 경원의 자존심을 건드렸다. 요새 너무 빠져 살긴 한 모양이었다.

"아, 오랜만."

"갈수록 말이 짧아지네?"

"나 요새 쓸데없는 에너지 아끼는 중이라."

상대를 해주는 것도 어느 정도 레벨이 돼야 하는데 곽 사장은 여전히 자기 감정 하나 조절을 못 해 질질 흘리고 다녔다. 경원의 철학상 이런 코흘리개와 상종해봤자 비싼 옷에 코만 묻는다.

"비켜."

"뭐? 비켜? 요새 좀 잘나간다고 건방지게!"

"말이나 똑바로 하지? 그쪽 말대로 좀 잘나간 게 이 정도 오래가면, 그건 끝내주게 잘나간다는 거야."

경원이 그답지 않게 무심히 고개를 돌렸다. 이 바닥 규칙상 남의 클럽 앞까지 찾아와 시비를 걸어댈 정도면 믿는 구석은 있겠지 했는데 과연 훑는 눈 여기저기 검은 차들이 즐비했다.

"하아…… 이런 말까지는 안 하려고 했는데, 걸을 줄 알면 제발 혼자 좀 다녀. 거기서 여기까지 얼마나 걸린다고, 기름 한 방울 안 나는 나라에서."

"뭐라고? 지금 나한테 감히."

"감히? 그런 단어 당당하게 좀 쓰려면 동네 마실 다니듯 혼자 다녀야지. 생각보다 겁이 많은가 봐?"

분노가 끓는 곽 사장이 고함을 질러댔지만 그럴수록 경원은 그의 신경을 긁어댔다. 두어 달 전만 해도 가시 오른 복어처럼 양볼을 가득 부풀린 곽 사장을 보면 어디를 찔러 바람을 빼줄까 견적부터 냈는데 지금은 아니다. 겨우 그런 데서 재미를 찾기에는 진짜로 웃을 일이 참 많아졌다.

"내가 상도 지키라고 경고했을 텐데? 자꾸 경찰들이랑 어울려 가면서 영업 방해한다면!"

"갈 때 네가 버린 담배꽁초나 좀 줍고 가. 그게 진짜 상돈 거 알지?"

"지금 네놈 때문에 우리가 입은 타격이 얼마나 큰 줄 알아? 그런데 지금!"

"그만하지? 진짜 일 한번 크게 만들어줘?"

경원이 더 베이 앞 가드들을 향해 한 손을 들어 신호를 보내자 줄지어 서 있던 검은 차들의 문이 동시에 딸깍대며 풀렸다.

어쩔까?

일촉즉발의 상황에서도 태연한 경원의 눈빛에 곽 사장이 일단 꼬리를 내렸다. 경원의 말대로 여긴 그의 클럽 앞이고 모든 걸 떠나 일이 커졌을 때 제가 이긴다는 확신도 없다. 거기엔 3년 전쯤 번지르르 빙글대는 경원의 겉모습에만 속아 멋모르고 덤벼든 신

홍 조폭 계열의 클럽 하나가 박살 나버린 것도 한몫을 했다. 그때에도 경원은 역시나 별 무기도 없이 빙긋 웃는 저 모습 그대로였다.

"그래. 잘 생각했어, 아저씨. 더 볼일 없으면 나 간다?"

"……김 사장. 요새 들리는 이야기가 많던데, 부디 서로 끝까지 즐거워야 하지 않겠어?"

도발 섞인 경고에 경원의 느른하던 눈빛에 힘이 들어갔다. 이제야 반응이 조금 있구나, 곽 사장도 다시 비열한 미소를 되찾았다.

"우리 엘사, 이제 겨울왕국 다 끝났어?"

요즘 들어 자주 웃는 그녀를 두고 박 팀장이 농담을 던졌다. 그렇다고 다른 여자들처럼 깔깔대며 소리 내 웃은 것도 아니고, 겨우 남들 이야기에 반응하여 입꼬리를 올린 것이 다였다. 하지만 늘 보는 사람들에겐 그것도 큰 변화라 이렇게 환영을 받고는 했다.

"형식이 넌 요새 무슨 일 있어? 얼굴이 왜 이래?"

"아닙니다, 누님."

너무 혼자 즐거워하나, 멋쩍은 그녀가 몸을 돌리다 형식을 발견했다. 안 그래도 험한 인상에 잔뜩 우울할 뒷배경까지 짊어지자 웬만한 이들은 접근도 못 할 만큼 음산해 보였다.

"형식아, 저녁 먹을까? 너 전에 나 맛있는 거 사준다며?"

"싫습니다."

나중에, 다음에, 이런 적당한 대답 다 놓아두고 싶다니?

오랜만에 누나 티 좀 내던 그녀의 자비로운 얼굴에서 툭 하고 실이 끊긴 듯 입꼬리가 내려왔다.

"우리 형식이 요새 많이 컸네?"

"크면 뭐하겠습니까? 알아줄 여자도 없고."

그날 난데없이 경원에게 예비 소개팅녀 사진까지 빼앗긴 형식
은 자신이 뭘 잘못했는지도 몰랐다. 친애하는 '누님의 애인'만 아
니었다면 들이받아버렸을 텐데 그러지도 못 하고. 또 그러기에 직
감상 경원은 그 매끄러운 얼굴에도 불구하고 누구에게든 질 사람
이 아니었다. 세상 참 불공평하다.

"그래, 버릇없는 네가 그렇게 나온다면 나라도 사야지. 나가
자."

"누님 혼자요?"

형식이 별생각 없이 받아쳐놓고 뒤늦게 경원의 부탁을 떠올렸
다. 마음에는 안 들지만 본인 뜻이 그렇다는데.

"어? 어…… 일단은. 왜?"

"아닙니다. 저 먼저 갈게요."

"왜? 같이 나가지."

뭔가 알고 그러는 건지, 별거 아닌 형식의 말에도 그녀의 머릿
속이 꼬였다. 왠지 경원을 불러보고 싶다. 아직 한 번도 그러지 못
했지만, 자신이 좋아하는 사람들에게 경원을 소개해주면 어떨까,
괜히 가슴이 두근거렸다.

"됐어요. 저 그렇게 대인배 아닙니다!"

"응? 무슨 말인진 몰라도…… 보통은 소인배라고 하는 거 아
냐?"

"모릅니다, 그런 거. 안 그래도 심란한데 솔로 광고하는 것도 아

니고."

보통 때에는 제나 앞에서 설설 기던 형식이 은우와 며칠 붙어 있더니 감정 표현에 지나치게 솔직해졌다. 몇 번 더 잡아볼까 손을 뻗던 차, 그녀의 휴대전화가 울렸다.

– 영화 보는 거 좋아해요?

경원이었다. 이제 누구의 도움도 없이 데이트다운 데이트를 준비하겠다더니 과연 무난했다. 하지만 그 무난함에도 입이 마른 그녀가 쉽사리 답문을 못 하고 망설였다.

– 아니면 찍는 거?

손등으로 입술을 누르는 것보다 웃음이 새어나오는 것이 더 빨랐다.

뭐 셋이 아직 영화 볼 사이는 아니니까, 형식을 잡아보려던 제나의 발걸음이 서서히 느려지다가 복도 중간에 걸린 거울 앞에서 멈췄다. 어제 새벽에 불려나와 갈아입지 못한 차림새가 후줄근했고 어느새 자란 앞머리가 눈썹 바로 위를 스쳤다. 그녀가 경찰서 내에서 웃은 것이 드문 일이었다면, 이렇게 본인의 차림을 곱씹듯 뜯어보는 것은 정말이지 처음이었다.

이 남자쯤 되면 혹시 또 극장을 다 빌리거나 하지는 않을까 했는데 시작은 평범했다. 하루 종일 고성이 오가는 현장에서 머리가 아팠다는 그녀를 한적한 자동차 극장으로 이끈 것도 그였다. 선택지가 없었기에 제법 진한 장면이 눈앞에서 펼쳐졌지만 둘 다 그런 장면에 무안해할 사람들은 아니다. 저런 영혼 없는 신은, 그저 그렇다. 재미도 없고 감동도 없고. 그래서 어느 순간 볼륨을 끄고 각자가 하고픈 이야기로 돌아왔다.

"난 제나 씨랑 있으니 좀 어른스러워진 것 같은데."

이런 말을 자신의 입으로 하는 남자가 몇이나 될까.

거기다 경원은 드물게 진지했고 제가 말해놓고도 그 생각에 꽤 나 놀라는 것이 그대로 읽혔다. 어찌 대답을 해줄까 고민하던 그 녀는 그 점을 높이 샀다. 놀리거나 쏘아붙이지 않는 대신 자신 역 시 최대한 솔직하게 말했다.

"글쎄요. 나는 경원 씨랑 만나니 내가 유치해진 거 같아서."

"아, 그거 좋은데."

경원이 고개를 숙이다 코가 마주 닿으려는 순간 그녀의 손에 막 혔다. 찡그린 얼굴에도 단호한 제나의 손가락이 두 사람의 입술 사이에서 굳건히 버티다 결국 그를 물리쳤다.

"이러려고 여기 오잔 거예요?"

"이것만 하고 싶겠어?"

이렇게 볼 때마다 입 맞추고 안고 싶다. 자고로 첫 키스는 두 번 째, 세 번째도 있어줘야 그 의미가 빛나는 법. 어이없어하는 그녀 를 가만히 몇 초간 내려다보다 빈틈을 노렸다. 그녀는 분명 상종 하지 않겠다는 뜻으로 고개를 돌렸건만 그 틈에 힘 빠진 손가락이 잡혀버렸다. 시선은 늘 한발씩 느려 손가락에 멈춰 있다 이번에는 입술마저 빼앗겨버렸다.

이제 뭐가 문제지?

그가 조금의 틈도 허투루 넘기지 않는 능수능란한 사냥꾼처럼 턱을 기울였다.

"으음."

경원의 팔이 아래로 내려오더니 가는 허리가 잡히자마자 바짝 당겼다. 숨결이 엉켜 숨 한번 제대로 쉬지 못했지만 지금 그의 손이 어디에 있는지는 뜨겁게 닿은 감촉으로 바로 알았다. 본능적으로 벌어진 그녀의 입술에서 그가 또 하나의 빈틈을 발견했다. 혀가 유연하게 얽혀 온몸을 녹여버릴 듯 집요하게 그녀를 간질였다.

"왜 이렇게…… 달지?"

더 이상 가다가는 여기서 폭주해버릴까, 경원이 고도의 인내심을 발휘해 상체를 들었다. 마약을 해본 적은 없지만 이 정도로 중독성이 있진 않을 텐데, 이제나의 입술은 여러 남자 범죄자 만들기 딱 좋았다.

"그런 소리 첨 듣는데?"

"나중에라도 엄마한테 꼭 물어봐. 태교할 때 설탕만 드신 건 아닌지."

그래야 여기에서 입을 못 떼는 내가 이상한 게 아니지.

재차 다가든 그의 입술이 제나에게 붙어 떨어질 줄을 몰랐다. 농담도 아니었는데 웃어버린 그녀 때문에 혀를 물릴 뻔하고서야 간신히 이성을 되찾았다. 마음이야 여기 있는 음흉한 차들 다 들어낸 후 의자부터 뒤로 밀어버리고 싶었지만 상대는 제나였다. 이런 곳에서는 그녀가 원한대도 그가 싫었다. 거기다 음흉함으로 따지자면 여기 있는 인간들 다 합쳐도 자신만 못할 테고.

"이런 식으로 철들고 싶지는 않았는데."

결국 체념의 한숨과 함께 그녀의 좌석을 꼭 잡은 손에서 힘이 풀렸다. 무슨 이야기를 하고 있었나, 기억을 되짚다 이런 상황에서 참을 줄 아는 자신의 대견한 '어른스러움'이 떠올랐다.

"나야 그렇다 치고, 이제나 씨는 뭐가 그렇게 유치해졌단 건데?"

"……그거야 뭐."

별건 없다. 그냥 얼마 전 현미와의 일을 떠올려봤다. 대체 왜 그랬을까. 자신의 유치한 행동 때문에 미간에 주름을 잡다가 어딘지 모르게 우스워졌다. 사실 경원과 만나고 나서 가장 큰 변화는 솔직해졌다는 것이다. 굳이 그 말을 해서 안 그래도 기고만장한 남자에게 힘을 보태줄 필요가 없어 그렇지.

"대답하기 곤란한가 본데 내가 신사답게 접어야지. 내일은 뭐 해?"

제나의 기분이 뭔가 가라앉는다 싶으니 경원이 먼저 나섰다. 생각에 잠긴 옆모습도 감상하긴 딱이었지만 화를 내더라도 자신을 보며 이야기하는 그녀가 더 좋았다.

"수사 사항은 비밀이고. 그냥 검찰청도 가야 하고 이래저래 일이 좀 많네요."

"검찰청?"

제 자신을 모르는 바가 아니니 과거로 남 탓 하는 건 천하의 못할 짓이라 생각했다. 하지만 전에 마주친 그녀의 예전 남자친구, 검사라고 했던 그 갈치 같은 놈이 생각나는 바람에 기껏 찾은 어른스러움이 사라졌다. 얻는 것은 어렵지만 잃는 것은 이렇게나 쉬웠다.

"나 그 새끼 별로던데."

"나두요."

"……."

"나도 그 새끼 별로예요."

이러면 뭘 더 말하나. 역시 한발 빠른 여자라 경원은 한숨을 감추고 핸들에 몸을 기댔다. 아무리 낯 뜨거운 장면이 나와도 옆에 있는 여자가 아니라면 영 감흥이 없다. 나신으로 서 있는 영화배우보다 드러난 부분이라곤 겨우 얼굴과 손뿐인 여자에 더 끌리다니, 이런 건 철들고 말고의 문제가 아닐 것이다. 그럼 뭐가 문제일까, 그가 나른히 운전석에 기대어 제나를 향해 고개를 돌렸다.

"일하는 거 좋아? 경찰 하는 거."

"적성에 맞아요. 사회생활이야 다 힘들긴 마찬가지고, 그래도 하기 싫은 거 억지로 하는 것도 아니라 나름대로 보람도 있어요."

"쭉 하고 싶겠네?"

"물론이죠."

두 번 생각할 것도 없는 제나의 확고한 대답에 그가 보일 듯 말 듯 작게 웃었다. 그럴 거라 생각했지만 열의가 대단했다. 자신 역시 놀아본 적은 없지만 무엇을 하든 저렇게 당당하게 대답할 만큼 열심히 살아본 적이 있었던가, 핸들을 두드리던 기다란 손의 박자가 갈수록 느려졌다.

"아, 참, 경원 씨. 안 그래도 형식이랑 박 팀장님이랑 둘 다 눈치가 빨라서 언제 자리 한번."

"이제나."

말을 끊으려던 것은 아니었겠지만 경원의 목소리치고는 드물게 진지했다. 진지하면 좋기만 할 줄 알았던 남자의 침묵은 의외로 불안을 가져왔다.

"우리 사이는…… 아무래도 드러내지 않는 편이 더 좋겠지?"

377

　무슨 뜻이냐 물어보고 싶다. 감이 있으니 대충 짐작은 하는데
확실한 건 아니니까. 조금 전 대화를 떠올리다 그것과 상관있나
생각도 했지만 크게 걸리는 것도 없었다. 평소 그의 성격이라면
되레 야단법석 떨며 널리 알리고 다녀 곤란한 일이 생기면 어떡하
나 했지, 이런 말을 할 줄은 꿈에도 몰랐다. 그래서 당황해버렸다.
　"……그거야 경원 씨가 알아서 할 일이죠. 성인이니까."
　"응."
　"나도 내 일은 내가 알아서 해요."
　최대한 감정을 죽이고 말했다. 공들여 살펴진 않아도 자신을 보
는 그의 눈빛은 변한 것이 없는데. 늘 웃던 눈이 조금 슬퍼 보이는
것을 제외하면 경원은 늘 보던 모습 그대로였다.
　"그래도 왜 그런지 정도는 물어봐도 되겠죠?"
　궁금한 걸 못 참아 마음이 이리 조급한 것은 아니다. 그간 담아
두고 꿍꿍거릴 만한 사안도 못 만나봤지만 성격 자체가 둘러말하
지 못했다.
　"음…… 물어볼 거라 생각을 못 해서."
　"빨리 말해요. 둘러대지 말고."

그녀가 턱을 드니 내려다보는 눈빛이 한결 도도해졌다. 어떻게
든 생각을 정리해보려 했던 경원이지만 그 매혹적인 눈빛을 이기
지 못했다.

"내가 권력욕이 좀 있어서, 그 정도로 해둘까?"

"지금 나랑 말장난해요?"

"나는 경위님 애인도 좋은데 경감님, 경정님, 총경님 애인이 더
좋거든. 멋지잖아."

그게 어떻다는 건지, 그래도 본인이 꽤 눈치 빠르고 똑똑한 편
이라 믿어왔던 제나의 얼굴이 일그러졌다. 자신 때문에 그녀의 예
쁜 얼굴이 가려지는 것을 원치 않는 경원 역시 웃음을 모두 지우
고 손을 뻗었다. 제나는 피하지 않았고, 경원은 냉랭해진 그녀의
입술을 조용히 따라 그렸다.

"그러려면 우리 경위님 내조, 아니, 외조가? 내가 그거 잘해야
하잖아."

"당신이 말하는 외조가 내가 아는 외조, 그 뜻 맞아요?"

"그럴걸?"

입술을 쓸던 엄지가 살짝 입안으로 방향을 틀자 그녀가 밖으로
고개를 돌렸다. 아직 그 자리, 자신의 뺨에 남아 있는 그의 손가락
이 애타게 느껴지는 것은 착각이겠지.

두 번째 선을 마치고 오던 날처럼 유리창을 통해 보는 경원은,
눈빛이나 분위기나 한결 더 무거워 보였다. 그가 스스로 어른스러
워졌다 말할 때에는 비웃고 말았는데, 어쩌면 그게 사실일지도 모
르겠다는 생각을 했다.

"총경 애인까지 되고 싶다는 남자가 고작 나한테 해준다는 게

사람들 앞에서 날 모른 척한다는 건가요?"

"나도…… 아니면 좋겠어."

내가 당신한테 해줄 수 있는 게, 구르건 깨지건 박살이 나건 몸으로 해결하는 일도 좋고, 가진 돈을 다 털어도 좋고. 그런 걸로 할 수 있는 거라면 백 번이고 못 할까. 그런데 다른 직업도 아니고 경찰 하는 게 그렇게 좋다는 이 여자에게는 그런 간단한 방법이 답이 될 수 없었다. 그거야말로 그에게는 자업자득이다.

"웃기고 있네. 그때 되면 내가 당신 만나줄 거 같아?"

"응."

"도대체 그건 무슨 자신감이에요?"

"그냥, 그럴 거야. 내기해도 좋아."

"내가 왜 그딴 걸 해요?"

벌써 얼마가 되는지도 모르는 자신의 재산을 몽땅 걸어버릴 작정인 그가 단단한 각오를 내비쳤다. 동시에 큰 재산은 없지만 10원도 안 쓰겠다는 그녀의 의지가 부딪쳤다.

"뭐가 됐든 아까 말했던 대로 당신 결정은 존중할게요. 성인이니까."

"……그래."

그를 바라볼 때마다 마음에 박힌 가시가 점점 안으로 파고드는 게 따가워 제나가 커다란 눈을 화면 쪽으로 향하고 깜박여보았다. 앞 내용을 모르니 이제 와 본다고 해도 아무런 의미가 없다. 그래도 지금은 어쩐지 그렇게라도 하는 것이 더 나을 것 같았다. 여기서 더 기분이 상하고 싶지 않으니까.

그러다가 다시 깨달았다.

나 기분이 상했구나. 기분이 상하니 말을 아끼게 되는구나.

"안 형사는 당신이랑 매일 붙어 다니니 아마 알아챘겠지. 그래도 입이 가벼워 보이진 않으니까, 다른 사람은 걱정 안 해도 될 거야."

"내 걱정은 내가 해요. 그리고 그런 사람이 왜 경찰서에서 그 난리법석을 부린 거예요?"

"그때야…… 그렇게라도 해야 이제나를 보니까."

"지금은 안 봐도 괜찮구요?"

"아니. 사실은 당신을 안 보는 게 어떤 건지 상상이 안 돼."

그건 오늘만의 문제가 아닐 것이다. 오늘 하루 정도 즐겁게 사는 것에 치중하던 그가 처음으로 불안한 미래를 인지했다. 불편한 마음과는 별개로 더 불편한 그의 심중을 읽은 제나가 그를 향해 진지한 시선을 던졌다. 이런 때 화 한번 내지 않는 그녀가 고맙다기보다는 그를 슬프게 했다. 가식적으로라도 한번 웃어 보일 수 없을 정도로.

"이제 경찰서로는 안 온다는 거예요?"

"가야지."

경원이 등받이로 목을 젖혀 시선을 아래로 내렸다. 보이는 거라곤 어둠 속에서 화면 따라 간간이 들고 나는 빛 한두 줄기가 전부다.

"나야 하던 대로 가서 이제나 일하는 것도 보고 기다리고 해야지. 횟수는 줄여야겠지만."

"그런데도 사람들이 안 믿을 거 같아요?"

"응. 몰랐는데 내가 그렇게 살았더라구."

"……."

"아무리 붙어 있어봤자 안 믿을 만하게. 기껏해야 귀찮게 이제나 따라다니면서 아직도 시간 낭비나 하는 줄 알겠지. 누가 봐도 우리는…… 어울리지 않으니까."

"참 자랑이네요. 어쨌든 당신이 한 선택이니까 후회하지나 마요."

"벌써 하는데?"

어느새 부드러운 웃음을 되찾은 그가 제나를 끌어왔다. 잠시 멈칫하다 그의 양어깨 위로 팔을 늘어트렸다. 있으나 마나 한 그녀의 무게감을 기분 좋게 즐기자 한없이 커져버린 쓸쓸함도 조금은 녹아들었다.

"당신은 너무 엉망진창으로 살았어!"

"이제 나는 너무 멋지게 살았고."

한쪽 눈썹을 살짝 들어 보이는 그가 얄미워 붉은 입술을 살짝 깨물었다. 가늘어지는 그의 웃음이 기다렸다는 듯 제나의 입안으로 흘러들었다. 질근, 그녀의 하얀 치아에 조금 더 강하게 힘이 들어가자 벌받는 심정의 경원이 뒤늦게 충고했다.

"조심 좀 해줄래? 내 애인이 미래의 최연소 총경님이거든."

"당신이나 입조심해요. 내 애인은 대한민국 최고 난봉꾼에 막 나가는 놈이니까."

"영화 별로였지?"

그답게 금세 기운을 회복한 건지 돌아오는 길엔 웃음 섞인 질문을 던졌다. 영화 내용은 기억도 안 나지만 여러모로 기분이 별로

였던 그녀가 심드렁히 말을 받았다.

"그러네요."

"아, 친구가 추천해준 걸로 볼걸."

"친구 누구요?"

"음…… 제나 씨도 한번 봤는데, 시상식 날. 배가 이만한 임신부. 편의점 귀염둥이네 언니 말야."

"아아."

어린 동생을 데리고 왔던 우아하고 지적인 여자가 생각났다. 그때도 배가 꽤 불러 있었는데 출산할 때가 되지 않았나 생각하다가 기분이 묘해졌다.

"그런데 그분이 정말 경원 씨 친구예요?"

도대체 둘이 무슨 관계냐, 아닌 거 알면서도 눈이 가늘어졌다.

"내 친구이기도 하고 친구의 부인이기고 하고. 뭐 좋은 게 좋은 거지."

"굉장히 일반적인 관계처럼 이야기하네요. 그런 경우는 드물 텐데."

그가 즐거운지 턱을 들고 살짝 머리를 기댔다. 제나의 말도 사실이지만 사람을 떠올려서 기분 좋은 경우도 그에게는 굉장히 드물다.

"서로 빚이 많거든. 같이 하는 일들도 있고."

"그 집 남편은 그런 거 알아요?"

"음, 뭘?"

"자기 부인이 경원 씨 같은 남자랑 어울리는 거."

"그런 남자 애인이 할 말은 아닐 텐데?"

기어이 제나의 말투에 가시가 솟았다. 그런 자신이 싫어 그녀
역시 고개를 기댔지만 편해지지는 않았다.

"물어본 적이 없어 그렇지, 강재야 당연히 알고도 남지. 걔는 자
기 부인 일거수일투족이 세상 전부인 놈이거든."

"그렇게 집착 강한 남자가 말리지는 않나 봐요?"

"자기 부인을 믿거든. 알면서 모른 척하는 거지."

정말 이상한 부부구나. 하기야 부부 중 하나도 아니고 둘 다 경
원의 친한 친구라니 확실히 정상적인 부부는 아닐 것이다.

"내가 앞으로 신세 져야 할 것도 더 있고. 그래서 좀 잘 보여야
해. 다 틀려먹었지만."

"그렇군요. 굉장히 강하다 해야 할까, 그런 느낌이었는데."

"은서 씨는 내가 본 중 가장 용감한 여자지. 처음 봤을 때 깜짝
놀랐어."

아무리 무던한 제나라지만 다른 여자 칭찬이 기분 좋을 리 없
다. 눈치 빠른 그가 왜 이렇게 제멋대로 구는지. 오늘 빨리 헤어지
기로 한 것이 잘한 결정인 듯싶었다.

"그렇게 좋은 분이 친구 부인이 돼서 아까우시겠어요."

"에이, 다행인 거지."

"네?"

"무섭거든. 가까이 있으면 재미있고 가족 같고 마음도 따듯하
지만 그게 다야. 제나 씨도 아빠나 오빠랑 결혼할 수는 없는 거잖
아."

확실히 사심은 깃들지 않은 목소리다. 그리고 아무리 제가 아는
경원이 정상인의 범주를 넘었다지만 사귄 지 얼마 되지 않은 애인

앞에서 남의 부인 잡고 애정 표현할 사람은 아니었다.

"거기다 내가 원하는 애인이랑은 거리가 멀어도 너무 멀어서."

"하아, 경원 씨 취향은 뭔데요?"

"같이 있으면 즐겁고 재미있고 마음이 따듯하고……."

거기까지는 은서를 떠올릴 때와 다를 바가 없다. 그가 이제껏 가져왔던 이전의 관계와는 더더욱 그러했다.

"눈 감으면 생각나고. 자고 싶고 만지고 싶고 보내기 싫고…… 그런 거지 뭐."

"……."

"이제나처럼."

말해놓고 나니 아주 평범했다. 경원이 신호가 바뀐 것을 모르고 생각에 잠기자 그것을 알려줘야 할 제나도 제 생각에 빠져 있느라 파란불을 알아채지 못했다. 말하는 사람이나 듣는 사람이나 기분이 이상해 도착할 때까지는 더 이상의 말은 아껴두었다.

어른스러워지는 게 아니구나. 평범해지는 거구나.

"나 이제 들어가요. 당신다운 데이트 기억해둘게요."

"오늘 건 좀 빼주라."

따라 내리고도 한참 시간을 끌던 그가 결국 제나에게 등을 떠밀려 차에 올랐다. 창문 너머 마지막 넉살에 제나가 주춤하자 경원이 얼른 그녀에게 손을 뻗었다.

"뭐예요?"

"그냥 갈 거야?"

"……어쩌라구?"

385

"잠시 검문이 있겠습니다, 그런 거 안 해줘?"

듣고 보니 딱 그 자세다. 제나가 꼿꼿한 몸에서 허리만 숙여 창틀에 팔꿈치를 내리자 차 안에서 기대 가득한 경원이 먼저 눈을 감았다.

꿈도 크시지.

"지금 내가 마음먹고 검문하면 당신은 국외 추방감이야."

"해주라. 응?"

허튼 꿈에 부푼 그가 살짝 턱까지 들었다. 그린 듯 유려한 그의 입술에 아직도 잇자국이 선명해 제나가 싱긋이 웃었다. 그답게 하랬더니 이런 점은 정말 두 손 두 발 다 들었다.

"웃겨. 사람들 앞에선 애인인 척 안 한다며?"

"여긴 경찰서 아니잖아. 할래."

아하, 당신 기준이 그렇단 말이지? 그녀가 의미심장하게 속삭이듯 그의 귀를 끌었다. 나름대로 예민한 곳이 부스럭거리자 한쪽 눈살을 찌푸린 그가 남자의 색채를 띠고 그녀를 바라보았다.

"가란 거야, 말란 거야?"

"저기 경찰차 한 대 지나가네요. 어머, 나는 모르는 사람이랑 안 자는데."

"……이제나 너 정말."

"남자가 일관성을 지켜요. 오늘 한 말 후회하지나 말고."

인터넷으로 마약 유통을 하던 알선책을 현장에서 급습해 하루 종일 거기에 붙들려 있었다. 떠들어 욕이라도 내뱉으면 다행이지 입만 다물면 묵비권이다 믿는 사람들에게 시달렸더니 퇴근 무렵에는 머리가 다 지끈거렸다.

"아유, 저 조개 같은 것들. 입을 열어야 되는데. 안 그렇습니까, 누님?"

"진짜 조개면 칼이라도 쑤셔 넣지."

냉랭한 제나의 말에 피의자들은 물론 팀원들까지 지레 놀라 눈을 피했다. 대장 격으로 보이는 놈 하나를 골라 기 싸움을 벌이던 그녀가 재킷의 단추를 하나씩 채워가며 서서히 걸음을 옮겼다.

"퇴근 전에 상 하나 줘야겠어. 입이 무거우니까."

"……."

"그런데 말이야, 좀 전에 화장실 간 졸개 하나가 조금 늦네?"

동상 흉내를 내던 피의자가 처음으로 벽시계를 확인했다. 확실히 화장실 다녀오기에는 시간이 꽤 흐른 뒤인지라 급작스레 초조함이 올라오는 듯하다. 슬금슬금 흔들리는 다리를 눈여겨본 그녀는 남 몰래 웃었다. 졸개야 지금쯤 남 형사한테 잡혀 시달리고 있을 것이다.

"하아. 우리는 이런 때 조금 고민이야. 안 그래, 형식아?"

"고민일 게 뭐 있습니까? 방금 화장실 갔다 올 때 보니 그쪽이 먼저 불겠던데요. 특혜야 한 놈한테 주면 됐지 뭐하러 다 줍니까? 피같은 세금 받아 자선 사업하는 것도 아니고."

다리에서 시작된 초조함이 이제는 피의자의 눈동자까지 올라와 시선 처리가 불안해졌다. 일부러 일행을 따로 떼어내어 불안을 조성한 보람이 뒤늦게 나온다. 여기에 걸렸구나 티내며 매달려봤자 성급한 낚시질이라 전혀 관심 없다는, 퇴근만 기다리는 무기력한 공무원의 자세로 돌아왔다.

"난 갈게. 한 놈이라도 먼저 불고 감형 받으면 축하해줘야지. 나중에 어떻게 됐는지 문자 좀 해줘."

"네. 들어가십쇼."

눈까지 일그러뜨리며 불안을 감추지 못하는 피의자가 입을 더 꽉 다물었다. 형식의 눈짓에 뒤를 돌아본 그녀가 슬며시 입가를 늘였다.

"이상하네. 이상하단 말야."

"……."

"이런 상황에서 말 한 마디 못 하는 조개는 칼 들어가면 입을 더 다물거든. 물론 살아 있을 때만."

웬만큼 시간 잘 때운다 버티던 피의자가 희게 질렸다. 무슨 말인지 다 알아듣지는 못해도 예쁘고 시크한 여경찰의 말이 그의 앙다문 입을 더 강한 힘으로 압박했다.

"그렇지. 그래야겠지. 너네 같은 놈이 이 상황에서 그 정도로 입다무는 건 입 밖으로 나올 말이 무서운 게 아니라 다른 거겠지? 예를 들면…… 입안에 진주?"

"흐읍."

"그래. 악력 하면 우리 형식이지, 얘 입 좀 벌려볼래? 나도 여잔데 혀 밑에 보석 구경 좀 하자."

씨익, 우락부락한 형식이 주먹을 드득 쥐었다 폈다 하며 다가들자 뒤늦게 질려버린 피의자의 입이 저절로 벌어졌다. 조개가 저절로 입을 벌리는 것은 이제 죽었다는 뜻이다.

"누님, 오늘도 한 건 했는데 나가서 술 한잔 하시죠? 콜?"

아이처럼 신난 형식이 그녀를 부추기며 경찰서 밖 계단까지 따라 나왔다. 동료로서 그것도 좋겠지만, 서 밖에선 대한민국에서 손꼽히게 섹시한 남자가 대기하고 있었다. 그의 입장에서는 얌전히 기다리는 중이겠지만 그는 클럽 밖도 그 안만큼 축제의 장으로 만드는 재주가 있는 사람이다.

"우아, 경원 씨! 진짜 짱! 저 그날 완전 다시 봤잖아요. 제나 고거 진짜 부럽네."

"그러면 뭐해요? 눈길 한번 안 주는데. 장 경위님이 말 좀 잘해줘봐요."

힘 빠진 듯 모성애를 자극하는 그의 눈에 현미와 몇몇 여경들이 꺄르륵 난리가 났다. 더 난리를 치고 싶은 제나는 친구 현미의 행태를 보곤 최대한 인내심을 짜냈다. 오늘자 인내심은 조금 전 피의자를 취조하면서 다 써버렸는데.

"어머어머, 제나야. 야아, 김경원 씨 왔어. 오늘 진짜 멋있으시다. 너도 좀 잘해주지 왜 그렇게 튕기냐?"

"됐거든."

부러움 반 흥미 반, 제나와 경원을 향해 웃던 여자들이 흩어지고 이제 이곳에는 눈치 없는 현미와 형식만 남았다. 그 둘이 잠시 다른 화제로 시끄러워지는 틈에 경원이 어제 물린 입술을 만지작대며 보란 듯 웃음을 흘렸다. 같은 자리 한 번 더 깨물어줄까 콧대를 높이는데 느닷없이 경원의 표정이 사나워졌고 제나의 어깨는 무거워졌다.

"어, 세호야!"

"이 경위님, 저 오늘자로 전역했습니다. 뵙고 가려고 기다렸습니다.”

“아, 그랬구나. 축하해. 정말 잘됐다.”

저를 잘 따르던 의경의 인사에 제나가 환하게 웃으며 그의 어깨를 두드려줬다. 아무리 반가워도 감정 표현을 잘하지 않는 그녀지만 동생 같던 세호가 무사히 전역한다고 하니 축하해주지 않을 수가 없었다.

물론 경원의 가면 걷은 진짜 얼굴을 보기 전까진.

“꼭 인사드리고 싶었습니다. 이 경위님, 아니, 누나.”

“어…… 어?”

“저 정말 전역하기 전에 꼭 한번…… 누나 안아보고 싶었습니다.”

경원만큼은 아니라도 지루하디지루한 경찰서 내에서 재미있는 일엔 빠지지 않는 현미와 형식이 두 눈을 빛냈다. 그리고 경원은 모든 재미와 빛을 한순간에 잃고 으르렁거렸다.

“우습게 들리는 거 알지만…… 마지막인데 정말 안 되겠습니까?”

그녀가 경원에게 슬쩍 눈길을 돌렸다. 반경 10미터 내의 남자는 다 태워버릴 듯한 열기가 ‘화르륵.’ 없는 소리까지 만들어냈다.

아아, 입 안 여는 조개 한 마리가 여기도 있었지. 어떻게 요리를 해줄까.

그녀가 조금 전보다 더 환하게 웃으며 두 팔을 벌렸다.

“안 되긴. 누나가 돼서 그 정도야.”

22
때려주세요

 현미와 형식은 현재 급격한 갈등에 시달리고 있었다. 현미는 얼른 달려가 이 둘도 없을 광경을 남자친구인 채원에게 보여주고 싶었지만 자신도 놓칠세라 차마 발을 못 뗐다. 반면 형식은 은우의 일로 경원의 성질머리를 알게 됐으니 일단 수갑부터 꺼내고 볼까 망설이고 있었다. 그날 제발 살려달라 울부짖는 은우와 김 비서를 두고 온 것이 그를 며칠 동안 죄책감에 시달리게 했다.

 "세호 그동안 정말 수고했어."

 "……누나. 저 정말."

 "그래그래."

 세호는 그간 또래답지 않게 얌전하다 싶었던 모습을 바로 버렸다. 힘들고 길었던 의경 생활에 한 가닥 버팀목이 되어준 제나를 품에 안자 다른 것들은 하얗게 지워졌다. 전역의 기쁨과 더불어 울컥하는 느낌에 숨을 들이켜니 제나가 토닥토닥 너른 등을 두드려줬다.

 "사회 나가서도 다 잘되길 바랄게."

 "저…… 한 번씩 연락해도 되죠?"

 "그래. 밥 사줄게."

제법 큰 세호의 어깨 너머로 보이는 것은 그보다도 훨씬 큰 경원의 쨍한 얼굴이었다. 활활 타올라 노을을 짊어진 그가 한 발 두 발 그녀 가까이 다가섰다. 어디까지 버티나 보자 기다리던 그녀가 경원의 웃음을 따라 지었다.

"기, 김 사장님. 대체 왜 이러세요?"

멋모르는 형식이 그 긴박한 순간 끼어들었다. 너 왜 이러냐, 구경 좀 하자, 현미가 말려댔지만 그럴 수는 없다. 같은 남자가 보기에 지금 안 말리면 살인이라도 일어날 기세다.

"그러게요. 왜긴 왜일까요?"

형식에게는 눈길 한번 안 준 경원이 제나를 향해 이를 갈았다. 깜찍한 건 알고 있었지만 사람을 이런 식으로 엿 먹이다니, 그나마 형식 덕에 다 무너져 내린 인내심이 벽돌 두어 개 정도는 남았다. 그 심란한 과정이 뻔히 보이는 제나가 아쉽게 세호에게서 떨어졌다. 이 남자 입 벌리는 것도 시간문제다 싶어 기다렸는데 어쨌거나 세호는 죄가 없었다. 이제 막 전역하는 남자아이가 감당하기에는 경원은 온몸이 무기인 시한폭탄 같은 인간이었다. 호랑이와 토끼, 이 정도의 귀여운 차이도 아니다. 사신과 갓난아기, 그 정도라면 몰라도.

"아, 경원 씨. 거기서 뭐 해요?"

"하아……."

"저한테 무슨 하실 말씀이라도 있으세요? 누가 보면 경원 씨가 제 애인인 줄 알겠어요."

그냥 애인 해, 한다고 해! 현미가 더 신이 나서 설치다 형식에게 뒷덜미를 잡혔다. 일단 피하고 보자 싶은 형식이 현미를 끌고 마구 달리다 뒤늦게 생각난 갓난아기를 데리러 다시 다가왔다.

"야! 세호야, 얼른 이리 안 와?"

"네? 네…… 하지만."

"너 인마! 국방의 의무를 다했는데 살아서 부모님 봬야지! 집에서 죽으나 사나 아들 기다리시는 어머니 생각은 안 해?"

세호는 말 한 마디 제대로 못 꺼내고 형식에게 잡혀버렸다. 제 나에게 멋진 모습만 보이고 싶었던 젊은이의 순정이 무너졌지만 형식의 우악스러운 손아귀를 견뎌내지 못하고 번쩍 들리다시피 순간 이동을 했다.

"음, 김경원 씨, 오랜만이에요."

"이제나."

"경찰서 내에서는 모른 척하기로 한 거 아니었던가요?"

"나 재미없으려고 해."

천하의 김경원에게 재미가 없다는 건 세상의 모든 질서나 도리 같은 것을 내던진다는 것과 동일했다. 그는 재미도 없는 세상이 잘 굴러가는 것을 원치 않았으니까.

"누가 먼저 시작했는데?"

"날 도발하는 게 목적이면…… 그럭저럭 성공이긴 한데."

끓어올라 뚜껑이 들썩거리기 직전의 냄비처럼 거칠 것 없는 그가 제나의 양팔을 잡았다. 어둠침침한 주차장 근처다 보니 현미가 소문을 내지 않는 이상 찾아올 사람이야 없겠지만 멀리 지나다니는 사람은 종종 느껴졌다.

"그럴 거면 당신 총경 되는 것도 포기해야 한다는 걸 알아야지."

"농담해요?"

"농담? 사람이 안 먹던 맘 크게 먹고 일생일대의 결심을 했는데 농담이라?"

경원이 바로 고개를 낮췄다. 원래도 뜨거운 입술에서 새어나온 열기가 그녀의 코앞에서 멈췄다. 제나에 한해서 극도의 인내심을 짜낸 그가 두어 번 숨을 내쉬는 것으로 간신히 흥분을 잠재웠다.

"여기서 기다려."

"어디 가는데요?"

"더 급한 일."

화가 나서 가버리는 것도 아닐 테고 어딜 가는 걸까. 그녀의 발이 따라 움직이자 그는 무거운 발걸음을 멈추더니 날렵하게 뒤를 돌았다.

"기다리라 했어."

"왜? 뭐하러?"

"……당신도 똑같이 받아쳤으니까, 나도 이제나 너 여기서 한 발짝이라도 떼는 순간 총경 만들고 뭐고 다 포기야."

"하!"

"길거리에서 첫날밤 치를 거 아니면 꼼짝 말고 거기 있어."

"……."

"난 그것도 좋으니까."

다시 돌아온 경원은 웃지도, 찡그리지도 않았다. 그의 차에 기대어 있다 발소리에 고개를 드니 그의 긴 한숨이 머리칼에 닿았다. 더 가까이 오지도 않고 한 뼘 떨어진 곳에, 그는 한참 그렇게 서 있다. 이미 깜깜해진 주변에 보이는 것은 없다 해도 지금 이 남자 기분이 바닥에 닿아 있다는 정도는 알았다.

"내가 하다하다 정말. 참 사람 꼴 한번 우습게 만들지, 이제나."

"누가 할 말을. 정말 어디 갔다 온 거예요?"

"왜, 궁금해?"

허리 안쪽으로 바로 들어오는 팔을 피해 움직이자 그대로 안기듯 그의 품에 닿았다. 밀어낼 새도 없이 그 안에 갇혀 있다가 바로 차 안으로 떠밀려 정신을 차렸다.

"오늘은 시작부터 아주 끝내주네요."

"내 기분은 아까 끝났어."

늘 웃기만 하던 남자가 뽀족 가시가 돋아 있으니 그것도 볼 만했다. 특별히 약을 올리려고 했던 건 아니지만 이렇게 또 바로 넘어올 줄은 몰랐다.

경원의 마음을 다 안다고는 못 해도 이해는 한다. 하지만 이해를 하는 것과 인정을 하는 것은 다른 문제다. 자신이 경원에게서 원한 건 진지할 땐 진지하더라도 늘 사람을 웃게 하던 자신감이지 느닷없이 한석봉 엄마 흉내 내달라고 한 적은 없다.

"그러기에 누가 쓸데없는 짓 하고 다니래요?"

"그렇지. 이제나가 나답게 하라고 했으니 이제부터라도 그래보려구."

무심히 앞을 보던 그가 오른쪽 눈썹을 올리며 눈웃음을 쳤다. 몹시도 불길한 그 웃음에 그녀가 살짝 이마를 짚었다. 질투하는 거까지야 그러려니 했는데 이 남자는 한번 고삐를 풀어주면 하늘 끝까지 막 나가는 경향이 있었다.

"내리시죠, 애인님."

"나 근무복 차림 그대로 나와서 클럽 못 가요."

"알아."

뜬금없이 그가 차를 세운 곳은 클럽을 돌아 편의점이었다. 매혹적으로 웃은 그가 먼저 앞장을 서자 그녀도 어쩔 수 없이 뒤를 따랐다. 따라랑, 맑은 종소리가 울리자 웃으며 고개를 돌린 직원 둘의 얼굴이 새하얘졌다.

"어서 오세…… 어어."

"왜 그래? 사장님 봤으면 인사를 해야지."

"아, 안녕하십니까?"

"그래. 조 실장은 언제 봐도 고생이야. 여기 있는 이 아름다운 숙녀분은…… 내 애인."

"네? 아아…….

"반응이 왜 그래? 내 애인이라는데, 뭐가 문제야?"

거기서부터가 문제다. '내 애인'이라는 말에 어쩔 줄을 몰라 꾸벅 인사를 하는 조 실장 옆에서는 경원을 피해 주저앉은 은우가 바들바들 떨고 있었다.

"처제 안녕? 박쥐 아니랄까 봐 동굴 속에 숨었네?"

경원이 두 팔로 계산대를 짚고 기다란 몸을 숙여 내려다보자 마지못한 은우가 비실거리며 일어섰다. 그만하라 제나가 팔꿈치로 찌르자 그가 과장된 표정으로 반가움을 드러냈다.

"아, 그러고 보니까 이게 누구시죠? 내 애인 아니신가?"

"진짜 이 인간이!"

"처제야, 얼른 인사드려야지. 뭐해?"

"아, 안녕하세요."

그의 유치한 도발은 거기서 멈추지 않았다. 그래도 금세 즐거워
졌는지 웃음을 참아가면서도 편의점의 커다란 유리창 밖으로 아
는 사람이 보일 때마다 독수리처럼 잡아챘다. 멋모르고 커피나 한
잔 마시러 들렀던 김 비서가 마지막 희생양으로 거미줄에 걸렸다.

"그래, 김 비서도 안녕? 사장이 좋은 사람인가 봐. 이 시간에 돌
아다니게 놔두고."

"……사장님. 그게 아니라……. 아, 이 경위님 같이 계셨네요.
안녕하세요?"

"김 비서 눈이 나쁘네. 이 사람이 어딜 봐서 이 경위님이야?"

"네?"

"잘 봐. 내 애인이잖아."

"김. 경. 원. 씨."

"알았다구. 그래도 오늘 내 결단력 제대로 봤지?"

이 말도 안 되는 장난을 어디까지 견디라는 건가, 그녀가 매섭
게 팔짱을 꼈다. 이쯤 했으면 됐다 싶었는지 그가 싱긋 눈웃음을
비추곤 김 비서를 데리고 나갔다. 뭔가 일이 있구나, 팔짱을 푼 제
나는 그가 사라지자마자 헛웃음을 터트렸다. 이런 상황에서도 웃
음이 나는구나. 딱 저 남자답다고 생각은 하는데 조만간 어디 가
둬놓고 가죽장갑 낄 일이 머지않은 듯했다.

"우와. 경찰 언니 짱!"

"아…… 은우 씨 맞죠?"

"네. 언니 진짜…… 나중에 천국 가실 거예요."

난데없지만 아부는 아니다. 떨떠름하게 은우와 눈을 마주치던

제나가 대강 무슨 뜻인지 알 것 같아 크게 웃음을 터트렸다. 이렇게 웃는 게 얼마 만인지 모른다.

"아, 내가 경원 씨랑 만나는 게 그 정도 일이에요?"

"네! 완전! 언니가 그러는데 거의 생명의 은인급이래요."

"……정말 평소에 어쩌고 다녔으면."

"말도 마요. 사장 아저씨랑 만나고 제가 5킬로는 빠졌어요."

"일을 그렇게 많이 시켰어요?"

"아뇨. 그냥 한 공간에서 숨만 쉬었어요."

"아아, 그랬구나……."

은우는 경원에 대해서 말을 하면 할수록 감정이 복받쳐 오르는 버릇이 생겨났다. 지금도 말을 잇지 못하고 찡해진 코를 훌쩍였다.

"그런데도 그만큼 빠졌어요. 믿어지세요? 인간 단식원이에요. 제가 경찰 언니처럼 막 그렇게 만났으면 저는 지금쯤 공기로 증발했을지도 몰라요."

생각만 해도 무섭다는 듯 꽉 쥔 은우의 두 주먹이 부르르 떨렸다. 그래도 혹독한 트레이닝에 단련이 됐는지, 온갖 험담을 쏟아 내면서도 쉬지 않고 박스를 뜯는 손길이 꽤 야무졌다.

"그 정도로 싫으면 안 보면 되잖아요."

"그거야 경찰 언니도 마찬가지잖아요."

"아……."

그렇구나, 은우의 한숨 섞인 푸념에 뭔가 깨달은 듯 제나의 머리가 울렸다. 안 보면 되는데, 그렇게는 못 하겠다. 무슨 이런 감정이 다 있지?

"그리고 그건 안 돼요."

"응? 왜요?"

"그래도 우리 식구거든요. 언니나 형부나 업보라고. 저도 무섭고 얄밉긴 한데 싫지는 않아요. 알바비도 많이 주고."

은우야 마지막 말에 포인트가 있었지만 가만히 듣던 제나는 살짝 웃음이 나왔다. 경원이 은우를 망나니 처제니 박쥐니 하면서도 이렇게 가까이 두고 있는 이유를 알 것 같았다.

"하여튼 언니는 진짜 고마운 사람이에요."

"그럼 만약에 내가 이제 와서 경원 씨랑 헤어지거나 하면 은우 씨는 큰일 나는 거예요?"

"……네에에?"

화들짝 놀라 일어선 은우가 드라마틱하게 뒷걸음질까지 쳤다. 무슨 연기를 하는 것도 아닐 텐데 혹시 누가 있나 싶어 제나가 뒤를 다 확인했다.

"어, 어떻게 그런 말을! 절대 안 돼요! 살려주세요!"

"은우 씨……."

"진짜 그러지 마요. 어차피 저 인간…… 이 아니라 우리 사장 아저씨 한번 만났으니까 어차피 버린 인생이잖아요! 이번 생에 맛없는 거 몰아 먹고 다음 생애에 그냥 패리스 힐튼 이런 걸로 태어나면 되잖아요. 이번에는…… 절대 안 돼요."

"뭐 헤어진다거나, 그런 건 아닌데……."

놀라기는 제나도 마찬가지였다. 경원의 애인답게 농담으로 한번 해본 말인데 갓 잡은 생선처럼 날뛰는 은우의 반응에 꽤 당황했다. 제나의 말이 생각보다 파장이 컸는지, 은근히 그들의 대화를 들고 있던 클럽 직원 몇몇과 조 실장도 어느새 애절하게 그녀를 바라보고 있었다.

"그래도, 경원 씨 장점 정도는 알면 좋겠는데 얘기해줄래요? 그러면 마음이 흔들려도 다잡아볼게요."

헤어질 마음이야 없지만 다른 사람들이 경원을 어찌 보는지 애인으로서 궁금해졌다. 명색이 형사라고 저 허연 얼굴 자체가 답이란 것은 짐작했지만 알면서도 들어보고 싶었다.

"자, 장점이요?

은우는 '장점'이라는 단어를 어떻게 경원에게 가져다 붙일 수 있는지 두 손 놓고 황망해했다.

"없어요?"

"무, 물론 있죠. 잘생겼고 돈도 많구요."

"그거 말고는요?"

"도, 돈도 많고 잘생겼구요!"

"순서만 바뀐 거 같은데."

"하아……."

없다, 없어. 그딴 게 있을 리가 없다.

평소에 생각이라도 해둘걸, 은우가 오만상을 찌푸렸다. 어떻게든 떠넘기려면 거짓말을 해야 하는데 자신도 사람인지라 차마 못할 짓을 다른 이에게 강요하는 게 찔렸다.

"됐어요. 있다고 치죠, 뭐."

이거 뭐 일제 강점기 고문 현장도 아니고, 진짜 없나 보네.

제나가 쿨하게 은우를 풀어주고 눈을 돌렸다. 창 밖으로 보이는 그는 제법 날카롭다. 방금 전까지도 어디를 어떻게 떠볼까 웃음기

어린 모습은 전혀 없이 매서운 눈에는 사업가의 기운이 흘렀다.

그 모든 것에도 불구하고…… 그래도 왜 내 눈엔 저 정도면 괜찮아 보이지?

"그런데요, 경찰 언니. 언니는 민중의 지팡이시잖아요."

은우가 목소리를 낮췄다. 일반적으로 피의자들이 경찰과 마지막으로 딜을 할 때 이런 간교한 목소리를 많이 낸다.

"제가 꼭 제안 드리고 싶은 게 있어요."

"제안이요?"

"거부할 수 없는 제안이에요."

김 비서를 데리고 나온 경원이 적당한 곳에서 걸음을 멈췄다. 그리고 이야기가 길어질수록 편의점에서 조금 더 멀리 떨어진 곳으로 모습을 감췄다. 그가 감춘 것은 단순히 모습뿐만이 아닌지라 길게 뻗어 웃음이 넘치던 눈가도 초연해졌다.

"리펄스 오 사장님 말씀으로는 차라리 먼저 손잡고 곽 사장을 치는 게 낫지 않냐고 하시네요."

"최근에 마약 터지면서 나한테 감정 안 좋은 줄 알았는데?"

"그래도…… 이제껏 잘 지내오지 않았냐고 하시면서."

"오 사장까지 그렇게 나온단 말이지."

하데스와 비슷한 규모와 인지도를 가진 리펄스는 조직 폭력배 계열의 클럽이었다. 곽 사장처럼 여기 하나에 매달리지 않기도 하거니와 운영을 맡은 오 사장은 꽤 합리적인 사람이다. 무조건 더 베이를 뛰어넘겠다, 그런 실현 불가능한 목표에 매달리지도 않았고 비슷비슷한 하데스 정도나 넘고 보려 했다.

"곽 사장 처가가 백호파잖아. 거기랑 붙으면 리펄스 쪽도 잃을 게 많을 텐데."

"안 그래도 찾아뵙고 말씀드린다고는 하는데 생각해둔 게…….."

"됐어. 약속 취소하고 다음번에 내가 따로 연락한다고 해."

말은 그렇게 해도 그다지 연락할 마음은 없어 보였다. 그래도 제법 우호적으로 지내온 오 사장인데 먼저 내미는 손을 거절하는 것은 김 비서가 보기에도 좋지 않다.

"하지만."

"아무리 상대 쪽에서 먼저 뒷공작 하고 다녔더라도 남들 보기엔 결국 조폭들 패싸움밖에 안 돼."

편의점 밝은 빛 아래 은우와 대화를 하다 드물게 웃음을 터트리는 제나가 보였다. 헛된 싸움으로 정말 잃을 것이 많은 것은 곽 사장이나 오 사장이 아니다. 가까이 두고 옆자리를 허락받으면 풀릴 거라 생각했던 갈증은 날이 갈수록 심해졌다. 죗값이라 생각하고 참으려 했지만 오늘 경찰서에서 있었던 일을 생각하면 온몸의 피가 역류했다. 어디 얕은 상처 하나에도 모조리 뿜어 나올 정도로. 그러니 더 이상의 소란은 곤란했다.

"사장님?"

"저렇게 웃는 거 정말 예쁘지 않아?"

김 비서는 경원의 시선이 어디로 향하는지는 처음부터 알고 있었다. 뭐라 말해야 할지 몰라 김 비서는 조용히 고개를 끄덕이며 수긍했다.

"내 애인이야."

그가 조용히 되뇌었다. 편의점 안에서 장난스레 던졌던 말과는 너무나 느낌이 달랐다. 겨우 이렇게 하고 싶던 말은 아니었는데, 장소도 상대도 모두 틀렸다.

"멋지지?"

그녀를 입에 담으니 자연히 웃음이 다시 서렸다. 가슴 깊은 데서부터 나오는 웃음이라 본인조차 자신이 웃고 있는지 몰랐다. 김 비서가 꽤나 놀란 표정으로 절 보았을 때에야 그것을 알고는 찌푸렸다.

"뭐야? 나 웃는 거 처음 봐?"

"그건 아닌데 뭔가…….."

"그럼 울까?"

웃으면 서늘한 경원이라지만 우는 걸 생각하니 오한이 든다. 절레절레 고개를 젓는 김 비서를 힐끔거린 경원은 씩씩하게 편의점으로 향했다.

"안녕. 아, 이게 누구야. 덜 예쁜 애는 우리 처제고, 더 예쁜 애는 세상에, 여기서 다 만나네, 내 애…….."

"그만 안 해요!"

제나의 앙칼진 타박에 은우가 다 놀랐다. 은우에게는 경원이야 원래 저런 인간이었으니 더 놀랄 것도 없지만 그런 경원에게 큰소리치는 여자가 있다는 것이 신기했다. 거기다 경원이 그 성격에 순순히 당해주는 것 역시.

"은우 씨, 오늘 대화 즐거웠어요."

"아…… 네."

"근데 우리 박쥐는 나 없는 동안 무슨 이야기를 하셨을까나?"

"무슨요!"

손가락만 댔는데 펄쩍 뛰는 모양새가 분명 뭐가 있다. 미간에 힘을 준 그가 상체를 가까이 당기자 제나가 손을 내밀어 그를 밀어젖혔다. 그대로 밖으로 끌고 나가며 은우를 돌아보자 그녀가 '제발' 하는 모양새로 두 손을 모았다.

"누가 보면 내 욕이라도 한 줄 알겠어."

"……하아."

"물론 우리 정의로운 애인님이 그렇게 놔두진 않았겠지?"

"내가 여기서 더 정의로우면 당신 손목에 수갑부터 채웠을걸요?"

"수갑, 수갑이라……."

짧은 단어 하나 내뱉고 입을 다문 그를 무심히 보던 제나가 번득이는 생각에 입술을 깨물었다. 이 남자 머릿속에서 수갑은 범죄자를 묶어두는 신성한 도구가 아님이 분명했다.

"경원 씨."

"안 했어, 난. 그런 생각."

"무슨 생각이요?"

또 무슨 궤변을 해댈까 이제는 기대감마저 들었다. 여기서 더 무슨 소릴 듣는다고 해도 한번 웃고 말 수 있을 거라 제나는 믿었다. 이제 어느 정도 적응이 됐으니까.

"글쎄. 이제나가 너무 좋다 보니 이제나가 들고 다니는 수갑도 막 좋아질 것 같은 느낌?"

"……정말 그게 다예요?"

"이제나도 좋은데 수갑도 좋으니까 이제나가 수갑을 차고 내 손에 떨어지면 얼마나 더 좋을까, 그런 거? 하아. 생각하고 나니 끝내주는데, 이거."

주인보다 빠른 손이 벌써 그녀의 옷을 파고들었다. 바로 내칠 거라 생각해 몸은 미리 물러나 있었는데 의외로 제나는 얌전했다. 바람이 살짝 스칠 때 작은 목소리가 들리는 것 같아 경원이 귀를 기울였다.

"……다. 이 남자는……."

"아, 그거. 이 남자는 시민이다, 그거지? 오랜만인데, 정말."

경원이 홀로 추억에 잠겨 흐뭇하게 손을 놀렸다. 그사이 제나가 오랜만에 쓰는 마인드 컨트롤은 그의 철없고 상큼한 웃음에 모든 효력을 잃었다.

"이 남자는 시민이다……."

이 남자는 시민이다.

시민은 시민인데 그 와중에 애인이다.

시민은 못 때리지만 애인은 때려도 된다.

"아아! 제나야, 거긴!"

"……애인은 때려도 된다."

오늘 그에게 오랜만의 것들이 많이 나왔다. 그가 시민임을 일깨우는 구호가 그랬고, 두 귀와 머리에 닿는 뜨겁고 작은 그녀의 손이 그랬다. 지그시 잡히는 대로 잡아당긴 그녀가 경원의 애인이 되고 나서 첫 번째 장점을 찾았다.

난 이제 김경원을 당당하게 때릴 수 있어. 그럴듯한데?

은서가 테이블 가득 쌓인 서류를 넘기며 계산기를 두드리고 있었다. 슬쩍 끼어들어볼까 싶어 넘겨다본 은우는 끝도 없이 펼쳐진 숫자 퍼레이드에 질려 바로 기대어 누워버렸다.

"유은우. 너 또 무슨 짓 하지?"

"내가? 흥! 아니거든? 언니가 날 알아?"

"너무 잘 알아 문제지……. 너는 정말이지 죽순 같은 애거든."

"죽순이? 그게 무슨 모함이야! 나 이제 그런 데 안 다녀!"

"……말을 말자."

꼬이고 꼬여버린 숫자에도 냉정을 유지하던 은서의 손등에 핏줄이 솟았다. 은우야말로 눈만 떼면 하루에 1미터씩 자라버리는 죽순과 다를 바 없는 아이였다. 매일 속고 당하고 훌쩍거리면서도 뭔 놈의 호승심과 부들부들 복수심은 끝도 없이 솟아난다.

"멋대로 해봐. 이번에는 나도 안 구해줘."

"언니가 언제 나 구해줬어? 어이없어, 진짜. 가우스야, 페르마야, 너네 엄마 진짜 이상한 사람이야. 얼른 태어나. 이모가 구해줄게."

소파에 누워 있던 은우가 고개만 빼꼼 내밀며 종알댔다. 은서의 배를 향해 두 손을 모으는 동생의 능청에 은서도 결국 웃음이 터졌다.

"됐고, 이번에는 또 뭔데? 강재 씨야, 경원 씨야?"

동생이 할 일이라고는 너무나 뻔했다. 강재나 경원이나, 은우는 치를 떠는 건 마찬가지면서도 꼭 어디 하나에 붙어 사고를 치고 다녔다.

"형부 이야기는 꺼내지도 마. 나 형부랑 절교라고 했잖아."

"너 정말. 언제까지 그럴 거야?"

"아, 됐어. 누가 먼저 배신했는데? 언니도 남편이라고 편만 들면 어떡해? 동생인 나는?"

"난 누구 편도 안 들어. 말했잖아. 다 똑같이 경고했는데 너네 형부만 빨리 알아들었을 뿐이라고."

은서가 말을 자르는 동시에 현관문이 열렸다. 배가 불러 바로 일어나는 것도 쉽지 않은 그녀가 소파를 짚자 강재와 은우가 동시에 은서를 향했다.

"당신, 앉아 있지, 왜?"

"언니, 애들 놀라잖아. 갑자기 일어나면 어떡해?"

양쪽에서 은서를 잡던 둘이 곧 상대방을 쳐다보았다. 강재가 인사도 안 하는 처제를 향해 엄한 눈빛을 던지자 은우가 바로 고개를 돌려버렸다.

"흥."

이전까지라면 상상도 못 할 행동이다. 강재의 배신으로 제주도고 뭐고 다 날아가고 겨우 모아둔 돈까지 뺏겨버렸으니, 은우는 삐딱선을 타도 단단히 탔다.

"언니, 형부한테 나 빨리 독립 좀 시켜달라고 해."

"은서야, 저 망나니한테 헛소리 좀 그만하라고 해."

"언니, 왜 안 되는지라도 말해달라고 해."

"은서야, 똑똑히 전해줘. 너는 밖에 내놓는 순간 사고에 휘말려 뉴스에 나올 거라고. 집안 망신시킬까 봐 안 되겠다고. 꿈도 크지."

"그만, 그만요!"

부풀어 오른 배보다 두 사람 하는 짓에 더 지쳐버린 은서가 주방으로 사라졌다. 은서가 강재에게 줄 물 한 잔을 가지고 나올 때까지 은우는 어깻숨을 씩씩거리며 흰 눈을 떴다.

"유은우, 이제 그만 좀 하지?"

"난 배신자랑 얘기하기 싫어요."

"너 형부한테 그만 안 해? 나 내일 이 몸으로 또 학원에 따라가?"

은서가 자신의 편을 들어주자 은근히 기분이 좋아진 강재가 만족스레 웃었다. 그래도 그만 좀 하라는 아내의 몸짓에 어른답게 화해의 손길을 내밀었다.

"나갈까? 저녁은 우리 은우 좋아하는 걸로 먹지."

"안 먹어요."

"너 정말 혼나볼래? 내가 만삭에 이런 일까지 신경 써야겠어?"

"아니야, 아니야. 그런 거 아냐."

은우가 힘겹게 배를 쓰다듬는 은서를 보고는 금방 손사래를 쳤다. 형부와의 협상이 깨지며 화가 나긴 했지만 그런 걸로 반항해 밥을 굶을 정도로 철이 없지는 않다.

"그럼 뭔데?"

"나, 저기…… 나 한 번만 도와줘. 도와주면 밥 먹으러 나갈게."

"됐어!"

풀 좀 죽었나 했더니 은우의 '도와줘.' 한 마디에 강재와 은서가 대번에 한 목소리로 답했다. 사고부터 쳐놓고 도와달라고 하는 건 이제 은우의 트레이드마크다.

"네가 애야? 햄 안 구워주면 밥 안 먹어? 무슨 그런 조건이 있어? 먹기 싫으면 먹지 마!"

"아니라니까. 이번에는 정말 다 좋은 거야. 언니도 들어보면 이해할 거야."

은서가 질려서 발을 떼버리기 전 은우가 얼른 언니 손을 잡아 소파에 앉혔다. 일단 언니가 자리에 앉으면 형부는 따라 앉을 테니 억지로 말을 섞을 필요도 없다.

"잘 들어봐. 언니 말은 사장 아저씨 얄밉긴 한데 경찰 언니랑 헤어지면 안 된다는 거잖아."

"그래. 나도 애는 마음 편히 낳아야 할 거 아냐."

"그리고 형부는 음…… 언니, 형부한테 물어봐줄래? 형부는 비록 나를 배신했지만 사장 아저씨가 한번 당했으면 좋겠다는 거고."

"유은우."

"알았어, 알았어."

은우가 어쩌겠냐 시큰둥 눈동자만 굴려 강재를 쳐다봤다. 별 이견은 없다는 듯 조용히 몸을 세우는 형부를 보고는 다시 말을 이었다.

"그러니까. 언니랑 형부 뜻대로 할 수 있다고. 거기다 나까지."

"너?"

"나 봐. 그날 클럽 청소하고 나서 골병 났잖아. 돈까지 다 털리고. 내가 그 돈을 어떻게 모았는데……."

"지금 나 들으라고 하는 말이야?"

"아니, 뭐. 하여튼 언니 말대로 나나 형부가 직접 어떻게 못 하니까 이게 마지막 방법이라구. 유일하게 복수해줄 수 있는 사람을 찾았단 말이야!"

안 들어도 그게 누군지는 짐작이 갔다. 벌써 강재는 저 요망한 말에 반쯤 빠져들었고 은서는 드물게 중립에서 벗어나 흥미를 드러냈다. 은우 말대로 후폭풍 없이 당하기만 하는 경원이라니, 진통을 잊는 데 도움을 줄지도 모른다.

"그래서 뭘 도와달라는 건데?"

"사장 아저씨 약점. 있는 대로 다."

늘 이쪽저쪽 쫓겨 다니며 겁을 잔뜩 먹었던 동생의 얼굴에 드물게 비장함이 흐르자 은서가 고개를 저었다.

"넌 정말…… 죽순이 맞아."

"조 실장은 누가 보면 편의점에 취직한 줄 알겠어. 그렇지?"

클럽에서 머리 아픈 일 몇 개를 해결하고 밤바람을 쐬러 나온 경원이 편의점으로 돌아왔다. 은우도 일찌감치 퇴근해 기약 없는 이 생활을 한탄하고 있던 조 실장이 벌떡 일어났다.

"오셨습니까?"

"응."

음료수를 하나 집어 몇 모금 넘긴 경원이 말없이 조 실장을 보다가 점점 더 고개를 가까이 가져왔다.

"왜, 왜 이러십니까?"

"아니야. 정들어서 그렇지 뭘."

"아니, 왜, 저는 안 드는 정을 왜 갑자기 일방적으로……."

조 실장이 심히 당황하는 것을 확인하자 경원이 바로 본론을 찔렀다. 제나가 봤다면 인정할 만큼 신문 자질이 뛰어난 남자다.

"아까 은우가 제나 씨한테 뭐라고 했지?"

"네에? 아, 아무 험담도 안 했습니다!"

"험담?"

어쩐지. 경원이 등을 기대고는 무언의 압박에 들어갔다. 장난기가 어려 유독 새까만 눈동자 한 쌍이 자신에게 붙어 떨어지지 않자 바코드를 찍는 조 실장의 손이 여러 번 미끄러졌다.

"그래. 그럼 하나만 물어볼게. 솔직히 대답해주면 내가 은우 그 찰거머리를 떼어줄 수도 있어. 그간 갑갑했지?"

그냥 말해버릴까, 후환이 두려워 고심하던 조 실장은 경원의 말에 침을 삼켰다. 경원은 먹혔구나 했지만 실상은 조금 달랐다. 설명하긴 뭣하지만 은우를 떼어낸다면…… 그는 어쩐지 삶이 적적해질 것 같다는 생각을 자주 하고 있었다.

"어때? 땡기지? 그러니까 말해봐. 뭐라고 했는지."

"아닙니다. 정말로 잘 어울린다는 말만 했어요. 사장님이 바로 밖에 계신데 무슨 말을 하겠어요? 거기다 아직 클럽 청소하느라 팔에 바른 파스가 마르지도 않았는데요."

"그래? 뭐…… 우리 박쥐가 그 정도로 막 나가지는 않겠지. 알았어. 수고!"

경쾌한 종소리와 함께 문이 닫히자 조 실장이 바코드 리더기와 물건들을 내려놓고 눈을 감았다. 나는 빠지겠다, 한발 물러서 있었지만 두 여자의 대화는 머릿속에 분명히 남아 있었다.

「어차피 경찰 언니는 사장 아저씨 이기기 힘들잖아요. 저런 인…… 아니, 저런 사람은 약점을 틀어쥐어야 나중에 다루기가 쉽다구요.」

「그래서요?」

「제가 사장 아저씨 약점 다 긁어 올게요. 워낙 찔리는 게 많은 인…… 사람이다 보니 기대하셔도 좋아요. 사장 아저씨 약점은 세상에서 우리 언니랑 형부가 제일 많이 알거든요.」

「조건이 어떻게 되는데요? 저래 봬도 일단은 애인이라.」

「한 번만…….」

「한 번만?」

「쥐어패…… 때려주세요. 제 앞에서.」

2권에서 계속.